N a d i n e   E r d m a n n

Die Totenbaendiger

STAFFEL 1: ÄQUINOKTIUM
UNHEILIGE ZEITEN

(BAND 1-2)

Erdmann, Nadine: Die Totenbändiger. Staffel 1: Äquinoktium. Unheilige Zeiten. Band 1-2. Hamburg, Lindwurm Verlag 2021

2. Neuauflage
ISBN: 978-3-948695-01-9

Lektorat: Jenny Winterscheid
Satz: Lisa Seidelt, Lindwurm Verlag
Covergestaltung: © Liza Nazarova

Bibliografische Information der Deutschen Nationalbibliothek:
Die Deutsche Nationalbibliothek verzeichnet diese Publikation in der Deutschen Nationalbibliografie; detaillierte bibliografische Daten sind im Internet über http://dnb.d-nb.de abrufbar.

Der Lindwurm Verlag ist ein Imprint der Bedey & Thoms Media GmbH, Hermannstal 119k, 22119 Hamburg.

---

1. Neuauflage 2020, Lindwurm Verlag Hamburg

http://www.lindwurm-verlag.de
Gedruckt in Europa

Äquinoktium

Substantiv, Neutrum. (Plural: *Äquinoktien*, vom lateinischen *aequus* ‚gleich' und *nox* ‚Nacht') *Äquinoktium* oder *Tagundnachtgleiche* werden die beiden Tage im Jahr genannt, an denen der lichte Tag und die dunkle Nacht gleich lang andauern. Die Äquinoktien fallen auf den 19., 20. oder 21. März und den 22., 23. oder 24. September. Frühlings- und Herbstäquinoktium gehören zu den vier *Unheiligen Nächten*, in denen Geister und Wiedergänger besonders gefährlich sind.

Stell dir vor, du lebst in einer Welt, in der Geister zum Alltag gehören.
Jeder sieht sie und jeder weiß, wie gefährlich sie uns Menschen werden können.
In dieser Welt gibt es Verlorene Orte,
die man den Geistern überlassen musste,
und Unheilige Zeiten,
in denen die Toten besonders gefährlich sind.
Eine Handvoll Menschen vermag es, diese Toten zu bändigen.
Du denkst, das macht sie zu Helden?
Weit gefehlt.
Denn mit ihren Kräften können sie nicht nur die Geister der Toten auslöschen,
sie können genauso den Lebenden den Tod bringen.

Willkommen im London der Unheiligen Zeit.
Willkommen in der Welt der Totenbändiger.

Band 1

Unheilige Zeiten

Prolog

Die Nacht des Frühlingsäquinoktiums vor dreizehn Jahren

Lichtkegel von Autoscheinwerfern durchschnitten die Finsternis der Nacht. Als der Wagen näherkam, entriegelte Phil die Schlösser und zog die Haustür auf. Sue schob sich an ihm vorbei und trat vorsichtig hinaus. Ihr Atem kondensierte zu feinem Nebel und sie schlang ihre Strickjacke fester um sich, die sie über ihren Schlafanzug gezogen hatte. Es war eiskalt. Die Temperatur lag sicher kaum über dem Gefrierpunkt. Der Frühling ließ auf sich warten. Doch in einem Unheiligen Jahr war ein langer Winter nichts Ungewöhnliches.

Mit routiniertem Blick scannte Sue die Umgebung, bevor sie die Stufen in den kleinen Vorgarten hinunterstieg, der ihr Zuhause von der Straße trennte. Der Crescent Drive lag im Dunkeln, nur der Vollmond warf sein Licht auf Häuser und Gärten und tauchte sie in ein bizarres Schattenspiel. Hampstead gehörte zu den Mittelschichtvierteln Londons. Straßenlaternen mit Magnesiumlicht gab es hier nur entlang der Hauptstraßen und rund um wichtige öffentliche Gebäude wie Krankenhäuser, Pflegeheime, Kindergärten oder Schulen. In Wohngebieten fand man Laternen nur in den Nobelvierteln der Innenstadt.

Trotzdem war ihre Straße recht sicher. Alle Nachbarn schützten ihre Häuser mit Eisenzäunen, einige wenige hatten sich sogar Außenleuchten geleistet und in den Gärten wurden Schutzpflanzen gehegt und gepflegt, die Geister und Wiedergänger fernhielten. Doch die anhaltende Kälte hatte den Pflanzen bisher keine Chance gegeben, aus ihrem Winterschlaf zu erwachen, und heute war die erste Unheilige Nacht in diesem Unheiligen Jahr. Wer wusste schon, wozu die Seelenlosen da fähig waren?

»Bleib drinnen«, wies Sue ihren Mann an, als der Wagen vor ihrem Haus stoppte und Phil ihr zur Straße folgen wollte.

Er hielt inne.

Geister wurden von der Lebensenergie der Menschen angezogen. Je mehr Menschen sich dicht beieinander aufhielten, desto mehr Lebensenergie sammelte sich an einem Fleck. Auf Geister wirkte das wie Licht auf Motten.

Phil trat zurück hinter die eiserne Türschwelle. Sue dagegen lief zum Gartenzaun und öffnete das Tor, noch immer mit wachsamem Blick auf die Umgebung. Das Mondlicht schimmerte auf ihrem schneeweißen Haar und die feinen schwarzen Linien, die sich wie ein Tribal-Tattoo ihre linke Schläfe entlang bis hinunter zum Ohr schlängelten, schienen auf ihrer hellen Haut noch deutlicher hervorzutreten als sonst.

Phil hätte Sue jederzeit sein Leben anvertraut. Sie war eine Totenbändigerin. Sollte hier irgendwo ein Geist lauern und sich auf Thaddeus stürzen wollen, sobald er aus dem Auto stieg, würde sie mit ihm fertigwerden.

Doch sein bester Freund blieb unbehelligt, als er aus dem Wagen sprang, eilig die hintere Tür aufriss, ein Bündel in die Arme nahm und zum Haus hetzte. Im Lichtschein, der aus dem Flur hinaus in den Vorgarten fiel, erkannte Phil zwei nackte Kinderfüße und entsetzlich dürre Beine, die aus der Polizeijacke herausschauten, die Thad um den kleinen Körper gewickelt hatte.

»Als ich ihn gefunden hab, dachte ich, er wäre tot«, stieß Thaddeus hervor, als er hastig ins Haus trat und Sue die Tür hinter ihnen verriegelte.

Phil deutete nach rechts auf den Durchgang zum Wohnzimmer. »Leg ihn aufs Sofa dicht ans Feuer.«

In der Stube hing noch der Duft von Salbei und Lavendel, die sie am Abend mit den Kindern zum Schutz vor den Gefahren der Unheiligen Nacht im Feuer verbrannt hatten. Edna stand am Kamin und war dabei, die Flammen neu zu entfachen, um für Wärme zu sorgen, sah aber sofort auf, als die anderen eintraten.

»Oh Himmel«, seufzte sie, als Thad das Häufchen Mensch vorsichtig auf dem Sofa ablegte und zur Seite trat, um Phil Platz zu machen.

Der schlug die Jacke zurück und zum Vorschein kam ein kleiner Junge. Kreidebleich, kaum mehr als Haut und Knochen und noch unglaublich jung. Drei, höchstens vier Jahre alt.

Phils Herz zog sich zusammen.

So alt wie Jules und Ella, die oben in ihren Zimmern schliefen und denen er vor dem Zubettgehen flauschige Schlafanzüge und Ednas selbstgestrickte Wollsocken angezogen hatte, weil die Nacht so bitterkalt werden sollte.

Der Kleine vor ihm trug nur ein verdrecktes dünnes T-Shirt, das einmal weiß gewesen war, und eine kurze graue Trainingshose. Sein Haar war pechschwarz und verfilzt, seine Haut kaum sauberer als seine Kleider. Er hatte blaue Flecken, Kratzer und Schürfwunden in verschiedenen Stadien an Armen und Beinen, tiefe Schatten lagen unter seinen Augen und ein dünnes Rinnsal Blut war irgendwann in den letzten Stunden aus seiner Nase gesickert. Über seine linke Schläfe zogen sich die feinen schwarzen Linien, die alle Totenbändiger von Geburt an zeichneten und so der Welt verrieten, was sie waren.

Phil seufzte innerlich und während ein Teil von ihm mit Mitgefühl für den Jungen und unbändigem Hass auf diejenigen kämpfte, die ihm das angetan hatten, hatte ein anderer Teil bereits in den Medizinermodus umgeschaltet und seine Finger suchten am Hals des Kleinen nach seinem Puls. Er konnte nicht tot sein, sonst wäre Thaddeus im Auto von seinem Geist angegriffen worden. Doch die Frage war, wie viel Leben noch in ihm war und ob sie ihn noch retten konnten.

»Und?«, fragte Thaddeus angespannt und hoffte, dass er auf dem Weg hierher nicht umsonst so gut wie jede Verkehrsregel gebrochen hatte. Zum Glück traute sich in Unheiligen Nächten kaum jemand vor die Tür und auf den Straßen war nichts los gewesen.

»Sein Herz schlägt noch. Aber nur gerade so.« Phil zog seine Hand zurück und wandte sich zu Sue um. »Ich denke, er braucht dich jetzt mehr als mich.«

Sie nickte sofort und kniete sich neben dem Kleinen vor die Couch. Vorsichtig schob sie sein T-Shirt hoch, wobei noch mehr Blutergüsse zum Vorschein kamen. Doch sie zwang sich, alle negativen Gefühle beiseitezuschieben, und legte ihre linke Hand sanft auf sein Herz. Energieübertragung funktionierte am besten bei direktem Hautkontakt. Ihre rechte legte sie auf seine Stirn. Dann schloss sie die Augen und konzentrierte sich auf ihren Herzschlag und ihre Atmung.

Machte sich bewusst, wie das Leben durch ihren Körper strömte.

Kraftvoll und ungehemmt.

Suchte nach derselben Energie im Körper des Kleinen – und prallte mental zurück.

Unsagbare Angst.

Das Gefühl traf sie so heftig, dass sie beinahe nicht nur mental, sondern auch körperlich zurückgewichen wäre.

Was immer diesem Kind widerfahren war, es hatte Todesängste ausgestanden und ein Echo dieser Angst hallte noch immer in ihm nach.

Sue schluckte und widerstand dem Drang, darüber nachzugrübeln, was ihn so verängstigt haben mochte. Sie brauchte ihre Konzentration, denn das Wichtigste war jetzt, dem Kleinen das Leben zu retten. Um seine Psyche konnten sie sich danach kümmern.

Wieder streckte sie ihre Lebensenergie nach dem Jungen aus und suchte nach seiner. Die musste irgendwo sein, sonst hätte sie seine Angst nicht fühlen können.

Es dauerte, doch schließlich fand sie einen kaum spürbaren Rest, völlig versteckt, wie ein verängstigtes Tier, das sich unendlich tief in seine Höhle verkrochen hatte. Rasch legte sie Wärme und das Gefühl von Sicherheit in ihre Energie und stupste damit sanft an seine. Der Kleine zögerte, ließ die Vereinigung dann aber zu, und als er spürte, dass es etwas Gutes war, stürzte er sich wie ausgehungert darauf und sog dankbar alles, was sie ihm gab, in sich auf.

Ein Lächeln huschte über ihr Gesicht.

»Ich hab ihn«, sagte sie, damit die anderen sich keine Sorgen mehr darüber machen mussten, ob der Kleine es schaffen würde. »Und er ist ein Kämpfer. Er will leben.«

»Gutes Kind. Dann geh ich jetzt mal und sorge für Tee und heiße Schokolade.«

Sue hörte, wie Edna das Wohnzimmer verließ, hielt aber die Augen geschlossen und konzentrierte sich ganz auf den Fluss ihrer Lebensenergie.

Der Junge sog sie in sich auf wie ein Erstickender, dem man eine Maske mit rettender Atemluft aufgesetzt hatte. Es war ein Reflex. Er war bewusstlos und konnte es nicht steuern. Deshalb musste sie aufpassen, dass er nicht zu viel von ihr nahm und sie dadurch tötete. Sie spürte bereits, wie ihre Kräfte schwanden.

Als sich ein leichtes Schwindelgefühl in ihrem Kopf einstellte und es hinter ihren Schläfen zu pochen begann, trennte sie behutsam die energetische Verbindung.

Es überraschte sie, wie bereitwillig der Junge sie losließ. Die meisten, denen sie Lebensenergie schenkte, klammerten und wollten mehr.

Der Kleine dagegen ließ sie sofort gehen und zog sich wieder in seine Höhle zurück.

Sue öffnete die Augen.

Hauchfeiner Silbernebel umspielte ihre Hände, die noch immer auf Stirn und Brust des Jungen lagen. Als sie sie fortzog, verweilten die zarten Schwaden über seiner Haut, bis sie sich langsam verflüchtigten.

»Ungewöhnlich«, murmelte Phil, der die beiden keine Sekunde aus den Augen gelassen hatte. »Warum hat er nicht versucht, den Rest deiner Energie auch noch aufzusaugen?«

»Ich glaube, er hat gelernt, sich mit dem zu begnügen, was er bekommt, und nicht zu wagen, mehr zu erwarten.«

Liebevoll strich Sue dem Kleinen über das verfilzte Haar und stand dann auf, um ihrem Mann Platz zu machen. Ihr war kalt und sie fühlte sich zittrig. Kopfschmerzen pochten hinter ihren Schläfen und sie schwankte leicht, weil ihr schwindelig war und ihre Beine sich wie Pudding anfühlten.

Phil half ihr zu einem der Sessel beim Kamin. »Ruh dich aus.« Er küsste ihre Stirn, legte eine Wolldecke um sie und reichte ihr ein Glas Wasser.

Dankbar trank sie einen Schluck und deutete zu dem Kleinen. »Ich konnte keine schlimmen Schmerzen bei ihm spüren. Er hat also keine inneren Verletzungen oder Knochenbrüche. Er ist aber schrecklich geschwächt und ausgehungert. Und völlig verängstigt. Er muss Todesängste ausgestanden haben, bevor er das Bewusstsein verloren hat.«

Phil setzte sich zu dem Jungen, holte das Stethoskop aus seiner Arzttasche und überprüfte Herzschlag und Atmung seines kleinen Patienten. Beides war regelmäßig und kräftiger als zuvor, doch die Lungen hörten sich nicht gut an. Er zog eine Stiftlampe hervor und leuchtete dem Kleinen in die Augen. Die Pupillen reagierten sofort und zogen sich zusammen. Das war ein gutes Zeichen.

»Erzähl uns, was passiert ist und wo du ihn gefunden hast«, bat Phil Thad, während er die Körpertemperatur des Jungen maß. »Dein kryptischer Anruf war nämlich nicht sehr aufschlussreich.«

»Ich komme mit einem Jungen zu dir, den ich an einem Tatort gefunden hab. Ich dachte zuerst, er wäre tot wie die anderen. Aber ich glaube, er ist nur bewusstlos. Du musst ihm helfen, Phil. Und weck Sue. Der Kleine ist ein Totenbändiger.«

Das waren die gehetzten Worte gewesen, die Phil um kurz nach halb drei aus dem Schlaf gerissen hatten. Doch Thad hatte so schnell wieder aufgelegt, dass keine Zeit für Nachfragen geblieben war.

Edna kam mit einem Tablett zurück ins Zimmer. Sie stellte ihrem Sohn eine Schüssel mit warmem Wasser hin und legte ein paar Tücher zum Waschen, einen Schlafanzug und dicke Socken daneben. Dann brachte sie ihrer Schwiegertochter eine Tasse mit heißer Schokolade. Zucker würde ihr helfen, die verlorene Energie schneller zu regenerieren.

Sue lächelte zu ihr auf. Sie liebte Schokolade. »Danke, du bist die Beste.«

Edna drückte ihr die Schulter und schüttelte den Kopf. »Nein, Liebes. Du hast gerade einem Kind das Leben gerettet. Heiße Schokolade ist da das Mindeste, was ich für dich tun kann.«

Dann trat sie zu Thad und reichte ihm einen Tee. »Das Gleiche gilt für dich, aber ich weiß, du trinkst lieber Tee. Und Phil hat recht. Erzähl uns, was passiert ist. Aber sag bitte nicht, dass irgendwelche Spinner durchgedreht sind, weil heute die erste Unheilige Nacht in diesem verdammten Unheiligen Jahr ist.«

Sie stellte ihrem Sohn ebenfalls einen Tee hin und setzte sich mit einer eigenen Tasse neben Sue in den zweiten Kaminsessel.

Ächzend wischte Thad sich über die Augen und wirkte mit einem Mal deutlich älter als Anfang dreißig. »Ich wünschte, es wäre nicht so. Aber in Unheiligen Zeiten spielen sich so viele kranke Dinge ab …« Er brach ab und schüttelte den Kopf.

Seit Menschengedenken entstanden Geister, wenn ein Mensch einen gewaltsamen Tod fand. Dabei war es nicht von Bedeutung, ob der Tod absichtlich herbeigeführt wurde, wie bei einem Mord, oder er durch einen Unfall geschah. Wurde ein Mensch gewaltsam aus dem Leben gerissen und starb nicht friedlich im hohen Alter oder durch eine schwere Krankheit, entstand ein Geist. Diese Wesen hatten nichts mehr mit der Person gemein, aus der sie entsprungen waren. Sie waren Seelenlose, die einzig und allein nach dem Leben gierten, das ihnen abrupt genommen worden war. Deshalb stürzten sie sich erbarmungslos auf jeden erreichbaren Menschen, um ihm seine Lebensenergie zu rauben.

So wie es seit Menschengedenken Geister gab, gab es in jedem Jahr auch vier Unheilige Nächte, in denen die Seelenlosen besonders aggressiv und gefährlich waren. In den Nächten des Frühlings- und Herbstäquinoktiums, zu Samhain und in der Nacht der Wintersonnenwende wagte sich niemand, der nicht unbedingt musste, aus dem Haus.

Alle dreizehn Jahre erstarkten Geister und Wiedergänger zudem und verhielten sich ein gesamtes Jahr lang noch angriffslustiger und grausamer als sonst. Warum das so war, wusste niemand, doch es hatte diesen Jahren den Namen *Unheiliges Jahr* eingebracht. In den Unheiligen Nächten eines Unheiligen Jahres potenzierte sich die Gefahr, die von den Seelenlosen ausging, noch einmal ins Unermessliche, und leider rief genau dieser Umstand immer wieder Verrückte und Fanatiker auf den Plan, die mit fehlgeleiteten oder kranken Weltvorstellungen irrsinnige und gemeingefährliche Dinge taten.

Phil warf einen mitfühlenden Blick zu Thaddeus, während er sacht das getrocknete Blut von der Nase des Jungen wischte. Thaddeus war auf das zweite Sofa gesunken, hatte die Ellbogen auf die Knie gestützt und hielt sein Gesicht in den Händen vergraben. Im letzten Unheiligen Jahr hatte er seine Eltern verloren. Damals war Thad gerade achtzehn gewesen und es hatte ihm den Boden unter den Füßen weggezogen.

»Hilf uns«, bat Phil sanft, während er weiter das Gesicht des Jungen säuberte, der ohne den Schmutz noch viel bleicher wirkte als zuvor. »Erzähl uns, was passiert ist, damit wir dem Kleinen helfen können. Dann wirst auch du dich sicher besser fühlen.«

Als Arzt hatte Phil schon viele schlimme Dinge gesehen und auch privat kämpfte er immer wieder an Fronten, die ihn oft an seinen Mitmenschen und der Gesellschaft zweifeln ließen. Doch welche Grausamkeiten und menschlichen Abgründe Thaddeus als Polizist bei der Abteilung für Gewaltverbrechen aushalten musste, wollte er sich gar nicht vorstellen.

Thad presste einen Moment lang seine Finger auf die Augen, um sich zu sammeln. Als er wieder aus seinen Händen auftauchte, warf er einen Blick zum Durchgang in den Flur.

»Schlafen die Kinder? Sie sollten das hier nicht hören.«

Edna nickte. »Keine Sorge, sie sind oben in ihren Zimmern.«

Thaddeus atmete tief durch. »Erinnert ihr euch an all die Vermissten aus den Armenvierteln?«

Böses ahnend nickte Phil langsam. Er arbeitete mit zwei Kolleginnen und einem Kollegen in einer Gemeinschaftspraxis des Hampstead Health Centres, übernahm aber jeden Freitag unentgeltlich eine Schicht in einer Notfallambulanz im East End, einem der schlimmsten sozialen Brennpunkte der Stadt. Seit Beginn des Jahres waren dort und in anderen Armenvierteln vermehrt Obdachlose verschwunden. In einem harten Winter nicht unbedingt etwas Ungewöhnliches. Viele starben in ihren notdürftigen Verstecken an der Kälte und wurden oft wochenlang nicht gefunden. Außerdem besaßen die meisten, die sich auf der Straße durchschlagen mussten, kaum Mittel, um sich vor Geistern zu schützen. Das war schon in normalen Jahren für viele Obdachlose tödlich. In einem Unheiligen Jahr erst recht. Doch die schiere Anzahl an Menschen, die in den Armenvierteln plötzlich verschwunden waren, hatte schließlich doch Aufmerksamkeit erregt, weil die Einwohner Londons sich vor einer Flut möglicher neuer Geister fürchteten.

»Wir haben sie heute Nacht gefunden«, fuhr Thad fort. »Im Keller eines leer stehenden Herrenhauses am Wimbledon Park. Und es waren deutlich mehr als die knapp dreißig, von denen wir wussten.«

»Wie viele?«, fragte Sue.

»Das stand noch nicht fest, als ich zu euch gefahren bin, aber mit Sicherheit doppelt so viele. Man hat ihnen die Kehlen durchgeschnitten. Vermutlich erst heute Nacht. Irgendein Irrer hat in diesem Keller ein Blutbad angerichtet.« Thad ballte die Hände zu Fäusten. »Und mitten drin waren die Kinder.«

Er blickte zu dem Jungen, dem Phil das T-Shirt ausgezogen hatte, um seinen Oberkörper zu waschen. Seine Rippen schienen durch die blasse Haut stechen zu wollen, so dürr war der kleine Kerl. Aber man konnte sehen, wie die schmale Brust sich hob und senkte, und das war es, was zählte.

»Es waren sechs. Drei Mädchen und drei Jungen.« Thads Stimme klang bitter. »Alle waren Totenbändiger und ähnlich alt wie der Kleine. Sie waren in Holzkisten eingesperrt. Kaum ein Meter mal ein Meter. Sie konnten nicht mal darin stehen und hatten nichts bei sich außer einer Decke und einer Wasserflasche.«

Edna zischte eine Verwünschung und spuckte ins Feuer.

»Alle hatten Nasenbluten, blaue Flecken, Kratzer und Schürfwunden. Äußerlich nichts Ernstes, aber sie sind alle tot. Außer dem Kleinen. Ich hab auch ihn erst für tot gehalten. Sein Puls war wohl zu schwach. Doch dann konnte ich in der verdammten Kälte seinen Atem sehen.«

Phil versuchte, ruhig und professionell zu bleiben und die Informationen zu ordnen, die Thaddeus ihnen gab, während in seinem Inneren Wut und Mitgefühl tobten. Er war froh, dass seine Hände etwas zu tun hatten, als er dem Kleinen das Oberteil des Schlafanzugs überzog, denn sonst hätte er seine Fäuste irgendwo reinschlagen müssen.

Sue schloss die Augen und schluckte hart. »Denkst du, jemand wollte die Kinder quälen? Testen, wie viele Geister sie bändigen können, bevor sie sterben?«

Thad hob die Schultern und nickte knapp. »Die Vermutung liegt nahe, oder?«

Ednas Finger krallten sich um ihre Teetasse. »Es waren kleine Kinder«, grollte sie voller Abscheu.

Phil seufzte schwer und verdrängte die Vorstellung daran, was der kleine Kerl, der jetzt hier bei ihm auf dem Sofa lag, in dieser Nacht hatte durchmachen müssen.

Doch die schreckliche Wahrheit war, dass es solche Verbrechen gegen Totenbändiger immer wieder gab und weiter geben würde, wenn sich nicht endlich die Gesetze änderten. Totenbändiger galten als unheimlich und unberechenbar, weil sie Kräfte besaßen, mit denen sie Geister und Wiedergänger auslöschen konnten, indem sie den Seelenlosen ihre Todesenergie raubten. Dasselbe konnten Totenbändiger allerdings auch mit der Lebensenergie der Menschen tun und diese nur durch Handauflegen töten. Niemand verstand diese Kräfte und niemand wusste, woher sie kamen. Nicht einmal die Totenbändiger selbst. Sie wurden so geboren und machten nur eine kleine Minderheit der Bevölkerung aus. In manchen Familien traten sie allerdings häufiger auf, besonders, wenn zwei Totenbändiger Kinder bekamen.

Manchmal wurden Totenbändiger jedoch auch in unbefleckte Familien geboren, waren dort jedoch in der Regel nicht willkommen. Wer wusste schon, ob sie ihre tödlichen Kräfte wirklich nur gegen Geister und Wiedergänger einsetzten? Und selbst wenn sie nur das taten, wer konnte sagen, was es mit ihrer Psyche oder ihrer Seele machte, wenn sie die Todesenergie der Seelenlosen schluckten?

Niemand wollte eine tickende Zeitbombe in der Familie haben.

Niemand wollte soziale Ächtung und Ausgrenzung erfahren.

Da die meisten Menschen so dachten, stand es nicht unter Strafe, Babys zu töten, die als Totenbändiger zur Welt kamen. Und quälte oder tötete man einen Totenbändiger, weil man sich von ihm bedroht fühlte, kam es nie zu einem Prozess.

»Werdet ihr ermitteln?« Sue wusste, dass Thaddeus auf ihrer Seite stand. Er kämpfte als Polizist immer wieder gegen Geister und Wiedergänger und sah in Totenbändigern wertvolle Unterstützer, deren Fähigkeiten man nutzen sollte, statt ihnen mit Misstrauen zu begegnen oder sich vor ihnen zu fürchten. Doch er war nur ein einfacher Sergeant und seine Bosse entschieden, welche Fälle bearbeitet wurden. Und bei seinen Bossen standen tote Obdachlose und Totenbändigerkinder auf der Prioritätenliste vermutlich nicht besonders weit oben.

Doch Thad nickte mit grimmiger Entschlossenheit. »Auf jeden Fall. Wer immer das getan hat, ist ein kranker Massenmörder, und er läuft frei in London herum. Ihn nicht zu suchen, wäre absolut verantwortungslos.«

»Allerdings!«, stimmte Edna ihm aus tiefstem Herzen zu.

Phil hatte auch Füße und Beine des Jungen notdürftig gesäubert und zog ihm jetzt Schlafanzughose und Socken an. »Willst du, dass ich mit zum Tatort komme?« Er wickelte seinen kleinen Patienten in eine Wolldecke und strich ihm sanft über Stirn und Haar. »Wenn es so viele Tote gibt, könnt ihr Unterstützung gebrauchen. Eure Gerichtsmediziner werden alleine Tage brauchen, um bei allen Leichen den genauen Todeszeitpunkt zu bestimmen. Und um die Kinder wird sich vermutlich gar keiner kümmern.«

Sofort schüttelte Thad den Kopf. »Du kommst auf keinen Fall mit mir. Und es darf niemand wissen, dass ich hier gewesen bin.« Er beugte sich vor und blickte ernst von einem zum anderen. »Der Junge ist der einzige Zeuge dieses Massakers. Ich weiß, er ist noch sehr jung. Vermutlich zu jung, als dass er eine Aussage machen könnte, die uns helfen würde, den Täter zu finden. Aber das weiß dieser Irre nicht. Sollte er erfahren, dass eins der Kinder überlebt hat, wird er sicher alles daransetzen, den Kleinen zum Schweigen zu bringen.«

Einen Augenblick lang herrschte Stille, dann sagte Sue: »Du willst, dass wir ihn in unserer Familie verstecken.«

Es war keine Frage, sondern eine Feststellung.

Thaddeus atmete schwer durch. »Ich weiß, ich bitte euch damit um sehr viel. Aber ich werde alles in meiner Macht Stehende tun, um euch zu unterstützen. Außer mir und meinem Boss weiß niemand, dass der Kleine überlebt hat, und Oswald können wir hundertprozentig vertrauen. Er setzt sich genauso für die Gleichstellung von Totenbändigern ein wie ich. Offiziell ist der Kleine mit den anderen Kindern gestorben. Da es keinerlei Vermisstenanzeigen gibt, die auf ihn oder eins der anderen Kinder passen, gehen wir davon aus, dass sie nicht aus Totenbändigerfamilien stammen. Vermutlich hat dieser Irre sie als Babys irgendwelchen Müttern abgenommen, die froh waren, sie so schnell wie möglich loszuwerden. Dann hat er die Kinder großgezogen, um mit ihnen im Unheiligen Jahr irgendwelche kranken Experimente zu machen. Aber das ist nur meine Vermutung. Noch wissen wir so gut wie gar nichts, außer dass der Kleine mit Sicherheit in Gefahr ist, wenn der Täter erfährt, dass er noch lebt und reden könnte.«

Thaddeus blickte zu Phil. »In ein paar Tagen könntest du sagen, dass jemand den Jungen in deiner Notfallambulanz abgegeben hat. Erzähl allen, die fragen, dass seine Mutter eine Totenbändigerin war, die als Wächterin an den Grenzen des Vergnügungsviertels im West End gearbeitet hat. Dort ist sie heute in der Unheiligen Nacht gestorben. Zu viele hungrige Geister, zu wenig Personal. Das glaubt jeder sofort. Sie war alleinerziehend und hat ihren Sohn während ihrer Schichten zu Hause gelassen. Nachbarn hatten ein Auge auf ihn, und als die Mutter nicht zurückkam, haben sie den Kleinen zu dir in die Ambulanz gebracht, weil sie wissen, dass du schon zwei Totenbändigerkinder in deiner Familie aufgenommen hast. Sollten Rückfragen kommen, unterstützen Oswald und ich diese Geschichte und wir besorgen euch alle nötigen Papiere. Obwohl ich nicht glaube, dass irgendjemand nachfragen wird. So traurig wie es ist, es wird niemanden interessieren, wo ein kleiner Totenbändiger herkommt und was ihm widerfahren ist.«

Wieder sah Thaddeus zwischen seinen Freunden hin und her. »Wie gesagt, ich weiß, ich bitte euch um sehr viel. Aber der Junge hat niemanden, ihr seid fantastische Eltern und diese Familie hält zusammen wie Pech und Schwefel. Nach allem, was der Kleine durchgemacht haben muss, hat er ein Zuhause wie dieses hier verdient, und ich weiß, dass er bei euch in Sicherheit wäre.«

Sue und Phil tauschten einen Blick und sahen dann zu Edna. Doch bevor die etwas sagen konnte, erklang eine Stimme vom Durchgang zum Flur.

»Wir können ihn nicht wegschicken.«

Alle fuhren herum und Phil seufzte, als sein Ältester ins Wohnzimmer kam, jenen sturköpfigen Ausdruck im Blick, den er in den letzten Monaten perfektioniert hatte.

»Wie lange hast du uns schon belauscht?«, fragte er den Elfjährigen und fühlte sich zu müde und ausgelaugt, um die eigentlich nötige Vaterstrenge in Blick und Stimme zu legen.

»Lange genug, um zu wissen, dass ein Irrer dem Kleinen wehgetan hat, weil er ein Totenbändiger ist.« Gabriel trat ans Sofa und betrachtete den bewusstlosen Jungen. Sofort ballte er wütend die Fäuste. »Er ist noch so klein. Warum hassen die Leute uns so sehr? Wir haben niemandem etwas getan!«

Sue stand aus ihrem Sessel auf und zog ihren Sohn in ihre Arme. Zärtlich streichelte sie ihm durch die vom Schlaf zerzausten Haare und fuhr mit dem Daumen über die schwarzen Linien an seiner Schläfe.

»Weil viele Menschen dumm sind und das fürchten, was sie nicht verstehen. Und sie vorverurteilen lieber andere, statt sich mit ihren eigenen Fehlern und Unzulänglichkeiten auseinanderzusetzen.«

Gabriel löste sich aus ihrer Umarmung, lehnte sich aber an sie und schaute von ihr zu seinem Dad und seiner Grandma. »Ihr werdet ihn nicht wegschicken, oder? Ella und mich habt ihr auch aufgenommen. Und Thad hat gesagt, der Kleine hat niemanden. Wo soll er denn dann hin? In die Akademie? Mum, du hasst die Akademie!«

Die drei Erwachsenen tauschten erneut einen Blick und waren sich wortlos einig.

»Nein«, sagte Sue entschieden. »Er kommt ganz sicher nicht in die Akademie. Er wird bei uns bleiben.«

Erneut ballte Gabriel die Fäuste, aber diesmal nicht aus Wut, sondern um mit ihnen triumphierend in die Luft zu boxen. »Yes!«

Sue fasste ihren Sohn bei den Schultern und drehte ihn zu sich um, damit sie ihm in die Augen sehen konnte. »Aber du hast gehört, was Thad gesagt hat. Niemand darf wissen, wer der Kleine wirklich ist. Das heißt, du darfst niemandem erzählen, was du heute Nacht hier gehört hast, verstanden?« Sie maß ihn mit ernstem Blick.

Gabriel nickte gewissenhaft. »Ja, ich weiß. Und ich verspreche, ich passe auf, dass ihm keiner mehr wehtut.« Dann wandte er sich zu dem Kleinen um. »Darf ich ihm was von meiner Lebensenergie geben, damit er schnell wieder gesund wird?«

Sue lächelte gerührt und gab ihm einen Kuss auf den strubbeligen Hinterkopf. »Okay. Aber ich zähle. Bis zehn, dann trennst du die Verbindung zwischen euch wieder.«

»Bis elf! Ich bin elf. Für jedes Jahr eine Sekunde. Das schaffe ich.«

Wieder musste Sue lächeln. »Okay. Bis elf. Aber keine Sekunde länger. Wenn der kleine Mann morgen aufwacht, braucht er einen großen Bruder, der fit ist, klar?«

Grinsend hob Gabriel den Daumen. »Glasklar.«

Dann setzte er sich neben seinen neuen kleinen Bruder und legte eine Hand auf seine Stirn und eine auf sein Herz.

Thaddeus sah noch einen Moment lang zu, wie Sue ihrem Ältesten Anweisungen gab, dann stand er auf und blickte zu Phil. »Ich muss zurück zum Tatort.«

Phil nickte und begleitete seinen Freund zur Haustür. »Halte uns auf dem Laufenden.«

»Natürlich. Ich komme wieder her, sobald ich kann.«

Bevor Thad über die Türschwelle trat, drückte Phil ihm die Schulter. »Pass auf dich auf. Die Kinder waren noch viel zu klein, um die Geister von all diesen Toten bändigen zu können. Sei also vorsichtig. In diesem Herrenhaus muss es vor Geistern jetzt nur so wimmeln.«

Thaddeus schüttelte den Kopf. »Nein.«

»Wie, nein?«, hakte Phil stirnrunzelnd nach.

»Ich habe keine Ahnung, warum, aber trotz all der Toten gab es am Tatort nicht einen einzigen Geist.«

Kapitel 1

Dreizehn Jahre später
1. September
Ein Sonntagabend

Camren Hunt starrte in den Spiegel und zwei dunkelblaue Augen starrten zurück – aus einem schmalen Gesicht mit bleicher Haut, umrahmt von einem schwarzen Haarschopf, der sich nie richtig bändigen ließ, völlig egal, was er damit anstellte. Manche Totenbändiger wurden mit krassen Haarfarben geboren. Sue hatte schneeweißes Haar, das sie an Sky und Jules weitervererbt hatte. Ellas Haare hatten einen blaugrünen Farbton. Gabriels dagegen waren einfach nur dunkelblond, doch er hatte einen Freund, dessen Haare zartrosa und himmelblau waren.

Cam fuhr sich durch seinen eigenen struppigen Haarschopf und war froh, dass ihm so ein Farbwunder erspart geblieben war. Ella behauptete zwar steif und fest, dass seine Haare nicht einfach nur pechschwarz waren, sondern im Sonnenlicht einen mitternachtsblauen Schimmer hatten, doch ganz ehrlich, den hatte er noch nie gesehen.

Aber solange seine Haare nicht rosa und hellblau waren, war ihm alles egal.

Nur nicht auffallen.

Er betrachtete sich prüfend.

Er sah weder besonders gut noch schlecht aus.

Normal halt.

Durchschnittlich.

Für seine geschätzten siebzehn Jahre war er eher klein und laut Granny zu dürr, doch das war okay. Besser, als ein muskelbepackter Riese mit rosablauen Haaren. Klein und dürr konnte man unsichtbar in der Menge untertauchen. Oder zumindest hätte er das gekonnt, wenn da nicht die schwarzen Linien an seiner linken Schläfe gewesen wären. Die machten es ihm unmöglich, morgen, an seinem ersten Schultag in einer öffentlichen Schule, unsichtbar zu bleiben.

Bei jedem Totenbändiger zeichneten die Linien ein etwas anderes Muster und manche trugen sie rechts, andere links, doch immer gingen sie von der Schläfe aus und schlängelten sich hinunter bis zum Ohr.

Sie zu verstecken, war strengstens verboten.

Trotzdem gab es immer wieder Totenbändiger, die es taten. Auch wenn sich in den letzten Jahren in London einiges zum Besseren geändert hatte, gab es noch immer zu viel Ablehnung und dumme Vorurteile. Entgegen der Vorstellungen mancher ihrer Mitbürger ernährten Totenbändiger sich nämlich weder von der Energie der Toten noch von der der Lebenden. Sie brauchten die gleiche Nahrung wie alle anderen Menschen und für die mussten sie Geld verdienen. Genauso wie für die Miete, denn auch wenn Totenbändiger den Geistern und Wiedergängern nicht so schutzlos ausgeliefert waren wie der Rest der Bevölkerung, waren sie weder immun gegen sie noch unsterblich, was ein sicheres Zuhause äußerst erstrebenswert machte. Und dafür brauchte man einen Job. Doch es gab nur wenige Arbeitgeber, die Totenbändiger einstellten, deshalb blieb vielen oft keine andere Wahl, als ihre Zeichen zu verstecken, um Geld verdienen zu können.

Cam hatte noch keine Ahnung, wie er später sein Leben finanzieren wollte. Aber er wusste definitiv, dass er sein Zeichen dafür nicht verstecken würde. Früher oder später flog es immer auf und die Strafe dafür waren bis zu sechs Wochen Gefängnis. In eine enge Zelle gesperrt zu werden, war schlimmer als zu hungern oder auf der Straße leben zu müssen. Allein die bloße Vorstellung, irgendwo eingesperrt zu sein, ließ ihm schon kalten Schweiß ausbrechen und es fühlte sich an, als würde irgendetwas seine Brust zusammenquetschen und ihn kaum atmen lassen.

Seine Abneigung gegen geschlossene Räume war so schlimm, dass er selbst Nebeltage, an denen es zu gefährlich war, das Haus zu verlassen, nur schwer aushielt. Phil hatte ihm erklärt, dass seine Klaustrophobie vermutlich daher rührte, dass man ihn als kleines Kind in einer engen Kiste eingesperrt hatte. Irgendein Irrer hatte ihn und fünf andere Kinder gefangen gehalten und gequält, weil er Totenbändiger hasste. Gefasst worden war der Mistkerl leider nie.

Cam schaute sich im Spiegel in die Augen und versuchte wie so oft, irgendeine Erinnerung an damals zu finden.

Doch da war nichts.

Selbst an die erste Zeit hier bei den Hunts konnte er sich kaum erinnern.

Sue, Phil und Granny hatten ihm erzählt, dass er lange mit einer schweren Lungenentzündung krank gewesen war und schreckliche Angst gehabt hatte. Doch wovor er sich so sehr gefürchtet hatte, wusste Cam nicht. Selbst damals hatte er es nicht sagen können. Auch nicht, wenn er nachts schreiend aufgewacht war.

Irgendwann waren diese Träume zum Glück seltener geworden und quälten ihn nur noch bei Nebel oder Vollmond. Und garantiert in jeder Unheiligen Nacht. Immer, wenn die Toten rastloser und gefährlicher waren als ohnehin schon, machte ihn das unruhig und das schien seine Albträume zu begünstigen. Er konnte sich noch immer nicht daran erinnern, was er träumte. Er wachte zwar nicht mehr schreiend auf, dafür aber meist nassgeschwitzt und mit solcher Todesangst, dass er in den ersten Momenten nach dem Aufwachen wie gelähmt war.

Absolut ätzend.

Vor allem, weil der Mist wieder deutlich schlimmer geworden war.

Seit Beginn dieses verfluchten Unheiligen Jahres suchten die Albträume ihn wieder häufiger und ohne erkennbares Muster heim. Schlafen war die Hölle und die Schatten unter seinen Augen verrieten das ziemlich schonungslos.

Auch die verdammte Unruhe, die er sonst nur in Unheiligen Nächten spürte, war in den letzten Monaten ein zu häufiger Begleiter, der sich oft nur durch drastische Maßnahmen abschütteln ließ.

Aber hey, es hatte ja niemand behauptet, dass das Leben was für Weicheier war.

Seufzend drehte Cam den Wasserhahn auf und klatschte sich ein paar Ladungen kaltes Wasser ins Gesicht. Mit nassen Fingern fuhr er sich durch die Haare, änderte damit an ihrer Strubbeligkeit allerdings rein gar nichts. Sie standen jetzt bloß in andere Richtungen ab. Pechschwarz und kein bisschen mitternachtsblau.

Er schnitt sich selbst eine Grimasse, zog sein Handtuch vom Haken und trocknete sein Gesicht.

Es hätte wahnsinnig geholfen, wenn der Sommer nicht so kalt und verregnet gewesen wäre. Ein bisschen Sonnenbräune und schon wären die dämlichen Schatten unter seinen Augen jetzt vielleicht nicht ganz so auffällig.

Vielleicht sollte er sich von Sky oder Ella einen Eyeliner ausleihen. Dann konnte er auf coolen Gothic Boy machen. Da er eh nur schwarze Klamotten trug, wäre der Rest der Verwandlung wahrscheinlich gar nicht so schwer.

Mit der Schuluniform, die er ab morgen tragen musste, funktionierte der tolle Plan allerdings nicht wirklich und hätte ihn vermutlich eher wie einen trashigen Zombie aus irgendeinem peinlichen B-Movie aussehen lassen.

Außerdem war er einfach kein Goth.

Und er wollte auch gar keiner sein.

Er wollte einfach nur, dass man ihn morgen in Ruhe ließ.

Es klopfte.

»Ja?«

Gabriel streckte seinen Kopf zur Tür herein. »Hey Kleiner, will ich wissen, was du hier drin so ewig machst?«

Gabriel war der Einzige, der ihn noch Kleiner nennen durfte. Weil es nie abwertend gemeint war. Es war eher wie ein Spitzname, der haften geblieben war, weil Kleiner sein Name gewesen war, bevor Cam einen richtigen bekommen hatte.

Wie immer sah Gabriel verdammt gut aus – auf seine typisch lässig coole Art. Mit Jeans, Longsleeve, Boots und seiner schwarzen Lederjacke, ohne die er nie das Haus verließ.

»Ich übe schon mal für morgen, wenn ich mich vor den Mobbern der Schule auf dem Klo verstecken muss«, gab Cam sarkastisch zurück. »Ich hab nämlich keine Lust, mich in den nächstbesten Müllcontainer werfen zu lassen, weil irgendwelche Vollidioten die Vorstellung nicht ertragen können, dass jetzt ein paar Totenbändiger mit auf ihre Schule gehen.«

Gabriel hob eine Augenbraue. »Wow. Es geht doch nichts über eine optimistische Erwartungshaltung.«

»Optimismus ist total out. Der wurde eh immer überbewertet. Realismus mit einem ordentlichen Schuss Zynismus – das ist das Must-have, wenn man mit dem Leben klarkommen will.«

Blitzschnell nahm Gabriel ihn in den Schwitzkasten und strubbelte ihm durch die Haare. »Es erfüllt mein Herz immer wieder mit unbändiger Freude, zu sehen, wie du zu einem echten Sonnenschein heranwächst.«

Geschickt befreite Cam sich aus dem Griff mit ein paar Tricks, die Gabe ihm bei ihrem Selbstverteidigungstraining beigebracht hatte.

»Gut gemacht.« Anerkennend klopfte Gabriel ihm auf die Schulter. »Siehst du, du musst dich morgen nicht auf dem Klo verstecken. Wehr dich, wenn dir jemand blöd kommt.«

Sicher. Kommt bestimmt super an, wenn einer der Totenbändiger-Freaks gleich am ersten Tag in eine Schlägerei gerät. Vermutlich überlebe ich dann nicht mal bis zum Mittagessen.

Laut sagte Cam: »Musst du nicht zur Nachtschicht?«

Der abrupte Themenwechsel ließ Gabriel die Stirn runzeln, doch er ging trotzdem darauf ein. »Yep. Aber bevor ich mich um unsere ungeliebten paranormalen Mitbürger kümmere, wollte ich dir noch schnell viel Spaß für deinen ersten Schultag wünschen.«

»Ich glaube, unsere Definitionen von *Spaß* liegen Lichtjahre auseinander.«

Gabriel betrachtete ihn einen Moment lang und ließ seine flapsige Art dann fallen. »Hey, das wird schon. Das, was morgen passiert, ist ein riesiger Schritt für ein gemeinsames Miteinander ohne Angst und Diskriminierung. Stell dir nur mal vor, dass ein Totenbändigerkind, das morgen geboren wird, in ein paar Jahren ganz selbstverständlich mit allen anderen Kindern eingeschult werden kann, weil du, Jules und Ella bewiesen habt, dass gemeinsam unterrichtet zu werden, keine Gefahr darstellt. Damit bist du Teil von etwas unglaublich Wichtigem.«

Cam seufzte. »Ja, schon klar. Ich finde es ja auch super, dass Sue, Phil und Granny sich so für die Rechte der Totenbändiger einsetzen. Und für uns.«

»Aber?«

»Aber ich bin nicht scharf darauf, einer der Beweise zu sein, der zeigen soll, dass wir total harmlos und keine Gefahr für die Allgemeinheit sind.«

»Aber du bist total harmlos und keine Gefahr für die Allgemeinheit.«

Missmutig wandte Cam sich ab und kickte gegen den Korb, in dem sie ihre dreckige Wäsche sammelten. »Das weißt du nicht.«

Gabriel fasste ihn an der Schulter. »Hey, sieh mich an.«

Widerwillig drehte Cam sich zu ihm um und hob den Blick.

»Kein Vierjähriger kann zig Leuten die Kehlen durchschneiden. Schon gar nicht, ohne sich mit Blut zu besudeln. Oder wenn er in eine Holzkiste eingesperrt ist. Klar?« Er bohrte seinen Blick in Cams. »Ich hab dich in der Nacht gesehen, als du zu uns gekommen bist. Du warst nur Haut und Knochen und so krank und schwach, dass du tagelang nur geschlafen hast. Und deine Muskeln waren von der verdammten Holzkiste so verkümmert, dass du dich kaum auf den Beinen halten konntest, als du endlich aufgewacht bist. Du hättest niemandem irgendetwas antun können. Weder mit einem Messer noch mit deinen Kräften. Also rede dir nicht irgendwelchen Schwachsinn ein, verstanden?«

Eine Antwort blieb Cam erspart, weil sich draußen auf dem Flur Schritte näherten.

»Gabe? Wir müssen los.« Sky steckte ihren Kopf zur Tür herein. Wie immer standen ihre kinnlangen Haare wuschelig in alle Richtungen ab wie Büschel schneeweißer Ausrufezeichen. Sie trug enge schwarze Jeans, ein helles Top, Boots und die dunkelrote Cordjacke, die Ella ihr genäht hatte. Ihren Augen hatte sie einen dicken schwarzen Lidstrich verpasst und bei ihr sah es kein bisschen wie trashiger Zombie aus, sondern einfach nur cool.

»Oh, sorry, störe ich gerade einen wichtigen Brüder-Moment?«, fragte sie, als sie Gabe und Cam zusammen sah.

Gabriel dolchte seinen Blick noch einen Moment länger in Cam, dann klopfte er ihm auf die Schulter und schüttelte den Kopf. »Nein. Wir waren gerade fertig.«

»Prima. Dann lass jetzt mal die große Schwester ran.« Sky schob Gabriel zur Seite und zog Cam in ihre Arme. »Ich wünsch dir für morgen alles und nichts.«

Unvermittelt musste Cam lächeln.

Alles, was dich glücklich macht.

Nichts, was dich verzweifeln lässt.

Es war das, was sich die Menschen gegenseitig zur Julzeit, der dunkelsten und gefährlichsten Zeit des Jahres, wünschten.

Sky hatte verstanden, was dieser verdammte Schulanfang für ihn bedeutete.

Dankbar erwiderte er die Umarmung.

»Kopf hoch, okay?« Sie gab ihm einen flüchtigen Kuss auf die Stirn. »Sonst kann niemand deine hübschen Augen sehen. Und ich wette, mit denen wirst du in den nächsten Wochen so einige Herzen erobern.« Sie zwinkerte vielsagend.

Cam verzog das Gesicht.

Ja, klar. Funktionierte bei Jules ja auch ganz wundervoll – nicht.

Er strafte seine Schwester mit einem ironischen Blick.

Lachend boxte Gabriel ihm gegen die Schulter. »Okay, und falls das mit dem Herzen erobern nicht funktioniert, funkle sie einfach alle in Grund und Boden. *Den* Blick hast du nämlich perfekt drauf.«

Connor klopfte an die offen stehende Tür. »Hey Cam, alles Gute für morgen.« Er lächelte aufmunternd und nickte bedeutungsvoll Richtung Gabriel. »Und was immer dieser Chaot dir an tollen Ratschlägen mitgegeben hat – mach das Gegenteil.«

Empört wollte Gabriel einen passenden Kommentar zurückschießen, doch bevor er irgendwas sagen konnte, fuhr Connor ihm über den Mund und scheuchte ihn und Sky zur Tür.

»Spar dir den Atem, wir müssen los. Sonst kommen wir zu spät.«

Sky wandte sich zu ihm um, gab Connor einen Kuss und schnappte sich dabei den Autoschlüssel aus seiner Hand. »Nicht, wenn ich fahre.«

Kapitel 2

Egal zu welcher Tages- oder Nachtzeit, das Polizeirevier von Camden glich immer einem quirligen Ameisenhaufen. Einsatzteams kamen und gingen, Verdächtige wurden verhört, Zeugen befragt und überführte Täter warteten auf den Abtransport ins Gefängnis.

Geleitet wurde das Revier von Commander Jonathan Pratt, einem energiegeladenen Mitfünfziger, der zu den besten Polizisten ganz Londons zählte. Seit einer Schießerei, bei der ihn eine Kugel in den Rücken getroffen hatte, saß er im Rollstuhl und hatte deshalb den Dienst auf der Straße quittieren müssen. Jetzt ging er dafür ganz in seiner Rolle als Leiter des Camdener Polizeireviers auf und führte seine Leute mit harter, aber fairer Hand.

»Hi Betty!«

Gabriel, Connor und Sky stürmten zum Empfangstresen, an dem eine ältere Polizistin mit Argusaugen den Eingang des Reviers bewachte und sowohl für die Mitarbeiter als auch für die Besucher den Begrüßungszerberus gab.

»Die Sergeants Hunt und Fry.« Mit hochgezogener Augenbraue schüttelte Betty den Kopf. »Mal wieder gerade so auf den letzten Drücker pünktlich zum Dienst eingecheckt.« Sie vermerkte die Ankunft der drei in ihrem Computer.

»Das lag nur an den ganzen Sonntagsfahrern, die heute Abend unterwegs waren«, verteidigte Sky sich und war eigentlich sehr stolz darauf, dass sie es trotz dieser Schnecken auf den Straßen noch pünktlich hergeschafft hatten.

»Na, wow. Diese Entschuldigung hab ich ja schon ewig nicht mehr gehört«, meinte Betty sarkastisch. »Ich sollte mir ein Bingofeld mit typischen Ausreden zulegen und sobald ich eine Reihe voll habe, schuldet ihr mir Tee, Sandwiches und Scones. Und zwar die guten von Fred's. Nicht irgendeinen ungenießbaren Fließbandmüll.«

»Ehm … Granny lässt dich schön grüßen«, lenkte Gabriel das Gespräch schnell in eine andere Richtung und schenkte ihr ein charmantes Lächeln. »Sie freut sich auf euer Squashspiel am Dienstag.«

»Lenk nicht ab, junger Mann! Die Bingo-Idee ist brillant.« Eifrig gab Betty etwas in ihren Computer ein. »Und dieses Lächeln ist bei mir sinnlos«, schob sie hinterher, doch alle drei sahen, dass ihre Mundwinkel verräterisch zuckten. »Aber bestellt eurer Granny einen lieben Gruß zurück. Ich freue mich auch.«

Sie betätigte den Buzzer, der die Tür in der schusssicheren Glasfront öffnete, die den Empfangsbereich vom Rest des Reviers trennte. Panzerglas hielt irdische Kugeln ab, eiserne Schwellen an den Türen und Gitter vor den Fenstern schützten gegen paranormale Eindringlinge. Das Revier war gut gesichert und in den knapp drei Jahren, in denen Gabriel und Sky hier arbeiteten, hatte es noch nie irgendwelche Zwischenfälle gegeben. Thaddeus Pearce, der beste Freund ihres Vaters, hatte sich damals für sie stark gemacht. Die Polizei hatte zwar eigene Mittel und Wege, Geister und Wiedergänger einzufangen und unschädlich zu machen, doch Totenbändiger mit an Bord zu haben, wenn man Tatorte von Gewaltverbrechen untersuchen musste, war ein ungemeiner Vorteil. Frisch entstandene Geister zu eliminieren war für einen Totenbändiger keine große Herausforderung und so sparte ihr Einsatz eine Menge Steuergelder, denn die Mittel zum Einfangen und Vernichten von Geistern waren sündhaft teuer.

Fast jedes Polizeirevier in der Stadt hatte eine Einheit, die sich um Angriffe von Geistern und Wiedergängern kümmerte. London war kein einfaches Pflaster. Viele Menschen auf engem Raum, da stieg die Anzahl der Toten, die durch Verbrechen oder Unfälle gewaltsam aus dem Leben gerissen wurden, stetig an. Geister entstanden, die ebenfalls Menschen töteten und so für noch mehr Geister sorgten. Dem konnte man nur mit genügend Personal entgegenwirken, daher hatte die Polizei schließlich die Zustimmung des Stadtrates bekommen, auch Totenbändiger für diese Aufgabe einstellen zu dürfen.

Seitdem waren fast drei Jahre vergangen und mittlerweile arbeitete in beinahe jeder Spuk Squad mindestens ein Totenbändiger. Es war ein harter Kampf gewesen, doch die meisten Polizisten hatten ihre Totenbändiger-Kollegen inzwischen schätzen gelernt oder respektierten sie zumindest insoweit, als dass sie froh waren, sich nicht selbst mit den Geistern und Wiedergängern herumschlagen zu müssen, die die Bürger von London bedrohten.

Connor, Sky und Gabriel traten durch die Glastür in den Hauptraum des Polizeireviers. Hinter dem Empfangstresen lag das zentrale Großraumbüro der Innendienstler, die Recherchen für die einzelnen Teams betrieben, jede Menge Papierkram für die Bosse erledigten und, falls nötig, die verschiedenen Einheiten und Einsätze koordinierten. Treppen führten hinauf zu den Büros der einzelnen Abteilungen und hinunter zu Arrestzellen, Verhörräumen und Ausrüstungskammer.

Sky wollte sich gerade zur Treppe wenden, um in den ersten Stock hinaufzusteigen, als eine Stimme sie zurückhielt.

»Hey, Sky! Wow! Du siehst heute ja wieder echt heiß aus.« Einer der jüngeren Innendienstler lehnte sich breitbeinig in seinem Schreibtischstuhl zurück, fasste sich in den Schritt und zwinkerte ihr bedeutungsschwer zu.

Sky rang sich ein müdes Lächeln ab. »Wow, Theo. Prince Charming. Wie immer.«

»Tja, wer kann, der kann. Heute mal Lust auf ein bisschen Spaß nach der Schicht?«

Er war hartnäckig, das musste sie ihm lassen. Trotzdem ging er ihr mit seinen plumpen Anmachversuchen mittlerweile tierisch auf den Keks.

»Hatte ich das jemals? Was genau braucht es, damit du endlich schnallst, dass ich mit Connor zusammen bin? Seit ungefähr einem Jahr. Er wohnt sogar bei mir und meiner chaotischen Familie. Viel ernster kann eine Beziehung kaum sein. Also, was brauchst du noch, um das zu kapieren? Eine Leuchtreklame? Oder soll ich es dir irgendwo eintätowieren?«

Theo blickte kurz zu Connor, hob dann aber nur leichthin die Schultern. »Ich hab kapiert, dass ihr zusammen seid. Na und? Ist doch kein Problem, oder? Ihr Totenbändiger treibt es doch mit jedem. Männlich, weiblich, inter, trans, fluid und was immer da draußen noch so rumläuft – ist euch doch alles egal. Also könnten wir zwei ja auch mal …«

Er bedachte sie mit einem Lächeln, das er vermutlich für unwiderstehlich hielt, und machte ein paar eindeutige Hüftbewegungen.

Sky rollte die Augen und fragte sich, warum ausgerechnet sie diesen widerlichen Trottel auf den Pfad der Erkenntnis führen musste. Sie stiefelte zu seinem Schreibtisch, kickte seinen Papierkorb zur Seite und setzte sich halbschräg auf die Tischplatte.

»Okay, erst mal: Bravo, Theo, gut gemacht.« Sie deutete auf seinen Computer. »Du hast erfolgreich gegoogelt, dass Totenbändiger pansexuell sind.«

Er grinste breit. »Oh, yeah. Und das klingt echt heiß.« Lüsternd ließ er seinen Blick über ihren Körper wandern.

»Nur leider hast du dabei überhaupt nichts verstanden.«

»Hä?«

Sie änderte ihren Tonfall, als würde sie mit einem unterbelichteten Dreijährigen sprechen. »Ja, Gender ist uns völlig egal und ja, das bedeutet, wir können prinzipiell mit jedem Spaß haben. Und das haben etliche Totenbändiger auch. Genauso wie manch andere Queers oder Heteros stehen einige von uns auf unverbindlichen Sex. Aber, Überraschung! Manche von uns ticken auch völlig anders. Die stehen nicht auf schnellen Sex, sondern auf feste Beziehungen. Ich zum Beispiel. Welche Genitalien ein Mensch hat, ist mir schnuppe, aber ich steh total auf Treue und Verlässlichkeit. Und ich verliebe mich in den Charakter, die Persönlichkeit und die Seele eines Menschen. Da steh ich voll drauf und wenn die passen, dann macht mich das so richtig an. Und weißt du, das ist genau der Grund, warum aus uns beiden selbst dann nichts werden würde, wenn du der letzte Mensch auf Erden wärst. Dein Charakter ist nämlich unterirdisch, deine Persönlichkeit widerlich und deine Seele hab ich noch nie gesehen.« Sie bohrte ihren Blick in seinen. »Message jetzt angekommen?«

Wutschnaubend sprang Theo von seinem Stuhl auf. »Bitch!«

»Gut, das nehme ich mal als ein Ja.« Sky rutschte vom Schreibtisch und stieß ihm ihren Finger gegen die Brust. »Und spar dir in Zukunft deine dämlichen Sprüche, klar?«

Damit ließ sie ihn stehen, ging zu Connor und schnappte sich dessen Hand.

Als sie gemeinsam die Treppen hinaufstiegen, rief Theo ihnen hasserfüllt hinterher: »Connor, dir ist schon klar, dass dieses Miststück dich irgendwann in den Wind schießt, weil du alleine ihr nie ausreichen wirst?«

Mitleidig schüttelte Connor den Kopf. »Der schnallt es wirklich nicht.«

Sky drückte seine Hand. »Solange die wichtigen Leute es schnallen, ist mir scheißegal, was so ein Vollidiot wie Theo denkt.«

Sie ignorierten ihn entsprechend und stiegen weiter die Treppe hinauf.

Gabriel sah den beiden hinterher und schlenderte dann zu Theos Schreibtisch.

»Hey, Horny. Da du ja bei Sky offensichtlich nicht landen kannst, wie wäre es denn nach der Schicht mit uns beiden?« Er zwinkerte ihm verschwörerisch zu. »Ich bin für unverbindlichen Spaß gerne mal zu haben und ich könnte Dinge mit dir anstellen, von denen du bisher nicht mal in deinen kühnsten Träumen fantasiert hast.« Er ließ seinen Blick über Theos Körper wandern und leckte sich provozierend über die Lippen. »Na? Wie wär's?«

Angewidert wich Theo vor ihm zurück. »Spinnst du? Mann, ich steh nicht auf Kerle! Also guck weg und hör auf, mich so anzugraben. Das ist ekelhaft!«

Schlagartig änderte sich Gabriels Gesichtsausdruck. »Ach? Du findest es ekelhaft, wenn dich jemand mit widerlichen Blicken auszieht?« Schneidende Kälte lag in seiner Stimme. »Na, dann weißt du ja jetzt, wie Sky sich gerade gefühlt hat. Oder jede andere Frau, bei der du deine abartige Anmachtour ablässt.«

»Du bist ein verdammtes Arschloch«, fauchte Theo.

»Au contraire, das Arschloch bist du. Und wenn du meine Schwester noch einmal blöd anmachst oder auch nur ansatzweise schräg in ihre Richtung guckst, mach ich dich fertig, klar?«

Theo hob eine Augenbraue. »Ernsthaft, du willst mir drohen?«

»Auf jeden Fall.«

Sofort kehrte Theos Selbstsicherheit zurück und ein niederträchtiges Lächeln umspielte seine Lippen. »Du weißt, dass ich dich dann jetzt erschießen kann, du Freak. Jeder darf einen von deiner Sorte töten, wenn er sich von ihm bedroht fühlt. Völlig straffrei.«

Gabriel erwiderte das Lächeln unbeeindruckt. »Natürlich. Aber dir ist schon klar, dass ich zum Geist werde, wenn du mich tötest, ja? Bist du schon mal gegen den Geist eines Totenbändigers angetreten? Ach nein, warte. Hast du überhaupt schon mal gegen einen Geist gekämpft? Wahrscheinlich nicht, oder? Wird schließlich seine Gründe haben, warum du Sesselfurzer den sicheren Innendienst gewählt hast.« Er bedachte Theo mit einem letzten abschätzigen Blick, dann stand er vom Schreibtisch auf und lief zur Treppe, ohne sich noch einmal umzudrehen. »Schöne Schicht noch, Theo.«

»Leck mich!«

»Nein, ich denke nicht. Ich stehe zwar auf unverbindlichen Sex, aber das heißt noch lange nicht, dass ich nicht wählerisch bin.«

Gabriel stieg die Stufen in den ersten Stock hinauf und öffnete die Tür zu dem Büro, das er sich mit Sky und Connor teilte. Vier Schreibtische standen sich jeweils zu zweit gegenüber. Außerdem gab es ein paar Aktenschränke und ein Sideboard mit Kaffeemaschine, Wasserkocher und einem kleinen Kühlschrank. Einen der Arbeitsbereiche teilten sich Connor und Sky, über die anderen beiden Tische hatte Gabriel sich großzügig ausgebreitet. Angeblich sollten sie irgendwann eine Verstärkung ins Team bekommen, doch bisher ließ die auf sich warten. Die Begeisterung von Absolventen der Polizeiakademie, sich den Einheiten zur Bekämpfung von paranormalen Bedrohungen anzuschließen, hielt sich in Grenzen. Kaum einer meldete sich freiwillig für den Dienst bei den Spuk Squads. Nicht einmal die

Aussicht, schon nach einem Jahr auf den Rang eines Sergeants befördert zu werden, konnte locken. Der Job der Spuks galt als gefährlich, ständige Nachtdienste machten ihn unattraktiv und es gab immer noch zu viele Menschen, denen die Vorstellung nicht gefiel, eng mit Totenbändigern zusammenarbeiten zu müssen.

»Wow, nicht mal Zeit für einen Kaffee?«, fragte Gabriel mit einem bedauernden Seufzen, als er sah, dass Sky und Connor die Gürtel mit ihrer Ausrüstung umschnallten. Die bestand im Wesentlichen aus ihren Dienstwaffen, einem extra Magazin, Taser, Handschellen und einer speziellen Taschenlampe, die nicht nur auf gewöhnliche Weise leuchtete. Man konnte sie zusätzlich umschalten auf Magnesiumlicht, das Geister vertrieb, was ein nicht zu verachtender Vorteil war, wenn man von mehreren Seelenlosen gleichzeitig angegriffen wurde.

Spuks – wie die Polizisten der Spuk Squad genannt wurden – trugen zudem noch eine Spezialwaffe: eine Auraglue. Diese Pistolen waren den normalen Dienstwaffen recht ähnlich, enthielten aber keine Kugeln, sondern eine Kartusche mit einem flüssigen Gemisch aus Eisen- und Silberpartikeln, Salz, Zitronensäure und Extrakten verschiedener Bannkräuter.

Gabriel hatte keine Ahnung, wie die Wissenschaftler es hinbekommen hatten, doch schoss man Auraglue auf einen Geist, heftete sich die Substanz mit feinen Tröpfchen an die Aura des Seelenlosen, schwächte ihn und machte ihn im Idealfall bewegungsunfähig oder zumindest langsamer. Das hing allerdings stark von der Stärke des Geistes ab und war nur ein Nachteil von Auraglue. Ein weiterer waren die extrem hohen Herstellungskosten – und jede Kartusche reichte nur für einen Schuss. Außerdem ätzte das Zeug Löcher in Kleidung und Haut, wenn man damit in Berührung kam.

Deshalb tauschte Sky auch ihre Cordjacke gegen eine alte aus Leder. Ihre Kollegen aus anderen Einheiten trugen zumeist entweder Uniformen oder Anzüge. Spuks durften in einem angemessenen Rahmen tragen, was sie wollten.

»Nein, keine Zeit für einen Kaffee. Wir wurden angefordert.« Connor zog seine Jeansjacke aus, um seine Schutzweste darunter anzuziehen. Da er kein Totenbändiger war, musste er sich vor Geisterberührungen schützen.

Totenbändiger konnten sich gegen solche Übergriffe wehren. Griff ein Geist nach ihrer Lebensenergie, griffen die Totenbändiger nach der Todesenergie des Seelenlosen. Es war wie ein Tauziehen, das der Stärkere gewann. War es der Totenbändiger, vernichtete er den Geist. War es der Geist, starb der Totenbändiger. Griff ein Geist nach der Lebensenergie eines Menschen ohne Totenbändigerkräfte, hatte derjenige dem Seelenlosen nichts entgegenzusetzen. Silberschmuck half, um sich vor Angriffen zu schützen. Doch da Silber neben Eisen paranormale Wesen am effektivsten auf Abstand hielt, zählte es zu den wertvollsten Materialien der Welt, und nur die wirklich Reichen konnten sich diesen Schutz leisten. Bei der Polizei gab es für Spuks, die keine Totenbändiger waren, Schutzwesten mit eingewebten Silberfäden, die sie auf ihren Einsätzen vor Geisterangriffen schützen sollten.

Thaddeus erschien in der Verbindungstür, die vom Büro seiner Truppe in sein eigenes führte. »Wo zum Henker warst du so lange?«, fragte er, als er sah, dass Gabriel ihn endlich mit seiner Anwesenheit beehrte.

»Sorry, ich musste Theo noch kurz die Welt erklären.« Gabriel trat zu seinen Schreibtischen und holte seinen Ausrüstungsgürtel sowie einen Rucksack mit Silberboxen aus dem Safe.

Schnaubend schüttelte Thad den Kopf. »Dann sprich nächstes Mal schneller und benutz kürzere Sätze. Wir haben einen Tatort. Die Kolleginnen der Mordkommission aus Islington haben uns angefordert. Also schnapp dir deine Ausrüstung und dann avanti. Da draußen gibt es drei frische Geister.«

Kapitel 3

»Mann, Mann, Mann.« Sky parkte hinter Thad in zweiter Reihe und stieg mit Connor aus dem Dienstwagen. »So wie achtzig Prozent in dieser Stadt Auto fahren, wundert mich die ständig steigende Zahl der Unfalltoten kein bisschen. Bei wem haben die denn bitte fahren gelernt?«

Gabriel war aus Thads Wagen gestiegen und schwang sich den Rucksack über die Schulter. »Nicht bei Granny.«

»Ja, großer Fehler. Ich sollte sie überreden, eine Fahrschule aufzumachen, jetzt, da sie Jules, Ella und Cam nicht mehr unterrichten muss. Damit würde sie der Gesellschaft einen echten Dienst erweisen.«

Sie liefen auf die kleine Menschenmenge zu, die sich trotz einsetzender Dämmerung vor dem Absperrband versammelt hatte, das von den Kollegen der Streife in sicherer Entfernung zum Tatort aufgespannt worden war.

»London Metropolitan Police! Machen Sie Platz, sonst mache ich welchen!«, bellte Thaddeus die Schaulustigen an, als diese nur widerwillig zur Seite wichen, um die vier passieren zu lassen. Viele hielten ihre Handys hoch und filmten, um nur ja nichts von dem zu verpassen, was sich hinter der Absperrung ereignete.

Angewidert verzog Gabriel das Gesicht. Er hasste Gaffer, die sensationsgeil die Arbeit von Polizei und Rettungskräften behinderten, um Videos für irgendwelche bescheuerten Social-Media-Kanäle aufzunehmen. Warum tätowierte man denen nicht *Asoziales Arschloch* in Leuchtbuchstaben auf die Stirn und begegnete ihnen dann mit derselben Ablehnung wie Totenbändigern? Im Gegensatz zu den meisten Totenbändigern hätten diese Arschlöcher so eine Ächtung absolut verdient.

Hinter dem Absperrband standen drei Streifenwagen, die sowohl als Straßensperre als auch als Sichtschutz dienten. Dazwischen hatten mehrere Constables Position bezogen und achteten darauf, dass keiner aus der Menge die Grenze überschritt.

Die Belleston Road war eine der vielen schmaleren Durchgangsstraßen, wie man sie in London zu Hauf fand. Es gab ein paar Schnellrestaurants und einen Corner Shop, eine Bushaltestelle und ein Maklerbüro. In den oberen Stockwerken der meist dicht an dicht stehenden Häuser lagen Wohnungen der unteren Mittelschicht. Es war keine besonders ansehnliche Wohngegend, doch sie zählte zu den sicheren, denn die Belleston Road hatte Straßenlaternen, auch wenn nur jede dritte mit Magnesiumlicht ausgestattet war.

Thaddeus zeigte einer jungen Constable seinen Dienstausweis und wurde in die Richtung einer schmalen Gasse verwiesen, an der zwei Frauen in praktischen Businessanzügen und ein Team von Forensikern standen. Vor ihnen auf dem Boden lag eine dicke Eisenkette, mit der man sichergestellt hatte, dass kein Geist aus der Gasse entkommen konnte. Die Gasse selbst schien nicht viel mehr als eine schmale, vielleicht zehn Meter lange Ausbuchtung zwischen den Häusern zu sein, die vom benachbarten Chinarestaurant und den Anwohnern als Abstellplatz für Müllcontainer genutzt wurde. Fenster gab es keine, aber am rechten Haus führte eine Wartungsleiter hinauf aufs Dach.

»Chief Inspector Pearce. Das sind meine Leute, die Sergeants Hunt und Fry«, stellte Thaddeus sich und sein Team vor.

»Chief Inspector Najafi«, antwortete eine schwarzhaarige Pakistani um die vierzig und deutete auf ihre etwa gleichaltrige Kollegin. »Das ist meine Partnerin, Chief Inspektor Dutch. Danke, dass Sie uns aus Ihrem Revier unterstützen. Unsere eigene Spuk Squad muss sich um einen Notfall an der Finsbury Park Station kümmern. Irgendwelche Vollidioten haben dort das Siegel zur U-Bahn aufgebrochen.«

»Schon wieder ein gebrochenes Siegel?« Thaddeus fluchte. »Wenn ich diese Mistkerle in die Finger bekomme …«

Der Londoner Untergrund war der größte Verlorene Ort der Stadt. Vor knapp zwanzig Jahren waren zur Rush Hour zwei Züge der Bakerloo Line in der Oxford Circus Station zusammengeprallt. Es hatte eine Explosion und ein verheerendes Feuer gegeben, bei dem Hunderte von Menschen gestorben waren. Oxford Circus sowie die umliegenden Stationen waren daraufhin abgeriegelt und versiegelt worden. Das Unglück hatte so viele Geister auf einmal hervorgerufen, dass es unmöglich war, das Gebiet zu säubern. Man hatte allerdings gehofft, den Schaden begrenzen zu können, und nach einigen Wochen den Betrieb auf anderen Strecken wieder aufgenommen.

Mit fatalen Folgen.

In dem labyrinthartigen Tunnelsystem schienen die Geister immer wieder Wege aus dem versiegelten Bereich herauszufinden. Sie lauerten Zügen auf anderen Strecken auf und töteten Passagiere und Zugführer, was zu weiteren schweren Unfällen und noch mehr Geistern geführt hatte. Innerhalb eines halben Jahres war dem Stadtrat keine andere Wahl geblieben, als das komplette U-Bahn-Netz der Stadt zu versiegeln und den Untergrund Londons offiziell zu einem Verlorenen Ort zu erklären. Niemand durfte ihn mehr betreten, was Adrenalinjunkies auf der Suche nach den ultimativen Kicks allerdings nicht davon abhielt, sich trotzdem hinunterzuwagen. Mit meist tödlichen Folgen. Oft bezahlten nicht nur sie ihren Leichtsinn mit dem Leben, sie beschädigten bei ihren Einbrüchen auch die Siegel, die die Ausgänge der U-Bahn sicherten. Nicht selten konnten so Geister ausbrechen und sich auf wehrlose Passanten stürzen.

»Sind Geister entkommen?«, fragte Sky.

»Leider ja«, seufzte Dutch. »Es gab bisher zwei Tote. Unsere Spuk Squad hat alles weiträumig abgeriegelt und sucht nach den Geistern. Die Anwohner sind informiert und wir hoffen, es bleibt nur bei den beiden Opfern. Es ist ja zum Glück noch früh. Die Dämmerung bricht gerade erst an. Es sind sicher noch nicht viele Geister entkommen.«

»Trotzdem«, grollte Thaddeus. »Wenn ich diese verdammten Irren erwische …«

»Ganz Ihrer Meinung«, pflichtete Najafi ihm bei, deutete dann jedoch in die dunkle Seitengasse. »Aber wir wären Ihnen sehr dankbar, wenn Sie und Ihre Leute uns zuerst bei diesem Tatort helfen könnten.«

Thaddeus nickte. »Sicher. Können Sie uns sagen, was passiert ist?«

»Leider wissen wir nicht viel. Eine Anwohnerin kam von der Bushaltestelle auf dem Weg zu ihrer Wohnung an der Gasse vorbei. Sie hörte ein *seltsames Matschen* – ihre Worte, nicht meine – und als sie ein paar Schritte hineinging, sah sie hinter den Müllcontainern eine Gestalt am Boden kauern, die sich über eine andere beugte. Daneben lagen noch zwei weitere. Es gab jede Menge Blut und sie fühlte Geisterkälte, deshalb ist sie sofort umgedreht und nebenan ins Chinarestaurant gerannt. Von dort aus hat sie die Polizei angerufen, während die Restaurantbesitzer die Gasse provisorisch mit Salz gesichert haben.«

»Super mitgedacht«, meinte Gabriel anerkennend.

Dutch nickte. »Ja, solchen gesunden Menschenverstand würden wir uns häufiger wünschen.«

»Wie lange ist es her, seit die Zeugin die Gestalt in der Gasse gesehen hat?«, fragte Connor.

Najafi blickte auf ihre Armbanduhr. »Ungefähr eine Dreiviertelstunde.«

»Okay. Und waren Sie selbst in der Gasse, als Sie hier ankamen?«

Da die Dämmerung nun immer rascher hereinbrach, hatte Sky ihre Taschenlampe vom Gürtel gezogen und leuchtete in die schmale Häuserschlucht. Die Müllcontainer versperrten jedoch die Sicht, daher war außer einer Menge Blut, das in einem Gully versickerte, nicht viel zu erkennen.

»Sicher. Aber nur kurz. Um die Anzahl der Toten zu bestätigen. Es sind drei. Zwei Frauen und ein Mann. Alle übel zugerichtet. Viel mehr kann ich leider nicht sagen. Hinter den Containern ist es eiskalt, deshalb haben wir den Tatort mit Eisenketten gesichert und Sie zur Verstärkung gerufen.«

»Na, dann sehen wir uns die Sache mal an.« Gabriel streifte den Rucksack von seiner Schulter und reichte ihn Connor. Die Geister würden vor dem Silber in seinem Inneren zurückweichen. Für Connor bot das einen zusätzlichen Schutz, Gabriel dagegen wollte die Geister zu sich locken können.

Connor schwang sich den Rucksack über und zog Taschenlampe und Auraglue von seinem Gürtel. »Ich versuche, den dritten mit M-Licht von euch fernzuhalten, während ihr die ersten beiden ausschaltet. Sind sie schon zu stark, bändige ich ihn mit Auraglue und ihr könnt dann entscheiden, ob ihr ihn eliminiert oder ob wir ihn in eine Silberbox sperren. Einverstanden?«

Sky nickte. »Klingt nach einem guten Plan.«

»Passt auf euch auf«, gab Thaddeus ihnen mit.

Gabriel grinste. »Machen wir doch immer.«

Dann traten sie gemeinsam über die Eisenkette. Bis zu den Müllcontainern waren es nur drei Meter, doch sie spürten bei jedem Schritt, wie die laue Spätsommerwärme des Abends hinter ihnen zurückblieb. Es wurde eiskalt und ihr Atem kondensierte zu feinen Nebelwolken. Frost hatte sich über Boden und Wände gezogen und Eiskristalle glitzerten in den Lichtkegeln ihrer Taschenlampen. Selbst die Pfütze aus warmem Blut hatte an den Rändern zu frieren begonnen.

Ohne sich absprechen zu müssen, schalteten die drei ihre Lampen aus.

Ein matter Schimmer hing in der Luft.

Mindestens einer der Geister hatte sich also schon vom Geisterhauch in einen Schemen verwandelt.

Sie umrundeten die Container und sahen die drei Leichen auf dem Boden. Es war bereits zu dunkel, um mehr als ihre Umrisse ausmachen zu können, dafür waren die feinen Nebelgespinste, die gräulich über den Körpern schwebten, aber umso besser zu erkennen.

Geister labten sich an der Restwärme ihrer Leichen, bis nichts mehr übrig war. Diese Energie machte aus dem eisigen Geisterhauch einen Schemen, der stark genug war, sich weitere Opfer zu suchen, denen er Lebensenergie rauben konnte. Je mehr dieser Energie er in sich aufnahm, desto mehr Substanz gewann er und desto stärker, schneller und gefährlicher wurde er.

Die feinen Gespinste spürten sofort, dass sich ihnen Lebende mit frischer Energie näherten. Doch sie fühlten auch das Silber, das Connor bei sich trug.

Gabriel stieß ihm gegen den Arm. »Bleib zurück. Ich nehme den linken, du hältst den in der Mitte in Schach, und Sky, du kümmerst dich um den rechten.«

»Alles klar.« Connor blieb stehen und schob den Regler seiner Taschenlampe auf Magnesiumlicht, schaltete sie aber noch nicht ein. Mit etwas Glück blieb der Schemen bei seiner Leiche, wenn die ihm noch genügend Restenergie lieferte. Sky oder Gabriel konnte das Biest dann ausschalten, sobald sie die anderen beiden erledigt hatten.

Neben ihm ging Sky auf die rechte Leiche zu und streckte ihre Hand nach dem Schemen aus. »Na komm. Komm zu Mama«, lockte sie. »Ich hab hier was ganz Leckeres für dich.«

Sie fühlte in sich hinein, spürte ihre Lebensenergie und bündelte ein winziges bisschen davon. Dann schickte sie sie durch ihre Hand in Richtung des Schemens. Feiner Silbernebel löste sich aus ihren Fingern und schlängelte zum Geist. Der reagierte sofort und schickte seinerseits gräuliche Nebelfäden zu Sky.

Genau darauf hatte sie gebaut.

Sie ließ die Verbindung zu und spürte, wie der Geist augenblicklich gierig nach ihrem Leben griff. Doch noch war er schwach und Sky hatte jede Menge Übung im Umgang mit hungrigen Geistern. Sie packte mit ihrer Energie nach der des Schemens und zerrte ihn zu sich. Ihr Silbernebel zog sich zurück in ihre Hand und sie spürte die eisige Kälte der Todesenergie, als die grauen Geisterfäden ihre Fingerspitzen berührten.

Sofort wollte ihr Instinkt die Verbindung abwehren, wollte, dass sie sich zurückzog. Doch Sky überwand den Impuls. Sie konzentrierte sich noch stärker auf die finstere Energie, sog sie in sich, umhüllte sie mit ihrem silbernen Leben und neutralisierte so den Geist.

Kälte blieb in ihr zurück. Übelkeit und ein widerlicher Geschmack in ihrem Mund. Bitter und faulig.

Sie atmete tief durch.

»Alles okay?«

Connor.

Sie schenkte ihm ein kurzes versicherndes Lächeln, dann wandte sie sich der Leiche zu, die er in Schach gehalten hatte.

Der Schemen waberte noch immer über dem toten Körper. Noch schien dieser ihm genügend Restwärme zu spenden, um attraktiv zu sein. Doch als Sky dem Geist einen Hauch ihrer lebendigen Energie anbot, griff er sofort raffgierig zu.

Wieder packte Sky nach der Todesenergie und auch der zweite Geist war noch zu schwach, um sich zu wehren. Sie zog ihn in sich und neutralisierte ihn.

Mehr eisige Kälte.

Mehr Übelkeit.

Und der widerliche Geschmack in ihrem Mund ließ sie ausspucken. Ihr Magen fühlte sich flau an und sie wusste einmal mehr, warum sie immer erst nach ihrer Schicht etwas aß.

Gabriel hatte seinen Geist ebenfalls eliminiert und eine Flasche Cola entgegengenommen, die Connor ihm aus ihrem Rucksack reichte.

»Geistersäuberung erledigt, würde ich sagen.« Er nahm einen großen Schluck, hielt dann seiner Schwester die Flasche hin und kramte ein Päckchen Kaugummi aus einer kleinen Tasche seines Ausrüstungsgürtels. Kaugummi gehörte zwar nicht zur offiziellen Polizeiausstattung, half aber ungemein, den ekelhaften Geschmack von Tod wieder loszuwerden.

»Schauen wir mal, was hier passiert ist.« Gabriel schaltete seine Taschenlampe an und ließ das Licht über die drei Leichen wandern. »Wow. Immer wenn ich denke, ich hab schon alles gesehen, kommt doch wieder ein Tatort mit neuem krassem Scheiß daher.«

Die Körper der drei Toten wirkten wie aufgerissen. Die Haut von Brust und Abdomen war zerfetzt, Innereien quollen hervor und es sah so aus, als hätte jemand darin herumgewühlt.

Doch das war nicht das Schlimmste.

Die Schädel waren zertrümmert.

»Shit«, fluchte Connor. »Seht ihr, was ich sehe?«

Sky und Gabriel nickten knapp.

Die Gehirne fehlten.

»Thad!«, rief Sky zum Ausgang der Gasse. »Der Tatort ist gesäubert! Die Geister sind eliminiert. Aber lass hier sofort alles abriegeln und schick die verdammten Gaffer weg! Der Angreifer war ein Wiedergänger!«

Kapitel 4

Grimmig fuhr Dutch sich durch ihre kurzen braunen Locken, als sie die drei Leichen zum ersten Mal genauer in Augenschein nahm.

»Sie haben recht«, stimmte sie Sky zu. »Das sieht tatsächlich nach der Tat eines Wiedergängers aus.«

Sky nickte. »Vermutlich ein ganz frischer. Deshalb ist er so hungrig. Er muss seinen Körper noch festigen.«

Wiedergänger entstanden, wenn Geister so viel Lebensenergie in sich aufgenommen hatten, dass aus ihrem Astralkörper wieder eine feste Gestalt wurde. Um diesen festen Körper dauerhaft zu behalten, reichte es Wiedergängern nicht, sich nur von der Lebensenergie der Menschen zu ernähren. Sie mussten außerdem ihre Organe fressen, was sie zu äußerst blutrünstigen Killern machte.

Zum Glück waren Wiedergänger eher selten. Sie entstanden nur aus sehr alten, sehr mächtigen Geistern, die über Jahre an Substanz gewonnen hatten. Da sie dafür viel Lebensenergie brauchten und deshalb entsprechend viele Menschen angriffen, wurde man meistens auf sie aufmerksam, bevor sie zu Wiedergängern wurden, und Spuks konnten sie vernichten. Ein Unheiliges Jahr begünstigte die Mutationen allerdings und ließ Geister schneller zu Wiedergängern werden.

»Das wäre dann Nummer acht seit Jahresbeginn«, grollte Thaddeus. »Und zwar alleine hier bei uns im Norden Londons.«

»Und die dunkle Zeit des Jahres kommt erst noch.« Najafi seufzte und blickte zu Sky und Gabriel. »Ich weiß, Islington ist nicht Ihr Revier, aber wir wären Ihnen sehr dankbar, wenn Sie trotzdem nach dieser Bestie suchen würden.«

»Na sicher«, meinte Gabriel sofort. »Ist ja schließlich nicht so, als würden Wiedergänger sich an Reviergrenzen halten.«

»Ich glaube, ich weiß auch schon, wo er hin ist.« Connor stand an der Wartungsleiter und leuchtete an ihr entlang die drei Stockwerke hinauf bis zum Dach. »An den Sprossen klebt Blut. Wahrscheinlich hat er aus der letzten Leiche die Innereien herausgerissen und ist damit geflohen, als die Zeugin ihn hier in der Gasse entdeckt hat.«

Dumm waren Wiedergänger nicht. Im Gegenteil. Genauso wie alte, mächtige Geister besaßen sie meist eine hinterlistige und ziemlich grausame Schläue.

»Boss?« Fragend sah Sky zu Thaddeus.

Der nickte. »Geht. Sucht dieses Drecksbiest und schickt es in die Hölle, wo es hingehört.«

Gabriel drückte ihm kurz die Schulter. Thaddeus hasste Geister und Wiedergänger. Im vorletzten Unheiligen Jahr waren seine Eltern von einem Wiedergänger zerfetzt und ausgeweidet worden, ganz ähnlich wie die drei Leichen, die hier vor ihnen lagen. Thaddeus war gerade achtzehn gewesen, als er ihre Überreste identifizieren musste. Seitdem hatte er sich dem Kampf gegen paranormale Wesen verschrieben und Gabriel war sich ziemlich sicher, dass Thad es bedauerte, nicht selbst ein Totenbändiger zu sein, um Geistern und Wiedergängern eigenhändig ihre Energie herausreißen zu können.

Thaddeus klopfte Gabriel auf die Schulter und nickte dann zu Connor und Sky, die bereits die Leiter hochstiegen. »Passt auf euch auf. Und erstattet regelmäßig Bericht.«

»Klar.« Gabriel kletterte die Leiter hinauf.

Auf dem Flachdach war es finster. Der Schein der Straßenlaternen reichte nicht bis hier herauf, doch im Licht ihrer Taschenlampen fanden sie Blutstropfen und schmierige rote Fußabdrücke, die quer über sechs Häuser hin zu einer weiteren Wartungsleiter führten, die in einem dunklen Innenhof endete.

Sie leuchteten hinab und ihre Lichtkegel erfassten einen Garten mit einer kleinen Rasenfläche, Beeten entlang der Außenmauern, einer Hollywoodschaukel, ein paar Gartenmöbeln und einem Grill. In einer Ecke stand ein kleiner Schuppen. Blutige Reste von irgendetwas, das einmal in einen Menschen gehört hatte, lagen auf dem Rasen und die drei sahen, wie sich eine dunkle Gestalt in den Spalt zwischen Schuppenwand und Hausmauer zwängte, als die Lichtkegel durch den Garten tasteten.

»Da ist er«, sagte Sky leise.

»Yep. Und er ist definitiv gerade erst entstanden, sonst würde er sich nicht so schnell vor dem Licht verstecken«, meinte Gabriel.

Geister mieden Licht, weil es sie schwächte. Außer es war das Licht des Vollmonds. Das liebten sie, weil es sie ähnlich wie die Lebensenergie der Menschen stärker machte. Wiedergänger waren dagegen nicht so lichtempfindlich. Auch sie bevorzugten zwar die Nacht und mieden den hellen Tag, doch sobald ihr Körper stark genug war, machten ihnen kurze Aufenthalte im Licht nichts mehr aus.

»Lasst uns einzeln runtersteigen«, schlug Connor vor. »Die anderen zwei halten die Hütte im Licht, damit das Biest nicht entkommen oder vorschnell angreifen kann.«

Sie wechselten die Magazine in ihren Waffen. Um Wiedergänger zu erledigen, brauchte es Kugeln aus Silber.

Gabriel stieg als Erster in den Garten hinab, während Sky und Connor den Schuppen vom Dach aus mit ihren Taschenlampen beleuchteten. Er suchte sich eine sichere Position am anderen Ende des Rasens, zog seine Waffen und schaltete seine Lampe an.

Sky kletterte als Nächste hinab. Sobald sie unten angekommen war, ihre Waffen gezogen und den Schuppen mit ihrem Lichtkegel ins Visier genommen hatte, folgte Connor.

Aus dem Schatten zwischen Schuppen und Hauswand drang ein Kratzen und Schaben, dann Fauchen und Knurren.

»Beeil dich«, drängte Sky. »Ich glaube, das Biest ist noch längst nicht satt. Und es wird langsam unruhig.«

Rasch streifte Connor den Rucksack ab und holte eine der Silberboxen samt Aktivator heraus. Er wollte die Box gerade in eine günstige Position bringen, als eine der Hintertüren geöffnet wurde, die aus den umliegenden Häusern in den Garten führten.

»Was zum Teufel ist hier los?«, blaffte eine Männerstimme. »Was macht ihr in unserem Garten?«

Innerlich verdrehte Connor die Augen und zog seine Dienstmarke vom Gürtel.

»Sir, wir sind von der Metropolitan Police.« Er hielt die Marke so, dass der Mann sie im Licht, das von der Tür aus auf den Rasen fiel, sehen konnte. »Spuk Squad. Sie haben einen Wiedergänger in Ihrem Garten. Bitte treten Sie zurück ins Haus und schließen Sie die Tür. Wir kümmern uns –«

»Wiedergänger? Zum Teufel!« Krachend warf der Mann die Tür zu.

» – darum«, beendete Connor den Satz.

»Nicht gerade höflich, aber wenigstens geht er uns nicht auf den Sack,« befand Gabriel schulterzuckend, als Connor die Silberbox in Position schob.

Doch er hatte sich zu früh gefreut.

Die Hintertür wurde erneut aufgerissen und trotz Warnung erschien der Mann wieder auf der Treppe, in seiner Hand eine Pistole.

»Wo ist das verfluchte Biest?« Wild fuchtelte er mit der Waffe hin und her.

»Sir! Stecken Sie die Pistole weg und treten Sie zurück ins Haus!«, fuhr Gabriel ihn an.

»Von einem Totenbändiger muss ich mir nichts sagen lassen, Jungchen!«, gab der Alte zurück. »Laut neuer Waffengesetzgebung darf jeder Bürger in London sein Haus und sein Leben mit Waffengewalt gegen paranormale Wesen verteidigen!«

Gabriel unterdrückte nur mühsam einen gepfefferten Kommentar. Er hatte keine Lust, sich von diesem durchgeknallten Alten eine Kugel einzufangen. Das verdammte Waffengesetz, das zu Beginn des Unheiligen Jahres im Stadtrat verabschiedet worden war, hatte bisher nur Ärger gemacht und der einzige Grund, warum nicht halb London schießwütig durch die Gegend ballerte, war, dass Silberkugeln verdammt teuer waren. Außerdem boten Auraglues nur in Verbindung mit Silberboxen einen echten Schutz und beides zusammen war für die normale Bevölkerung zum Glück absolut unerschwinglich.

Pech war, dass sich der verfluchte Wiedergänger ausgerechnet im Garten eines Mitbürgers verstecken musste, der sich eine Silberwaffe geleistet hatte und diese jetzt unbedingt benutzen wollte.

»Bitte, Sir«, übernahm Connor wieder.

Er war in ihrem Team für die Kommunikation mit der Bevölkerung zuständig. Zum einen, weil er keine schwarzen Linien an seiner Schläfe trug und die meisten Bürger lieber mit jemandem sprachen, der kein Totenbändiger war. Zum anderen war er ein Mensch mit schier unendlichen Geduldsreserven. Hätte Gabriel sich mit all den Idioten auseinandersetzen müssen, die ihnen bei ihren Einsätzen immer wieder über den Weg liefen, hätte es am Ende ihrer Schichten vermutlich oft mehr Geister im Norden Londons gegeben statt weniger.

»Treten Sie zurück ins Haus und lassen Sie uns bitte unsere Arbeit machen. Ich versichere Ihnen, wir haben alles unter Kontrolle und geben Ihnen Bescheid, sobald die Gefahr gebannt ist.«

»Nichts da, Junge! Ich habe diese Pistole doch nicht umsonst gekauft!«

Gabriels Hände krallten sich um seine eigenen Waffen. Wie Sky hielt er in der einen seine Dienstwaffe, geladen mit den Silberkugeln. Auf ihr saß die Taschenlampe, deren Licht den Wiedergänger aber vermutlich nicht mehr lange einschüchtern würde. In der anderen Hand hatte er die Auraglue schussbereit.

Und jetzt gerade wünschte er sich dringend noch eine dritte Hand für seinen Taser, um diesen verdammten Alten ausschalten zu können.

»Sir«, appellierte Connor weiter ruhig, aber bestimmt an die Vernunft des Mannes. »Wenn Sie den Wiedergänger nicht optimal treffen, machen Sie ihn nur rasend und damit gefährden Sie uns alle. Und falls Sie ihn doch in den Kopf treffen sollten, wird er sich augenblicklich in einen kaum zu bändigenden Geist zurückverwandeln, der sich auf denjenigen stürzen wird, der auf ihn geschossen hat. In diesem Fall also auf Sie. Und glauben Sie mir, das wollen Sie nicht. Also, bitte! Gehen Sie zurück ins Haus und lassen Sie uns das hier erledigen.«

»Keine Chance, ich kenne meine Rechte!«

»Sir, das hat nichts mit irgendwelchen Rechten zu tun!« Sky merkte, wie sich ihr Geduldsfaden unangenehm spannte. »Wir –«

Doch sie kam nicht mehr dazu, ihren Satz zu beenden. Der Wiedergänger ging zum Angriff über. Fauchend sprang er aus dem Schatten der Hütte und stürmte mit irrer Geschwindigkeit auf den alten Mann zu, der ihm am nächsten stand.

Das Biest mochte knapp zwei Meter groß sein. Sein Körper war menschenähnlich, doch seine Haut war ledrig, runzlig und grauschwarz, ähnlich der eines Elefanten, aber sie wirkte tot und verdorben. Seine Arme waren länger als die eines Menschen und endeten in Klauenhänden mit messerscharfen Krallen, die vom Blut seiner Opfer trieften. Das Gesicht war eine verzerrte Fratze mit pechschwarzen Augen, zwei Schlitzen, wo die Nase sein sollte, und ausgefransten, blutverschmierten Lippen, hinter denen mehrere Reihen nadelspitzer Zähne hervorblitzten.

Der Alte schrie auf und schoss.

Einmal, zweimal, dreimal.

Er traf das Monster in den Oberkörper und die Wucht der Einschüsse ließ es zurückstolpern. Aufzuhalten vermochten die Schüsse den Wiedergänger jedoch nicht. Mit zornigem Knurren setzte er erneut zum Sprung an.

Gabriel, Sky und Connor feuerten. Wer den Kopf der Bestie traf, war schwer zu sagen, doch mindestens eine ihrer Kugeln fand ihr Ziel. Kaum, dass sie den Schädel des Monsters durchbohrte, riss die graue Haut auf. Der Körper schien zu zerplatzen und ein Geist schoss aus der Hülle heraus. Ganz ähnlich der Gestalt des Wiedergängers, jetzt nur wieder astral, stürzte er sich auf den schutzlosen alten Mann.

Wieder feuerten Gabriel, Sky und Connor, doch diesmal mit Auraglue. Das flüssige Gemisch heftete sich in feinen Tropfen an die Aura des Geistes und leuchtete beim Kontakt silbern auf. Ein hasserfülltes Kreischen ertönte, als das Auraglue die Kraft des Geistes erheblich dämpfte und ihn langsamer machte. Er wehrte sich gegen die bewegungshemmende Wirkung, versuchte weiter den alten Mann zu erreichen und streckte seine Todesenergie nach ihm aus, um Kraft zurückzugewinnen.

Connor aktivierte die Silberbox. Der Deckel des schuhschachtelgroßen Behälters glitt auseinander und der Magnet im

Inneren schaltete sich ein. Sofort reagierten die Eisenpartikel des Auraglues und der Geist wurde in die Box gezogen. Seine Konturen verzerrten sich und sein Gesicht wurde noch fratzenhafter, als er sich gegen den Sog der Box wehrte.

Doch er hatte keine Chance.

Als der letzte Hauch von ihm im Inneren der Silberbox verschwand, aktivierte Connor per Fernbedienung den Schließmechanismus und der Deckel schnappte zu. Damit war der Geist gefangen und stellte keine Gefahr mehr für sie dar.

Erleichtert atmete Connor auf und blickte sofort zu dem alten Mann, der wie erstarrt auf den Stufen seiner Hintertür stand.

»Sir, sind Sie okay?«

»Das – also …«

»Yep.« Gabriel steckte seine Waffen zurück in seinen Gürtel. »Wir haben Ihnen gerade den Arsch gerettet. Gern geschehen.«

Doch der Alte schüttelte bloß wütend den Kopf. »Ich wäre mit dem Biest auch alleine fertiggeworden! Und seht, was ihr angerichtet habt! Der ganze Rasen ist ruiniert!«

In der Tat stiegen kleine Rauchfäden aus dem Gras auf, wo Tropfen des ätzenden Auraglues den Geist verfehlt hatten und zu Boden gefallen waren.

»Ernsthaft?«, knurrte Gabriel. »Sie könnten jetzt tot sein und regen sich darüber auf, dass eine Ecke Ihres Rasens ein bisschen qualmt?!«

»Ich hätte ihn selbst erledigen können! Stattdessen habe ich jetzt euren miesen Totenbändiger-Hokuspokus auf meinem Grundstück! Wer weiß, was davon alles angelockt wird!«

»Sir, wir haben keine Totenbändigerkräfte angewandt.« Sky bemühte sich um die Geduld, die sie bei Connor so oft bewunderte. »Die Tropfen sind vom Auraglue und das ist ein offiziell genehmigtes Polizeimittel zum Einfangen von Geistern.«

»Natürlich!«, höhnte der Alte. »Ihr könnt mir viel erzählen! Ich werde eine Beschwerde einreichen. Wegen widerrechtlichen Betretens meines Grundstücks! Und wegen Sachbeschädigung!«

Gabriels Fäuste ballten sich, ohne dass er etwas dagegen tun konnte. Er machte einen Schritt auf den Alten zu, doch sofort trat Connor ihm in den Weg und hielt ihn zurück.

»Nicht«, warnte er leise und bohrte seinen Blick in Gabriels. »Er ist es nicht wert, dass du deinen Job riskierst. Oder dein Leben, wenn der Alte sich von dir bedroht fühlt und auf dich feuert. Ruf Thad an und sag ihm, dass der Wiedergänger erledigt ist. Um den Widerling kümmere ich mich.«

Connor merkte, wie sehr Gabriel weiter mit sich rang, um nicht die Beherrschung zu verlieren. Muskeln zuckten in seinem Gesicht, als er die Kiefer fest aufeinanderpresste. Doch dann atmete er tief durch, riss seinen Arm aus Connors Griff und fischte sein Handy aus seiner Hosentasche.

Auch Connor atmete durch und wandte sich wieder seinem überaus reizenden Mitbürger zu.

»Sir, wir entschuldigen uns für alle Unannehmlichkeiten, die Ihnen der Polizeieinsatz auf Ihrem Grundstück bereitet hat. Es war nur zu Ihrem Besten. Schäden, die durch polizeiliche Mittel während unseres Einsatzes entstanden sind, werden Ihnen selbstverständlich von städtischer Seite ersetzt.« Er reichte dem Alten eine Visitenkarte. »Melden Sie sich morgen bei dieser Nummer, dann kommt ein Gutachter und bewertet den Schaden.«

»Na, wenigstens etwas!« Der Unsympath schnappte sich die Karte, wandte sich um und stampfte zurück ins Haus. »Und jetzt raus aus meinem Garten!«

Er knallte die Tür hinter sich zu und machte so unmissverständlich klar, dass er die drei nicht durch seine Wohnung zur Straße laufen lassen würde, sondern sie wieder über die Dächer klettern mussten.

»Hey Thad«, sagte Gabriel in betont heiterem Plauderton in sein Smartphone. »Der Einsatz ist beendet. Wir haben den Wiedergänger erledigt. Trotz Einmischung eines übereifrigen Anwohners, der uns alle verklagen will, weil er das Biest nicht selbst erledigen durfte. … Ja, natürlich will er auch Schadenersatz. Ein paar Spritzer Auraglue haben ein Fleckchen seines heiligen Rasens versengt. Davon sieht man morgen zwar vermutlich nichts mehr, aber hey, hier waren schließlich böse Totenbändiger am Werk. Vermutlich wächst da jetzt bis zum Sankt Nimmerleinstag nichts mehr.«

Zynismus triefte aus seiner Stimme. Einen Moment lang hörte er zu, dann verzog sich sein Gesicht zu einem ironischen Lächeln. »Ja, so was in die Richtung hätte ich gerade auch am liebsten mit ihm gemacht, aber du kennst doch Connor. Er ist unser Heiliger und fand den Einsatz von Gewalt gegen diesen Vollidioten leider ein No-Go.«

Er grinste unverschämt zu Connor hinüber, der jedoch bloß mit den Augen rollte und die Silberbox mit dem gefangenen Geist einsammelte.

»Yep. … Okay. … Kannst du für uns klären, ob der Geist ins Verließ geht oder eingeschmolzen werden soll? Ich hab keine Lust auf ewige Bürokratie, wenn wir mit dem Biest am Tower ankommen. … Danke. … Sollen wir vorher noch zur Finsbury Park Station? Können die Spuks dort noch Unterstützung gebrauchen?«

»Und da sagt er, *ich* bin hier der Heilige«, murmelte Connor und schlang sich den Rucksack über die Schulter.

Sky grinste und gab ihm einen Kuss. »Sagen wir mal so: Ich weiß, warum ich euch beide so unglaublich liebe. Jeden auf seine ganz eigene Art.«

Kapitel 5

Die Ravencourt Comprehensive School war ein typischer Schulkomplex aus mehreren Gebäuden, Schulhof, Parkplatz und angrenzendem Sportplatz. Irgendwann vor nicht allzu langer Zeit waren die Gebäude saniert worden und wirkten mit ihrem frischen Anstrich und den großen Fenstern hell und einladend. Auf dem Schulhof fanden sich die typischen Bänke und Picknicktische, ein paar Tischtennisplatten sowie ein Basketballfeld. Entlang des Eisenzauns, der das komplette Schulgelände schützte, standen alte Ahornbäume und Magnesiumlaternen. Unterricht fand zwar nur bei Tageslicht statt, doch man musste Gebäude wie Schulen und Kindergärten besonders absichern, damit sich nachts keine Seelenlosen einschlichen, die dann bei Tag in dunklen Ecken auf Schüler oder Lehrer lauern konnten.

Es war noch eine gute halbe Stunde bis zum Unterrichtsbeginn, als Cam mit Ella und Jules durch das Tor trat, trotzdem waren schon etliche ihrer Mitschüler auf dem Hof – und sie nahmen die Neuen gleich ins Visier.

Neugierig. Abschätzend. Misstrauisch.

Und mit jeder Menge Getuschel.

Cam spürte ihre Blicke wie Nadelstiche und widerstand nur mühsam dem Drang, an seiner Krawatte zu zerren, weil das blöde Ding ihm mehr und mehr die Luft abzuschnüren schien.

Bescheuerte Schuluniform.

Er verstand zwar deren Sinn – niemand sollte sich durch seine Kleidung hervortun und andere niedermachen können, die sich keine teuren Marken leisten konnten. Außerdem sollte einheitliche Kleidung das Gemeinschaftsgefühl und die Identifikation mit der Schule und den Mitschülern bestärken. Doch nicht jeder Mensch war ein Rudeltier und Cam war sich sicher, dass ihm dieser verfluchte erste Schultag deutlich leichter gefallen wäre, wenn er Klamotten hätte tragen dürfen, in denen er sich wohlfühlte und die ihm vertraut waren.

Er sah zu Ella, die neben ihm lief.

Normalerweise trug sie Leggins oder enge Jeans mit irgendeinem Pulli in Oversize oder Shirts im Lagenlook. Die meisten ihrer Klamotten nähte sie selbst aus ausgefallenen Stoffen, die sie auf den Märkten in ganz London auftrieb, oder sie kaufte Sachen in Secondhandläden und nähte sie um. Sie jetzt in einem schlichten Schulrock mit blaugrünem Schottenmuster, weißer Bluse, hellgrauem Pullunder und blauem Blazer zu sehen, war – schräg.

Aber seltsamerweise nicht schlecht schräg.

Im Gegenteil.

Trotz blaugrünen Haaren und schwarzen Linien an der Schläfe sah Ella so aus, als würde sie hierher passen. In ihrem Gesicht stand *Vorfreude* in Großbuchstaben und Fettdruck. Gleichzeitig begegnete sie den misstrauischen Blicken ihrer Mitschüler mit einem entwaffnenden Lächeln und winkte ihnen unbekümmert zu – und einige lächelten tatsächlich zurück.

Cam war beeindruckt. Und wieder einmal wurde ihm klar, warum Ella als der fröhliche Sonnenschein ihrer Familie galt. Bei ihm sorgten die ganzen Blicke nur dafür, dass die verdammte Unruhe, die er eigentlich ganz gut im Griff gehabt hatte, wieder schlimmer wurde, und er zerrte jetzt doch an der Krawatte, bevor das verdammte Ding ihn strangulieren konnte.

Die Uniform der Jungen bestand aus dunkelgrauen Chinos, weißem Hemd mit blaugrüner, extrem nervender Schottenmusterkrawatte, hellgrauem Pullunder und blauem Sakko. Auf dessen linker Brusttasche war – genau wie bei den Blazern der Mädchen – das Schulwappen aufgenäht: zwei Raben, die auf den Türflügeln eines eisernen Tores saßen. Damit war das Wappen ein exaktes Abbild des riesigen Eingangstores, das auf das Schulgelände führte.

Cam fühlte sich in der Uniform völlig verkleidet, auch wenn Sue und Granny beim Frühstück absolut verzückt gewesen waren und ihnen zig Mal versichert hatten, wie toll sie darin aussahen. Aber die beiden hatten ihnen diesen ganzen Schulmist ja auch maßgeblich eingebrockt. Klar, dass sie da etwas Nettes zu diesen blöden Uniformen sagen mussten.

Sehnsüchtig dachte Cam daran, wie sein Unterricht bisher ausgesehen hatte. Nur er, Ella und Jules zusammen mit Granny im Schulzimmer ihrer alten Stadtvilla, die seit vier Generationen das Zuhause von Phils Familie war. Granny hatte früher mal als Lehrerin an einer Schule in Kensington gearbeitet, ihren Job aber aufgegeben, um erst Gabriel und Sky, später dann auch ihn, Jules und Ella zu Hause zu unterrichten.

Eigentlich hätten sie auch in der Akademie der Totenbändiger zur Schule gehen können, doch Sue mochte die Akademie nicht – milde ausgedrückt. Sie war dort aufgewachsen, sprach aber nicht gerne darüber. Cam wusste nur, dass Sue die Mentalität und radikalen Erziehungsmethoden dort verabscheut und sich von der Akademie abgewandt hatte, sobald sie achtzehn gewesen war. Außerdem hatte sie verhindert, dass Gabriel, Ella und er selbst dort aufwachsen mussten.

Sue arbeitete als Klinikwächterin in einem Krankenhaus in Islington und bändigte die Geister der Opfer von Unfällen oder Gewaltverbrechen, wenn diese starben. Jede Klinik beschäftigte ein Team von Totenbändigern, die Patienten und Personal vor den Geistern beschützte, die unweigerlich beinahe täglich in den Krankenhäusern entstanden. Außerdem kümmerten die Wächter sich um Babys, die als Totenbändiger zur Welt kamen. Da solche Kinder in normalen Familien aus Angst vor der sozialen Ächtung nicht willkommen waren, ließen die Eltern diese Babys in den Kliniken zurück. Die Wächter brachten sie dann in die Akademie, wo sie von Totenbändigern aufgezogen wurden.

Manchmal nahmen Klinikwächter die Babys aber auch zu sich und gaben ihnen in ihren Familien ein Zuhause. So wie Sue. Als Gabriel und Ella in ihrer Klinik zur Welt gekommen und von ihren leiblichen Eltern verstoßen worden waren, hatte Sue es nicht übers Herz gebracht, sie in die Akademie zu bringen. Keiner der beiden sollte dort aufwachsen müssen – und keins ihrer Kinder sollte dort zur Schule gehen. Deshalb hatte Granny den normalen Schulunterricht übernommen, während Sue ihnen beibrachte, ihre Kräfte zu beherrschen und richtig einzusetzen.

Beide waren ziemlich strenge Lehrerinnen gewesen. Es hatte Leistungspläne gegeben, die absolut verbindlich waren, und Cam, Jules und Ella hatten immer wieder staatlich festgelegte Onlineprüfungen ablegen müssen, mit denen der Leistungsstand aller Homeschooling-Schüler offiziell überprüft wurde.

Trotzdem war es nie ein Problem gewesen, wenn Cam für manche Aufgaben länger gebraucht hatte als Jules oder Ella. Oder wenn er sie nur in Etappen erledigen konnte. An Tagen, an denen die Unruhe zu schlimm war, fiel es ihm schwer, sich zu konzentrieren. Granny hatte ihn dann zwischendurch andere Dinge machen lassen, wie sich im Garten um die Beete zu kümmern, Blätter zu fegen oder Gemüse fürs Abendessen vorzubereiten, bevor er sich wieder mit Matheformeln oder französischer Grammatik herumschlagen musste.

Das hatte prima funktioniert. In den Onlineprüfungen war er fast genauso gut gewesen wie Jules und Ella.

Aber jetzt gab es solche Sonderbehandlungen nicht mehr und er musste mit dem Unterricht in einer Regelschule klarkommen. Und mit jeder Menge fremder Leute. Vermutlich war das einer der Gründe, warum die ätzende Unruhe ihn heute wieder so rappelig machte.

Als vor zwei Monaten klargewesen war, dass sie nach den Sommerferien zur Schule gehen durften, hatte Phil angeboten, ihm ein Medikament zu geben, das ruhiger machte und half, dass er sich besser konzentrieren konnte. Aber Cam hatte abgelehnt. Vor ein paar Jahren hatte er schon einmal so ein Mittel ausprobiert, doch das hatte er nicht vertragen. Wenn man mit Übelkeit und migräneartigen Kopfschmerzen im Bett lag, war das kein guter Tausch für ein bisschen inneren Frieden, der sich zu allem Übel auch noch eher wie bleierne Müdigkeit angefühlt hatte. Auch wenn Phil ihm versichert hatte, dass es noch andere Medikamente gab mit Wirkstoffen, die seinem Körper vielleicht nicht so sehr zu schaffen machen würden, war Cam nicht scharf auf eine Wiederholung dieses Experiments gewesen. Er kam sich ohnehin schon oft genug wie ein Freak vor, da musste er nicht auch noch irgendwelche Pillen schlucken, die ihn noch mehr zu einem machten.

Jules zog die Tür zum Verwaltungstrakt auf. Dahinter lag ein kurzer Flur, von dem links das Sekretariat sowie das Büro der Direktorin und das Krankenzimmer der Schule abgingen. Rechts führte ein weiterer Gang tiefer ins Gebäude und ein Hinweisschild verriet, dass man dort Lehrerzimmer, Abteilungsleitungen, Stundenplanbüro, Hausmeister, Kopierraum und die Besprechungszimmer 1 bis 3 fand.

Die Tür zum Sekretariat stand einladend offen. Hinter einer Theke sortierte eine ältere Frau einen Stapel Kopien, sah aber sofort auf, als die drei eintraten.

»Hallo, da seid ihr ja! Na, schon aufgeregt?«

Sie kannten Ms Margret schon von ihrer Anmeldung. Genau wie Direktorin Carroll hatte sie keinerlei Vorbehalte gegen Totenbändiger an ihrer Schule und brachte ihren neuen Schülern von Anfang an das Gefühl entgegen, an der Ravencourt willkommen zu sein.

»Ja, ein bisschen«, gestand Ella ehrlich wie immer. »Aber vor allen Dingen freuen wir uns, dass es endlich losgeht.«

»Das ist die richtige Einstellung.« Ms Margret zwinkerte ihr gutgelaunt zu und reichte dann jedem einen kleinen Papierstapel über den Tresen. »Das hier sind eure Schülerausweise, Spindnummern, ein Lageplan der Schule, die Brandschutzverordnung und eine Kopie der Schulordnung. Die lest ihr bitte bis zum Ende des Schultags durch und gebt sie mir dann unterschrieben zurück. Außerdem habt ihr hier noch eine Liste mit allen Workshops, AGs und Clubs, die in diesem Semester angeboten werden. Eins dieser Angebote müsst ihr euch als Wahlpflichtveranstaltung aussuchen. Eure Stundenpläne bekommt ihr gleich von Direktorin Carroll. Sie möchte noch kurz mit euch sprechen, bevor es losgeht.«

Während Cam noch den Zettelwust sortierte, fragte Jules: »Ich würde gerne in die Basketball-AG, wenn das okay ist?«

»Und ich in die Kunstwerkstatt?«, schob Ella gleich hinterher.

»Sicher. Natürlich. Ich trage euch gleich ein.« Ms Margret wirkte erfreut, dass die beiden sich offensichtlich schon auf der Homepage über das Angebot schlaugemacht und etwas gefunden hatten, das sie interessierte.

Sie blickte zu Cam. »Was ist mit dir? Weißt du auch schon, in welchen Wahlpflichtkurs du gehen möchtest?«

Cam zog die Liste aus dem Zettelberg. Seine Finger waren eiskalt und seine Hände zitterten.

Verdammte Unruhe.

An die zwanzig Kurse standen auf der Liste und er überflog die Einträge.

Basketball, Fußball, Leichtathletik, Kunstwerkstatt, Schach, Chor, Tanz, Theater, Computer, Naturwissenschaften, Ernährungslehre, Erste Hilfe …

Sein Herz pochte zu schnell und die Buchstaben verschwammen vor seinen Augen. Rasch blinzelte er ein paar Mal und zwang sich, tief durchzuatmen.

Mann, krieg das in den Griff! Es ist nur irgendein blöder Extrakurs!

»Keine Sorge«, hörte er Ms Margrets Stimme durch das Rauschen in seinen Ohren. »Du musst das nicht jetzt sofort entscheiden. Schau dir die Liste ganz in Ruhe in der Mittagspause an. Und wenn du Fragen hast – die Namen der Ansprechpartner stehen neben den Kursen. Innerhalb der ersten beiden Wochen des Schuljahres darfst du auch in mehrere Kurse reinschnuppern, bevor du dich endgültig entscheiden musst. Sag mir einfach heute nach der Schule Bescheid, was dich interessiert.«

»Danke, das mache ich.« Cam war froh, dass er einen Aufschub bekam, und dass sich seine Stimme nicht so gepresst anhörte, wie sein Inneres sich gerade anfühlte. Er schaffte sogar ein kleines Lächeln, als er den ganzen Papierkram in seinen Rucksack stopfte.

»Prima. Dann meldet euch jetzt bei Direktorin Carroll.« Ms Margret deutete auf die Tür zum Büro der Schulleiterin. »Klopft einfach an. Sie erwartet euch schon.«

Direktorin Carroll war eine wohlbeleibte Afrobritin Ende fünfzig, und wenn es nach ihr gegangen wäre, hätten die drei Hunts schon vor Jahren an ihre Schule kommen dürfen. Doch der Stadtrat hatte den Modellversuch immer wieder abgelehnt und auch im Kollegium sowie bei Schülern und Eltern hatte erst einiges an Überzeugungsarbeit geleistet werden müssen. Jetzt war Carroll jedoch ihre Zufriedenheit darüber, dass endlich alles geregelt war und ihre Schule ein längst überfälliges Zeichen für ein gemeinsames Miteinander und eine neue Form von Offenheit setzen konnte, deutlich anzusehen.

Cam, Jules und Ella kannten die Direktorin schon von verschiedenen Gesprächen, die sie im Vorfeld geführt hatten, und Cam fand sie ganz okay. Sie schien ihre Unterstützung ernst zu meinen und ihr Lächeln wirkte immer echt. Auch jetzt, als sie die drei in ihrem Büro ganz offiziell als Schüler der Ravencourt Comprehensive willkommen hieß.

»Ich freue mich, dass ihr endlich hier sein dürft, und ich hoffe, dass ihr euch bei uns wohlfühlen werdet.« Sie reichte ihnen ihre Stundenpläne. »Um euch den Einstieg zu erleichtern, haben wir euch dieselben Kurse zugewiesen. Eure Großmutter hat einen wirklich guten Job mit euch gemacht und ihr habt die Einstufungstests mit Bravour bestanden. Ich glaube nicht, dass ihr mit eurem Abschluss im nächsten Jahr Probleme bekommen werdet. Obwohl du deinem Alter nach eigentlich ein Jahr unter deinen Brüdern eingestuft werden müsstest«, fügte Carroll an Ella gewandt hinzu. »Doch ich fürchte, da würdest du dich langweilen. Ich hoffe, es macht dir nichts aus, in eurem Jahrgang die Jüngste zu sein.«

Ella schüttelte den Kopf. »Nein, das stört mich überhaupt nicht, keine Sorge. Das kriege ich schon hin.«

Das bezweifelte Cam nicht im Geringsten.

Ella war zwar klein und zierlich, aber definitiv kein Push-over. Dafür hatten Sky und Gabriel mit ihrem Selbstverteidigungstraining gesorgt. Nicht, dass Ella das bisher jemals gebraucht hatte. Zum Glück. Sie hatte zwar ihren eigenen Kopf und setzte den auch durch, wenn ihr etwas wichtig war, doch sie war dabei immer so ehrlich, entwaffnend und liebenswert, dass die meisten Menschen sie schnell in ihr Herz schlossen. Oft sogar selbst die, die Totenbändigern vorsichtig oder ablehnend gegenüberstanden.

»Prima.« Die Direktorin lächelte zufrieden und sah dann von einem zum anderen. »Ms Margret bringt euch gleich zu eurem ersten Kurs. Ich wünsche euch einen guten Start hier bei uns und wenn ihr irgendwelche Fragen oder Probleme habt, steht meine Tür euch immer offen.«

»Danke.«

Während ihres Begrüßungsgesprächs hatte die Glocke zur ersten Stunde geläutet und als Ms Margret die drei zu ihrem Kursraum brachte, waren die Gänge bereits leer.

Auch im Inneren wirkte die Ravencourt hell und freundlich. Bunte Spinde standen entlang der Flure und an den Wänden hingen Poster zu verschiedenen Workshops, AGs und anstehenden Schulveranstaltungen. Außerdem gab es gerahmte Fotografien von Theateraufführungen und Chorauftritten und in Vitrinen standen Ausstellungsstücke von Kunstkursen sowie Sportpokale und Mannschaftsfotos.

Eigentlich alles ganz nett und Cam konnte Ella und Jules ansehen, wie sehr sie sich freuten, hier zu sein und die Chance zu bekommen, überall mitzumachen.

Er seufzte innerlich.

Warum konnte er sich nicht genauso fühlen?

Unwirsch zerrte er wieder an seiner Krawatte und blickte zu Jules, auch wenn er es in letzter Zeit eher vermied, ihn zu betrachten. Das weckte nur immer wieder dieses sehnsüchtige Ziehen in seinem Inneren, das er irgendwie in den Griff bekommen musste.

Doch leider sah Jules selbst in der blöden Schuluniform verboten gut aus. Groß, schlank und sportlich, mit diesen krassen schneeweißen Haaren, die er nur durchzuwuscheln brauchte, damit sie lässig und cool aussahen. Dazu die braunen Augen, die er von Phil geerbt hatte, und in denen der gleiche warme Glanz wie bei seinem Vater lag. Und wenn er lächelte, hatten sie dieses Funkeln, das Cam seit einiger Zeit ziemlich deutlich spüren ließ, dass er liebend gern nicht mehr nur Jules bester Freund und Pflegebruder gewesen wäre.

Aber die Chancen, mehr zu sein, lagen bei null.

Jules wollte nichts Festes.

Schon gar nicht jetzt, wo die Schule losging.

Genau wie Ella war er offen und kontaktfreudig und hatte so eine Art an sich, die ihm alle Herzen zufliegen ließ. Er hatte eine Clique im Park, in der er der einzige Totenbändiger war. Trotzdem war es für ihn kein Problem gewesen, dort akzeptiert zu werden. Sie spielten Basketball, trafen sich hin und wieder zum Fußball oder fürs Kino oder hingen einfach nur zusammen herum.

Immer wieder versuchte Jules, auch Cam mitzunehmen, doch obwohl die Clique ganz nett war, fand Cam die Gesellschaft der anderen meistens schnell anstrengend. Menschen waren einfach nicht sein Ding und er war schon froh, wenn ihm hin und wieder jemand sympathisch genug war, dass er in dessen Gegenwart nicht das Gefühl hatte, ständig wachsam sein zu müssen. Und dass er jemandem außerhalb seiner Familie vertraute, hatten bisher nur Thaddeus und Connor geschafft, und die gehörten eigentlich auch zur Familie, deshalb war Cam sich nicht sicher, ob die beiden wirklich zählten.

Cam blieb einfach lieber für sich. Er fuhr gerne Skateboard oder ging joggen. Sich zu bewegen, half, die Unruhe in Schach zu halten. Er hing auch gerne mit seinen Geschwistern ab. Oder alleine mit Jules. Dann zockten sie Computerspiele oder schauten ihre Lieblingsserien. Und wenn Jules nachts mitbekam, wie die Todesangst Cam gefangen hielt, schaffte er es immer, ihn da rauszuholen. Für Cam bedeutete das alles, doch für Jules war es leider nicht genug.

Auf eine gewisse Weise konnte Cam das sogar verstehen. Sie waren zusammen aufgewachsen und kannten einander in- und auswendig. Cam brachte das Sicherheit und die Gewissheit, dass er Jules ohne Wenn und Aber vertrauen konnte. Jules dagegen liebte das Neue und Unbekannte, deswegen war es für ihn spannender und aufregender andere Leute zu treffen. Außerdem flirtete er wahnsinnig gerne und auch wenn Cam wirklich gerne mehr als nur sein bester Freund gewesen wäre – mit Jules zu flirten wäre schräg. Dafür kannten sie sich einfach zu gut.

»So, da wären wir«, riss Ms Margret ihn aus seinen Gedanken und Cam wandte den Blick schnell ab von Jules und hin zur Klassenzimmertür. »Mathematik 2 bei Mr Weatherly.«

Die Sekretärin klopfte kurz an, öffnete die Tür dann ohne eine Aufforderung abzuwarten, und trat ein. Jules, Ella und Cam folgten ihr, während Cam versuchte, sich den gleichen Enthusiasmus einzureden, den Ella und Jules versprühten.

Er dachte an Gabriels Worte vom vergangenen Abend.

Wenn das hier funktionierte, war das ein wirklich großer Schritt hin zu mehr Gleichberechtigung für Totenbändiger in London. Und das wollte er, auf jeden Fall. Also musste er das hier irgendwie hinbekommen.

»Guten Morgen, Mr Weatherly. Ich bringe Ihnen unsere drei Neuzugänge für das Abschlussjahr. Das sind Julien, Ella und Camren Hunt.«

»Oh. Ja. Wie schön.«

Mr Weatherly war ein dürrer Mann mit Nickelbrille, grauen Haaren und einer Strickweste, der seinem Aussehen nach kurz vor der Pensionierung stehen musste und das optische Klischee eines leicht zerstreuten Mathematikprofessors perfekt erfüllte. Verglichen mit Ms Margret und Direktorin Carroll wirkte das Lächeln, mit dem er Cam, Jules und Ella begrüßte, allerdings eher bemüht. Ob es daran lag, dass er generell keine Neuzugänge mochte oder nicht begeistert darüber war, ab heute drei Totenbändiger unterrichten zu müssen, war schwer zu sagen.

Während er seine neuen Schüler mit hilfloser Überforderung musterte, erinnerte Ms Margret den Kurs daran, ihre Wahlpflichtfächer bei ihr im Sekretariat anzugeben, falls sie die im neuen Schuljahr wechseln wollten, wünschte dann allen einen guten Start und verschwand.

»Bitte setzt euch.« Mit noch immer bemühtem Lächeln wies Mr Weatherly auf zwei leere Doppeltische neben den Fenstern. »Hier vorne ist noch etwas frei.«

Die Kurstische waren zu einem Hufeisen gestellt und die unbeliebten Plätze nahe des Lehrerpults waren unbesetzt.

»Danke.«

Jules begegnete der Unsicherheit seines Lehrers mit höflicher Freundlichkeit, doch als er auf die freien Tische zusteuerte, sprang ein blondes Mädchen auf, das direkt daneben saß.

Anklagend blickte sie in die Klasse. »Nee, Leute, das ist echt nicht fair! Nur weil ich als Letzte gekommen bin, soll jetzt ausgerechnet ich neben einem von denen sitzen?«

Cams Magen zog sich zusammen.

Na toll. Das ging ja schon richtig super los.

»Ehm …« Nervös blickte Mr Weatherly von ihr zu Jules, Ella und Cam. Es war offensichtlich, dass er keinen Ärger in seiner Klasse haben wollte, schien aber nicht so recht zu wissen, was er jetzt sagen sollte, um die Situation nicht eskalieren zu lassen.

Doch Jules übernahm das für ihn und schenkte seiner aufgebrachten Mitschülerin ein gewinnendes Lächeln. »Hi, ich bin Julien, aber eigentlich nennen mich alle Jules. Wie heißt du?«

Einen Moment lang war sie von dieser direkten Art sichtlich überrumpelt, dann antwortete sie: »Larissa.«

»Hallo Larissa, schön, dich kennenzulernen.« Jules ging ein paar Schritte auf sie zu, wobei der komplette Kurs ihn nicht aus den Augen ließ. »Warum möchtest du nicht, dass wir neben dir sitzen? Hast du Angst vor uns?«

Bei seiner Annäherung war Larissa tatsächlich zurückgewichen, hielt jetzt aber inne und musterte erst ihn, dann Ella und Cam abschätzend.

»Na ja, klar. Ihr könnt schließlich töten«, sagte sie dann patzig. »Einfach so. Durch Handauflegen. Oder nicht?«

Jules nickte langsam. »Es ist nicht ganz so einfach, aber ja, im Prinzip schon.« Er deutete auf ihr Federmäppchen. »Aber töten kannst du auch. Ich wette, du hast da einen Bleistift drin. Wenn du den jemandem hier im Kurs ins Auge rammst, könntest du ihn damit genauso schnell töten wie ich.«

Larissa bedachte ihn mit einem ironischen Blick. »Ja, sicher.« Sie verschränkte die Arme vor ihrer Brust. »Aber warum sollte ich das tun? Ich bin ja kein durchgeknallter Freak.«

Die Provokation in ihrem Tonfall war nicht zu überhören und Cams Hand krallte sich um den Schulterriemen seines Rucksacks.

Jules dagegen blieb völlig gelassen und hob bloß die Schultern. »Das sind wir auch nicht. Unsere Kräfte machen uns nicht zu unberechenbaren Monstern. Sollte ein Totenbändiger wirklich jemanden töten wollen, muss er sich dazu entscheiden und seine Kräfte gezielt einsetzen. Genauso wie andere Menschen sich auch dazu entscheiden und eine Waffe einsetzen müssen, wenn sie jemanden töten wollen. Es sei denn, sie erwürgen ihr Opfer im Affekt mit bloßen Händen. In dem Fall sind eure Hände genauso gefährlich wie unsere.« Er schenkte Larissa ein vielsagendes Grinsen.

Die wirkte noch immer skeptisch. Doch dann zuckte sie mit den Schultern, und als sie Jules erneut musterte, lag in ihrem Blick deutlich mehr Interesse als Misstrauen.

»Okay. Kapiert.«

Ella trat an einen der leeren Plätze, legte ihren Rucksack ab und wandte sich zu ihrer Klasse um. »Ehrlich Leute, wir sind nicht gefährlicher als ihr. Und wir haben uns nicht ausgesucht, das zu sein, was wir sind. Aber genau wie jeder andere Mensch können wir uns entscheiden, die Besten zu sein, die in uns stecken. Und im Moment freuen wir uns einfach nur darüber, hier zu sein, euch kennenzulernen und hoffentlich ein paar Freunde zu finden.«

Sie lächelte in die Runde und Cam sah, dass ihre Ehrlichkeit und Direktheit bei vielen gut ankamen und sich die leicht angespannte Atmosphäre, die bisher im Raum geherrscht hatte, deutlich entspannte.

Jules streckte Larissa seine Hand entgegen. »Also, vertraust du mir?«

Sie zögerte. »Keine Ahnung.« Dann lächelte sie jedoch und legte ihre Hand in seine. »Aber ich lasse es einfach mal darauf ankommen.«

Kapitel 6

Gähnend schlurfte Gabriel mit Sky, Connor und einem lebensrettenden Kaffee den Branch Hill entlang zum Eingang des Golders Hill Parks. Es war halb elf am Vormittag und nach der Nachtschicht mit dem Erledigen eines Wiedergängers und anschließender Geisterjagd an der Finsbury Park Station hatten sie kaum Schlaf bekommen und es war eigentlich noch viel zu früh für einen neuen Einsatz.

Nein, nicht *eigentlich.*

Definitiv.

Da half auch Grannys extra starker Kaffee nicht viel.

Aber London war ein teures Pflaster und die Überstunden brachten gutes Geld. Daher hatten er, Connor und Sky sich bereiterklärt, den Beobachtungen einiger besorgter Mitbürger nachzugehen, die gemeldet hatten, dass seit einigen Wochen mehr Geister als üblich in der Dämmerung in und aus dem Park strömten.

Geister hassten Tageslicht und sobald der Morgen graute suchten sie Orte auf, die dunkle Verstecke boten. Da in der Stadt aber viele Gebäude mit Eisen geschützt wurden, blieben den Seelenlosen oft nur die Parks, um sich in Erdlöchern, leeren Tierbauten, hohlen Bäumen und ähnlichem zu verkriechen. Tagsüber waren Parks ungefährlich, außer es wurde im Winter nicht richtig hell oder es herrschten Nebeltage. Dann war es ratsamer, die Grünanlagen zu meiden. Genauso wie abends, wenn es dämmerte und die Geister aus ihren Verstecken in belebtere Gebiete zogen, um sich Lebensenergie zu beschaffen. Oder morgens, wenn sie in ihre sicheren Unterschlupfe zurückkehrten.

Aus diesem Grund waren die Straßenzüge rund um die Londoner Parks keine allzu beliebten Wohngegenden und Häuser standen dort häufig lange leer, bis sich Mieter oder Käufer fanden. Oft waren dies auch die einzigen Häuser, in denen Totenbändiger ohne größere Probleme ein Zuhause fanden. Makler und Vermieter waren froh, wenn sie die Objekte loswurden, und in diesen Nachbarschaften stand man Totenbändigern meist weniger feindlich gesinnt gegenüber als in den sogenannten *anständigen Vierteln*, in denen gruselige Freaks nicht willkommen waren.

Sky hatte eine Karte der Stadtverwaltung auf ihrem Smartphone aufgerufen und führte ihre Truppe zügig an. Im Gegensatz zu Gabriel und Connor war sie ein Morgenmensch und genoss es, mal eine Tagesschicht zu haben und den Vormittag in wunderschönem Sonnenschein zu verbringen, der in den Blättern der Baumwipfel spielte.

»Okay. Der nächste Lüftungsschacht müsste direkt hinter dem Parkeingang liegen. Dann gibt es noch einen Wartungszugang und zwei weitere Lüftungsschächte bis zum nördlichen Ende von Golders Hill. Aber dass mit denen irgendwas nicht stimmt, glaube ich eigentlich nicht. Dann hätten die Anwohner am Nordrand des Parks über mehr Geister geklagt. Das Problem scheint eher hier im Süden zu liegen.«

Eine mögliche Ursache für das erhöhte Geisteraufkommen konnte mit der U-Bahn zusammenhängen. Ein Teilstück der Northern Line verlief von der Station in Hampstead Richtung Norden unter dem Park entlang nach Golders Green. Weil der

Untergrund ein Verlorener Ort war, waren beide Stationen versiegelt worden, ebenso wie alle Luftschächte und Wartungszugänge. Doch da diese an anderen Orten in London in den letzten Monaten immer wieder aufgebrochen worden waren, lag die Vermutung nahe, dass rücksichtslose Adrenalinjunkies auch hier im Park unterwegs gewesen waren.

Es kam hin und wieder allerdings auch vor, dass Versiegelungen schlichtweg marode wurden. Eisen rostete, wurde brüchig und durchlässig, besonders in der feuchten Umgebung eines Parks.

»Wäre ja auch zu schön gewesen, wenn die Geistersichtungen im Norden passiert wären. Dann wären die Spuks aus Barnet dafür zuständig und wir hätten ausschlafen können«, grummelte Connor in seinen extra großen Kaffeebecher mit düsterem Totenkopfdesign, den Ella ihm zum Geburtstag bemalt hatte. Connor war nur unwesentlich wacher als Gabriel, aber zumindest schon bereit für Kommunikation, die aus mehr als Grunzlauten bestand.

Sky überging jegliches männliche Gejammer. Sie kannte ihre Jungs nicht anders als morgenmuffelig. So topfit, hellwach und allzeit bereit sie bei nächtlichen Einsätzen immer waren – vor zwölf Uhr mittags sollte man besser keine Glanzleistungen von ihnen erwarten.

»Wenn ich recht habe und es daran liegt, dass sie den Regent's Park abgeriegelt haben, sind die U-Bahnschächte ohnehin nicht das Problem.«

Der Regent's Park lag in der City of Westminster, grenzte im Norden aber an das Stadtgebiet von Camden. Westminster zählte zu den nobleren Stadtgebieten und hatte vor fünf Jahren den Hyde Park verloren. Eine Terrorgruppe, die sich Death Strikers nannte, hatte dort an einem Wochenende während des Frühlingsfestes gleich acht Sprengsätze explodieren lassen und so mehrere tausend Menschen getötet. Seitdem war der Park ein Verlorener Ort, weil sich dort zu viele Geister tummelten, die eine Säuberung zu gefährlich und zu teuer machten. Gleiches galt für das Scarlet Theatre, das Cloverfield Shopping Centre, den Longbury Tower und drei weitere Orte in der Stadt. Auch hier hatten die Terroristen durch Bombenattentate oder das Einleiten von Giftgas in den letzten Jahren für massenhaft Geister und entsprechend Verlorene Orte gesorgt, weil der Stadtrat nicht auf ihre Forderungen eingegangen war.

Nachdem der Hyde Park als innerstädtisches Erholungsgebiet verloren gegangen war, blieb Westminster nur der Regent's Park und für ihn hatten die gut betuchten Bewohner nach jahrelangem Ringen – und einigen großzügigen Spenden aus eigenen Kreisen – hohe Eisenzäune und das Pflanzen von Schutzpflanzen durchgesetzt. Diese Maßnahmen waren im Frühjahr durchgeführt worden, was den Park als Unterschlupf für Geister unattraktiv machte. Seitdem suchten sie neue Verstecke in weniger wohlhabenden Vierteln, in denen Parks, Straßen und Häuser nicht so kostspielig gesichert werden konnten.

»Ich hab von Anfang an gesagt, dass dieser verdammte Zaun besonders Camden Probleme machen wird«, grollte Sky. »Seit das Ding steht, gibt es bei uns mehr Geisterangriffe. Und dass wir hier nördlich der Nobelviertel in diesem Jahr schon acht Wiedergänger hatten, kommt auch nicht von ungefähr.«

Sie kickte einen losen Kiesel über den Gehweg hin zum Durchgang in der Hecke, die den Golders Hill Park von der Straße trennte. »Klar reden sich die Politiker damit raus, dass wir uns in einem Unheiligen Jahr befinden und die Aktivität der Seelenlosen in solchen Zeiten immer krasser ist. Aber wen wollen die denn für blöd verkaufen?«

Sie verpasste dem armen Kiesel einen weiteren Tritt woraufhin der mitten in einem Blumenbeet landete.

Sky blieb stehen und sah sich um. »Wow, ist ja echt spießig hier. Kein Wunder, dass die Anwohner wollen, dass der Park wieder sicherer wird.«

Golders Hill war ein kleiner Teil des gut dreihundertzwanzig Hektar großen Hampstead Heath. Doch während der Heath zum größten Teil aus wildem Wald und ebensolchen Wiesen bestand, durch die nur eine Handvoll Wege führten, war Golders Hill deutlich gezähmter. Hier gab es ordentlich angelegte Beete, die Rasenflächen waren penibel gepflegt, die Büsche gestutzt und weiter im Norden fand man einen Kinderspielplatz sowie einen kleinen Teich samt Wasserfontäne.

»Hm.« Skeptisch betrachtete Sky die Beete, in denen die Blumen streng nach Farben und Pflanzenhöhe sortiert waren. »Also Natur geht irgendwie anders, oder? Wenn ich das hier sehe, ist mir die Wildnis in unsere Ecke jedenfalls tausend Mal lieber.«

Der Crescent Drive, wo ihre alte Stadtvilla stand, lag am nordöstlichen Ende des Heath und ihr Garten grenzte direkt an den Rand des wilden Waldes.

Connor stöhnte vernehmlich. »Schatz, ich liebe dich. Wirklich. Aber du redest zu viel. Viel zu viel, dafür, dass ich noch nicht genug Kaffee intus habe. Und wen juckt es, wie die blöde Botanik hier wachsen darf? Sag uns lieber, wo dieser verdammte Lüftungsschacht ist, damit wir die Inspektion schnell hinter uns bringen können.«

Sky bedachte ihn mit einer hochgezogenen Augenbraue, verzichtete aber großmütig darauf, einen entsprechenden Kommentar zurückzuschießen, als sie sah, wie sehr Connor wirklich noch mit dem Wachwerden zu kämpfen hatte.

Gabriel dagegen hätte sich beinahe am letzten Rest aus seinem Kaffeebecher verschluckt und starrte seinen besten Freund ungläubig an. »Hast du sie gerade *Schatz* genannt?«

Connor runzelte die Stirn. »Ja, warum?«

»Echt jetzt? Was kommt als Nächstes? Willst du sie in den Schicksalsberg werfen? Nicht, dass ich was dagegen hätte. Ich helf dir sogar, wenn wir sie damit zum Schweigen bringen.«

»Du bist unmöglich!« Empört verpasste Sky ihrem Bruder einen Hieb gegen die Schulter. »Und du brauchst echt dringend mal wieder einen Menschen für dein Herz, nicht bloß welche für ein paar Stunden unverbindlichen Spaß.«

»Nee, lass mal. Ich bin nicht gemacht für Herzensmenschen.«

»Ja, klar«, gab Connor ironisch zurück. »Denkst du nicht, du solltest langsam damit aufhören, dir das so vehement einzureden? Ich weiß, wie schlimm es für dich war, und ich will es ganz sicher nicht runterspielen. Aber es ist jetzt fast drei Jahre her …«

Gabriel schnaubte bloß. »Um das mit dir auszudiskutieren, ist jetzt die falsche Uhrzeit und Kaffee definitiv das falsche Getränk.«

Er ließ Connor stehen und stiefelte zu einer Metallplatte, die ein Stück abseits des Parkwegs hinter kaschierenden Sträuchern in den Rasen eingelassen war.

»Wow! Guckt mal!«, rief er übertrieben begeistert. »Was haben wir denn hier? Den Lüftungsschacht. Wie praktisch, dass wir unsere Unterhaltung dann jetzt von privat auf beruflich umschalten können.«

»Aufgeschoben ist nicht aufgehoben!«

»Danke. Ich stehe voll auf subtile Drohungen.«

Gabriel stieß ein paar Mal mit den Fuß gegen die Eisenplatte, die zwar einige rostige Stellen aufwies, aber weder löchrig noch brüchig wirkte. Connor trat zu ihm und beide gingen in die Hocke, um sich die Schweißnähte genauer anzusehen. Doch auch dort gab es nichts zu beanstanden.

»Sieht alles völlig in Ordnung aus. Hier sind mit Sicherheit keine Geister aus dem Untergrund entkommen.« Gabriel richtete sich wieder auf. »Wo ist dieser Wartungsschacht?«

Sky checkte ihre Karte. »Knapp hundertfünfzig Meter den Weg entlang.«

»Na, dann hoffen wir mal, dass wir dort was finden«, meinte Connor. »Wenn die Schächte alle in Ordnung sind und die Geister nicht aus dem Untergrund kommen, können wir den Anwohnern hier nämlich nicht helfen. Gegen die Geistermigration aus den Nobelvierteln sind wir machtlos, solange der Stadtrat die Spuk Squads nicht aufstockt. Und dafür werden die mit Sicherheit so schnell keine Gelder lockermachen.«

»Ich fürchte, selbst wenn an einem der Schächte etwas nicht in Ordnung ist, liegt ein Teil des Problems trotzdem an der Geistermigration.« Gabriel trat zu den anderen beiden zurück auf den Parkweg. »Sky hat schon recht. Es war klar, dass wir hier in Camden die Leidtragenden vom Zaun am Regent's Park sein werden.«

»Wow, dann hat mir ja doch jemand zugehört und ich hab gerade keine Selbstgespräche geführt.«

»Das heißt nicht, dass ich meinen Kaffee nicht trotzdem lieber ohne Gebrabbel geschlürft hätte.«

»Vielleicht bekommen wir dann ja jetzt endlich die versprochene Verstärkung in unser Team«, überging Sky seinen Kommentar geflissentlich. »Wenn die Schächte hier alle okay sind, können Thad und Pratt sicher mehr Druck machen, damit wir die Nächsten sind. Wichtigstes Einstellungskriterium für unseren Zuwachs: Es muss ein Morgenmensch sein.« Sie grinste frech zu ihrem Bruder und deutete dann nach links. »Da drüben hinter den Büschen müsste laut Karte der Eingang zum Wartungsschacht liegen.«

Tat er auch – halb verdeckt unter altem Laub. Die Eisenplatte, die man als Siegel über dem eigentlichen Eingang angebracht hatte, ähnelte der Platte am Lüftungsschacht, war allerdings deutlich größer. Auch sie war schon älter und hatte Rost angesetzt, Löcher oder Risse gab es aber auch hier keine.

Trotzdem stimmte etwas mit der Platte nicht.

»Seht euch die Schweißnähte an.« Connor hatte sich wieder hingehockt, um die Platte besser in Augenschein nehmen zu können.

»Die sind schief und viel unregelmäßiger als die am Lüftungsschacht«, stellte Sky fest. »Sieht nicht so aus, als hätte das ein Profi gemacht.«

Gabriel fuhr mit dem Finger über eine der Nähte. »Nein. Und sie sind auch nicht so alt wie die Platte.«

Connor zog sein Handy aus der Hosentasche und machte ein paar Fotos. »Okay. Wie wahrscheinlich ist es, dass das hier das Werk von Adrenalinjunkies ist, die nach ihrem Abenteuer im Untergrund den Schacht zum Wohle der Bevölkerung brav wieder verschlossen haben?«

»Ungefähr so wahrscheinlich wie ein Besuch der Zahnfee«, seufzte Sky Übles ahnend.

»Ich schicke Thad die Fotos und sage ihm, dass wir hier vermutlich einen Ablageort haben.«

Da der Londoner Untergrund nicht betreten werden durfte, nutzten viele Kriminelle ihn zum Entsorgen von Beweismitteln oder um gefahrlos unliebsame Zeugen loszuwerden. Sie töteten ihre Opfer nicht, sondern brachten sie stattdessen schwerverletzt in den Untergrund, um sie dort sterben zu lassen. Auf diese Weise konnten die Verbrecher sich rechtzeitig in Sicherheit bringen, bevor ihre Opfer zu Geistern wurden. An einem Verlorenen Ort fiel ein weiterer Geist nicht auf und weil niemand diese Orte betrat, blieben Leichen meistens unentdeckt.

Die alten Schächte der U-Bahn wurden außerdem von skrupellosen Firmen auch gerne als Ablageort für Giftmüll benutzt, um sich die Kosten für eine ordnungsgemäße Entsorgung zu sparen.

Doch egal, welches Verbrechen vertuscht werden sollte, um zu verhindern, dass man ihnen auf die Schliche kam, versiegelten die Kriminellen die Zugänge, die sie benutzt hatten, in der Regel wieder. Niemanden sollte durch erhöhtes Geisteraufkommen darauf aufmerksam werden, dass ein Eingang geöffnet worden war.

Alles andere als angetan davon, gleich in den Schacht hinuntersteigen zu müssen, um mit ziemlich großer Wahrscheinlichkeit die Hinterlassenschaften irgendeines Verbrechens zu untersuchen, richtete Sky sich wieder auf. »Klärt ihr die Sache mit Thad. Ich hole unsere Ausrüstung her.«

Keine zehn Minuten später hatte Sky ihren Wagen von der Branch Hill Road in den Park geholt. Sie parkte auf dem Weg nahe des Wartungsschachts und legte den Ausweis, der das Fahrzeug als Dienstwagen der Metropolitan Police auswies, gut sichtbar hinter die Windschutzscheibe. So spießig, wie es hier aussah, kamen mit Sicherheit bald ein paar neugierige Nachbarn vorbei, um nachzusehen, warum hier ein Wagen stand, der zu keinen Gärtnereibetrieben gehörte.

»Und?«, fragte sie, als sie ausstieg und den Kofferraum öffnete.

»Wir sollen den Schacht öffnen und nachsehen«, gab Connor Thads Anweisungen weiter.

»Dann hoffen wir mal, dass es nicht allzu eklig wird. Ich hab heute nämlich ausnahmsweise mal vor meiner Schicht gegessen.«

Sie legten ihre Ausrüstungsgürtel um und während Connor und Gabriel die Öffnung zum Untergrund mit einem Ring aus einer dicken Eisenkette absicherten, machte Sky sich mit einem Schneidbrenner daran, die Platte zu lösen. Darunter kam die eigentliche Einstiegsluke zum Vorschein.

»Bereit?«, fragte Connor, als er das Schloss der Luke geknackt hatte.

Gabriel und Sky positionierten sich so, dass sie Geister, die eventuell hinter der Öffnung lauerten, sofort bändigen konnten.

Als die beiden nickten, zog Connor die Luke auf.

Eisenstiegen einer Leiter und nackte graue Betonwände kamen zum Vorschein.

Dann schlug ihnen ein Schwall widerlicher Luft entgegen.

Metallisch. Faulig. Und ekelhaft süß.

Verwesungsgeruch.

»Super«, stöhnte Sky.

Da keine Geister im Schacht lauerten, wandte sie sich ab und reichte Connor und Gabriel Atemmasken. Die waren bei der Erkundung von verlassenen Häusern oder Tunneln, in denen man auf gefährlichen Schimmel oder verwesende Leichen treffen konnte, unerlässlich.

»Wie tief geht es runter?«

»Laut Plan der Stadtwerke ungefähr zwanzig Meter.« Connor zog sich seine Maske über. »Der Schacht führt in einen Tunnel, der oberhalb des U-Bahn-Tunnels parallel nach Norden und Süden verläuft, Zugänge zu den tiefer liegenden Bahngleisen liefert und zu zwei stillgelegten Technikräumen führt.«

Gabriel hatte ein Seil an den Karabinerhaken seiner Taschenlampe geknotet und schaltete das Magnesiumlicht ein, um mögliche Geister zu verscheuchen, die vielleicht in der Dunkelheit am Fuße des Schachts lauerten.

»Hoffentlich müssen wir nicht den kompletten Bereich absuchen.« Er ließ seine Lampe in die Tiefe sinken.

»Glaube ich nicht. Auch wenn der Zugang von der Straße uneinsehbar ist, wird sich der Täter hier trotzdem nicht länger als nötig aufgehalten haben.«

»Und so wie es in dem Schacht riecht, liegt die Leiche mit Sicherheit ganz in der Nähe«, fügte Sky naserümpfend hinzu.

»So wie es riecht, wette ich, dass da unten nicht nur eine Leiche liegt.« Vorsichtig ließ Gabriel seine Taschenlampe noch weiter in den Schacht hinunter und der helle Lichtkegel enthüllte immer mehr Eisenstiegen der Leiter und graue Betonwände.

Dann erreichte der Lichtschein der Lampe das Ende des Schachts.

»Shit.«

»Was zur Hölle …«

Arme. Beine. Verdrehte Körper. Als hätte jemand einfach einen nach dem anderen den Schacht hinuntergeworfen. Die Köpfe schienen zerschmettert, die Leiber aufgeplatzt und alles war dunkel von Blut.

»Wie viele sind das?« Connor hatte sein Handy hervorgezogen, zoomte so nah wie möglich heran und schoss ein paar Bilder.

»Keine Ahnung.« Gabriel knotete das Seil mit der Taschenlampe an die oberste Leitersprosse. »Ich zähle mindestens sechs, obwohl das bei dem Zustand der Leichen schwer zu sagen ist.«

»Wir müssen da runter und uns das genauer ansehen.« Sky trat von der Luke zurück und holte drei Tüten mit weißen Papieroveralls aus einem ihrer Rucksäcke. Sie durften den Fundort nicht verunreinigen.

Während Connor die Fotos mit einem knappen Bericht an Thaddeus schickte, holten Gabriel und Sky zwei weitere Rucksäcke mit zusätzlichen Magnesiumlaternen aus dem Kofferraum.

Sie zogen sich um und Sky reichte Connor den Rucksack mit den Silberboxen. Er hatte zwar unter dem Papieranzug seine Silberweste angelegt und eigentlich sollte das Magnesiumlicht Geister fernhalten, doch zusätzlicher Schutz schadete nie. Sie hatten immerhin noch keine Ahnung, wie groß ihr Tatort war, wie weit der Lichtschein in den Tunnel reichte, wie viele Geister dort unten auf sie lauerten – und wie ausgehungert sie waren.

»Bereit?«, fragte Gabriel.

Sky und Connor nickten.

Nacheinander kletterten sie in den Schacht.

Kälte umfing sie, je tiefer sie hinabstiegen, und Sky merkte, wie ihr eine Gänsehaut über den Rücken kroch. Der dünne Papieranzug isolierte die Außentemperatur nicht.

Woher kam die Kälte?

Nur daher, dass sie unter die Erde stiegen und die warme Außentemperatur hinter sich zurückließen?

Oder war es die heimtückische, schleichende Kälte, die Geister verströmten? Die, die einem kaum merklich in die Glieder kroch, bis sie in jedem Muskel saß, einen lähmte und man vor den Seelenlosen nicht mehr fliehen konnte, wenn sie einem nach der Wärme auch die Lebensenergie entzogen?

Nein.

Geisterkälte fühlte sich anders an.

Es war auch nicht feucht, was ein gutes Zeichen war, denn wo Wasser in Schächte eindringen konnte, gab es meist irgendwo Risse und undichte Stellen, an denen Geister aus dem Untergrund entkommen konnten.

Sie erreichte das Ende der Leiter und der Verwesungsgeruch wurde so widerlich intensiv, dass Sky sich jetzt wirklich wünschte, sie hätte nicht gefrühstückt.

Sie wünschte ebenfalls, der Anblick zu ihren Füßen wäre ihr erspart geblieben.

Direkt unter ihr lagen fünf oder sechs Leichen übereinander. Sie waren definitiv schon eine ganze Weile tot und aus der Nähe erkannte Sky, dass sie recht gehabt hatten. Die Köpfe waren zerschmettert, die Kehlen zerschlitzt und die

Leiber aufgeplatzt oder aufgerissen. Was genau zutreffender war, war schwer zu sagen.

Die Lampe, die Gabriel heruntergelassen hatte, baumelte über dem Schachtende und Sky suchte eine Stelle auf dem Tunnelboden, auf die sie ihre Füße setzen konnte, ohne einen der Toten zu berühren, und wo keine Gefahr bestand, dass sie wichtige Spuren zerstörte.

Als sie sicher stand und den Blick hob, keuchte sie auf und kaltes Grauen kroch ihr den Rücken hinunter.

Die sechs Toten unter dem Schacht waren nur die Spitze des berühmten Eisbergs.

Der Tunnel war voller Leichen.

Wie achtlos weggeworfene Puppen lagen sie rechts und links des Zugangsschachts im Tunnel verstreut. Weiter als das Licht der Magnesiumlampe reichte. Zu viele, als dass man sie auf einen Blick hätte zählen können.

Unter den penibel nach Farben und Größen sortierten Blumenbeeten des Golders Hill Parks lag ein geheimes Massengrab.

Kapitel 7

Commander Pratts Gesicht sprach Bände, als er sich die Fotos ansah, die Connor von den Toten im Tunnel gemacht hatte.

»Wie viele sind es?«

»Achtundsiebzig«, antwortete Sky.

Thad fluchte. »Seid ihr sicher?«

»Ja. Wir haben sie unabhängig voneinander gezählt, weil es nicht leicht war, alle Körper auseinander zu halten.«

Pratt nickte grimmig. »Das sehe ich.«

Trotz seines Alters von Mitte Fünfzig, Glatze und Rollstuhl wirkte ihr Commander auf Sky oft energiegeladener und tatkräftiger als etliche der deutlich jüngeren Polizisten, die ihm unterstanden. Sie mochte Pratt. Er war zwar streng und verlangte von seinen Leuten viel, aber er war immer fair, erkannte Leistungen an und hatte keinerlei Vorbehalte gegenüber Totenbändigern. Im Gegenteil, er schätzte die Fähigkeiten, die sie mitbrachten, und sah sie als wertvollen Gewinn für sein Revier.

Nach dem Fund des Massengrabs hatten Sky, Connor und Gabriel den Tunnel sowohl unter als auch über Tage abgesichert, eine erste Sichtung des Fundortes vorgenommen und Fotos an Thaddeus geschickt, um zu fragen, wie sie weiter vorgehen sollten. Da die Leichen schon älter waren, hatten keine Geisterschemen mehr an ihnen gehaftet. Damit war ihr Job als

Spuks eigentlich erledigt. Um ungeklärte Todesfälle kümmerten sich die Kollegen der Mordkommission. Dementsprechend hatte Thaddeus sie auch angewiesen, den Zugang zum Schacht wieder zu verschließen, zum Revier zurückzukommen und vorerst niemandem von ihrem Fund zu erzählen, bis sie mit dem Commander gesprochen hatten.

»Diese Art der Verletzungen …« Pratt studierte die Fotos weiter mit grimmiger Miene. »Die aufgeschlitzten Körper und eingeschlagenen Schädel – das sieht wie die Tat eines Wiedergängers aus.« Er blickte auf. »Könnte es sein, dass sich da unten in den Tunneln so ein Biest einquartiert hat? Oder gleich mehrere? Rotten diese Bestien sich unter der Stadt womöglich zu einem Rudel zusammen?«

Connor schüttelte den Kopf. »Das glaube ich nicht. Laut der Versuche, die Wissenschaftler mit herangezüchteten Wiedergängern in den Verliesen des Towers durchgeführt haben, sind die Biester Einzelgänger. Treffen sie aufeinander, brechen Revierkämpfe aus. Außerdem soll Futterneid auch ein Riesenthema sein. Dass sich mehrere von ihnen zu einem Rudel zusammenschließen würden, halte ich daher für sehr unwahrscheinlich. Selbst in einem Unheiligen Jahr.«

»Dann hat nur ein Einziger all diese Menschen getötet?«, hakte Pratt nach.

Gabriel schüttelte den Kopf. »Ehrlich gesagt glauben wir nicht, dass diese Leichen auf das Konto eines Wiedergängers gehen. Auf den ersten Blick sehen die Verletzungen zwar so aus, aber auf den zweiten passt vieles nicht zusammen.«

Connor beugte sich vor, rief auf dem Bildschirm einige der Fotos auf und vergrößerte Ausschnitte davon. »Die Schädel der Toten wurden zwar zertrümmert, ähnlich wie Wiedergänger es bei ihren Opfern tun, um an die Gehirne heranzukommen. Hier auf den Bildern sieht man jedoch deutlich, dass die Gehirne in den Schädeln noch vorhanden sind. Wir konnten das nicht bei allen Toten überprüfen, sonst hätten wir den Tatort verändert, bevor das Forensikteam Spuren sichern kann. Aber wenn ein Wiedergänger all diese Menschen getötet hätte, hätte er mit Sicherheit alle Gehirne gefressen.«

»Bei den anderen Organen sieht es ganz ähnlich aus.« Sky holte eine neue Auswahl an Bildern auf den Monitor und vergrößerte sie. »Auch hier können wir es ohne Forensiker zwar nicht mit absoluter Sicherheit sagen, doch bei diesen Leichen kann man trotz der Verwesung erkennen, dass die Körper zwar aufgeschlitzt, aber nicht ausgeweidet wurden, wie ein Wiedergänger es tun würde. Hinzu kommt noch, dass die Toten dort schon länger liegen. Sicher ein paar Wochen und es sieht so aus, als wären sie alle zur selben Zeit gestorben. Es gab keine älteren oder frischeren Leichen, wie man es erwarten würde, wenn ein Wiedergänger sich dort unten eingenistet hätte und jede Nacht neues Futter holen würde. Das wäre für einen Wiedergänger ohnehin eher ungewöhnlich. Es kommt zwar vor, dass intelligentere Exemplare sich ein Versteck suchen und ihre Opfer mit dorthin nehmen, aber in der Regel töten sie ihre Opfer einfach, zerren sie in die nächstbeste abseitsgelegene Ecke und fressen sie dort. So wie der Wiedergänger gestern Abend in der Gasse in Islington.«

»Außerdem wurden den Toten die Kehlen durchgeschnitten«, fügte Connor hinzu. »Und das hab ich bei einem Wiedergänger noch nie gesehen. Sie schlitzen ihren Opfern die Körper auf, um die inneren Organe zu fressen. Ihnen vorher die Kehlen durchzuschneiden, damit halten die Biester sich nicht auf.«

Pratt nickte nachdenklich. »Das heißt, ihr denkt, es steckt jemand anderes dahinter.«

Connor warf einen kurzen Blick zu Gabriel und sah dann wieder zu seinem Vorgesetzten. »Wir würden den Wiedergänger jedenfalls ausschließen und die Ermittlungen eher in eine andere Richtung lenken wollen.«

»Es gab im letzten Unheiligen Jahr schon einmal den Fund von Leichen mit durchgeschnittenen Kehlen«, übernahm Gabriel. »Der Täter wurde nie gefunden. Vielleicht ist er in diesem Unheiligen Jahr zurückgekehrt.«

Pratt runzelte die Stirn. »Es gab schon einmal einen solchen Leichenfund? Hier in Camden? Warum weiß ich davon nichts?«

»Es war nicht in Camden«, schaltete sich Thaddeus ins Gespräch ein. »Es war drüben in Wimbledon und die Sache wurde damals unter Verschluss gehalten. Zum einen, um die Bevölkerung in einem Unheiligen Jahr nicht noch nervöser zu machen als viele Mitbürger es ohnehin schon waren, zum anderen, weil es einen Zeugen gab, der beschützt werden sollte.«

Pratt lehnte sich in seinem Rollstuhl zurück. »Okay, was genau ist damals passiert? Und welche Parallelen gibt es zu dem Fund von heute?« Er nahm Thaddeus ins Visier. »Ich schätze, Sie waren damals einer der Ermittler?«

Thad nickte. »Ich habe die Leichen gefunden.«

»Erzählen Sie.«

»In der Nacht des Frühlingsäquinoktiums vor dreizehn Jahren ging um kurz nach Mitternacht der Notruf eines Jugendlichen in der Zentrale ein. Er flüsterte nur und war kaum zu verstehen. Keuchte, dass alles voller Toter wäre. Dass seine Freunde auch tot wären. Das pure Böse hätte sie umgebracht und jetzt wäre es hinter ihm her. Er klang völlig neben sich und reagierte auf keine Frage der Notrufleitstelle. Im Hintergrund war ein Lachen zu hören, dann brach der Anruf abrupt ab, ohne dass die Leitstelle eine Adresse oder andere hilfreiche Informationen erhalten hatte. Im Gegenteil. Es klang eher wie einer der typischen Scherzanrufe von zugedröhnten Teenagern, die in Unheiligen Nächten Partys veranstalten und dann nichts Besseres zu tun haben, als gefakte Notrufe abzusetzen. Die Leitstelle konnte aber das Handy orten. Die Adresse war ein abgelegenes, leer stehendes Haus am Wimbledon Park. Und auch wenn wir in der Nacht eigentlich mehr als genug zu tun hatten, war ich in der Nähe auf Wachdienst und bin vorbeigefahren. Wenn Jugendliche als ultimativen Adrenalinkick in einem ungeschützten Haus besoffen und bekifft eine Geisterparty feierten, war das lebensgefährlich.«

»Aber es gab keine Geisterparty«, schloss Pratt.

Thaddeus schüttelte den Kopf. »Als ich dort ankam, war das Haus dunkel und verlassen. Der Junge, der den Notruf gewählt hatte, lag mit aufgeschlitzter Kehle im Vorgarten. Sein Handy lag neben ihm. Seine beiden Freunde fand ich im Erdgeschoss. Ebenfalls mit durchgeschnittenen Kehlen. Der wahre Horror wartete aber im Keller. Dort stapelten sich die Leichen.«

Er deutete mit einem Kopfnicken zu den Fotos, die Connor gemacht hatte. »Ganz ähnlich wie im Tunnel. Auch ihnen hatte man die Kehlen durchgeschnitten und sie wirkten wie achtlos weggeworfen. In der Mitte des Raums standen sechs Holzkisten in einem Kreis und jede war umgeben mit einem Ring aus einer dicken Eisenkette. In diesen Ringen war jede Menge Blut und in den Kisten lagen Kinder.«

Bei der Erinnerung daran, presste Thad kurz die Kiefer aufeinander, bevor er weitersprach. »Es waren drei Mädchen und drei Jungen. Alles Totenbändiger und keins der Kinder war älter als fünf Jahre. Alle hatten Nasenbluten, schienen außer Kratzern und blauen Flecken sonst aber unverletzt. Doch sie waren alle tot.«

Thaddeus schwieg und kämpfte offenbar mit Erinnerungen, die kein Mensch haben sollte.

Auch Pratt schwieg einen Moment, um das Gehörte sacken zu lassen. Dann blickte er zu Gabriel und Sky. »Das klingt so, als hätte dort jemand mit Totenbändigerkindern experimentiert.«

Gabriel nickte finster. »Wir denken, dass sich jemand einen kranken Spaß daraus gemacht hat, zu testen, wie viele Geister die Kinder bändigen können, bevor sie sterben.«

Pratts Miene verriet deutlich, was er davon hielt. »Es tut mir sehr leid, was einige unserer Mitmenschen euch Totenbändigern immer wieder antun.«

»Danke, Sir«, antwortete Sky.

»Habt ihr eine Vermutung, was der Täter mit den Kindern und den Toten gemacht hat?«

»So wie Thad den Tatort beschrieben hat, scheint der Täter die Kleinen in die Kisten gesperrt zu haben, damit sie den Geistern nicht entkommen können«, sagte Sky. »Und er hat Eisenketten um die Kisten gelegt, um selbst vor den Geistern sicher zu sein. Dann hat er vermutlich eins der Opfer in den Kreis gebracht und ihm die Kehle durchgeschnitten. Das erklärt das ganze Blut innerhalb der Ketten.«

»Sobald ein Opfer verblutete war, entstand ein Geist«, übernahm Gabriel. »Normalerweise würde der bei dem Opfer bleiben, um seine Energie aufzunehmen, bis die Leiche kalt ist …«

Die Lippen, des Commanders wurden zu einem dünnen Strich, als er sie voller Abscheu zusammenpresste und kurz die Augen schloss. »Aber nicht, wenn ein Kind in der Nähe ist«, beendete er den Satz und schüttelte angewidert den Kopf.

Gabriel nickte knapp. »Kein Geist kann einem Kind widerstehen.«

Pratt blickte von ihm zu Sky. »Ich weiß, das ist jetzt eine indiskrete Frage und ihr müsst nicht antworten, wenn ihr das nicht wollt.«

Sky seufzte innerlich, weil sie sich denken konnte, was jetzt kam. Sie war nicht besonders glücklich darüber, sich und ihre Kräfte immer wieder erklären zu müssen, und die Art, wie sie antwortete oder ob überhaupt, hing sehr stark davon ab, wie man sie fragte. Generell fand sie ehrliches Interesse und offenes Nachfragen aber besser als Spekulationen, Hörensagen oder falsche Unterstellungen. Und Pratt war ihr Boss. Er hatte immer mal wieder Fragen zu ihren Kräften. Oder zu denen von Geistern und Wiedergängern. Meistens standen sie in direktem Zusammenhang mit Fällen, an denen sie arbeiteten. Hatten seine Fragen nur indirekten Bezug dazu, stellte er ihr und Gabriel jedes Mal frei, zu antworten, doch bisher waren seine Fragen für Sky immer in Ordnung gewesen.

»Was wollen Sie wissen?«

»Wie ist das für euch Totenbändiger? Könnt ihr nachvollziehen, dass Geister sich so gerne auf Kinder stürzen? Gibt es Unterschiede zwischen der Lebensenergie eines Erwachsenen und der eines Kindes?«

Sie nickte. »Die Lebensenergie von Kindern ist reiner und unschuldiger, wilder und ungestümer als die von Erwachsenen. Wahrscheinlich, weil ihre Lebensfreude noch nicht getrübt ist. Kinder sind das pure Leben, vor allem, wenn sie noch sehr jung sind. Das macht sie für Geister so anziehend. Diese unbändige Energie verleiht ihnen besonders schnell besonders viel Stärke.«

Pratt betrachtete sie nachdenklich. »Und ihr könnt diese Energien auch so differenziert wahrnehmen? Bei allen euren Mitmenschen?«

»Nur bei Kontakt. Direkter Hautkontakt funktioniert am besten.« Auch wenn Gabriel den meisten Menschen liebend gern an den Kopf geworfen hätte, dass es sie nichts anging, wie seine Kräfte funktionierten – immerhin fragte er sie ja auch nicht, wie zur Hölle sie in ihrem Leben ohne klarkamen – gab er ähnlich wie Sky meistens trotzdem Auskunft. Oft ließen sich Angst und Vorurteile mit Offenheit, Nachsicht und Geduld aus der Welt schaffen. Das hatten seine Eltern ihm beigebracht. Allerdings gelang es ihm nicht immer, Verständnis oder Geduld aufzubringen. Bei manchen Mitmenschen versagte einfach beides. Sein Commander hatte sich jedoch schon mehr als einmal seinen Respekt verdient, deshalb beantwortete Gabriel ihm in der Regel seine Fragen.

»Aber selbst bei Hautkontakt müssen wir die Verbindung zur Lebensenergie des anderen erst suchen«, ergänzte Sky. »Das passiert nicht einfach so. Beim normalen Händeschütteln zum Beispiel oder bei einem zufälligen Anrempeln in einer Menschenmenge spüren wir nicht mehr als andere Menschen. Zum Glück. Sonst wäre der Alltag ziemlich anstrengend.«

»Aber sobald ihr diese Verbindung zur Lebensenergie eines anderen hergestellt habt, könnt ihr ihm seine Energie nehmen, richtig?«, hakte Pratt nach.

Wieder nickte Sky. »Ja. Wenn wir ihm die Energie langsam nehmen, wird der Mensch schwächer, kann sich aber noch dagegen wehren und den Kontakt unterbrechen. Dann regeneriert seine Energie sich und er erholt sich wieder. Reißen wir die Energie aber schnell und komplett aus ihm heraus, stirbt er. Meistens sieht es dann wie ein Herzinfarkt oder Schlaganfall aus.«

»Aber das passiert nicht einfach so«, stellte Gabriel sicherheitshalber klar. »Wenn ein Totenbändiger jemanden töten will, muss er sich dazu genauso entscheiden wie jeder andere Mensch. Der einzige Unterschied ist, dass wir keine Waffen brauchen, um jemanden umzubringen.«

Abwinkend wischte Pratt seinen Einwurf beiseite. »Ich weiß, dass ihr nicht unberechenbar seid. Jedenfalls nicht mehr als andere Menschen. Wenn jemand aus Wut die Kontrolle verliert und einen anderen erwürgt oder vor einen Bus stößt, braucht er dazu auch nicht mehr als seine Hände.«

»Exakt.« Ein Grund, warum Gabriel seinen Boss mochte, war dessen pragmatische Sicht auf die Welt.

»Was mich viel mehr interessiert ist, was passiert mit der Lebensenergie, die ihr nehmt?«

»Sie macht uns stärker. Schneller. Wacher und aufmerksamer. Es ist wie ein ungeheurer Adrenalinschub, dessen Dauer und Stärke davon abhängt, wie viel Energie des anderen wir in uns aufgenommen haben.«

Pratt musterte ihn scharfsinnig. »So wie du das beschreibst, hast du das also schon mal gemacht.«

»Natürlich. Unsere Mutter hat uns beigebracht, wie unsere Kräfte funktionieren. Sie hat uns fühlen lassen, wie es ist, Energie in uns aufzunehmen. Und genauso, wie es ist, unserer Energie beraubt zu werden.«

Pratt sah zwischen ihm und Sky hin und her. »Das heißt, ihr habt euch gegenseitig eure Lebensenergie genommen?«

»Auch.« Gabriel hob die Schultern. »Aber im Prinzip war jeder in unserer Familie mal Versuchskaninchen. Auch unser Vater und unsere Großmutter. Die sind beide keine Totenbändiger, deshalb fühlt es sich bei ihnen anders an. Auch den Unterschied mussten wir lernen.«

»Und wir können ja nicht nur Energie nehmen«, sagte Sky. »Wir können sie auch geben. Das übersehen die meisten Leute nur gerne, weil sie zu viel Angst vor uns haben. Unsere Mutter hat bei ihrem Job im Krankenhaus schon zig Leuten das Leben gerettet. Eigentlich müsste sie als Wächterin dort nur die Geister der Verstorbenen bändigen, um Patienten, Klinikpersonal und Besucher vor Übergriffen zu schützen. Aber wenn Menschen nach Operationen zu schwach sind oder Babys zu früh geboren werden und die Gefahr besteht, dass sie sterben könnten, hilft sie immer und schenkt ihnen Energie, damit sie es schaffen.«

»Und auf ein Danke wartet sie meist vergebens«, schob Gabriel grollend hinterher. »Nicht, dass sie eins erwarten würde. Mum erwartet keine Gegenleistung. Sie rettet Leben, weil sie nicht anders kann. In ihren Augen wäre es verwerflich, ihre Kräfte nicht einzusetzen, wenn sie damit helfen kann. Doch statt das wertzuschätzen und ihr auf Knien dafür zu danken, wird sie von Angehörigen oft beschimpft, bedroht und aus dem Zimmer geworfen. Und sie kann froh sein, wenn man sie dann nicht auch noch beschuldigt, wenn der Patient es doch nicht schafft und stirbt.«

Pratt seufzte vernehmlich. »Das tut mir sehr leid. Eure Mutter scheint eine sehr starke Frau zu sein.«

»Ja, das ist sie. Und zum Glück steht die Leitung ihrer Klinik uneingeschränkt hinter ihr.«

Pratt nickte zufrieden. »Das ist gut.« Er bedachte seine beiden Totenbändiger mit einem vielsagenden Blick. »Und ich hoffe, ihr zwei wisst, dass für mich in eurem Fall das Gleiche gilt.«

Sky lächelte. »Ja, das wissen wir. Danke, Sir.«

Pratt schüttelte den Kopf. »Dafür müsst ihr euch nicht bedanken. Das sollte eigentlich eine Selbstverständlichkeit sein. Aber daran müssen wir in dieser Stadt wohl leider noch arbeiten.«

Er verzog kurz das Gesicht, wandte sich dann aber wieder den Fotos vom Massengrab unter Golders Hill zu und kehrte zu ihrem Fall zurück.

»Sie haben gesagt, dass es damals ein Opfer gab, das dieses Massaker überlebt hat«, sagte er an Thaddeus gewandt. »Konnte es keine Aussage dazu machen, von wem er in diesen

Keller verschleppt worden war und wer versucht hat, seine Kehle durchzuschneiden? Oder war es eine sie, die überlebt hat?«

Thad schüttelte den Kopf. »Nein. Es war ein er. Aber es war keines dieser Opfer, das überlebt hat. Es war eins der Kinder.«

Er erzählte seinem Vorgesetzten, wie er den kleinen Jungen in der Holzkiste zunächst für tot gehalten, dann aber gemerkt hatte, dass er nur bewusstlos war.

»Nach Absprache mit meinem damaligen Boss, Commander Hugo Oswald, hielten wir das Überleben des Jungen geheim. Er bekam eine neue Identität und wuchs bei Freunden von mir auf, die bereits zwei andere Totenbändigerkinder bei sich aufgenommen hatten.«

Pratt blickte zu Gabriel und Sky, als ihn bei Thads Worten die Erkenntnis traf. »Der Junge lebt in eurer Familie.«

Die beiden nickten.

»Er ist unser Bruder«, bestätigte Gabriel. »Unsere Eltern haben ihn als Pflegekind aufgenommen.«

»Und er konnte sich damals an nichts aus der Nacht erinnern?«

Sky schüttelte den Kopf. »Er war erst drei oder vier Jahre alt, als Thad ihn zu uns gebracht hat. Und er war völlig verängstigt und traumatisiert. Er konnte uns nicht mal sagen, wie er heißt. Er hat ohnehin kaum gesprochen und es hat ewig gedauert, bis er angefangen hat, uns zu vertrauen. Als er endlich mit uns gesprochen hat, schien es so, als hätte er alle Erinnerungen an die Nacht des Massakers und auch an alles, was davor mit ihm passiert war, aus seinem Gedächtnis gelöscht.«

Pratt schwieg einen Moment. »Bei allem, was er vermutlich durchmachen musste, ist das für ihn sicher auch ein Segen«, meinte er dann mit einem tiefen Seufzen und fügte Richtung Sky und Gabriel hinzu: »Ich kann verstehen, warum der

Leichenfund unter Golders Hill deshalb für euch von besonderem Interesse ist. Aber können die Fälle wirklich zusammenhängen? Außer den durchgeschnittenen Kehlen sehe ich im Moment noch keine Parallelen. Oder gab es im Tunnel auch Kisten mit toten Kindern? Oder Kinderleichen zwischen den Toten?«

»Nein«, gab Gabriel zu. »Zum Glück nicht.«

»Aber die Anzahl der Toten ist auffällig«, schaltete Connor sich wieder ins Gespräch ein. »Es sind in beiden Fällen achtundsiebzig – wenn man in dem Fall vor dreizehn Jahren die Totenbändigerkinder sowie die drei Jugendlichen außen vor lässt, die außerhalb des Kellers gefunden wurden. Die drei wurden vermutlich nur getötet, weil sie den Täter bei seinem Massaker im Keller überrascht haben. Laut ihren Eltern waren sie ständig auf der Suche nach Abenteuern und neuen Kicks. Wahrscheinlich wollten sie die Unheilige Nacht in einem gruseligen Haus verbringen und haben sich dafür einfach das falsche ausgesucht.«

Pratt nickte zustimmend. »Ich werde mir den Bericht dazu nachher noch genauer ansehen, aber das klingt schlüssig. Die Kids waren zur falschen Zeit am falschen Ort.«

»Genau. Und der Täter hat sie getötet, um sie als Zeugen zu beseitigen.«

»Gut. Dann haben wir also damals wie heute achtundsiebzig Hauptopfer mit durchgeschnittenen Kehlen. Hatte man den Opfern damals auch die Schädel eingeschlagen und die Körper aufgeschlitzt?«

Thaddeus verneinte.

Pratt runzelte die Stirn. »Welche Gemeinsamkeiten gibt es dann sonst noch?«

Gabriel sah zu Thad. »Die Opfer damals waren Obdachlose und Kleinkriminelle aus den Problemvierteln, oder?«

Thaddeus nickte. »Das hatte die Überprüfung der Fingerabdrücke ergeben. Viele waren zwar nicht im System, aber auf die Opfer, die wir identifizieren konnten, traf das zu. Die meisten kamen aus dem East End.«

»Der Kleidung der Opfer nach zu urteilen, die unter dem Golders Hill liegen, lebten sie mit großer Wahrscheinlichkeit auch auf der Straße«, sagte Connor.

Pratts Stirnrunzeln wurde noch ein bisschen tiefer. »Okay, aber das ist dann bisher nur eine vermutete Parallele.«

»Die wir aber leicht überprüfen können«, warf Gabriel schnell ein. »Außerdem – sollte diese wahnsinnige Anzahl an Toten nicht schon ausreichen? Achtundsiebzig. In beiden Fällen. Und dann auch noch dieselbe Todesart. Das ist doch total verdächtig. Und wenn wir die Akte von damals anfordern, finden wir vielleicht noch mehr.«

Der Commander wiegte seinen Kopf hin und her. »Wie gesagt, ich verstehe euer Interesse an diesem Fall, aber jemandem die Kehle durchzuschneiden, ist keine so ungewöhnliche Mordmethode. Besonders im East End. Mit einer durchgeschnittenen Kehle ist das Opfer wehrlos, aber noch nicht sofort tot. Der Täter kann es gefahrlos ausrauben, weil der Geist erst entsteht, wenn das Opfer ausgeblutet ist.«

»Aber dann lassen die Täter die Opfer doch einfach an Ort und Stelle liegen«, gab Connor zu bedenken. »Besonders im East End ist genau das ja eins der Hauptprobleme. Die Verbrecher dort kümmert es nicht, dass sie mit ihren Taten die eigene Nachbarschaft mit Geistern verseuchen.«

»Außerdem ist der Verwesungsgrad der Leichen im Tunnel bei allen ähnlich«, warf Sky zusätzlich ein. »Falls es also so was wie Raubmordtaten waren, hätten sie alle innerhalb einer sehr kurzen Zeit stattfinden müssen, und hätten dann wieder aufgehört. Das ist eher unwahrscheinlich, oder? Und warum sollte jemand überhaupt Obdachlose überfallen? Bei denen ist doch nichts zu holen. Einwohner in Nobelvierteln wären viel lohnender für Raubmorde.«

»Aber ihr Verschwinden würde sehr schnell Aufmerksamkeit erregen.« Thaddeus leerte seinen Kaffee.

»Was glaubst du denn, was passiert ist?«, fragte Gabriel. »Denkst du nicht, dass es einen Zusammenhang zwischen den beiden Fällen gibt?«

Thad hob die Schultern und atmete tief durch. »Ich denke, es ist in beiden Fällen irgendein Irrer. Ob es derselbe ist – keine Ahnung. Aber der Commander hat recht damit, dass eine durchgeschnittene Kehle keine besonders ungewöhnliche Mordmethode ist. Sieht man mal von der neuen Waffengesetzgebung bezüglich Geistern und Wiedergängern ab, ist es Zivilisten in diesem Land verboten, Schusswaffen zu tragen. Wenn man jemanden umbringen will, sind Messer deshalb die naheliegenden Alternativen. Und jemanden zu erstechen oder ihm die Kehle aufzuschlitzen, ist eine relativ sichere Mordmethode, weil man sich Zeit verschaffen kann, bevor ein Geist entsteht. Falls der Täter von heute also einfach Spaß am Quälen und Töten hat, bringt er sich auf diese Weise nicht selbst in Gefahr. Er kann sich ein Opfer suchen, seinen kranken Spaß mit ihm haben, dann schleppt er es in den Park, schneidet ihm die Kehle durch, verstümmelt den Körper während er ausblutet und lässt die Leiche im Tunnel verschwinden.«

»Alle innerhalb von wenigen Tagen?« Zweifelnd schüttelte Gabriel den Kopf. »Und dann hört er einfach wieder auf? Als es zufällig achtundsiebzig Opfer sind so wie damals?«

Thaddeus seufzte vernehmlich und legte seine Hand auf Gabriels Schulter. »Hört zu. Ich kann verstehen, dass euch dieser Leichenfund wegen Cam anstachelt. Ihr hofft, dass es derselbe Täter ist, weil wir dann die Chance hätten, ihn zu fassen und dafür büßen zu lassen, was er Cam und den anderen Kindern angetan hat. Glaubt mir, das würde ich mir auch wünschen. Aber ich denke nicht, dass es derselbe Täter ist. Der Dreckskerl damals wollte Totenbändigerkinder quälen und die Obdachlosen waren dafür nur Mittel zum Zweck, um Geister zu erzeugen, die die Kleinen schlucken sollten.« Er nickte zu den Fotos auf Pratts Monitor. »Die Leichen von heute sehen dagegen so aus, als hätte da jemand Spaß am Töten und Verstümmeln. Und dass es dieselbe Anzahl an Toten gibt, ist womöglich nur ein dummer Zufall.«

Gabriel schwieg, genauso Sky und Connor.

»Hat die Zahl achtundsiebzig irgendeine besondere Bedeutung?«, fragte Pratt in die Stille. »Weiß das jemand?«

Alle hoben die Schultern oder schüttelten die Köpfe.

Connor zog sein Smartphone hervor und fragte Google, doch auf den ersten Blick gab es keine Treffer, die einen solchen Schluss nahelegten.

»Aber auch wenn die Fälle nicht zusammenhängen, muss der Täter von heute geschnappt werden.« Gabriel blickte zu seinem Commander. »Wenn Thad recht hat, dann läuft da draußen ein Massenmörder herum, der Spaß am Töten hat. Den müssen wir fassen.«

»Das wäre dann aber ein Fall für die Mordkommission, nicht für euch«, erwiderte Pratt. »Euch brauche ich hier als Spuks. Es ist nicht mehr lange hin bis zum Herbstäquinoktium und durch die verdammte Geistermigration aus Westminster sind hier bei uns jetzt viel zu viele. Ich brauche euch da draußen, um Geister zu eliminieren, damit unser Viertel für die dunkle Jahreszeit so sicher wie möglich wird.«

»Ja, klar«, gab Gabriel mit nicht zu überhörendem Zynismus in der Stimme zurück. »Wäre dann aber doch super, wenn hier bei uns kein Irrer herumläuft, der massenhaft Leute abschlachtet und damit schneller Geister produziert, als wir sie auslöschen können, oder?«

Pratt bedachte ihn mit einem vielsagenden Blick. »Natürlich. Und glaub mir, ich bin auf deiner Seite. Aber wir müssen Prioritäten setzen.«

»Ernsthaft?« Ungläubig lachte Gabriel auf. »Was könnte denn bitte wichtiger sein, als die Bevölkerung vor einem Massenmörder zu schützen?«

»Der Schutz der Bevölkerung vor sich selbst«, antwortete Connor und verzog das Gesicht.

»Exakt«, nickte sein Commander. »Wir dürfen die Menschen nicht in Angst und Schrecken versetzen. Nicht vor der dunklen Jahreszeit. Und ganz besonders nicht in einem Unheiligen Jahr. Wenn die Presse von den Toten unter Golders Hill Wind bekommt, werden wir uns vor reißerischer Panikmache nicht retten können und dann haben wir hier ganz schnell viel zu viele besorgte Bürger, die sich dank neuem Waffengesetz mit Schusswaffen ausrüsten. Die benutzen sie dann allerdings mit Sicherheit nicht mehr nur gegen Geister, sondern auch, um sich vor einem irren Massenmörder zu schützen. Das heißt, hier schießt womöglich jeder auf jeden, sobald sich jemand bedroht fühlt. Ich glaube, so ein Szenario wünscht sich keiner von uns.«

Gabriel schnaubte bloß.

»Das heißt, Sie wollen wirklich nichts unternehmen, um den Täter zu finden?«, hakte Sky nach.

Pratt seufzte. »Ich bin auch nicht glücklich darüber, aber für die Einwohner von Camden ist es besser, wenn wir die Sache unter Verschluss halten. Wegen Westminster ist die Stimmung hier ohnehin schon aufgeheizt genug. Wenn wir dann jetzt noch ein Forensikteam in den Tunnel schicken und achtundsiebzig Leichensäcke aus Golders Hill abtransportieren lassen, herrschen hier ganz schnell Chaos und Anarchie. Und die wären gefährlicher als der Irre, der für die Toten im Park verantwortlich ist.«

Sky schloss kurz die Augen. Auch wenn es ihr nicht passte, musste sie sich eingestehen, dass Pratt recht hatte.

Was nicht unbedingt für den Zustand der Londoner Gesellschaft sprach, aber an dem zweifelte sie ohnehin immer wieder.

»Das heißt allerdings nicht, dass ich die Sache völlig auf sich beruhen lassen will.«

Bei den Worten ihres Commanders sah Sky wieder zu ihm auf.

»Ich rufe eine alte Freundin an.« Pratt blickte von ihr zu Gabriel und Connor. »Sie ist pensionierte Gerichtsmedizinerin und wird sich die Toten im Tunnel mit Sicherheit ansehen, wenn ich sie darum bitte. Ihr drei müsst sie allerdings begleiten, denn sie ist keine Totenbändigerin und selbst mit Magnesiumlaternen lasse ich sie nicht alleine in den Untergrund steigen. Ihr geht mit ihr und während sie sich die Toten ansieht und guckt, was sie vor Ort herausfinden kann, beschützt ihr sie und nehmt Fingerabdrücke von den Leichen. Vielleicht finden wir so Hinweise, die uns auf die Spur des Täters führen. Sollte das der Fall sein, ermitteln wir unauffällig weiter. Einverstanden?«

Die drei nickten sofort.

»Gut. Dann gönnt euch jetzt eine Mittagspause. Ich bitte Gladis, euch um zwei beim Wartungsschacht im Park zu treffen. Dann könnte ihr gemeinsam sehen, was ihr heute Nachmittag herausfindet. Aber ihr sorgt dafür, dass Gladis vor der Dämmerung aus dem Park raus ist, verstanden? Begleitet sie nach Hause und macht dann Feierabend. Dienstwagen und Equipment könnt ihr bei euch behalten. Das meiste davon benutzt ohnehin nur ihr Spuks.«

»Das klingt gut«, sagte Gabriel. »Wie geht es dann weiter?«

»Ich erwarte euch morgen früh zur Dämmerzeit wieder im Einsatz. Eliminiert so viele Geister wie möglich, bevor sie sich vor dem Tageslicht verstecken können. Euer Einsatzgebiet ist wieder der Golders Hill Park. Da die Anwohner uns um Hilfe gebeten haben, wird niemand Verdacht schöpfen, dass etwas passiert sein könnte, wenn ihr euch dort heute die Tunnel anseht und in den nächsten zwei drei Tagen zur Dämmerzeit Geister eliminiert.«

»Okay, kein Problem«, versicherte Sky. »Was machen wir nach Tagesanbruch?«

»Ihr kommt wieder hierher. Bis dahin wird Gladis mir ihren Bericht vorgelegt haben und wir können überlegen, wie wir wegen der Toten weiter vorgehen.«

»Aye, Sir.«

Pratt schenkte Connor ein knappes Lächeln und wies dann mit einem Kopfnicken zur Tür. »Gut, dann raus mit euch. Holt euch Lunch und macht Pause, bevor mir irgendwelche Gewerkschaftsvertreter die Hölle heißmachen, weil sich eine Spuk Squad mal wieder nicht an die gesetzlich vorgeschriebenen Ruhezeiten hält.«

Kapitel 8

Cam dankte allen guten Sternen, als die Schulglocke sie um eins endlich in die Mittagspause entließ. Sein Tagesbedarf an fremden Menschen, Getuschel hinter vorgehaltenen Händen und abschätzenden Blicken war bereits jetzt schon mehr als gedeckt, doch er fürchtete, um den Nachmittagsunterricht würde er trotzdem nicht herumkommen.

Nach der Doppelstunde Mathe waren eine Doppelstunde Englisch und eine Einzelstunde Sozialkunde gefolgt und in allen Kursen war es recht ähnlich abgelaufen. Sobald er mit Ella und Jules ins Klassenzimmer gekommen war, hatte man sie von oben bis unten beäugt und zwar in allen Variation von neugierig bis misstrauisch. Jules und Ella schien das nicht viel auszumachen und sie gewannen die meisten ihre Mitschüler und Lehrer durch ein paar freundliche Sätze schnell für sich. Einigen war zwar anzusehen, dass sie skeptisch blieben, aber es hatte keine offenen Anfeindungen gegeben – oder die Notwendigkeit, sich auf dem Schulklo einzuschließen.

Das wertete Cam als positiv.

Trotzdem hielt er sich im Hintergrund und hoffte, dass man ihn in Ruhe ließ und einfach als Anhängsel der anderen beiden akzeptierte.

Er hoffte auch, dass das Lächeln, das er auf seinem Gesicht eingefroren hatte, halbwegs freundlich und nicht komplett grenzdebil wirkte.

Was dagegen bisher allerdings wirklich gut lief, war der Unterricht an sich. Obwohl Cam sich schon fragte, wofür zum Henker er in seinem Leben jemals die Infinitesimalrechnung brauchen würde. Aber das fragte er sich bei so ziemlich jeder Matheformel, also schien das eher ein generelles Problem zu sein, und keines, das auf das Konto der Ravencourt ging.

Nach der Nervosität vor den ersten Schulstunden hatte auch die Unruhe etwas nachgelassen. Trotzdem fühlte er sich mittlerweile ziemlich k. o. Die ganzen Menschen waren einfach anstrengend. Alle drängelten durch die Gänge, um möglichst schnell zum Lunch in die Cafeteria oder nach draußen in die Sonne zu kommen, und dieses unübersichtliche Gewusel machte ihn nervös.

»Hey Jules!«

Stephen, ein großer dunkelhaariger Typ, dessen Hemd sich um ein paar eindrucksvolle Armmuskeln spannte, fing Jules ab, als er mit Cam und Ella aus dem Sozialkunderaum kam. Er saß in Englisch neben Jules und während sie sich mit verschiedenen Kommunikationsmodellen auseinandergesetzt hatten, hatte Jules gleich mal herausgefunden, dass Stephen der Teamcaptain der Basketball-AG war.

»Kommst du mit auf den Hof ein paar Körbe werfen? Bin gespannt, was du so draufhast.«

»Klar, gerne.« Jules wandte sich zu Ella und Cam um. »Wenn das für euch okay ist?«

Ella boxte ihm gegen die Schulter. »Natürlich. Hau schon ab.«

Jules sah zu Cam.

Der nickte. »Sicher, viel Spaß.«

Jules drückte ihm kurz den Arm. »Wenn irgendwas ist, weißt du, wo du mich findest.«

Cam lächelte knapp und zog seinen Arm zurück. »Alles gut. Ich komme klar.«

Jules kannte ihn einfach zu gut. Doch Cam hatte beschlossen, sich weniger auf ihn zu verlassen und eigene Wege zu finden, um klarzukommen. Und manche davon funktionierten auch schon ganz gut.

Jules seufzte, als Cam ihn abschüttelte, akzeptierte aber, dass er Abstand brauchte. »Okay, dann bis später.«

»Bis später.«

Jules schloss sich Stephen und ein paar weiteren Jungs an, bei denen Cam sich nicht sicher war, ob sie ihm bekannt vorkommen sollten, und sie verschwanden im Gewühl ihrer Mitschüler.

»Na komm.« Ella hakte sich bei Cam unter und steuerte mit ihm auf eine der Türen zu, die auf den Schulhof hinausführten. »Suchen wir uns draußen einen netten Platz. Ich bin gespannt, was Granny uns in die Lunchpakete gepackt hat.«

Sie wollte gerade die Tür aufstoßen, als eine Stimme hinter ihnen sie zurückhielt.

»Ella?«

Die beiden wandten sich um.

Ein hübsches Mädchen mit langen braunen Haaren schloss zu ihnen auf. Cam ordnete sie und ihre beiden Begleiterinnen gedanklich in ihren Mathekurs ein und erinnerte sich vage, dass sie eine von denen war, die gelächelt hatten, als Ella und Jules Larissa und den Rest des Kurses davon überzeugt hatten, dass Totenbändiger keine mordlustigen Freaks waren.

»Hi, ich bin Teagan.« Sie schenkte Ella ein strahlendes Lächeln und bedachte auch Cam mit einem kurzen Blick. »Das sind Astrid und Lindsay«, stellte sie ihre Freundinnen vor.

Ella erwiderte das Lächeln. »Hi. Wir sind zusammen im Mathekurs, richtig?«

Teagan nickte. »Genau. Und was du da gesagt hast – also über euch Totenbändiger – das war echt klasse.«

»Ehm … danke.«

»Und wir finden, dass wir daraus was machen sollten.«

Ella runzelte die Stirn. »Okay ... Sorry, aber ich weiß gerade ehrlich gesagt nicht, was du damit meinst.«

Wieder schenkte Teagan ihr ein Lächeln. »Na, diese ganzen blöden Vorurteile gegen euch. Wir finden, damit sollte aufgeräumt werden. Und dabei könnte ich dir helfen. Ich hab einen Lifestyleblog und poste Videos auf Instagram und YouTube. Ich bin zwar noch keine richtige Influencerin, aber ich hab im Sommer die zweitausend Follower geknackt. Und ich würde echt gerne ein paar Videos mit dir machen, in denen du den Leuten das erzählst, was du uns heute Morgen erzählt hast. Du hast absolut das Zeug dazu, Menschen zu überzeugen, dass Totenbändiger voll okay sind. Wir könnten ihnen in den Videos zeigen, wie es ist, eine zu sein, und ihnen erzählen, dass du und deine Brüder jetzt hier zur Schule geht und dass das überhaupt kein Problem ist.« Sie streckte die Hand aus und strich Ella eine blaugrüne Haarsträhne hinters Ohr, damit ihr Totenbändigerzeichen besser zu sehen war. »Du bist unglaublich süß und die Leute werden dich total lieben.«

Überrumpelt konnte Ella sie einen Moment lang nur anstarren.

Cam hatte nicht besonders viel Ahnung von social media. Für ihn waren das nur weitere Orte, an denen sich zu viele Menschen tummelten, die noch schwerer zu durchschauen waren, als die im echten Leben. Deshalb hielt er sich davon fern. Das Offensichtliche hatte er aber trotzdem verstanden.

»Du hoffst, dass du mit den Videos von meiner Schwester mehr Klicks, Likes und Follower bekommst.«

Teagan musterte ihn kurz und hob dann die Schultern. »Na ja, genau so funktioniert das Ganze ja.« Sie sah zurück zu Ella. »Am Anfang würdest du von mir und meinen Followern profitieren und kannst für ein besseres Ansehen von euch

Totenbändigern werben. Wenn ich dadurch mehr Follower bekomme, ist das für mich total cool, aber für dich ist die größere Anzahl natürlich auch gut, weil wir mit deinem nächsten Video dann noch mehr Leute erreichen. Wir helfen uns sozusagen gegenseitig. Und du müsstest ja nicht nur über euch Totenbändiger reden.« Sie deutete auf Ellas Rucksack, der aus verschiedenen Stoffresten zusammengenäht war und dadurch eine coole Flickenoptik hatte. »Hast du den selbstgemacht?«

Ella nickte.

Teagan grinste freudig. »Der sieht echt mega aus. Hast du noch mehr solcher Sachen?«

Wieder nickte Ella. »Die meisten meiner Klamotten nähe ich selbst. Und ein paar für meine Schwester.«

»Wow, das ist genial! Das kommt mit Sicherheit auch total gut an. Wir könnten also auch DIY-Videos machen, in denen du zeigst, wie so was geht. Also einfach ein bisschen was zu dir und deinen Hobbys. Damit die Leute da draußen sehen, dass Totenbändiger ganz normal sind und keine Freaks, vor denen man Angst haben muss.«

Unschlüssig kaute Ella auf ihrem Daumennagel herum.

Einerseits war die Vorstellung, eine Art Aushängeschild und Vorzeige-Totenbändigerin zu sein, nicht besonders reizvoll. Andererseits durfte man aber auch nicht darauf warten, dass immer andere etwas taten, um die Welt ein bisschen besser zu machen. Bisher hatten ihre Eltern und ihre Granny mit einigen anderen für mehr Rechte und eine bessere Zukunft gekämpft. Aber sie war kein kleines Kind mehr, und wenn Teagan ihr die Chance bot, viele junge Leute zu erreichen, konnte sie so vielleicht auch ein bisschen was bewirken. Vor allem, wenn sie Videos drehten, in denen sie zeigten, dass die Vorurteile gegenüber Totenbändiger unbegründet und oft einfach nur lächerlich und dämlich waren.

Sie blickte zu Cam. »Was denkst du?«

Er bedachte sie mit einer hochgezogenen Augenbraue. »Wieso fragst du mich? Du machst doch am Ende sowieso das, was du willst.«

Sie grinste. »Aber das heißt ja nicht, dass ich nicht trotzdem gerne höre, was du so denkst. Du weißt doch: Quiet people have the loudest minds.«

Er grinste zurück. »Ich denke, du solltest das machen, was sich für dich richtig anfühlt.«

Teagan hatte ihr Smartphone aus der Tasche ihres Blazers gezogen, steckte es jetzt aber wieder weg. »Du musst das nicht sofort entscheiden. Schlaf drüber, wenn du willst. Ich kann dir meine Videos auch erst mal zeigen. Wollen wir in den Medienraum gehen? Am Laptop haben wir einen größeren Bildschirm.«

Wieder sah Ella zu Cam.

Der verdrehte die Augen. »Geh. Ich hab absolut nichts dagegen, ein paar Minuten allein zu sein. Also hau ruhig ab. Ich komme klar.«

»Ja, das weiß ich.« Sie drückte kurz seine Hand. »Dann sehen wir uns nachher in Bio, okay?«

»Yep. Bis später.«

Er sah Ella, Teagan und ihren Freundinnen noch kurz hinterher, als sie Richtung Medienraum verschwanden, dann wandte Cam sich um und stieß die Tür auf.

Die Spätsommersonne schien zwischen dicken weißen Wattewolken auf den Schulhof herab und es war angenehm warm. Überall saßen kleinere und größere Gruppen auf den Bänken und an den Picknicktischen zusammen, lachten, quatschten und aßen Lunch, den sie sich entweder von zu Hause mitgebracht oder in der Cafeteria der Schule geholt hatten. In einer Ecke spielten ein paar der jüngeren Kids Fußball, in einer anderen plärrte ein cooler Retro-Ghettoblaster einen Popsong, zu dem ein paar Mittelstufemädchen irgendeine Choreografie einübten.

Cam kannte Schulalltag bisher nur aus amerikanischen Teenyserien, aber das hier kam der Fiktion erstaunlich nahe. Nur mit mehr Einheitskleidung.

Er ließ die trubeligen Tische nahe der Cafeteria hinter sich und lief zu einem der Bäume am Rand des Schulhofes. Hier war niemand und ein bisschen Alleinsein tat jetzt verdammt gut. Er setzte sich in den Schatten, trank ein paar Schlucke aus seiner Wasserflasche und lehnte sich mit geschlossenen Augen gegen den Baumstamm.

Keine anderen Menschen.

Der Lärm seiner Mitschüler drang zwar zu ihm herüber, doch das war okay.

Die waren in ihrer Welt, er in seiner.

Alles perfekt.

»Hey Freak!«

Oder auch nicht.

Der höhnische Tonfall in der Stimme ließ nichts Gutes erahnen und Cam öffnete alarmiert die Augen.

Vier Jungs schlenderten betont lässig auf ihn zu, doch die Blicke, mit denen sie ihn musterten, ließen keinen Zweifel daran, dass sie auf Ärger aus waren.

»Was machst du hier?« Ein dunkelhaariger Lockenkopf schien der Anführer der kleinen Gang zu sein. Cam kannte ihn und einen der anderen aus seinem Mathekurs.

»Nichts. Nur sitzen.«

»Ach ja?« Ein heimtückisches Grinsen trat in das Gesicht des Lockenkopfs. »Also ich finde ja eher, du bedrohst uns. Und du weißt ja, was wir mit jemandem wie dir machen dürfen, wenn wir uns bedroht fühlen.«

Cam presste die Kiefer aufeinander und spürte, wie Wut in seinem Inneren zu brodeln begann.

Genau wegen solcher Dreckskerle hasste er Menschen.

Finster starrte er zurück. »Tut mir leid, wenn du jemanden, der einfach nur friedlich unter einem Baum sitzt, nicht von jemandem unterscheiden kannst, der dich bedroht. Ich will keinen Ärger, also geht einfach und lasst mich in Ruhe.«

In Lockenkopfs Augen blitzte es gefährlich auf und er rückte Cam noch ein paar Schritte näher auf die Pelle.

»Weißt du, unsere Ruhe wollen wir auch, aber leider hat man Freaks wie dich an unsere Schule gelassen. Und egal, was für tolle Sprüche ihr von euch gebt – Freaks bleiben Freaks. Und die wollen wir hier nicht, klar?«

Cam verzichtete darauf, dem Mistkerl zu erklären, dass sie ihre blöde Schule liebend gern für sich hätten behalten können und er sich kein bisschen darum riss, gemeinsam mit Vollidioten wie ihnen in einem Klassenzimmer sitzen zu müssen. Doch erstens ging das diesen Blödmann nichts an und zweitens ging es hier ums Prinzip: Er ließ sich nicht von irgendwelchen Armleuchtern fertigmachen, die sich für was Besseres hielten, nur weil sie zufällig nicht als Totenbändiger zur Welt gekommen waren.

»Und was genau willst du jetzt gegen uns tun?«, fauchte er deshalb zurück.

Lockenkopf schüttelte fast mitleidig den Kopf. »Bist du ein bisschen dumm? Das hab ich doch gerade gesagt. Du hast uns bedroht. Ich werde Dave gleich eine blutige Lippe verpassen und wir behaupten, das warst du. Wir wollten uns nur ein bisschen mit dir unterhalten, da bist du völlig grundlos ausgerastet. Auch wenn ihr hier auf ganz harmlos und nett macht, weiß doch schließlich jeder, dass Totenbändiger total unkontrolliert sind und man euch nicht trauen kann. Keiner wird euch mehr hier haben wollen und ihr fliegt achtkantig wieder raus.« Wieder blitzten seine Augen gefährlich. »Wer weiß, vielleicht machen wir dich sogar kalt. Immerhin hast du uns angegriffen, da steht es uns zu, dass wir uns wehren.«

Cams Fäuste ballten sich, ohne dass er etwas dagegen tun konnte, und Lockenkopf lächelte hämisch, als er das sah.

»Was denn? Willst du jetzt etwa tatsächlich auf uns losgehen?« Er griff in seine Hosentasche und ließ ein Klappmesser aufschnappen.

Erschrocken starrte Cam auf die Klinge.

»Heb deine Fäuste gegen mich und ich schwöre dir, ich kill dich sofort«, zischte Lockenkopf eiskalt und Cam glaubte ihm jedes verdammte Wort.

»Halt die Klappe, Topher. Steck das Messer weg und lass ihn in Ruhe.«

Die Stimme ließ Lockenkopf und seine Gang herumfahren. Ein blonder Typ, den Cam aus seinen Vormittagskursen kannte, war hinter ihnen aufgetaucht. In seiner Hand hielt er ein Smartphone, mit dem er aufzeichnete, was sich hier gerade abspielte.

»Ich hab alles auf Video und solltest du Camren oder seinen Geschwistern irgendeinen Scheiß andichten wollen, gehe ich zur Carroll. Wenn sie das hier sieht, weiß sie, dass ihr nur irgendwas inszeniert habt, und dann sind es mit Sicherheit nicht die Hunts, die achtkantig hier rausfliegen.«

Tophers Hand krallte sich um den Griff seines Messers und seine Gesichtsmuskeln verrieten, wie wütend er war. Deshalb gab er sich auch nicht so leicht geschlagen.

»Ernsthaft, Evan? Ist das so ein Schwulending? Glaubst du, der Kleine macht mit dir rum, wenn du ihm den Arsch rettest? Weil Totenbändiger es mit jedem treiben?« Er schnaubte abfällig. »Bei dem Hübscheren der beiden hast du ja wohl Pech gehabt, was? Den hat Stephen sich schon gekrallt. Versuchst du deshalb jetzt dein Glück bei dieser kleinen Vogelscheuche? Wie hoffnungslos untervögelt kann man denn sein, dass man mit einem Totenbändiger-Freak rummachen will?«

Evan schenkte ihm ein ironisches Lächeln und machte eine auffordernde Handbewegung, während er noch immer das Video aufnahm.

»Rede nur weiter, Topher. Homophobe Sprüche kommen bei der Carroll immer gut an. Und das Messer, das du mit aufs Schulgelände gebracht hast, erst recht. Also, wie viel tiefer willst du dich noch in die Scheiße reiten, bevor du hier den Abflug machst?«

Tophers Hand krallte sich erneut so fest um den Griff seines Messers, dass seine Knöchel weiß hervortraten.

Drohend trat er zwei Schritte auf Evan zu. »Wer hält mich denn davon ab, dir dein Scheißhandy einfach wegzunehmen? Vier gegen einen, das schaffst du nie.«

Unbeeindruckt bot Evan ihm weiter die Stirn, seine Stimme klang jetzt jedoch deutlich schneidender als zuvor. »Ganz blöde Idee. Ich lade das Video gleichzeitig in meine Cloud. Mir mein Handy wegzunehmen, bringt dir also rein gar nichts. Und jetzt hau endlich ab und wage ja nicht, mich oder Camren noch einmal blöd anzumachen. Und falls du ihm oder seinen Geschwistern Ärger machen oder ihnen irgendwas in die Schuhe schieben willst, weißt du, zu wem dieses Video hier wandert, verstanden?«

»Das wird dir noch leidtun.« Wutschnaubend spuckte Topher ihm vor die Füße.

»Nein, ich denke nicht. Und jetzt verschwindet und nervt jemand anderes mit eurer Anwesenheit.«

Einen Moment lang zögerte Topher noch, dann nickte er knapp zu seinen Mitläufern und ließ endlich das Messer zuschnappen.

»Wir gehen, Leute. Unsere Zeit kommt ein anderes Mal.«

Der Spruch war so abgedroschen, der verdiente keine Antwort. Evan verdrehte bloß die Augen und ließ das Video weiterlaufen, bis Topher und seine Gang sich zum belebteren Teil des Schulhofes getrollt hatten. Dann steckte er sein Handy ein und wandte sich zu Cam um.

»Hi, ich bin Evan.« Er deutete auf den Boden neben Cam. »Darf ich?«

Einen Moment lang war Cam zu überrumpelt, doch dann nickte er. »Sicher. Danke, dass du mir geholfen hast.«

Er musterte Evan unauffällig, als der sich neben ihn setzte und mit dem Rücken gegen den Baumstamm lehnte. Er war schlank, sportlich und größer als Cam, doch Letzteres war keine Kunst. Seine welligen blonden Haare waren in Stirn und Nacken ein bisschen zu lang, sahen dadurch aber ziemlich lässig aus. Er hatte die Ärmel seines Hemdes bis zu den Ellbogen hochgekrempelt, was die Schuluniform bei ihm deutlich cooler wirken ließ.

»Keine Ursache. Topher ist nicht glücklich, wenn er nicht irgendjemanden fertigmachen kann. Hat er bei mir auch eine Zeit lang versucht und als ich gesehen hab, dass er dir hinterhergeht, war klar, dass er irgendeinen Mist vorhat.« Sein Blick wurde ernst, als er Cam ansah. »Ich weiß, dass die Carroll von der ganzen Wir-sind-die-erste-Schule-die-Totenbändiger-aufgenommen-hat-Sache total begeistert ist. Wir hatten zig Schulveranstaltungen zu dem Thema und auch wenn die Mehrheit am Ende dafür war, euch aufzunehmen, gibt es hier auch etliche Leute, die dagegen sind. Ich will dir nicht in dein Leben reinquatschen oder dir Angst machen, aber du solltest vielleicht ein bisschen vorsichtiger sein.«

»Aber ich hab überhaupt nichts gemacht!«

»Ja, das weiß ich. Aber du warst hier alleine und du hast gesehen, wie ein Mistkerl wie Topher das ausgenutzt hätte.«

»Na toll.« Unwirsch fuhr Cam sich über die Augen.

»Bleib einfach mehr im Zentrum des Geschehens. In der Nähe der Gebäude und im Inneren gibt es fast überall Kameras. Da wird niemand irgendwas versuchen. Und wenn du Abstand von den anderen brauchst, dann such den nicht ganz alleine, damit du notfalls einen Zeugen und ein bisschen Rückendeckung hast.«

Cams Magen zog sich zusammen, als er zu seinen Mitschülern hinübersah, die in der Sonne saßen und ihre Mittagspause genossen.

Wer von denen wollte ihn, Jules und Ella auch am liebsten zum Teufel jagen?

Und welche Mittel waren sie bereit, dafür einzusetzen?

Tophers Klappmesser hatte einen ziemlich unguten Eindruck hinterlassen.

»Hey, keine Sorge«, meinte Evan mit einem aufmunternden Lächeln. »Ich helfe dir, wenn du willst. Ich kann dir die größten Vollidioten von Ravencourt zeigen, dann musst du die nicht mühsam alleine herausfinden. Obwohl sich die meisten ziemlich schnell selbst outen.« Er verzog vielsagend das Gesicht. »Aber ein erster unschätzbar wertvoller Tipp: Falls du als Wahlpflichtkurs Fußball gewählt hast, solltest du das noch mal überdenken. Ich hab keine Ahnung wieso, aber der Kurs zieht Vollidioten an wie ein Magnet.«

Mist, der Wahlpflichtkurs.

An den hatte er gar nicht mehr gedacht.

»Ich hab mir noch keinen ausgesucht.« Cam zog seinen Rucksack zu sich und begann, nach der Kursliste zu kramen. »Aber Fußball wird es dann auf jeden Fall schon mal nicht.«

Evan grinste. »Gut, du lernst schnell. Es besteht also noch Hoffnung, dass du dein Abschlussjahr an der Ravencourt heil überstehst.«

Cam schnaubte gequält.

»Hast du die Liste hier? Bei den Kursen steht dabei, wer sie leitet. Ich kann dir sagen, wen du besser meiden solltest. Es gibt hier nämlich leider auch ein paar Lehrer, die nicht wirklich begeistert davon sind, dass du und deine Geschwister jetzt bei uns seid.«

Cam hielt mit dem Kramen inne. »Was ist mit der Basketball-AG und der Kunstwerkstatt? Weißt du, ob die Lehrer dort okay sind?«

Evan überlegte kurz und nickte dann. »Warum? Überlegst du, da reinzugehen?«

Cam schüttelte den Kopf. »Nicht unbedingt. Aber Jules und Ella sind da drin.«

Er sah hinüber zum Basketballfeld, wo Jules mit Stephen und ein paar anderen Körbe warf.

Sollte er zu ihm gehen und erzählen, was passiert war?

Aber Jules war nicht alleine, genauso wenig wie Ella. Und sie waren beide im Bereich der Sicherheitskameras. Er musste ihnen also nicht ihren Spaß verderben und konnte noch bis zur Biostunde warten, um sie vor den Schattenseiten ihrer Schule zu warnen.

»Du und deine Geschwister, ihr steht euch ziemlich nahe, was?«, fragte Evan, der Cams Blick Richtung Basketballfeld bemerkt hatte.

Unverbindlich hob Cam die Schultern.

»Aber blutsverwandt seid ihr nicht, oder? Ihr seid ja alle fast gleich alt und seht euch überhaupt nicht ähnlich.«

Cam warf ihm einen kurzen Blick zu und wusste nicht so recht, was er sagen sollte. Er sprach mit Fremden nicht über sich und seine Familie. Und Evan war fremd, auch wenn er ganz nett zu sein schien und ihm mit Topher und seiner Gang geholfen hatte. Was ziemlich cool und alles andere als selbstverständlich war. Und sein Insiderwissen über die Schüler und Lehrer der Ravencourt konnte echt hilfreich sein, um den Schulalltag hier heil zu überstehen. Deshalb wollte Cam ihn nicht vor den Kopf stoßen, doch er hatte keine Ahnung, wie man jemandem auf nette Weise sagte, dass ihn etwas nichts anging.

Er wich Evans Blick aus, spürte aber, wie der ihn von der Seite musterte, als Cams Antworten ausblieben.

»Okay, also der Gesprächigste von euch dreien bist du definitiv nicht«, bemerkte Evan messerscharf und brach damit die unangenehme Stille.

Cam verzog das Gesicht. »Nein.«

Evan grinste. »Nein, du bist nicht der Gesprächigste, oder nein, du und deine Geschwister seid nicht blutsverwandt?«

Jetzt musste auch Cam grinsen. »Beides.«

»Wow.« Evan riss übertrieben die Augen auf. »Sechs Buchstaben mehr und gleich zwei Infos auf einmal. Pass auf, dass du nicht zu viel raushaust.« Er knuffte ihm neckend gegen den Oberarm und deutete dann auf die leicht zerknitterte Liste, die Cam aus seinem Rucksack gefischt hatte. »Weißt du schon, was du machen willst?«

Cam überflog die verschiedenen Angebote. Er hatte keine Ahnung, was er wählen sollte. Manches klang ganz interessant, anderes war überhaupt nicht sein Ding.

Doch darum ging es ihm gar nicht so sehr.

Evan schien okay zu sein, und wenn er einen Großteil seiner Zeit in Zukunft hier an der Ravencourt verbringen musste, dann vorzugweise in der Gegenwart von Leuten, bei denen er nicht ständig wachsam sein musste, denn das war unglaublich anstrengend.

»In welchem Kurs bist du denn?«

»Klettern.«

»Und sind die Leute da okay?«

Evan überlegte kurz und nickte dann. »Ja, ich schätze, die meisten sind ganz in Ordnung. Mr Marlow ist der Leiter. Er ist einer unserer Sportlehrer und hat sich in den Schulversammlungen gemeinsam mit der Carroll dafür eingesetzt, dass ihr zu uns an die Schule kommen durftet.«

»Okay, dann wird es Klettern.«

»Echt? Cool.«

Cam hatte keine Ahnung, warum, doch Evan schien sich wirklich über seine Wahl zu freuen.

»Dann sollten wir zum Sekretariat gehen und dich gleich eintragen lassen, bevor der Kurs voll ist. Für manche gibt es eine Teilnehmerbegrenzung und es läuft nach dem Prinzip, wer zuerst kommt, mahlt zuerst.« Er stemmte sich auf die Füße und streckte Cam seine Hand hin, um ihm hochzuhelfen.

Der schaute überrascht zu ihm auf.

»Was?«, fragte Evan, als er Cams Blick sah. »Larissa ist weder tot umgefallen noch in Flammen aufgegangen, als sie Jules' Hand genommen hat. Ich glaube, dann kann ich riskieren, dir auch die Hand zu geben.« Er grinste spitzbübisch. »Leben am Limit sozusagen. Also komm, enttäusch mich nicht.«

Kapitel 9

Als Gabriel, Sky und Connor um kurz vor zwei erneut den Wartungsschacht im Golders Hill Park ansteuerten, sahen sie schon von Weitem die ältere Frau, die mit einer Zeitung und einem Thermobecher auf einer Bank in der Nähe der Luke saß und die Sonne genoss, die durch die Baumwipfel fiel. Neben ihr stand eine riesige Tragetasche aus abwaschbarem Plastik.

Sky schätzte Gladis Monroe etwas älter als ihre Granny. Anfang bis Mitte siebzig vielleicht. Sie war schlank und wirkte sportlich und ihr grauweißes Haar fiel ihr in großen Naturwellen ums Gesicht. Sie blickte von ihrer Zeitung auf, als sie den dunklen Wagen über den Parkweg kommen sah, und erhob sich, als Gabriel neben ihr parkte.

»Doktor Monroe?«, fragte Sky, um sich abzusichern, als sie aus dem Wagen stieg.

Die Frau nickte.

»Ich bin Sergeant Sky Hunt, das ist Sergeant Connor Fry und das ist mein Bruder, Sergeant Gabriel Hunt. Wir freuen uns sehr über Ihre Hilfe.«

»Kein Problem.« Doktor Monroe lächelte unternehmungslustig in die Runde. »Wenn Jon mich darum bittet, inoffiziell ein paar Leichen zu untersuchen, muss es etwas Brisantes sein. Und schon empfinde ich die ganze Sache als eine äußerst interessante Abwechslung zu meinem Ehrenamt in der Notfallambulanz.«

Gabriel lachte. »Und dafür sind Sie mir jetzt schon sympathisch.«

Monroe lachte ebenfalls. »Wofür? Für mein Ehrenamt oder dafür, dass ich mysteriöse Leichen spannend finde?«

»Beides.« Gabriel hatte den Kofferraum geöffnet und wuchtete sich zwei der Ausrüstungstaschen über die Schultern. »Mein Vater arbeitet auch ehrenamtlich in einer Notfallambulanz. Im East End.«

»Guter Mann.« Doktor Monroe folgte ihm, als Gabriel zu den Sträuchern ging, hinter denen der Wartungsschacht lag.

Sky und Connor sammelten den Rest ihrer Ausrüstung aus dem Kofferraum zusammen und wollten sich gerade ebenfalls zur Luke begeben, als eine Rentnerin mit zwei Yorkshire Terriern auf sie zu kam – in einem auffallend flotten Tempo für eine Gassirunde.

»Hallo! Guten Tag. Darf ich fragen, was Sie hier tun?«

Sie zerrte ihre beiden Vierbeiner mit sich, obwohl die viel lieber jedes bunte Pflänzchen am Wegrand beschnuppert hätten. Einzeln und ausgiebig. Doch dafür hatte ihr Frauchen gerade keine Zeit.

»Sie wissen, dass die Parkwege nur vom Landschaftspersonal befahren werden dürfen? Es stehen extra Schilder dazu an jedem Parkeingang. Die Natur soll hier unberührt bleiben.«

Sky warf einen Blick auf die penibel abgezirkelten Blumenbeete, in denen so was von offensichtlich nichts wachsen durfte, was nicht der vorgesehenen Farbe oder Pflanzhöhe entsprach. Sie hob eine Augenbraue. »Unberührte Natur, ja klar.«

Sie schlang sich einen der Rucksäcke über die Schulter und schenkte Connor ein ironisches Lächeln. »Deine Kundin.« Während Connor schnaubte, nickte Sky der älteren Mitbürgerin freundlich zu. »Kein Grund zur Sorge. Mein Kollege erklärt Ihnen alles. Ich wünsche Ihnen einen schönen Tag in der Natur.«

Sie wandte sich um und lief hinüber zu den Sträuchern, hinter denen Gabriel und Doktor Monroe abgeschirmt vor neugierigen Blicken bereits in die formschönen Papieroveralls schlüpften.

Die Frau mit den beiden Hunden blickte Sky hinterher. »Sie ist eine Totenbändigerin.«

»Yep.« Connor hatte seine Silberweste angelegt und zog seine Dienstmarke vom Gürtel. »Wir sind von der Metro Police. Spuk Squad. Wir gehen den Beobachtungen einiger Anwohner des Golders Hill nach, die sich besorgt über vermehrtes Geisteraufkommen rund um die Südseite des Parks gezeigt haben.«

Sofort wurde die Rentnerin entspannter. »Oh, sehr schön! Gut zu wissen, dass man unsere Sorgen bei der Polizei ernst nimmt.«

»Natürlich tun wir das.«

»Und was machen Sie da drüben im Gebüsch?«

»Dort gibt es eine Luke zu einem Wartungstunnel des Londoner Untergrunds. Wir überprüfen die Anlage heute Nachmittag auf Löcher, Risse oder andere Schäden, die eventuelle Ursachen für das erhöhte Geisteraufkommen rund um Ihren Park sein könnten.«

Die Augen der älteren Frau weiteten sich vor Schreck. »Sie haben diese Luke geöffnet?!«

»Keine Sorge, Ma'am. Sie ist mit einem Ring aus einer Eisenkette gesichert«, beruhigte Connor sie. »Außerdem werden sich bei Tageslicht keine Geister hier herauf wagen und vor der Dämmerung versiegeln wir den Zugang selbstverständlich wieder. Genauso versiegeln wir natürlich auch alle undichten Stellen, sollten wir dort unten welche finden. Sie müssen sich also wirklich keine Sorgen machen.« Er schenkte seiner Mitbürgerin ein versicherndes Lächeln.

Die schien tatsächlich wieder beruhigter. »Das klingt gut. Gibt es irgendetwas, das wir Anwohner tun können, um zu helfen?«

»Das ist sehr nett von Ihnen. Sie könnten Ihren Nachbarn Bescheid geben, dass sie den Bereich um die Warteluke heute Nachmittag meiden sollen. An sich ist es hier zwar ungefährlich, aber da Geister ja von Lebensenergie angelockt werden, wäre eine Menschenansammlung hier eher ungünstig. Besonders später, wenn die Dämmerung naht.«

»Ja, natürlich. Haben Sie denn irgendwelche Tipps für uns, was wir gegen die größere Anzahl an Geistern in unserer Nachbarschaft tun können?«

»Wie lange wohnen Sie schon hier am Golders Hill?«

»Mein ganzes Leben.«

Wieder bedachte Connor sie mit seinem Mitbürgerkontakt-Lächeln, dem er je nach Situation verschiedene Dosierungen von *beruhigend*, *versichernd* oder *deeskalierend* beifügen konnte. »Dann bin ich mir sicher, Sie haben hier alles bestens unter Kontrolle. Wenn Ihr Haus gut gesichert ist und Sie bisher keine Probleme mit Geisterübergriffen auf Ihrem Grundstück hatten, machen Sie bereits alles richtig. Ihr Haus stört es nicht, ob es Sie gegen einen oder zehn Geister schützen muss, solange alle Sicherungen in gutem Zustand sind.«

»Oh, das sind sie. Da achten mein Mann und ich sehr genau drauf.«

»Perfekt.« Connor deutete in Richtung der Büsche, hinter denen die anderen sich einsatzbereit machten. »Um alles Weitere kümmern wir uns. Wenn Sie mich jetzt entschuldigen würden? Wir müssen die Stunden bei Tageslicht so effizient wie möglich nutzen, damit wir bei Einbruch der Dämmerung alles kontrolliert haben und den Zugang zum Untergrund wieder rechtzeitig vor der Geisterzeit versiegeln können.«

»Oh, natürlich! Gehen Sie nur!« Eifrig wedelte die Rentnerin mit einer Hand zu den Sträuchern während sie mit der anderen an den Leinen ihrer Hunde zerrte, von denen einer gerade im pastellfarbenen Blumenbeet einen Haufen auf ein zartrosa Pflänzchen setzte. Einen ziemlich großen Haufen für einen so kleinen Hund.

»Ach, Alastair!«, schimpfte sein Frauchen prompt. »Nicht immer in die Beete, du dummer, dummer Hund!«

Connor dankte Alastair still für sein perfektes Timing und nutzte die Ablenkung, um sich zu verabschieden. »Noch einen schönen Tag, Ma'am.«

Er verschloss den Wagen und lief zu den anderen.

Gabriel und Sky waren bereits im Schacht verschwunden. Doktor Monroe stand neben der Luke und ließ ihre Plastiktasche an einem Seil in die Tiefe. Sie sah auf, als Connor durch die Büsche kam.

»Ihnen ist klar, dass trotz Ihrer Warnung die Gefahr besteht, dass einige schaulustige Nachbarn hierherkommen werden, sobald die gute Frau erzählt, dass hier eine Spuk Squad im Einsatz ist? Die Sensationsgier der Menschen kennt heutzutage leider keine Grenzen mehr und solange es noch hell ist und sie sich nicht vor den Geistern im Park in acht nehmen müssen, wird die Neugier siegen.«

Connor seufzte und zog sich schnell einen Papieroverall über. »Ja, das kennen wir schon. Ich werde die Luke hinter mir verschließen, damit niemand Fotos durch den Schacht schießen kann oder womöglich auf die Idee kommt, herunterzusteigen.«

Ihre Tasche kam unten an und Doktor Monroe knotete das Ende des Seils an die oberste Leitersprosse.

»Haben Gabriel und Sky Sie vorgewarnt, was Sie dort unten erwartet?«, fragte Connor.

Monroe nickte und zog sich ihre Atemschutzmaske über. »Keine Sorge. Ich habe einen starken Magen.« Mit einem erwartungsfrohen Funkeln in den Augen begann sie die Leiter hinunterzusteigen.

»Na Hauptsache, einer von uns hat Spaß«, murmelte Connor und zog sich ebenfalls seine Maske über.

Am Fuße des Schachtes hatten Gabriel und Sky den Einsatzort bereits wieder gesichert und die Magnesiumlaternen so im Tunnel verteilt, dass sich alle Leichen im hellen Lichtschein befanden.

»Sie haben nicht übertrieben, als Sie von einem Massengrab sprachen«, kommentierte Doktor Monroe, als sie ihren Blick durch den Tunnel schweifen ließ. Dann wurde sie sofort geschäftig und zog eine Arzttasche aus ihrer bunten Plastiktüte. »Ich kann gut verstehen, dass Jon das hier unter dem Radar halten will. Was soll ich für Sie herausfinden? Gibt es irgendetwas, das Ihnen besonders wichtig ist? Bei all den Toten bleibt nicht viel Zeit.«

»Die Todesursache wäre wichtig«, sagte Gabriel. »Ob es bei allen Toten dieselbe ist. Und vielleicht können Sie auch herausfinden, in welcher Reihenfolge ihnen die Verletzungen zugefügt wurden.«

»Der Todeszeitpunkt wäre auch interessant«, fügte Sky hinzu. »Es sieht so aus, als würden die Leichen schon ein paar Wochen hier liegen, aber wir hoffen, dass Sie uns dazu Genaueres sagen können. Außerdem wäre es gut zu wissen, ob dieser Tunnel hier der Tatort oder nur ein Ablageort ist. Und was immer Sie sonst noch herausfinden – wir sind dankbar für alles.«

Monroe nickte und zog ein Skalpell aus einem Lederetui. »In Ordnung. Die Frage zum Tatort kann ich Ihnen jetzt schon beantworten. Der ist nicht hier. Wären diese Menschen hier getötet worden oder hätte man sie verletzt hierhergebracht, um sie ausbluten und sterben zu lassen, müsste es hier viel mehr eingetrocknetes Blut geben. Und die Frage zum Todeszeitpunkt, also ich schätze, wir reden eher von Monaten als von Wochen. Hier unten ist es kühl und trocken. In so einer Umgebung verläuft der Verwesungsprozess langsamer. Aber genauer kann ich das erst nach der Untersuchung der Leichen sagen. Haben Sie schon einmal mit einem Forensikteam zusammengearbeitet?«

»Nur als Beschützer«, antwortete Sky. »Wir bändigen die Geister an Tatorten, haben aber mit der Spurensicherung eigentlich nichts zu tun.«

»Okay. Fotos vom jetzigen Zustand dieses Fundortes haben Sie sicher bereits gemacht?«

»Ja.«

»Gut. Da das hier eine inoffizielle Untersuchung ist und wir nicht viel Zeit haben, sparen wir uns Pingeligkeiten und beschränken uns auf das Wesentliche. Legen Sie vorsichtig alle Leichen nebeneinander, versehen Sie sie mit einer Nummer und machen Sie ein Foto. Ich sehe mir die Toten der Reihe nach an und mache einen kurzen Vermerk zu jeder Nummer, damit es keine Verwechslungen geben kann. Ich nehme an, Sie wollen Fingerabdrücke der Opfer nehmen, um sie identifizieren zu können?«

Gabriel nickte. »Kleidern und Haaren nach zu urteilen, sind es vermutlich Obdachlose, aber vielleicht haben wir bei dem ein oder anderen trotzdem Glück und finden ihn in der Datenbank.«

Monroe nickte ebenfalls. »Gut. Dann machen wir uns mal ans Werk.«

Zwei Stunden später hockte Sky sich mit einer ihrer mitgebrachten Wasserflaschen an den Rand des Einsatzortes und zog ihr Handy aus der Seitentasche ihres Rucksacks.

Kurz nach vier.

Die Zeit hier unten kam ihr vor wie eine Ewigkeit und den Großteil davon hatten sie, Connor und Gabriel damit verbracht, aufgeschlitzte Leichen voneinander zu trennen, damit Doktor Monroe sie untersuchen konnte.

Es gab angenehmere Arten, einen Nachmittag zu verbringen.

Doktor Monroe schien dagegen recht unberührt von den grausigen Anblicken und nahm sich ruhig und effizient einen Toten nach dem anderen für eine kurze Untersuchung vor. Sky fragte sich, was die Gerichtsmedizinerin im Laufe ihrer Dienstjahre schon alles zu Gesicht bekommen haben musste, um so eine Gelassenheit zu entwickeln. Ihr selbst machte der Anblick von grausam zugerichteten Leichen nach drei Jahren bei der Polizei zwar auch keine Probleme mehr, aber so ein Massengrab wie dieses hier war dennoch eine ziemliche Hausnummer und sie merkte, wie ihr all die Toten langsam aufs Gemüt schlugen. Daher hatte sie es Connor und Gabriel überlassen, die Fingerabdrücke der Opfer zu nehmen – soweit das noch möglich war – und sie patrouillierte stattdessen am Rande des Magnesiumlichtscheins. Auch wenn das Licht die meisten Geister fernhalten sollte, gab es immer mal wieder Neugierige, die sich aus den Tiefen des Untergrunds näher wagten. Die Lebensenergie von vier Menschen in ihrem Reich lockte sie an. Im Tunnel Richtung Süden hatte Sky schon einige helle Erscheinungen ausmachen können. Sie schienen stärker als Schemen zu sein, aber nicht so stark, dass sie sich näher herantrauten. Jedes Mal wenn Sky das M-Licht ihrer Taschenlampe auf sie gerichtet hatte, hatte es sie vertrieben.

Sky steckte Handy und Wasserflasche zurück in den Rucksack und machte sich auf, um den Norden erneut zu kontrollieren. Der Tunnel dort war bisher völlig leer geblieben.

»Alles in Ordnung?«, fragte Connor, als sie an ihm und Gabriel vorbeikam, die gerade die steifen Finger einer dürren Frau mit völlig verfilzten, hüftlangen, grauen Haaren auf den kleinen Fingerabdruckscanner drückten.

Opfer Zweiundvierzig.

Eine willkürliche Nummer, weil sie sie zufällig als Zweiundvierzigste aus dem Leichenhaufen gezogen hatten.

Sky atmete tief durch und tröstete sich mit der Hoffnung, dass sie der Frau mithilfe der Fingerabdrücke vielleicht wieder einen Namen geben konnten.

»Im Süden ist alles ruhig. Ich schaue noch mal im Norden nach dem Rechten.«

Sie lief an den Opfern Dreiundvierzig bis Achtundsiebzig vorbei und versuchte nicht darüber nachzudenken, wie die letzten Minuten im Leben dieser Menschen ausgesehen haben mussten.

Angst. Schmerz. Panik.

Diese Vorstellung war fürchterlich.

Komm schon. Konzentrier dich einfach nur auf deinen Job!

Sie erreichte den Rand des Lichtscheins und trat darüber hinaus. Nur ein paar Schritte, um besser in die Dunkelheit sehen zu können.

Still wartete sie, bis sich ihre Augen an die Finsternis gewöhnt hatten. Doch zu sehen gab es nichts.

Kein grauer Schimmer, der den meisten Geistern anhaftete und ihre Präsenz verriet.

Keine besonders tiefe Schwärze, die mächtige Geister annehmen konnten, um heimtückisch auf ihre Opfer zu lauern.

Sky wollte sich gerade abwenden, um Connor oder Gabriel abzulösen, damit auch sie mal eine kurze Pause machen konnten, da hörte sie es.

Jemand weinte.

Zuerst glaubte sie, sich verhört zu haben. Oder spielten ihre überreizten Nerven ihr nur einen üblen Streich?

Angespannt lauschte sie in die Dunkelheit.

Nein.

Da weinte wirklich jemand.

Ganz leise und ziemlich weit entfernt.

Und es klang wie das Weinen eines Kindes.

Kapitel 10

Sky blieb wie angewurzelt stehen und spürte, wie ihr Herz gegen ihre Rippen hämmerte.

Ein Kind? Hier im Untergrund?

Das war unmöglich.

Sie zog ihre Taschenlampe vom Gürtel und leuchtete in den Tunnel. Doch da war nichts, außer einem Seitengang, der in einiger Entfernung nach links vom Haupttunnel abzweigte. Dahinter verlor der Lichtkegel sich in der Dunkelheit.

»Con! Gabe!«

Sie waren ein eingespieltes Team und der Tonfall ihrer Stimme ließ die beiden nicht lange nachfragen, sondern sofort zu ihr eilen.

»Hast du was gesehen?« Gabriel trat neben sie und versuchte in der Finsternis irgendetwas zu erkennen.

»Nein. Aber ich hab etwas gehört.«

Gabriel und Connor lauschten.

Wieder erklang das leise Weinen aus der Ferne.

»Shit.« Gabriel zog ebenfalls seine Taschenlampe vom Gürtel und leuchtete in den Tunnel. »Von wegen die Leichen von heute haben nichts mit den Leichen von damals zu tun!«

»Du glaubst, dahinten hält dieser Irre wieder irgendwo Kinder in Kisten gefangen?«, fragte Connor erschrocken.

»Na, glaubst du vielleicht, dass sich irgendein Kind aus dem Park hier herunter verirrt hat?«, fragte Gabriel grimmig zurück.

»Aber die Leichen sind seit Monaten hier unten.«

Gabriel schnaubte voller Abscheu. »Ja, und? Soweit wir wissen, hat dieser Dreckskerl Cam jahrelang gefangen gehalten. Warum sollte er sein Vorgehen ändern?«

Connor verzog das Gesicht und blickte über die Schulter zu Doktor Monroe, die unbeirrt weiter eine der Leichen untersuchte. »Einer von uns muss bei ihr bleiben.«

»Machst du das?«, bat Sky.

Connor seufzte innerlich. Wenn es darum ging, hier womöglich denjenigen zu finden, der Cam gequält hatte, war klar, dass er weder Gabriel noch Sky aufhalten konnte, also nickte er. »Ja, sicher. Aber nehmt Silberboxen mit. Wir wissen nicht, wie viele Geister hier unten womöglich lauern, und je nachdem wie stark sie sind, könnt ihr sie nicht alle bändigen.«

»Danke.« Sky gab ihm einen schnellen Kuss und lief dann zurück, um den Rucksack mit den Boxen zu holen.

»Verlier nicht die Beherrschung, verstanden?«, sagte Connor warnend, als Sky außer Hörweite war und Gabriel den unpraktischen Papieranzug abstreifte. »Ich will weder deinen Eltern noch den Kids sagen müssen, dass du draufgegangen bist, weil du dich mit einem gemeingefährlichen Irren angelegt hast, klar?«

»Hey, Sky ist ja bei mir.«

»Eben!«

Gabriel bohrte seinen Blick in Connor. »Genau: *Eben!* Ich würde nie irgendetwas tun, das sie in Gefahr bringt. Schon gar nicht, wenn ich alleine mit ihr im Einsatz bin. Und das weißt du auch. Also mach dich locker und sorg dafür, dass Monroe nichts passiert.«

Sky kam mit einem der Rucksäcke zu ihnen zurück. »Okay, wir können.« Auch sie hatte sich den Schutzanzug ausgezogen und überprüfte nun die Waffen an ihrem Gürtel. »In meiner Walther sind noch die Silberkugeln von gestern, aber ich denke, ich lass die drin. Könnte sich ja auch mal ein Wiedergänger hier unten herumtreiben. Und falls wir auf menschlichen Abschaum treffen, hilft gegen den eine Silberkugel auch ganz gut.«

»Ist ohnehin Schwachsinn, dass wir Spuks die Magazine ständig wechseln sollen.« Auch Gabriel vergewisserte sich kurz, dass seine Waffen einsatzbereit waren.

»Silberkugeln sind halt teurer als normale.«

»Ja, aber Magazine zu wechseln, kann Zeit und damit Leben kosten«, gab Gabriel zurück. »Wie viel ist das wert?«

Connor zog Sky zu sich und gab ihr einen Kuss. »Passt auf euch auf.«

»Logisch. Die Funkgeräte stehen auf Kanal 2, aber wir melden uns nur im Notfall.«

»Okay. Ich halte Funkstille, um euch nicht in Schwierigkeiten zu bringen.« Connor drückte ihre Hand und sah zu Gabriel.

Der nickte bloß und schenkte seinem besten Freund ein versicherndes Lächeln. »Keine Sorge. Wir sind vorsichtig.«

Dann richteten er und Sky ihre Taschenlampen in die Dunkelheit und eilten in den Tunnel.

Einen Moment lang blickte Connor ihnen hinterher, dann wandte er sich um und ging zurück zu den Leichen, um weiter Fingerabdrücke zu sammeln.

»Muss ich dir auch noch mal das ins Gewissen brennen, was Connor dir vermutlich gerade schon eingebrannt hat? Oder tun wir so, als hätte ich es dir bereits gesagt und du hättest hoch und heilig geschworen, dass du keinen leichtsinnigen Mist machen wirst?«, fragte Sky leise, als sie mit ihrem Bruder den Tunnel entlanglief.

Das Weinen war weiterhin zu hören, doch noch immer war im Schein ihrer Lampen nichts Auffälliges zu sehen. Sie näherten sich jetzt allerdings der Abzweigung.

Gabriel schnaubte entnervt. »Jahaa. Ich bin vorsichtig.«

»Gut.« Sky ließ seinen Unmut unbeeindruckt von sich abprallen. »Und kein Ausrasten. Ich weiß, wie sehr du das Schwein hasst, das Cam gequält hat, aber Selbstjustiz ist ein No-Go, verstanden?«

»Ich bin Polizist und gerade im Einsatz. Wenn ich dabei einen Massenmörder und Kinderquäler erschieße, ist das keine Selbstjustiz, sondern vollstreckte Gerechtigkeit und ein Dienst für die Allgemeinheit.«

»Du weißt, dass das nicht stimmt. Es besteht ein Unterschied zwischen Rache und Gerechtigkeit. Und du bist ein Totenbändiger. Für uns gelten eh andere Regeln. Also tu mir bitte den Gefallen und riskiere nicht deinen Job und schon gar nicht dein Leben, klar?«

Sie hatten die Abzweigung erreicht und Gabriel sparte sich einen weiteren Kommentar. Stattdessen klemmte er seine Taschenlampe an seine Walther, zog seine Auraglue und wollte sich an Sky vorbeischieben, um den Seitengang zu inspizieren. Das Weinen kam zwar aus dem Haupttunnel, aber falls im Abzweig etwas hauste, mussten sie es unschädlich machen, sonst würde es sie verfolgen.

Sky packte ihn am Arm und hielt ihn zurück. »Lass mich vorgehen. Ich trage die Silberboxen. Wenn da was lauert, wird es eher dich angreifen.«

Widerstrebend ließ Gabriel ihr den Vortritt.

Sky hatte ebenfalls ihre Pistolen gezogen und nach einem abstimmenden Blick mit ihrem Bruder trat sie wie tausend Mal trainiert aus der Deckung der Tunnelwand und richtete ihre Waffen in den Abzweig.

Ein schwacher Schemen flüchtete vor ihrem Licht in die Dunkelheit des Gangs.

»Alles okay. Nur ein Winzling. Aber wir sollten ihn trotzdem ausschalten, sonst kommt er uns womöglich hinterher und nervt.« Sie löschte ihr Licht.

Gabriel tat es ihr gleich und steckte seine Waffen weg. »Du trägst die Silberboxen, also mache ich das. Sichere du uns ab.«

»Okay.«

Sky hielt ihre Waffen schussbereit für den Fall, dass tiefer im Gang noch irgendetwas anderes lauerte, das nur darauf wartete, dass das Magnesiumlicht verschwand.

Gabriel trat an ihr vorbei. Der Hauptgang hinter ihnen wurde noch schwach vom Licht der Laternen erhellt, die den Einsatzort beleuchtete, doch hier im Abzweig war es stockfinster – und deutlich kälter.

Der Schemen war keine zehn Meter entfernt. Wie eine graue Nebelwolke, der man mit sehr viel Fantasie eine menschliche Kontur nachsagen konnte, waberte der Geist an der linken Tunnelwand entlang. Was seine Größe anging, war er kein Winzling. Gabriel schätze ihn auf ungefähr eins siebzig. Sonderlich stark war er nicht. Aber hungrig. Kaum spürte er Gabriels Lebensenergie, schwebte er auf ihn zu.

Gabriel fackelte nicht lange. Im Haupttunnel weinte irgendwo ein Kind, da wollte er sich nicht mit diesem dämlichen Schemen aufhalten.

Er fühlte in sich hinein, bündelte ein winziges bisschen seiner Lebensenergie und schickte sie als feinen Silberdunst aus seinen Fingern in Richtung des Schemens.

Der reagierte sofort. Graue Nebelfäden lösten sich aus dem Gespinst und stürzten sich auf den Dunst. Sofort packte Gabriel zu und zerrte den Schemen zu sich. Der wehrte sich, als er merkte, dass mit dieser Energie etwas nicht stimmte, doch Gabriel ließ nicht locker und er war deutlich stärker als der Geist.

Ein weiterer Ruck und das Biest berührte seine Finger. Kurz meldete sich sein Instinkt, der vor der Geisterberührung zurückschrecken wollte, doch Gabriel hatte diese Schwelle schon so oft überschritten, dass er nicht mal für den Bruchteil einer Sekunde zögerte. Er dolchte seinen Blick in die schemenhafte Kontur des Kopfes, als er mit aller Macht die Todesenergie aus dem Geist herausriss. Eisige Kälte schoss durch seinen Arm in seinen Körper und er spürte Tod und Verdorbenheit, während er sie mit seiner Lebensenergie umhüllte und neutralisierte. Das graue Nebelgespinst vor ihm zerfaserte ins Nichts.

Gabriel atmete tief durch und schüttelte seine Hand aus, um die Kälte zu vertreiben. »Okay, der nervt uns nicht mehr.«

Sie folgten weiter dem Haupttunnel, der jetzt eine Biegung nach Nordwesten machte. Damit ließen sie den Lichtschein vom Einsatzort endgültig hinter sich.

Das Weinen klang jetzt lauter, doch außer grauen Betonwänden, an denen hin und wieder aufgesprühte Zahlen und Buchstabenkombinationen irgendetwas markierten, das nur für eingeweihte Wartungsarbeiter einen Sinn machte, war nichts zu sehen.

Nach zehn weiteren Metern erfassten die Kegel ihrer Taschenlampen einen neuen Abzweig. Dieses Mal zu ihrer Rechten.

»Falls dieser Irre dahinten irgendwo sein Versteck hat, warnt unser Taschenlampenlicht ihn wie ein Leuchtfeuer«, murmelte Sky, als sie weiter den Gang entlangjoggten.

»Ich glaube nicht, dass der Dreckskerl hier unten ist. Wenn er hier hausen würde, hätte er mit Sicherheit gemerkt, dass wir die Leichen gefunden haben. Und dann hätte er die Kinder in der Zwischenzeit weggeschafft – oder zum Schweigen gebracht.«

»Stimmt.« Sky schluckte hart. »Mann, wie krank muss jemand sein, um kleine Kinder völlig alleine hier in totaler Dunkelheit zu lassen? Selbst wenn er sie gegen Übergriffe von Geistern abgesichert hat, ist das der absolute Horror.«

»Erklärt dann aber, warum Cam in keinen Keller runtersteigen kann, ohne Panik zu bekommen. Und warum er absolute Finsternis nicht erträgt«, knurrte Gabriel. »Wenn ich diesen Dreckskerl in die Finger bekomme –«

»Vielleicht sollten wir nach den Kindern rufen«, unterbrach Sky die Mordgelüste ihres Bruders, obwohl sie sich nicht sicher war, ob sie ihn wirklich aufhalten wollte, sollte er diesem Irren tatsächlich an die Gurgel gehen.

»Nein. Die Kleinen haben uns mit Sicherheit gehört. Aber sie rufen nicht um Hilfe, also haben sie wahrscheinlich Angst vor uns. Du weißt doch, wie Cam drauf war, als er zu uns kam. Er hatte totale Panik vor anderen Menschen.«

»Ja, vor Dad, Mum und Granny. Aber dich hat er ziemlich schnell an sich herangelassen. Und mich nach ein paar Tagen auch.«

»Weil wir noch Kinder waren. Der Mistkerl, der ihn und die anderen Kids gequält hat, war mit Sicherheit ein Erwachsener. Deshalb hat Cam uns damals schneller vertraut. Aber heute wirken wir leider nicht mehr so klein und unschuldig.«

Sie hatten die Abzweigung im Tunnel fast erreicht.

»Das Weinen kommt von dort.« Sky deutete mit ihrer Taschenlampe auf den Seitengang. »Lass uns langsamer weitergehen, sonst erschrecken wir sie, wenn wir einfallen wie die Hottentotten.«

Sie näherten sich vorsichtig und leuchteten um die Ecke. Der Abzweig endete schon nach wenigen Metern in einer T-Kreuzung. Pfeile mit den Bezeichnungen *A27* und *A26* wiesen nach links und rechts.

Das Weinen wurde zu einem erstickten Schluchzen.

»Weiter«, flüsterte Sky. »Ich glaube, es kommt von links.«

Sie liefen auf die linke Mündung zu und traten um die Ecke. Dort endete der Gang nach nur zwei Metern abrupt vor einer Stahltür mit der Nummer *A27*.

Sonst war der Gang leer – bis auf das Kinderweinen, das sich jetzt in ein heimtückisches Kichern verwandelte.

Skys Inneres wandelte sich zu Eis, als ihr klar wurde, welchen schrecklichen Fehler sie begangen hatten.

Gabriel begriff es im selben Sekundenbruchteil und fuhr herum.

Doch es war zu spät.

Kapitel 11

Schwärze schoss aus dem gegenüberliegenden Gang auf ihn zu und hüllte ihn ein. Eisige Kälte schnürte sich um seinen Körper und schien das Leben aus ihm herauspressen zu wollen.

Er konnte sich nicht rühren, nichts sehen, nichts hören.

Nicht atmen.

Selbst das Denken fiel ihm plötzlich schwer.

Er spürte nur, wie sein Herzschlag raste. Fühlte, wie die Schwärze ihm sein Leben entreißen wollte.

Sein Überlebensinstinkt übernahm, weil sein Kopf keinen klaren Gedanken mehr fassen konnte. Er sammelte all seine Energie zusammen, schloss sie ein und würde mit ihr seine Seele beschützen, solange es ging.

Sky keuchte erschrocken auf, als die Schwärze sich auf Gabriel stürzte.

Verdammt, sie waren so dumm gewesen!

Wie blutige Anfänger waren sie dem Hocus in die Falle getappt.

Fluchend zwängte sie sich an dem Geist vorbei, um Abstand zwischen sich und das Biest zu bringen. Auf keinen Fall durfte sie sich auch noch fangen lassen. Sie stolperte ein paar Meter in den Seitengang zurück und warf den Rucksack mit den Silberboxen ab, dem sie zu verdanken hatte, dass der Hocus sich nicht auf sie gestürzt hatte. Zu mehr waren die Silberboxen allerdings nicht zu gebrauchen. Sie konnte ihre Auraglue nicht einsetzen. Mit Gabriel in seinem Inneren war es unmöglich, den Geist in eine Silberbox saugen zu lassen. Außerdem würde das Auraglue Gabriel lebensgefährlich verätzen.

Also musste sie improvisieren – und zwar schnell.

Sie bündelte Lebensenergie in ihre Fäuste.

»Nimm das!«

Sie schickte ihren Silbernebel wie zwei Peitschenstricke auf den Geist, krallte sich in seine Schwärze und zerrte mit aller Macht an seiner Todesenergie. Sie spürte sofort, wie stark das Biest war. Selbst für einen Hocus. Dieser Geist, der keine drei Meter von ihr entfernt war, brauchte vermutlich nicht mehr viel Energie, um sich in einen Wiedergänger zu verwandeln.

Sky presste die Kiefer aufeinander und zerrte noch heftiger an dem Geist. Fühlte, wie seine Todesenergie durch ihren Silbernebel kroch. Wie das Wesen sich dagegen wehrte und stattdessen versuchte, ihre Energie zu sich zu ziehen.

Ganz sicher nicht!

Sky stemmte sich dagegen. Sie liebte ihr Leben und würde es auf keinen Fall so einfach hergeben. Nicht diesem widerlichen verdorbenen Etwas, das nach Fäulnis, Angst und Tod schmeckte.

Ein weiterer Ruck und sie hatte seine Energie bis in ihre Hände gezogen. Der Tod war eiskalt und fast wäre er ihr wieder entglitten, doch sie krallte sich mit ihrem silbernen Leben fest. Jedes bisschen Todesenergie, das sie dem Hocus raubte, würde Gabriel helfen, sich zu befreien.

Und sie brauchte ihn.

Alleine konnte sie den Hocus nicht besiegen.

Sie spürte bereits, wie die Geisterkälte sie lähmte, während sie durch ihren Körper kroch. Für die Eliminierung der Todesenergie musste sie mit ihrer Lebensenergie zahlen. Bei schwachen Geistern bedeutete das nur Übelkeit, Kopfschmerzen und Schwindel, die allesamt schnell wieder verflogen. Doch der Hocus war alles andere als schwach. Seine Kälte bohrte sich mit stechendem Schmerz in ihren Kopf, trieb ihr Tränen in die Augen und legte sich wie Klauen um ihr Herz, die es quetschten, bei es kaum noch schlagen konnte.

Sky presste ihre Kiefer noch fester aufeinander.

Durchhalten!

Alles war verschwommen und sie merkte, wie sie schwankte.

Ein wenig Energie konnte sie aber trotzdem noch opfern.

Ihr dürft alles geben, nur niemals eure Seele.

Und wenn ihr euch retten müsst, dürft ihr von anderen alles nehmen, aber niemals deren Seele.

Das waren die Regeln, die ihre Mum ihnen eingebläut hatte. Am Ende jeder Trainingsstunde hatte sie sie aufsagen und schwören müssen, dass sie sie niemals brechen würden. Unter gar keinen Umständen.

Sky spürte, wie sie zitterte.

Ihre Hände brannten vor Kälte. Trotzdem ließ sie nicht locker.

Ein bisschen mehr hielt sie noch aus.

Sie musste, sonst war Gabriel verloren.

Verbissen kämpfte sie weiter.

Wieder riss sie Todesenergie in sich und sank auf die Knie, weil ihre Beine sie nicht mehr tragen wollten.

Ihr Herz stolperte und ihr Schädel wollte explodieren.

Keuchend schloss sie ihre Seele ein, als die Kälte sie endgültig zu übermannen drohte.

Die Schwärze hatte ihn verschlungen. So plötzlich, so übermächtig, dass nur noch sein Überlebensinstinkt funktionierte.

Ihr dürft niemals eure Seele geben. Beschützt sie. Schließt sie ein. Denkt euch das beste Versteck für sie aus und verratet es niemandem.

Nicht einmal mir. Und wenn die Kälte in euch ist, wenn sie euch eure Seele wegnehmen will, dann verteidigt euer Versteck mit allen Mitteln, die ihr euch vorstellen könnt. Übt das. Immer wieder, bis eure Verteidigung so stark ist, dass die Kälte keine Chance hat.

Gabriels Seelenversteck war ein unknackbarer Stahltresor, der in einer Batman-Höhle mit jeder Menge tödlicher Geheimfallen stand. Die Höhle war in einem Berg, der von einer Allianz aus Superhelden und Oberschurken bewacht wurde, die sich zum Schutz seiner Seele vereint hatten und Spezialwaffen besaßen, mit denen sie ultraheiße Laserstrahlen abschießen konnten, gegen die die Kälte keine Chance hatte.

Ja, das Ganze hatte einen ziemlich kindlichen Touch, aber seine Mum hatte das Seelentraining mit ihm und Sky angefangen, als er gerade schwer in seiner Superhelden-Phase steckte.

Doch trotz der naiven Kindlichkeit funktionierte sein Versteck bis heute tadellos und hatte ihm schon mehr als einmal seine Seele gerettet. Und da er eh niemandem sein Seelenversteck verraten würde, war ein bisschen nostalgischer Kindheitskitsch völlig okay.

Oder vielleicht funktionierte das Versteck genau deshalb so gut? Weil er so niemals das Kind in sich vergessen konnte und Kinder pure Lebensenergie waren?

Himmel, Connor färbte wirklich auf ihn ab.

Der grübelte ständig über solche Sachen und wollte immer wissen, wie etwas funktionierte und warum – oder warum nicht.

Gabriel schüttelte den Gedanken von sich.

Dass er wieder grübeln konnte, bedeutete, der Hocus wurde schwächer und hatte ihn nicht mehr so im Griff wie vorher. Was wiederum bedeutete, dass Sky ihm seine Energie raubte – und dafür mit ihrer zahlte.

Noch immer umgab ihn Schwärze und die Kälte lähmte seine Glieder. Doch die Kälte schien nicht mehr ganz so eisig wie zuvor. Auch die Schwärze war nicht mehr undurchdringlich. Wie durch einen finsteren Schleier konnte Gabriel den Schein der Taschenlampen sehen, die auf dem Boden des Tunnels lagen. Und Skys Silhouette. Er sah, wie sie kämpfte, wie ihr Silbernebel sich in die Schwärze des Hocus' krallte und ihn schwächte. Sie schwankte, hielt sich aber eisern auf den Beinen, um ihm das Leben zu retten.

Höchste Zeit, sein Leben wieder in seine eigene Hand zu nehmen.

Er ließ seine Seele aus ihrem Versteck und mit ihr seine geballte Lebensenergie.

Ein warmes Kribbeln rauschte durch seinen Körper und er fühlte, wie die eisige Starre sich zu lösen begann. Er konnte seine Hände wieder spüren und bündelte in ihnen seine Energie – mit jeder Menge Wut auf den Hocus, weil er sie so widerlich in die Falle gelockt hatte. Und mit jeder Menge Wut auf sich selbst, weil er darauf hereingefallen war.

Dann grub er seine Finger in die Schwärze.

Silbernebel umspielte seine Hände, als sie den finsteren Schleier auseinanderrissen. Gabriel zwängte sich hindurch und stürzte in den Tunnel. Keuchend schlug er auf dem Boden auf, schnappte hastig ein paar Mal nach Luft und brachte kriechend Abstand zwischen sich und den Geist. Seine Muskeln schmerzten von der tödlichen Kälte, die sie im Inneren des Hocus' hatten aushalten müssen. Trotzdem wälzte Gabriel sich auf den Rücken, zog mit steifen Fingern seine Auraglue und schoss.

Feine Silbertropfen hefteten sich an die Aura des Hocus' und der Geist kreischte auf. Wie zuvor das verzweifelte Kinderweinen imitierte das Biest nun den Schmerzensschrei eines Gepeinigten, um seine Angreifer abzuschrecken, zu verwirren oder vielleicht sogar, um Mitleid zu erregen.

»Tja, Pech«, knurrte Gabriel und stemmte sich mühsam auf die Beine. »Kreisch so viel, wie du willst. Damit erreichst du bei mir gar nichts. Außer vielleicht, dass ich dich noch schneller erledigen will, um dem Geplärre ein Ende zu bereiten.«

Noch unsicher auf den Füßen stützte er sich gegen die Tunnelwand und stolperte zu seiner Schwester.

Sky hatte ihre Verbindung zum Hocus getrennt, sobald das Auraglue den Geist getroffen hatte. Doch das Biest war stark. Eine Dosis hielt ihn zwar in Schach, reichte aber nicht, um ihn zu vernichten. Er wehrte sich gegen die bewegungshemmende Wirkung und versuchte, zu entkommen, um sich auf Sky zu stürzen.

Rache dafür, dass sie ihm seine Energie geraubt hatte.

Mit zitternden Fingern tastete Sky nach ihrer Auraglue, doch als sie sie aus ihrem Halfter zog, schien die Waffe tonnenschwer.

Gabriel tappte zu ihr.

»Bist du okay?« Sie musterte ihn besorgt.

»Jedenfalls mehr okay als du, wie es aussieht.« Er sank neben ihr auf den Boden, nahm ihr die Pistole ab und schoss eine zweite Ladung Auraglue auf den Hocus.

Wieder kreischte der Geist auf, als ein weiterer Schauer Silbertropfen auf ihn niederging und ihn endgültig bewegungsunfähig machte.

»Memo an die Obrigkeit: Findet endlich einen Weg, wie man mehr als einen Schuss mit der Auraglue abgeben kann.« Gabriel zog den Rucksack mit den Silberboxen zu sich. »Oder macht zumindest aus dem Wechseln der Kartusche keine Raketenwissenschaft.« Er öffnete eine der Seitentaschen und fischte einen Energieriegel heraus. »Du kannst dir gleich Energie von mir nehmen, ich will nur zuerst den Hocus in eine Silberbox bannen. Der geht mir mit seinem Gekreische nämlich echt auf den Sack.«

Doch Sky schüttelte den Kopf, als er ihr den Riegel reichen wollte. Erschöpft rutschte sie an die Tunnelwand, lehnte sich dagegen und schloss die Augen. »Ich kriege jetzt nichts runter. Mir ist kotzübel. Der Hocus war echt ekelhaft.«

Obwohl sie längst keine Verbindung mehr zu dem Geist hatte, war ihr immer noch schweinekalt und ihre Muskeln wollten nicht aufhören zu zittern. Hinter ihren Schläfen hämmerte es, ihr war schwindelig und ein ekelhafter Geschmack klebte in ihrem Mund.

Gabriel zog eine Colaflasche aus dem Rucksack, drehte sie auf und drückte sie ihr in die Hand. »Trink wenigstens etwas.«

Gehorsam überwand sie sich und merkte sofort, wie sie sich besser fühlte, als die süße Cola den widerlichen Geschmack von Fäulnis, Tod und Verdorbenheit aus ihrem Mund vertrieb. Sie trank weiter kleine Schlucke und sah zu, wie Gabriel eine Silberbox aus dem Rucksack holte und sie vor den fixierten Geist schob. Dann nahm er die Fernbedienung aus der Tasche und aktivierte die Box. Die Klappen auf der Oberseite sprangen auf und der Magnet im Inneren reagierte mit den Eisenpartikeln des Auraglue.

Wieder kreischte der Hocus, als die Magnetkräfte ihn zusammenpressten und in die Box sogen. Sein Schrei wurde immer schriller, bis das Biest endlich komplett in der Box verschwunden war.

Gabriel aktivierte den Schließmechanismus, die Klappen schnappten zu und es herrschte schlagartig Stille.

»Das war's.« Er sank neben Sky gegen die Tunnelwand. »Danke fürs Lebenretten, kleine Schwester.«

Sie lächelte matt. »Jederzeit wieder, großer Bruder.«

Er klaute ihr die Colaflasche und nahm ihre Hand. »Nimm dir von mir alles, was du brauchst.«

»Nein, schon okay. Du bist ja selbst k. o. und es geht mir schon besser. Ich regeneriere mich auch von alleine.« Sie tastete nach dem Energieriegel und fühlte ein warmes Kribbeln in ihrer Hand, als Gabriel ihr trotzdem etwas von seiner Energie schenkte.

Ihr Funkgerät knackte und Connors besorgte Stimme drang knisternd aus dem kleinen Lautsprecher.

»Sky? Gabe? Ist alles in Ordnung bei euch? Was war das für ein Gekreische?«

Sky zog ihre Hand aus Gabriels und nahm das Gerät vom Gürtel. »Hey. Alles gut. Es gab hier bloß keine Kinder, dafür aber einen fiesen Hocus.«

»Shit!«

»Yep. Ich glaube, das war sein zweiter Vorname.«

»Seid ihr okay?«

»Ja, nur ein bisschen k. o. Das Biest war ziemlich stark. Ich schätze, wenn es Gabe und mich erledigt hätte, hättest du dich in nicht allzu ferner Zukunft mit einem hungrigen Wiedergänger herumschlagen müssen.«

»Dann danke, dass ihr mir das erspart habt. Habt ihr ihn in eine Silberbox gebannt?«

»Aber so was von. Sonst ist hier nichts. Wir ruhen uns kurz aus und kommen dann zurück.«

»Kein Stress, ich hab hier alles im Griff. Nehmt euch alle Zeit der Welt.«

»Nee, so schön ist es hier nicht. Wie weit seid ihr? Ich hab nämlich ehrlich gesagt nichts dagegen, bald hier raus und zurück ans Tageslicht zu kommen.«

Es herrschte kurz Stille, dann antwortete Connor: *»Doktor Monroe meint, sie ist in einer halben Stunde fertig, und ich schätze, bis dahin hab ich auch alle Fingerabdrücke.«*

»Fantastisch. Wir kommen rechtzeitig zurück, um euch beim Einpacken zu helfen.«

»Okay. Bis dann. Over and out.«

»Over and out.«

Sky steckte das Funkgerät zurück in ihren Gürtel und riss das Einwickelpapier um den Energieriegel auf. »Eigentlich dachte ich ja, wegen ihres ersten Schultags hätten die Kids heute beim Abendessen am meisten zu erzählen.« Sie biss in den Riegel und klaute sich von Gabriel die Colaflasche zurück. »Aber um einen Tunnel voller Leichen und eine Nahtoderfahrung durch einen Hocus zu toppen, müssen die drei schon einiges liefern.«

Kapitel 12

Die letzten Strahlen der Abendsonne fielen auf die in die Jahre gekommene Stadtvilla, die am Ende der Sackgasse stand. Es war ein großes Haus mit großem Garten, gebaut zu einer Zeit, in der die Bewohner noch Personal hatten, das unter dem Dach wohnte, und man Zimmer wie einen *Salon* brauchte, der eine Art zweites Wohnzimmer darstellte, in dem man Gäste empfangen hatte.

Solchen Luxus gab es heute nicht mehr.

Zumindest nicht im Norden Londons.

Hier lebte die Mittelschicht meist mit mehreren Generationen unter einem Dach, weil London ein teures Pflaster und Wohnraum in einem sicheren Umfeld schmerzhaft kostspielig war. Oft rückten Familien und andere Wohngemeinschaften deshalb zusammen, um sich das Leben hier leisten zu können.

Und man setzte Prioritäten.

Allen Fassaden der Häuser im Crescent Drive hätte neuer Putz oder ein neuer Anstrich gutgetan. Doch stattdessen gab es Eisenzäune und eiserne Rahmen um Fenster und Türen. Manche Häuser hatten als zusätzlichen Schutz sogar Schmuckornamente aus Eisen an den Wänden oder eiserne Skulpturen in den Gärten, und überall wuchsen Schutzpflanzen wie Salbei, Lavendel und Thymian, Holunder, Wachholder und Engelwurz.

Auch die alte Villa der Hunts war gut geschützt. Zwar fand man am Haus und in den Gärten weder Ornamente noch Skulpturen, aber das Grundstück war mit einem hohen Eisenzaun umgeben und alle Fenster und Türen waren gesichert. Im Vorgarten wucherten Holunder- und Wacholdersträucher und im hinteren Garten umgab eine gut zwei Meter hohe Weißdornhecke den Gartenzaun und sorgte neben Sichtschutz vor neugierigen Blicken auch für zusätzlichen Schutz vor Geistern, denn hinter dem Garten begann der Wald des Hampstead Heath.

Der Heath war nur einer von über zweihundert Grünanlagen in London, gehörte aber zu den größeren und war neben den Parks in Richmond und Wimbledon einer derjenigen, in denen man die Natur aus Kostengründen großteils sich selbst überließ und die Stadtgärtner nur dafür sorgten, dass die Parkwege nicht völlig zuwucherten. Das machte den Heath als Rückzugsort für Geister unschlagbar attraktiv.

Cam mochte den Park, auch wenn der Heath jetzt, kurz vor Einbruch der Dämmerung, ein gefährlicher Ort war. Tagsüber waren der Wald und die verwilderten Wiesen wunderschön und wie verwunschen. Und die Geister, die sich darin vor dem Tageslicht versteckten, schreckten Cam nicht. Er hatte zwar den nötigen Respekt vor ihnen, aber Angst hatte er keine. Man musste keine Angst vor den Seelenlosen haben, wenn man wusste, wie man sich gegen sie schützte. Und das hatten Sue, Gabriel und Sky ihm beigebracht.

Ihren Garten mochte Cam auch, obwohl der kein bisschen verwunschen und wild war, sah man mal von der Weißdornhecke ab. Die war so alt und in sich verwuchert, dass man selbst im Winter, wenn sie keine Blätter trug, nicht hindurchsehen konnte. Fast schien es, als würde die Pflanze ihren Schutzauftrag besonders ernst nehmen und Haus und Grundstück wie ein Bollwerk gegen die Außenwelt abschirmen wollen. Genau dafür liebte Cam die Hecke, auch wenn es ein Albtraum war, sie schneiden zu müssen.

Der Garten selbst bestand im Wesentlichen aus einem Stück Rasen mit vier Obstbäumen, an den rechts und links verschiedene Gemüsebeete grenzten. In einer Ecke standen ein Geräteschuppen und ein kleines Gewächshaus, neben denen Sträucher mit Himbeeren und Brombeeren wuchsen. Am Haus führte eine Tür aus dem Wohnzimmer auf eine große Terrasse mit hölzernen Gartenmöbeln und bunten Blumenkübeln, die Ella bemalt hatte und in denen Granny Tomaten und Kräuter züchtete.

Granny liebte ihren Garten und sie liebte es, alles Mögliche anzubauen und die Familie mit eigenem Obst und Gemüse zu versorgen. In einer Zeit als es galt, acht hungrige Mäuler zu stopfen, und es mit Sue und Phil nur zwei Verdiener gegeben hatte, war die Selbstversorgung ein willkommener Weg gewesen, die Haushaltskasse zu entlasten. Mittlerweile steuerten Gabriel und Sky zwar eigenes Geld zur Familienkasse bei, doch Cam wusste, dass Phil und Sue nicht viel von ihnen annahmen, weil sie wollten, dass die beiden ihr Gehalt sparen konnten, um sich irgendwann eine eigene Wohnung leisten zu können.

Von einem Polizistengehalt war das in London allerdings kaum noch möglich. Connor war vor einigen Monaten bei ihnen eingezogen, weil er es mit neun anderen Leuten in seiner Wohngemeinschaft in Islington nicht mehr ausgehalten hatte. Sich alleine ein kleines Apartment zu nehmen, war bei den momentanen Mietpreisen jedoch absolut unerschwinglich. Selbst wenn er mit Sky und Gabriel zusammengezogen wäre, hätten sie sich nur eine winzige, heruntergekommene Bude irgendwo in Brixton oder Croydon leisten können, und diese

Viertel waren fast so schlimm wie das East End. Jeder, der es irgendwie verhindern konnte, vermied es, dort hinzuziehen.

Cam hatte nicht viel Ahnung von Politik. Nicht, dass er sich nicht dafür interessierte, aber viele der Entscheidungen, die im Stadtrat getroffen wurden, fand er unlogisch, nicht nachvollziehbar oder einfach nur dämlich. Wie zum Beispiel, dass Polizisten, die in London für Ordnung sorgten und dabei immer wieder ihre Leben riskierten, nicht ausreichend Geld für diesen Job bekamen, um sich problemlos in genau der Stadt, für die sie so viel taten, ein sicheres Zuhause in einer halbwegs netten Gegend leisten zu können.

Für Cam klang das völlig irrsinnig.

Aber was wusste er schon.

Und insgeheim war er froh, dass Connor zu ihnen gezogen und Sky und Gabriel nicht weggegangen waren. Die alte Villa war sein Zuhause und Gabe und Sky gehörten zu seiner Familie. Ohne sie wäre beides nicht mehr komplett gewesen. Vor allem die Vorstellung nicht mehr mit Gabriel unter einem Dach zu wohnen, mochte Cam nicht. Überhaupt nicht. Auch wenn das kindisch und egoistisch war.

Er schaute hinauf zu den Baumwipfeln des Waldes, über denen die Abendsonne den Himmel in ein hübsches Farbenspiel aus orange, rot und blau tauchte.

Holmes sprang zu ihm und legte ihm einen der bunten Stoffbälle vor die Füße, die Ella für die tierischen Familienmitglieder genäht hatte. Lächelnd strich Cam dem kleinen Kater über das schwarze Fell.

»Gut gemacht.«

Dann warf er den Ball ein weiteres Mal in den Garten und Holmes flitzte begeistert hinterher.

»Der Kater versteht das Prinzip des Apportierens irgendwie deutlich besser als der Dackel.« Gabriel kam aus dem

Wohnzimmer über die Terrasse und setzte sich neben Cam auf die Stufen, die zum Rasen hinunterführten.

Beide sahen hinüber zu einem üppigen Rhododendronstrauch, in dem es wild raschelte. Ihr Dackelwelpe versteckte seinen Ball lieber irgendwo dort in den floralen Tiefen, statt ihn zum Spielen zurückzubringen.

Cam grinste. »Sherlock ist halt was Besonderes.«

Gabriel lachte und streichelte Watson, der sich auf Cams Schoß zusammengerollt hatte. Der rotweiße Katzenjunge war im Gegensatz zu seinen beiden tierischen Geschwistern die Ruhe schlechthin und kuschelte lieber mit seinen Menschen, als irgendwelchen Bällen hinterherzujagen.

Holmes kam mit seiner Beute zurück, legte sie Gabriel vor die Füße und strich maunzend um seine Beine, um auch eine kurze Streicheleinheit zu bekommen. Dann tippte er mit der Vorderpfote auf den Stoffball, maunzte erneut und sah erwartungsvoll zu Gabriel auf.

»Da sag noch mal einer, Tiere können nicht sprechen.« Gabriel nahm den Ball und warf ihn in den Garten. Wieder sauste Holmes hinterher und überschlug sich dabei vor Begeisterung beinahe.

Eine Weile sahen sie dem Kitten zu, wie er sich mit dem Ball über die Wiese kugelte, dann blickte Gabriel zu Cam.

»Okay, Kleiner, jetzt mal raus mit der Sprache. Wie war es heute in der Schule wirklich? Jules und Ella nehme ich ihre Begeisterung ab, aber dass du es *ziemlich okay* fandest – nicht wirklich. Ich rechne dir hoch an, dass du der Erzieherfraktion dieser Familie zuliebe so tust, als ob, aber zu mir kannst du ehrlich sein. Also, auf einer Skala von eins bis zehn: Wie schlimm war dein erster Schultag wirklich?«

Cam schnitt eine Grimasse. »Wenn ich zehn sage, kann ich dann ab morgen wieder Homeschooling machen?«

»Netter Versuch, aber da du beim Essen gerade so getan hast, als wäre alles in Ordnung, hast du nicht vor, das Mum und Granny anzutun.«

Wieder verzog Cam das Gesicht. »Stimmt. Und so schlimm war es auch nicht.«

Watson schmiegte sein Köpfchen an Cams Brust und rollte sich dann auf den Rücken, um sich den Bauch kraulen zu lassen.

»Aber?«, hakte Gabriel nach und warf den Stoffball, den Holmes ihm brachte, zurück in den Garten. »Bist du mit jemandem aneinandergeraten?«

Cam seufzte und erzählte von Topher und seinen Drohungen, aber auch, dass Evan ihm geholfen hatte.

»Hast du dieses Video?«, fragte Gabriel, als Cam geendet hatte.

Cam nickte. »Evan hat es mir geschickt.«

»Gut. Schick es mir auch.«

»Nein. Ich will nicht, dass du irgendwas gegen Topher unternimmst. Das gibt nur Ärger. Und der Mistkerl ist mein Problem. Das regle ich alleine.«

»Daran hab ich auch keine Zweifel. Trotzdem will ich mir diesen Musterknaben und seine Gang mal ansehen. Nenn es brüderliches Interesse – und darüber diskutieren wir nicht«, würgte Gabriel ihn ab, als Cam erneut den Mund aufmachen wollte. »Schick mir einfach das Video. Wissen Jules und Ella von den Drohungen gegen euch?«

»Ja, natürlich. Wir haben ihnen alles erzählt und Evan hat ihnen das Video ebenfalls geschickt. Wenn Topher oder jemand anderes uns Ärger in die Schuhe schieben will, können wir es der Carroll zeigen.«

Gabriel nickte zufrieden. »Ich mag diesen Evan.« Er bedachte Cam mit einem Seitenblick. »Der hat definitiv gutes Freundschaftspotenzial.«

Unverbindlich zuckte Cam die Schultern. »Ja, vielleicht.«

»Magst du ihn?«

Wieder hob Cam bloß die Schultern. »Ja, ich denke schon. Er hat mir geholfen. Einfach so. Das war ziemlich cool und er scheint ganz okay zu sein.«

»Dann gib ihm eine Chance. Auch wenn es nicht so dein Ding ist, aber nach der Aktion heute, hat Evan einen Vertrauensvorschuss verdient. Und jeder braucht Freunde.« Gabriel rempelte ihm sanft gegen die Schulter. »Überzeugt?«

Cam verzog das Gesicht, nickte aber knapp. »Okay.«

Wieder brachte Holmes seinen Ball und wollte diesmal, dass Cam ihn warf.

»Also, von eins bis zehn«, fragte Gabriel erneut. »Wie schlimm ist die Schule für dich jetzt wirklich – so alles in allem?«

Cam schnaubte. »Keine Ahnung. Fünf? Sechs? Ich freue mich nicht darauf, morgen wieder hinzumüssen. Aber ich hab auch keine Panik davor. Das reicht doch, oder?«

Gabriel seufzte innerlich, schenkte Cam aber ein kleines Lächeln und nickte. »Ja, das reicht. Und mit der Zeit wird es sicher noch besser. Vor allem, wenn du Leuten wie Evan eine Chance gibst.«

Cam schwieg und sie sahen Holmes dabei zu, wie er alleine mit seinem Ball spielte, bis ihm das zu langweilig wurde und er ihn wieder Gabriel brachte.

»Auf einer Skala von eins bis zehn, wie knapp war es heute, als du und Sky von dem Hocus angegriffen wurdet?«

Gabriel wandte sich zu Cam um und hob eine Augenbraue.

»Komm schon. Ich bin nicht blöd. Ihr habt die Sache beim Essen runtergespielt, um Sue, Phil und Granny nicht zu schocken. Genauso wie Ella, Jules und ich nichts von Topher erzählt haben.«

Gabriel musste grinsen und schüttelte den Kopf. »Ich weiß nicht, ob mir gefällt, wie gut du mich durchschaust.«

»Danke, gleichfalls! Aber offensichtlich müssen wir beide damit leben. Also? Wie schlimm war es heute?«

Gabriel seufzte. »Es war knapp, aber Sky und ich sind ein gutes Team«, sagte er dann. »Wir waren dumm und haben vorschnell Schlüsse gezogen. Aber unsere Seelenverstecke haben perfekt funktioniert, deshalb ist alles gut gegangen.«

»Denkst du, der Hocus hat euch belauscht und euch absichtlich mit Kinderweinen angelockt? Weil ihr gedacht habt, die Leichen im Tunnel sind von dem Mistkerl, der im letzten Unheiligen Jahr die Totenbändigerkinder gequält hat?«

»Nein, das glaube ich nicht. Kinderweinen vorzutäuschen, um Opfer in einen Hinterhalt zu locken, ist die Standardmasche von Hocusgeistern. Sie appellieren damit an den Helferinstinkt der Menschen. Wenn man ein Kind weinen hört, will so gut wie jeder nachsehen, was los ist, und helfen. Deshalb war es ja so dämlich, dass wir darauf hereingefallen sind.«

»Wegen mir, stimmt's?«, seufzte Cam mit hörbar schlechtem Gewissen. »Ihr dachtet, die Leichen sind von dem Irren, der auch mich gefangen gehalten hat. Deshalb habt ihr gedacht, da unten im Tunnel sind Kinder, und wolltet sie retten.«

Gabriel musterte ihn mit durchdringendem Blick. »Stopp. Denk nicht mal ansatzweise das, was du gerade denken willst. Es ist nicht deine Schuld, dass Sky und ich heute bloß in eine Richtung gedacht haben. Wir sind Profis. Wir sollten immer alle Möglichkeiten in Betracht ziehen, und es war fahrlässig, dass wir vorschnelle Schlüsse gezogen haben.«

»Aber wenn ich nicht –«

»Nein, Cam. Es liegt nicht an dir, sondern an mir, klar? Selbst wenn damals nur unbekannte Kinder betroffen gewesen wären und du nichts damit zu tun gehabt hättest, wäre ich heute genauso blind und unüberlegt in den Tunnel gelaufen, weil ich die Vorstellung nicht ertragen hätte, dass irgendein kranker Mistkerl da unten Kinder quält. Und ich würde es jederzeit wieder tun und nachsehen und mich dabei mit jedem verfluchten Hocus dieser Welt anlegen, bevor ich einmal nichts tue und dann vielleicht wirklich Kinder irgendwo leiden müssen. Verstanden? Das hat nichts mit dir zu tun. Ich müsste mich jedes verdammte Mal vergewissern, weil ich nicht damit leben könnte, nichts getan zu haben. Aber ich werde beim nächsten Mal definitiv vorsichtiger sein und auch andere Möglichkeiten im Blick haben. Noch mal passiert mir so was wie heute garantiert nicht. Und für Sky gilt dasselbe. Also mach dir keine Sorgen um uns. Wir sind nicht blöd und lernen aus unseren Fehlern. Und die sind nicht deine Schuld. Die verbocken wir ganz alleine. Kapiert?«

»Okay«, murmelte Cam, wich dem bohrenden Blick seines Bruders aber aus.

Wieder herrschte eine Weile Schweigen.

Holmes hatte seinen Ball zu Sherlock in den Rhododendron gebracht und seitdem raschelte und rumorte es in dem Strauch noch heftiger als zuvor.

»Glaubst du denn, die Leichen sind vom selben Täter wie damals?«, fragte Cam schließlich leise und mied noch immer Gabriels Blick. Stattdessen beobachtete er die immer länger werdenden Schatten, die der Wald warf, jetzt da die Sonne endgültig versank.

Seufzend hob Gabriel die Schultern. »Ich weiß es nicht. Die Toten heute waren schrecklich zugerichtet. Das passt nicht zu den Opfern von damals. Außerdem gab es zum Glück keine Kinderleichen. Außer der Anzahl der Toten und dass ihnen die Kehlen durchgeschnitten wurden, gibt es eigentlich keine Gemeinsamkeiten.«

»Ihr habt gesagt, dass es auch Obdachlose waren«, warf Cam ein. »Genau wie damals.«

Gabriel nickte. »Aber so übel wie das jetzt klingt, Obdachlose sind leider keine ungewöhnlichen Opfer für irgendwelche Irren, die jemanden suchen, an dem sie möglichst unauffällig ihre abartigen Fantasien ausleben können.«

Cam presste die Kiefer aufeinander und streichelt wieder Watson, weil das seinen Händen etwas zu tun gab und half, Unruhe und Wut im Griff zu behalten – und das widerliche Gefühl, für irgendwelche kranken Experimente missbraucht worden zu sein.

Unbeeindruckt von dem ernsten Gespräch, das die beiden Menschen führten, dankte der kleine Kater ihm die Streicheleinheiten mit hingebungsvollem Schnurren.

»Werdet ihr weiter ermitteln?«

»Wir treffen uns morgen mit Thad beim Commander. Dann sollten alle Ergebnisse des Fingerabdruckabgleichs da sein, genauso wie der Bericht von Doktor Monroe. Danach besprechen wir, wie es weitergeht. Aber egal, was dann entschieden wird, Sky, Connor und ich werden auf jeden Fall die Augen offen halten.«

Ein Schauer lief Cam über den Rücken und er hatte keine Ahnung, warum.

»Seid vorsichtig, okay?«, murmelte er. »Ich hab kein gutes Gefühl bei der Sache.«

Gabriel lachte freudlos auf. »Bei einem Haufen übel zugerichteter Leichen hat niemand ein gutes Gefühl, Kleiner.«

»Lass die Witze, Gabe. Ich meine es ernst. Wirklich. Ich weiß nicht warum, aber ich hab kein gutes Gefühl. Also seid bitte vorsichtig, verstanden?«

»Hey.« Da Gabriel merkte, wie wichtig es Cam war, wurde auch er wieder ernst. »Keine Sorge.« Er legte seinem Bruder einen Arm um die Schultern und strubbelte ihm durch die Haare. »Das sind wir immer.«

»Ja, klar«, schnaubte Cam sarkastisch. »So wie heute, als ihr blindlings in die Falle des Hocus' getappt seid.«

»Autsch.« Gabriel griff sich an sein Herz. »Danke fürs Noch-mal-unter-die-Nase-reiben!«

»Nichts zu danken. Gern geschehen!«

Gabriel verpasste ihm eine Kopfnuss.

Ein unheilvolles Heulen erklang aus dem Wald jenseits ihres Gartens und ein erster Geisterschimmer erschien hinter der Hecke.

Ruckartig setzte Watson sich auf Cams Schoß auf, blickte kurz in Richtung Wald, maunzte dann kläglich und schmiegte sich ängstlich an Cam.

Der streichelte den kleinen Kater beruhigend. »Schon gut. Ich pass schon auf, dass keiner dir was tut.«

Gabriel stand auf. »Los, lass uns reingehen. Wer weiß, vielleicht kommt dein ungutes Gefühl ja bloß von den Geistern, die aus dem Wald gekrochen kommen.«

»Haha«, gab Cam ironisch zurück und stemmte sich mit Watson auf dem Arm ebenfalls von den Stufen hoch. »Danke fürs Unter-die-Nase-reiben!«

»Nichts zu danken. Gern geschehen.« Gabriel bedachte ihn mit einem genauso ironischen Grinsen. »Sherlock! Holmes!«, rief er dann in Richtung Rhododendron. »Ab ins Haus. Die Geister kommen!«

Der Busch schien zu explodieren, als Katzenjunge und Dackelwelpe gleichzeitig zwischen den Zweigen herausschossen. Wie zwei Raketen fegten sie an Gabriel und Cam vorbei die Stufen hinauf, quer über die Terrasse und hinein ins Haus, jeder mit seinem Ball in der Schnauze, um ihn vor den bösen Geistern in Sicherheit zu bringen – und drinnen damit weiterzuspielen. Zwischen den Sofakissen auf der Couch konnte man die nämlich genauso toll verstecken wie in den Gartensträuchern.

»Wow«, meinte Gabriel sichtlich beeindruckt. »Bei den meisten Kommandos hat man das Gefühl, die zwei sind stocktaub, aber wenn es um Geister geht, hören sie sofort.«

Cam strich Watson über den Kopf. Bei dem Wort *Geister* hatte sich der kleine Kater wieder dicht an ihn geschmiegt.

»Sie sind eben clever«, meinte Cam schulterzuckend. »Und sie haben Charakter.«

Kapitel 13

Schlaftrunken tappte Jules vom Bad zu seinem Zimmer zurück und gab sich Mühe, dabei nicht wacher zu werden als unbedingt nötig.

Er hasste es, wenn er nachts zum Klo musste.

Gähnend rieb er sich die Augen und wäre um ein Haar gegen die alte Kommode gelaufen, die Ella, Cam und er als Schuhschrank benutzten.

Der kleine Flur des Dachgeschosses war voller Schatten. Durch das Giebelfenster an der Straßenseite fiel kaum Licht, weil es in ihrer Straße trotz der direkten Lage am Hampstead Heath keine Laternen gab. Der Crescent Drive war bloß eine unbedeutende kleine Sackgasse. Für zehn Häuser ließ die Stadt keine teure Straßenbeleuchtung installieren.

Jules schlurfte an Ellas Tür vorbei und wollte einfach nur zurück ins Bett, als er plötzlich das Keuchen hörte.

Schlagartig war er hellwach.

Die Tür zu Cams Zimmer stand einen Spalt weit offen.

Jules seufzte.

Cam hasste geschlossene Räume.

Als Kinder hatten sie sich ein Zimmer geteilt und jahrelang musste ihre Tür sowohl tagsüber als auch nachts offen stehen, weil Cam sonst unruhig wurde oder schlimmstenfalls sogar Panik bekam. Mit der Zeit war es aber besser geworden und aus dem obligatorischen Offenstehen der Tür war ein immer kleinerer Spalt geworden, bis sie sie irgendwann sogar ganz hatten schließen können. Außer bei Vollmond oder in Unheiligen Nächten. Wenn die Geister unruhiger waren als üblich, war Cam es auch, und das Gefühl, eingesperrt zu sein, ließ die Unruhe dann noch schlimmer werden.

Als sie älter wurden, hatten ihre Eltern aus den ungenutzten Dienstbotenquartieren im Dachgeschoss ein eigenes Reich für Ella, Jules und Cam gemacht und jeder von ihnen bekam ein eigenes Zimmer. Cam hatte die Einsamkeit zuerst nicht gemocht und um ihm die Umgewöhnung zu erleichtern, hatten Jules und er ihre Türen erneut offen gelassen. Doch mittlerweile wohnten sie seit über sieben Jahren hier oben und jeder von ihnen hatte seine Privatsphäre schätzen gelernt.

Meistens jedenfalls.

Doch Jules wusste, wie sehr Cam in letzter Zeit zu kämpfen hatte. Die erhöhte Aktivität der Seelenlosen im Unheiligen Jahr und die Aussicht, zur Schule gehen zu müssen, machten ihm schon seit Monaten zu schaffen. Dazu kam noch, dass sich Cams Gefühle für ihn geändert hatten. Als er Jules gestanden hatte, was er für ihn empfand, war das seltsam gewesen. Jules liebte alle seine Geschwister. Ob er mit ihnen blutsverwandt war oder nicht, machte für ihn dabei keinen Unterschied. Sky war seine leibliche Schwester, trotzdem fühlte sich die Verbindung zu ihr nicht anders an als die zu Gabriel oder Ella.

Cam dagegen war anders.

Er war nicht nur sein Bruder, sondern auch sein bester Freund und Seelenverwandter – auch wenn das immer irgendwie ein bisschen abgedroschen und kitschig klang. Aber es stimmte einfach.

Als Kinder waren sie unzertrennlich gewesen und heute mussten sie sich oft nur kurz ansehen, um zu wissen, was der andere dachte. Diese Verbundenheit war ein unglaubliches Gefühl, das Jules um nichts in der Welt missen wollte.

Außerdem war Cam irgendwie *besonderer* als andere Menschen. Er ließ Jules die Welt mit anderen Augen sehen, weil Cam sie mit anderen Augen sah. Mit Augen, die mehr wertschätzten und sich selbst für nicht so wichtig nahmen. Cam war einfach anders als andere.

Obwohl ihre Familie zusammenhielt wie Pech und Schwefel, hatte es bei ihnen genau wie in allen anderen Familien die üblichen Streitereien und Revierkämpfe unter den Geschwistern gegeben, als sie noch klein gewesen waren. Die Kleinen gegen die Großen, Mädchen gegen Jungs, manchmal jeder gegen jeden.

Wer durfte die neue Frühstücksflockenpackung öffnen und die Sticker haben, die dort drin versteckt waren?

Wer bekam das letzte Fischstäbchen?

Wer durfte als Erster einen Fußabdruck im frisch gefallenen Schnee hinterlassen?

Darum kämpfte man als Geschwister bis aufs Blut.

Metaphorisch gesprochen.

So wollte es das Gesetz.

Cam hatte bei diesen kleinen Machtkämpfen nie mitgemacht. Füllte man ihm bei den Mahlzeiten Essen auf oder gab es Süßigkeiten, hatte er sich über das gefreut, was er bekam. Er hatte niemals nach mehr gefragt, weil er nicht auf den Gedanken gekommen war, dass ihm mehr zustünde. Er erwartete einfach nicht mehr.

Er hatte sich auch nie beschwert, wenn man ihm etwas wegnahm. Wenn Granny Gummibärchen verteilt hatte, verlangte es das Geschwistergesetz, dass man versuchte, sich gegenseitig welche zu klauen. Cam hatte seine jedoch freiwillig hergegeben. Manchmal ohne überhaupt eins zu essen. Nicht, weil er sich vor seinen Geschwistern fürchtete, sondern weil er sie liebte. Und wenn ihnen die Gummibärchen so wichtig waren, dann gab er sie ihnen gerne.

Bei Fremden war es schwieriger gewesen. Wenn die anderen Kinder auf dem Spielplatz gemein zu ihm gewesen waren, wenn sie ihm Spielsachen weggenommen hatten oder ihn beschimpften, weil er ein Totenbändiger war, hatte Cam das zwar auch hingenommen und sich nie gewehrt, doch es hatte ihn wütend gemacht. Richtig wütend. Und die Wut musste irgendwo hin. Meistens landete sie in seinen Füßen und die hatten irgendwo gegentreten müssen. Gegen das Klettergerüst, eine Bank oder einen Mülleimer. Manchmal war die Wut auch in seinen Fäusten gelandet und er hatte sie im Sandkasten in die Burg geschlagen, die sie gebaut hatten.

Einmal war die Wut so schlimm gewesen, dass Cam seine Fäuste gegen einen Baum geschlagen hatte. Immer und immer wieder. Sie waren sieben oder acht Jahre alt gewesen und Jules wusste noch ganz genau, wie erschrocken und hilflos er sich gefühlte hatte, weil Cam nicht hatte aufhören wollen. Sie waren alleine auf dem Spielplatz und erst als Cams Hände voller Blut gewesen waren, hatte Jules es geschafft, ihn mit sich zu ziehen und nach Hause zu bringen.

Ihr Dad hatte die Wunden versorgt und Cam etwas gegeben, damit er ruhiger wurde. Und seine Mum hatte Jules erklärt, dass Cam eine besondere Seele war und er deshalb einen besonderen Freund an seiner Seite brauchte, der auf ihn aufpasste und ihm half, wenn seine Wut oder seine Unruhe zu schlimm wurden.

Jules war sofort bereit gewesen, dieser besondere Freund für Cam zu sein, auch wenn er nicht gewusst hatte, was genau er dafür tun sollte.

»Sei einfach nur an seiner Seite«, hatte seine Mum gesagt. »Zeig ihm, dass du immer da bist, wenn er dich braucht.«

Das fand Jules nicht sonderlich schwierig, schließlich waren sie ja sowieso unzertrennlich.

Und es hatte funktioniert.

Cam hatte sich nie wieder die Fäuste aufgeschlagen.

Er war allerdings auch nie wieder auf den Spielplatz gegangen. Lieber spielte er alleine mit Jules abseits der Wege im Wald und er entdeckte Gabriels altes Skateboard für sich. Stundenlang übte er in ihrer Sackgasse, bis er die Bordsteine und Treppenstufen zu ihrem Vorgarten rauf- und runterspringen konnte. Wenn Jules ihn mal wieder zum Spielplatz mitnehmen wollte, hatte Cam abgelehnt. Selbst dann, wenn Gabriel angeboten hatte, mitzugehen.

Es machte Cam aber nichts aus, wenn die anderen ohne ihn gingen. Meistens war er sich selbst genug und spielte auch gerne alleine. Bis heute hatte sich daran nicht viel geändert.

Auch für Jules nicht.

Nach wie vor war Cam für ihn jemand Besonderes und die Zeit, die sie miteinander verbrachten, war Jules wertvoll, weil sie ihm guttat. Und wenn Cam ihn brauchte, war er für ihn da. Immer. Ohne Wenn und Aber.

Doch Jules brauchte auch die Gesellschaft von anderen. Nur seine Familie, nur Cam – das reichte ihm einfach nicht.

Es schmerzte, dass er für Cam nicht der sein konnte, den Cam gerne gehabt hätte. Aber er konnte ihn nicht anlügen und ihm irgendetwas vormachen. Er war noch nicht bereit, für eine feste Beziehung. So etwas ging man schließlich nicht leichtfertig ein. Es war etwas Besonderes – und er war noch zu neugierig, wollte sich ausprobieren und einfach Spaß haben.

Unbeschwert.

Ohne Verpflichtungen oder schlechtes Gewissen.

Er war froh, dass Cam das verstanden hatte, auch wenn er deshalb auf Abstand zu Jules gegangen war. Jules hatte respektiert, dass Cam den brauchte und er hatte ihn in Ruhe gelassen.

Doch damit war jetzt Schluss.

Das Keuchen, das aus Cams Zimmer drang, klang panisch und verzweifelt, deshalb schoss Jules Respekt und Rücksichtnahme in den Wind und stieß die Tür zu Cams Zimmer auf.

»Cam, ich bin's.«, sagte er leise und eilte zum Nachttisch. »Ich mache Licht an, okay?«

Er fand den Schalter und warmer Lichtschein vertrieb die Finsternis.

Cam lag steif wie ein Brett auf seiner Matratze und starrte an die Decke. Sein Atem ging in kurzen abgehackten Stößen, als müsste er um sein Leben rennen, während ihm gleichzeitig irgendetwas seine Brust zusammenquetschte. Feine Schweißperlen standen auf seiner Stirn und seine Finger hatten sich so fest in seine Bettdecke gekrallt, dass die Knöchel weiß hervortraten.

»Hey, es ist alles gut.«

Cam reagiert nicht, als Jules sich zu ihm auf die Bettkante setzte. Den Blick noch immer starr zur Decke gerichtet, schien er nicht einmal wahrzunehmen, dass jemand bei ihm war.

Jules zog die Bettdecke zurück und legte eine Hand auf Cams Herz, die andere auf seine Stirn.

»Ich bin hier und ich helfe dir da raus. Versprochen.«

Er sprach sanft und leise. Wenn Cam diese seltsamen Anfälle von Nachtangst als Kind gehabt hatte, hatte Jules immer seine Mum geholt, damit sie Cam half. Doch nach der Sache mit den blutigen Fäusten hatte Jules es selbst können wollen. Schließlich war er ja jetzt Cams besonderer Freund, also musste er auch wissen, wie er ihm bei diesen gemeinen Angstattacken helfen konnte.

Die ersten paar Mal war er schrecklich aufgeregt gewesen und hatte Angst gehabt, irgendetwas falsch zu machen. Doch seine Mum hatte ihm gezeigt, wie es ging. Eigentlich war es ganz einfach. Er durfte bloß keine Angst haben. Und er musste selbst ruhig bleiben. Dann konnte er seine Ruhe in sein Silberlicht stecken und sie Cam schenken, damit er aufwachte.

Richtig aufwachte.

Nicht mit diesen starren Augen, die zwar offen waren, aber nichts sahen, und in denen so viel Angst und Panik lag.

Jules atmete tief durch und griff nach seiner inneren Ruhe.

Er spürte Cams hämmernden Herzschlag durch den dünnen Stoff seines Schlafshirts und fühlte seine klamme Stirn und die verschwitzten Haare.

Direkter Hautkontakt machte eine Verbindung leichter, also suchte er sie an Cams Schläfe und fuhr sanft über die schwarzen Totenbändigerlinien.

Feiner Silbernebel erschien an seinen Fingerspitzen. Jules leitete ihn durch Cams Schläfe und schickte ihn los, die dunklen Angstträume zu vertreiben, die Cam gefangen hielten.

»Okay, du weißt, dass du mithelfen musst, dann geht es schneller. Also denk an deinen Fluchtplan.«

Cam atmete noch immer flach und zu schnell, doch sein Blick flackerte kurz.

Jules ließ seine Finger an Cams Schläfe und schenkte ihm weiter Ruhe. Seine andere Hand legte er über Cams Faust, die sich in die Bettdecke gekrallt hatte.

»Konzentriere dich auf deine Hand.« Sacht strich er mit dem Daumen über Cams verkrampfte Finger. »Sag deinen Fingern, dass sie die Decke loslassen sollen. Du kannst das. Das weiß ich.« Wieder strich er über Cams Hand. »Lockere deine Finger und hol dir so die Kontrolle zurück.«

Cams Finger zuckten. Dann fuhr er plötzlich keuchend aus der Schlafstarre und sog tief die Luft ein. Panisch wich er vor Jules zurück und schien nur langsam zu realisieren, wo er sich befand und wer bei ihm war.

Jules lächelte. »Hey, da bist du ja. Willkommen zurück aus Nightmareville.«

Erschöpft schloss Cam die Augen und sank zurück in die Kissen. Ihm war kalt, seine Muskeln kribbelten unangenehm, als sie sich langsam entkrampften, und er fühlte sich so matt und zittrig wie nach einer schweren Grippe.

»Ich schätze mal, du kannst dich auch heute Nacht nicht daran erinnern, was du im Albtraumland erlebt hast?«

Das konnte er nie.

Wenn er aufwachte, wusste er immer nur, dass er Todesangst ausgestanden hatte. Meist blieb noch ein Schatten davon nach dem Aufwachen bei ihm zurück.

Cam schüttelte den Kopf, ließ es aber sofort, weil ihm davon schwindelig wurde. Während der verdammten Starre hatte er zu lange zu schnell geatmet.

»Du solltest was trinken«, hörte er Jules sagen. »Kannst du dich schon aufsetzen?«

Cam öffnete die Augen. Sein Herzschlag wurde langsam ruhiger, doch er fühlte sich noch immer zittrig und völlig ausgelaugt. Nach diesen beschissenen Anfällen war sein Körper immer ziemlich am Ende. Trotzdem wäre Cam am liebsten aufgesprungen. Es machte ihn wahnsinnig, dass er sich wieder nicht erinnern konnte, was ihn in diese fürchterliche Panik getrieben hatte.

Doch Aufspringen war nicht drin. Sein Körper ließ ihn nicht. Der fand es schon bloß semigut, als Cam sich mühsam aufsetzte. Dumpfe Kopfschmerzen pochten gegen seine Schläfen und ihm wurde wieder schwummrig. Ächzend lehnte er sich an die Wand.

»Hier. Trink was. Dann wird es besser.« Jules drückte ihm eine Wasserflasche in die Hand.

»Danke.« Cam musste husten. Seine Kehle war völlig ausgetrocknet.

Er trank ein paar Schlucke, doch die blöde Flasche schien ungefähr drei Tonnen zu wiegen und seine Hand begann zu zittern. Genervt ließ er den Arm sinken und sah zu Jules, der auf der Bettkante hockte und ihn nicht aus den Augen ließ.

»Warum bist du hier?«

»Ich war auf dem Klo und hab dich keuchen und stöhnen gehört.«

Cam hob eine Augenbraue. »Und dann kommst du einfach so in mein Zimmer? Ich hätte ja immerhin auch … was Privates machen können.«

Jules grinste. »Wenn du Spaß mit dir selbst oder den Traum aller Träume gehabt hättest, hätte sich das anders angehört. Hoffe ich zumindest. Ansonsten wäre das nämlich kein Spaß, sondern Verzweiflung.«

Cam verzog das Gesicht. »Okay, Themawechsel.«

»Hey, du hast damit angefangen.« Jules grinste noch immer, wurde dann aber ernster. »Warum hast du so mies geschlafen?« Er rutschte zu Cam aufs Bett und lehnte sich neben ihm gegen die Wand. »Wegen Topher? Oder machst du dir Sorgen wegen der Leichen, die Gabe, Sky und Connor heute gefunden haben?«

Wie schon beim Abendessen spürte Cam auch jetzt plötzlich wieder dieses ungute Ziehen in sich. Er hatte keine Ahnung, wo es herkam, oder was es bedeutete, aber seit er von diesen neuen Leichen wusste, fühlte es sich so an, als würde etwas Schlimmes bevorstehen. Etwas, das viel größer und furchteinflößender war, als die Vorstellung, ein irrer Massenmörder könnte ihn nach dreizehn Jahren doch noch in die Finger bekommen.

Und das machte ihm eine Scheißangst.

Er wollte niemand mit seltsamen Vorahnungen sein. Es gab im Moment schon mehr als genug Spinner, die den Weltuntergang prophezeiten. Granny hatte ihnen erzählt, dass die in jedem Unheiligen Jahr auftauchten. Manche waren bloß miese Betrüger, die die Angst der Menschen ausnutzten und ihnen mit teuren Schutzamuletten und Seminaren zur Stärkung von Körper, Geist und Seele oder der Reinigung von Haus und Grundstück das Geld aus den Taschen ziehen wollten.

Andere waren verwirrte Fanatiker, die sich mit Gleichgesinnten in irgendwelche unheilvollen Visionen hineinsteigerten und dann völlig irre Dinge taten. Wie einen Massenselbstmord, zum Beispiel. Einen davon hatte es in den Fünfziger Jahren des letzten Jahrhunderts gar nicht weit von ihrem Haus im Wald vom Hampstead Heath gegeben. Eine Gruppe Menschen war ihrem verblendeten Anführer gefolgt und hatte sich gemeinsam mit ihm vergiftet, in dem Glauben mit ihrem Opfer die böse Macht hinter den Geistern besänftigen und die Menschheit so für immer von den Seelenlosen befreien zu können.

Wie für den Großteil der Bevölkerung waren auch für Cam solche Vorstellungen Unsinn. Es gab keine böse Macht hinter den Seelenlosen. Geister entstanden, wenn jemand plötzlich und gewaltsam starb. Genauso wie Leben entstand, wenn Frau und Mann zum richtigen Zeitpunkt Sex miteinander hatten. Dahinter steckten weder gute noch böse Mächte. Es gehörte einfach zum Lauf der Natur.

Das war alles.

Völlig rational.

Warum fühlte es sich bei diesen verdammten Leichen dann so anders an?

Cam wollte niemand sein, der an irgendwelche Mächte glaubte. Er war nicht einer von diesen Spinnern.

Seine Mitmenschen taten sich selbst und einander schon genug schreckliche Dinge an. Da brauchte es nicht zusätzlich noch irgendetwas Übernatürliches, das im Verborgenen das ultimativ Böse plante.

Trotzdem fühlte es sich gerade genau so an.

Und das Schlimmste daran war: Es fühlte sich so an, als wäre er – Cam – ein Teil davon, weil er damals in diesem verdammten Keller gewesen war.

»Hey, alles okay?«

Cam fuhr zusammen, als sich Jules' Hand über seine legte, die sich so fest um die Wasserflasche gekrallt hatte, dass sie zitterte. Erschrocken lockerte er seine Finger und ließ Jules die Flasche nehmen.

Der musterte ihn besorgt. »Was ist los? War das noch eine Nachwirkung der Schlafstarre?«

Cam spürte, wie heftig sein Herz plötzlich wieder gegen seine Rippen schlug, doch er wollte nicht, dass Jules es merkte. Er mochte den Blick nicht, mit dem er ihn ansah, deshalb atmete er tief durch und zuckte bloß möglichst unverfänglich mit den Schultern.

»Ja, wahrscheinlich.«

»Du weißt, dass Dad dir ein Schlafmittel geben kann.«

»Nein. Ich will keine Drogen schlucken.«

Jules schnaubte. »Himmel, du tust gerade so, als würde dich ein Schlafmittel zum Junkie machen.«

»Tut es ja vielleicht auch. Das Zeug kann abhängig machen.«

»Klar«, gab Jules sarkastisch zurück. »Weil Dad das ja auch garantiert zulassen würde.«

»Ich brauche so ein Zeug trotzdem nicht. Ich komme alleine damit klar. Das bin ich schon immer. Im Unheiligen Jahr ist es jetzt halt nur ein bisschen anstrengender. Aber ich schaffe das trotzdem. Ohne irgendwelche Pillen.«

Jules rollte mit den Augen und schüttelte den Kopf. »Manchmal bist du ein echt dämlicher Dickschädel.«

Cam tat das bloß mit einem weiteren Schulterzucken ab und nahm sich die Wasserflasche zurück.

Eine Weile saßen sie schweigend nebeneinander, während Cam sein Wasser trank, doch schließlich rang er sich ein Lächeln ab und brach die Stille. »Du kannst ruhig wieder schlafen gehen. Mir geht es gut. Und immerhin haben wir morgen Schule. Da sollten wir wohl besser nicht die Nacht durchmachen.«

Er grinste halbherzig und Jules bedachte ihn mit einem schiefen Blick.

»Ist das ein Rausschmiss?«

»Yep. Aber ein freundlicher, nett gemeinter. Damit du morgen fit bist.«

»Du bist zu gut zu mir.« Jules rutschte zur Bettkante und stand auf. »Was ist mit dir? Sicher, dass du schon wieder schlafen kannst?«

»Ich komme –«

» – schon klar«, beendete Jules den Satz mit einem Seufzen. »Ja, ich weiß. Schlaf gut, Cam.«

Er wandte sich zum Gehen und Cam verbat sich den Gedanken daran, wie viel besser er sich fühlen würde, wenn Jules hierbleiben und bei ihm schlafen würde. Doch das waren nur Wunschträume, die zu sehr wehtaten, wenn er sie wirklich zuließ. Deshalb verscheuchte er den Gedanken daran lieber schnell wieder.

Aber selbst wenn Jules für ihn nicht mehr sein konnte, war er sein bester Freund und den wollte er auf keinen Fall verlieren. Und es fühlte sich falsch an, ihn so gehen zu lassen.

»Jules?«

Jules drehte sich an der Tür noch einmal zu ihm um. »Hm?«

»Danke, dass du mich aus Nightmareville herausgeholt hast.«

Jules schenkte ihm ein kleines Lächeln und schüttelte den Kopf. »Kein Ding. Jederzeit wieder.«

»Ich weiß.« Cam erwiderte das Lächeln. »Auch dafür danke.«

Wieder schüttelte Jules bloß den Kopf. »Ich bin da, Cam. Immer. Also wenn irgendwas ist, dann weißt du, wo du mich findest. Und jetzt schlaf gut. Ich bin schließlich nicht der Einzige, der morgen fit sein muss.«

Kapitel 14

Fast alle Lichter im Vergnügungsviertel waren erloschen. An Wochenenden blinkten, funkelten und glitzerten die Leuchtreklamen der Kinos und Restaurants, Theater und Bars im West End bis in die frühen Morgenstunden, um die Besucher aus den Straßen und kleinen Gassen von einer Lokalität in die nächste zu locken. Unter der Woche fand man um halb zwei nachts hier jedoch niemanden mehr.

Oder fast niemanden.

Ein paar Angestellte sorgten in dem ein oder anderen Laden noch für Ordnung und in den Bordellen am verruchten Ostende des Viertels gingen die Professionellen ihrer Arbeit nach. Die Besitzer der Etablissements sorgten mit Sonderangeboten dafür, dass ihre Häuser zu allen Zeiten gut besucht waren. Sex war in der Woche billiger als am Wochenende oder es wurde für gleiches Geld mehr geboten. Das nahm so mancher gerne in Anspruch.

Er nicht.

Für Sex zu bezahlen, hatte er nicht nötig.

Trotzdem stand er hier in der dunklen Gasse und beobachtete den Hinterausgang des *With Pleasure.* Zwei Frauen und ein junger Mann standen neben der Tür, rauchten, tranken Kaffee und machten offensichtlich eine Pause. Seit über einer Viertelstunde. Trotz der Sonderangebote war heute Nacht anscheinend nicht viel los.

Darauf hoffte er.

Aber er musste jemanden allein erwischen. Die Unruhe in seinem Inneren war nur noch schwer im Zaum zu halten. Es war ein richtig beschissener Tag gewesen und er brauchte jetzt den Kick.

Außerdem musste er in Übung bleiben. Bis zum Herbstäquinoktium war es nicht mehr lange hin.

Die Vorfreude darauf machte ihn so an, dass er wirklich hoffte, hier würde irgendjemand bald Feierabend machen. Ob Nutte oder Stricher war ihm egal.

Er wollte keinen Sex.

Er wollte töten.

Sein Messer durch weiches Fleisch ziehen.

Blut sprudeln lassen.

Zusehen, wie das Leben aus einem Körper wich.

Sex war gut, keine Frage. Aber den Moment zu erleben, in dem ein Blick brach und der Tod einsetzte – das war so viel befriedigender.

Und mit anzusehen, was danach passierte …

Was *er* damit erreichen würde …

Er spürte, wie es in seiner Hose plötzlich eng wurde.

Verdammt, es musste jetzt wirklich bald jemand Feierabend machen.

Er musste trainieren, brauchte das Hochgefühl.

Die Vorstellung, wie er triumphieren würde, was es bedeuten würde für –

Etwas raschelte hinter ihm in der Gasse.

Er fuhr herum und zischte einen leisen Fluch.

Eine Katze wühlte im Müll.

Blödes Mistvieh.

Doch die Katze ließ sich nicht im Geringsten von ihm stören. Streuner liebten das West End. Magnesiumlaternen sorgten dafür, dass die Besucher sich zu jeder Tageszeit ohne Angst vor Geistern oder Wiedergängern vergnügen konnten. Das mochten auch die Straßentiere. Außerdem entsorgten die Restaurants jede Nacht ihre Essenreste, wodurch hier in den Gassen so mancher Vierbeiner nobler und abwechslungsreicher speiste als seine domestizierten Artgenossen, die zwar ein sicheres Dach über dem Kopf haben mochten, von ihren Zweibeinern aber nur Dosenfraß und Trockenfutter vorgesetzt bekamen.

Er wandte sich wieder zur Straße um.

Eine der Frauen am Hintereingang trat ihre Zigarette aus und stakste auf ihren High Heels zurück ins Pleasure.

Er lehnte sich im Schatten an die Hausmauer und wartete.

Geduld war eine Tugend. Und die hatte er. Seit Jahren. Da kam es auf die ein oder andere Stunde heute Nacht nicht an.

Fünf Minuten später verschwanden auch die anderen beiden durch die Hintertür zurück ins Bordell. Gleichzeitig trat von drinnen eine neue Frau heraus. In Jeans, Canvasjacke und Sneakers. Sie verabschiedete sich von ihren Kollegen und die drei wünschten einander eine gute Nacht.

Ein erwartungsfrohes Lächeln huschte über sein Gesicht.

Bingo!

Sie lief die Straße hinunter Richtung Osten und kramte in ihrer Umhängetasche.

Er ließ ihr zwei Häuser Vorsprung und schaute sich kurz um.

Außer ihr und ihm war die Straße leer.

Er folgte ihr.

Sie lief ziemlich zügig und als sie um die nächste Straßenecke bog, sah er, wie sie eine Magnesiumlampe aus ihrer Tasche zog.

Wow.

Das Ding musste sie zwei Monatsgehälter gekostet haben. Mindestens. Und für die Batterien, die das Ding brauchte, musste sie auch etliche Male die Beine breitmachen.

Er beschleunigte seine Schritte und zog sein Schnappmesser aus seiner Jackentasche.

Sie war hübsch und noch recht jung. Ein netter Bonus, wenn er ihr gleich beim Sterben zusah.

Da vorne war eine Seitengasse.

Dort war es perfekt.

Er ließ die Klinge aus dem Messer schnappen und rannte los.

Lautlos.

Er war gut.

Jahrelanges Training für den absoluten Triumph.

Der Kick heute Nacht – ein weiterer Schritt zur Perfektion.

Er war jetzt direkt hinter ihr.

Sah die goldenen Strähnchen in ihrem Haar, die im Licht der Laternen schimmerten.

Konnte ihr Parfüm riechen. Süß und ein bisschen verrucht.

Fantastisch.

Er rammte ihr das Messer in den Rücken, ohne dass sie wusste, wie ihr geschah. In derselben Bewegung, in der er zustach, legte er ihr seine Hand über den Mund und schob sie in die düstere Seitengasse.

Sie war zu überrumpelt, um zu schreien. Das sah er in ihren Augen, als er das Messer aus ihrem Rücken zog, sie zu sich herumdrehte und langsam mit ihr zu Boden sank.

In ihrem Blick lag pures Entsetzen.

Und Todesangst.

Wieder wurde es ziemlich eng in seiner Hose.

Besonders, als er sich jetzt rittlings auf die kleine Nutte setzte und ihr langsam … fast zärtlich … die Kehle aufschlitzte.

Kapitel 15

Cam riss die Augen auf.

Da war nichts. Nichts außer widerlicher, eiskalter Finsternis.

Er war starr. Wie erfroren.

Konnte nicht schreien.

Sich nicht bewegen.

War gefangen in seinem Körper.

Panik lag tonnenschwer auf seiner Brust. Quetschte sie zusammen. Ließ ihn kaum atmen.

Doch er brauchte Luft.

Dringend!

Sofort!

Er kämpfte mit aller Macht gegen den unerträglichen Druck um seine Lungen.

Schaffte einen kleinen Atemzug.

Schnappte nach einem weiteren.

Noch einem. Und noch einem.

Nur flach und viel zu schnell.

Sein Herz hämmerte so heftig gegen seine Rippen, dass es wehtat.

Die Angst aus seinem Traum hielt ihn fest in ihrer Klaue.

Keine Erinnerungen. Nur grauenhafte Empfindungen hallten in ihm nach und ließen Körper und Geist noch nicht frei.

Eisige Kälte.

Hilflosigkeit.

Verzweiflung.

Todesangst.

Weil etwas ihm sein Leben hatte entreißen wollen.

Sein Atem ging noch immer zu schnell und sein Herz fühlte sich an, als würde es jeden Moment aus seiner Brust springen.

Aber auch wenn er sich nicht daran erinnern konnte, wie er es geschafft hatte: Er war aus dem Albtraum entkommen.

Alleine.

Ohne fremde Hilfe.

Und nicht zum ersten Mal.

Er konnte das.

Er musste nur noch Panik und Angststarre besiegen.

Doch das war wahnsinnig schwer, wenn man kaum einen klaren Gedanken fassen konnte.

Konzentrier dich! Du schaffst das!

Seine Augen waren noch immer starr, doch er erkannte jetzt mehr als nur Finsternis und Schatten. Über ihm war seine Zimmerdecke und aus den Augenwinkeln heraus erkannte er neben sich an der Wand die Regalbretter, auf denen einige seiner Bücher, Comics und Computerspiele lagen.

Er schaffte es, zu blinzeln.

Er war zu Hause. In seinem Bett. In Sicherheit.

Nichts und niemand konnte ihm hier etwas antun.

Sein Herz stolperte voller Erleichterung und die Kralle, die es zusammenquetschte, schien sich zu lockern.

Sein Fluchtplan.

Er musste sich an seinen Fluchtplan halten.

Kontrolliere deinen Atem.

Er schloss die Augen und konzentrierte sich darauf, aus dem schnellen flachen Keuchen tiefere ruhige Atemzüge werden zu lassen.

Ein … aus.

Ein … aus.

Der Druck um seine Brust ließ nach.

Ein … aus.

Ein … aus.

Er konzentrierte sich auf seinen Herzschlag. Spürte, wie auch der ruhiger wurde und wie er die Kontrolle über seinen Körper zurückbekam, je mehr er es schaffte, sich zu entspannen. Seine Finger hatten sich in seine Bettdecke gekrallt, doch es gelang ihm, sie zu lösen. Auch seine Beine konnte er wieder bewegen. Die Muskeln kribbelten, als sich die Verkrampfungen lockerten.

Ein letztes Mal sog Cam tief die Luft ein und hielt sie an. Dann öffnete er die Augen und atmete langsam aus.

Er hatte es geschafft.

Albtraum und Starre waren vorbei.

Doch die Erleichterung darüber verflog schnell und er fühlte sich miserabel.

Er wandte den Kopf. Die Leuchtziffern seines Weckers schimmerten in mattem grünen Licht.

Kurz nach zwei.

Es war kaum eine Stunde her, dass Jules ihn aus dem ersten Albtraum herausgeholt hatte.

Zwei Attacken in einer Nacht?

Das war neu.

Und nicht gut.

Gar nicht gut.

Ächzend setzte er sich auf.

Kopfschmerzen pochten gegen seine Schläfen und er spürte leichten Schwindel.

Unwirsch wischte er sich über die Augen. Seine Arme fühlten sich bleischwer an und seine Hände zitterten.

Er angelte nach seiner Wasserflasche.

Seine Kehle war wie ausgedorrt und jeder Schluck fühlte sich an, als würde er Reißzwecken hinunterwürgen.

Doch der Schmerz tat gut.

Er half gegen Wut und Frust, die in seiner Seele zu brennen begannen.

Cam hatte sich daran gewöhnt, dass er seit Monaten kaum mal eine Nacht ohne Anfall durchschlafen konnte. Hatte es hingenommen und akzeptiert. Viele Menschen hatten in Unheilige Zeiten mit Ängsten, Albträumen und Schlaflosigkeit zu kämpfen. Kein Grund, ein großes Ding daraus zu machen. Wenn andere damit klarkamen, schaffte er das auch.

Er hatte auch akzeptiert, dass er ausgerechnet jetzt zur Schule gehen sollte, obwohl er das nicht wollte. Aber er wusste, dass es wichtig war. Nicht nur für die Akzeptanz der Totenbändiger in der Gesellschaft. Auch für ihn selbst. Wenn er sich irgendwann einen Job suchte und seinen potenziellen Arbeitgebern das Abschlusszeugnis einer öffentlichen Schule vorlegen konnte, zeigte das, dass er keine Gefahr für andere war, und man stellte ihn vielleicht eher ein. Und er wollte einen guten Job finden. Er wollte etwas zur Familienkasse beisteuern können. Wollte Sue, Phil und Granny etwas zurückgeben für alles, was sie für ihn getan hatten.

Deshalb würde er diese verdammte Schule durchziehen, auch wenn das Stress und Unruhe bedeutete. Oder dass er mit Arschlöchern wie Topher klarkommen musste.

Das alles würde er schon irgendwie hinkriegen. Er war schließlich kein kleines Kind mehr.

Aber mussten ihm diese beschissenen Albträume dabei jetzt noch zusätzlich das Leben schwermachen? Noch mehr als sonst?

Mann, das war einfach nicht fair!

Seine Hände hatten sich ganz von alleine zu Fäusten geballt, als die Wut in seinem Inneren immer mehr zu brodeln begann.

Er hatte es satt! So verdammt satt!

Er gab sich so viel Mühe, steckte so viel ein.

War es da vom diesem Scheißleben echt zu viel verlangt, dass nicht immer alles noch schwieriger und noch anstrengender wurde?

Wut und Frust pulsierten durch seine Adern.

Er hasste diese Machtlosigkeit, dieses Ausgeliefertsein!

Diese verfluchte Ungerechtigkeit!

Sein Herz wummerte gegen seine Rippen. Blut rauschte in seinen Ohren und die Kopfschmerzen hämmerten unerträglich im Takt seines Herzschlags gegen seine Schläfen.

Keuchend presste Cam seine Fäuste dagegen und kniff die Augen fest zusammen.

Es musste aufhören.

Albträume und Wut.

Unruhe, Panik und Angststarre.

Der Hass auf diese Hilflosigkeit.

Er ertrug das alles einfach nicht mehr.

Es musste aufhören.

Jetzt. Sofort.

Und er wusste auch, wie.

Er riss die Augen wieder auf, wandte sich zu seinem Nachttisch um und zog die Schublade auf. Im Dunkeln tastete er nach dem kleinen Päckchen, das er tief in der hintersten Ecke versteckt hielt.

Da war es. Er zog es hervor, öffnete es und holte eine der Rasierklingen heraus.

Sie würde helfen, das wusste er.

Mit ihr holte er sich die Kontrolle zurück.

Er zog den Ärmel seines Schlafshirts hoch und presste die Kiefer aufeinander.

Dann ritzte er sich in den Arm.

Band 2

Die Akademie

Kapitel 1

Montag, 2. September
Erster Schultag nach den Sommerferien
in der Akademie der Totenbändiger

Nur mit Mühe unterdrückte Jaz ein Gähnen und wünschte sich zurück ins Bett. Worum auch immer es in dieser Oberstufenversammlung gleich gehen würde, sie war sich sicher, eine Stunde Schlaf wäre sinnvoller verbrachte Zeit.

Ein Spiel aus Sonnenlicht und Wolkenschatten fiel durch die hohen Fenster in den altehrwürdigen Versammlungssaal der Akademie. Zwei Stockwerke hoch und holzgetäfelt besaß der längliche Raum eine gewölbte Kuppeldecke, in deren Stein irgendwann vor langer Zeit hübsche Ornamente gemeißelt worden waren. Eine Galerie lief auf Höhe des ersten Stockwerks entlang und führte in die Nachbargebäude. Dicke Läufer lagen auf jahrhundertealtem Steinboden und an den Wänden hingen Portraits der verschiedenen Master, die seit über vierhundert Jahren erst das Anwesen, später dann die Akademie geleitet hatten.

Jaz betrachtete das Gemälde von Master Barnabas. Ein Hüne mit feuerroten Haaren und ebensolchem Bart. Er war der erste Master gewesen. Laut der alten Geschichtsaufzeichnungen hatte er eine Truppe von Totenbändigern aus dem ganzen Land um sich geschart und war mit ihnen mehrere Jahre raubend und mordend durch halb England gezogen, bevor sie im Herbst 1613 nach London kamen. Die dunkle Jahreszeit stand vor der Tür und sie brauchten eine Unterkunft, also metzelten sie kurzerhand eine Adelsfamilie nieder, die auf einem Anwesen am Richmond Park lebte, und übernahmen das schlossartige Herrenhaus samt seiner Ländereien. Die Nachbarn waren darüber verständlicherweise wenig begeistert und es gab etliche Versuche, Barnabas und seine Leute wieder zu vertreiben – mit hohen Verlusten auf beiden Seiten, sodass man sich schließlich auf einen Waffenstillstand einigte: Man überließ Barnabas das Anwesen, dafür verschonten die Totenbändiger die Nachbarschaft mit Raubzügen.

Barnabas gefiel sich in seiner neuen Rolle als Schlossherr, ließ seine Anhänger den landwirtschaftlichen Betrieb wieder aufnehmen und das Herrenhaus wurde zu einer Anlaufstelle für alle Totenbändiger im Großraum Londons.

In der Akademie wurde der erste Master dafür als Held gefeiert. Jaz dagegen fand, Leute wie Barnabas und seine Horde trugen maßgeblich Schuld daran, dass Totenbändiger in der Gesellschaft einen so schweren Stand hatten. Las man in den Geschichtsbüchern zwischen den Zeilen, musste jedem klar sein, dass Barnabas nach dem Waffenstillstand zwar die Leute in der Nachbarschaft in Frieden gelassen hatte, doch das galt nicht für den Rest Londons. Woher hätten sonst die Gelder für den Ausbau des Herrenhauses kommen sollen? Nur von der Landwirtschaft sicher nicht. Also wurde vermutlich weiter geplündert und gemordet, um sich zu bereichern. Um des lieben Friedens willen nur eben nicht mehr direkt vor der Haustür.

In den Geschichtsbüchern stand außerdem viel von geschäftlichen Beziehungen, die Barnabas mit den Reichen und Mächtigen der Londoner Gesellschaft nach und nach aufbaute. Er bot ihnen mit seinen Totenbändigern Personenschutz gegen Geister und Ganoven an, wenn Adelige und Politiker in der

Dämmerzeit unterwegs waren. Weitere Angebote waren die Säuberungen von Grundstücken sowie deren Absicherung gegen Geister und Wiedergänger. Seine Dienste ließ er sich großzügig bezahlen. Und Jaz ging jede Wette ein, dass diejenigen, die kein Interesse an diesen Diensten zeigten, schnell vom Gegenteil überzeugt wurden, indem man ihnen ein paar unschöne Begegnungen mit Geistern oder Ganoven bescherte.

Jaz wandte den Blick vom ersten Master ab und betrachtete stattdessen das Portrait des heutigen Schulleiters. Cornelius Carlton hatte erreicht, dass nächsten Monat darüber abgestimmt wurde, ob die Gilde der Totenbändiger genau wie alle anderen Gilden Londons endlich einen Sitz im Stadtrat bekommen sollte. Jaz fragte sich, welche Mittel Master Carlton dafür wohl eingesetzt haben mochte – und welche er noch einsetzen würde, damit der Stadtrat bei der Abstimmung zugunsten der Totenbändiger entschied.

Innerlich seufzend schaute sie aus dem Fenster. Vom einstigen landwirtschaftlichen Betrieb war nicht mehr viel übrig. Es gab auf dem Gelände zwar noch ein paar Gemüsebeete und einen Hühnerstall, um die sich die jüngeren Kinder der Akademie mit ihren Betreuern kümmerten, doch ein Großteil der Ländereien war in den letzten Jahrhunderten verkauft worden. Mittlerweile bestand das Anwesen nur noch aus dem großen, hufeisenförmigen Haupthaus sowie zwei etwas abseits gelegenen Nebengebäuden, in denen früher die Stallungen untergebracht waren. Heute diente eines als Garage, das andere als Trainingsraum für den Unterricht in Sport, Selbstverteidigung und Grundlagen der Totenbändigerfähigkeiten. Im Haupthaus befanden sich neben dem Versammlungssaal die Bibliothek, Klassenzimmer, Lehrerzimmer sowie Wohnräume von Schülern und Lehrern, außerdem Küche und Speisesaal, Büros und die Privaträume des Leiters der Akademie.

Jaz änderte ihre Sitzposition. Sie saß hier noch keine zehn Minuten, trotzdem taten ihr Rücken und Hintern jetzt schon weh. Vermutlich waren diese blöden Stühle vor gefühlten zweihundert Jahren extra so unbequem gestaltet worden, damit man bei langweiligen Vorträgen bloß nicht einschlief. Sie unterdrückte ein weiteres Gähnen und blickte sehnsüchtig zum verwilderten Wald des Richmond Parks hinüber, der sich jenseits der Grundstücksmauern erstreckte. Sie hätte jetzt einiges dafür gegeben, dort draußen zu sein.

Joggen zum Wachwerden.

Das hätte jetzt was.

Stattdessen hatte man sie mit den anderen Oberstufenschülern der Akademie in den Versammlungssaal bestellt – und Versammlungen bedeuteten entweder nichts Gutes oder elend lange, sterbensöde Vorträge.

Klassische No-Win-Situation.

Sie waren nicht viele Schülerinnen und Schüler in der Oberstufe. Sechs, die dieses Schuljahr den Abschluss machen wollten, sieben im nächsten. Nicht jeder schaffte die Anforderungen für die Oberstufe und der ein oder andere brach auch noch innerhalb der beiden Abiturjahre ab. Doch ein höherer Abschluss bedeutete bessere Chancen auf einen Job und Totenbändiger konnten jeden erdenklichen Vorteil bei der Arbeitssuche gebrauchen. Außerdem konnte man die Akademie ohnehin erst mit achtzehn verlassen, wenn man keine Familie hatte – außer man ging nach Newfield.

Jaz' Hals juckte. Der steife Kragen ihrer Bluse machte sie wahnsinnig. Wer auch immer in grauer Vorzeit Stehkragenblusen als Teil der Schuluniform festgelegt hatte, war definitiv sadistisch veranlagt gewesen. Und wie jedes Jahr war es nach fast zwei Monaten Sommerferien auch diesmal wieder eine Umstellung, das ätzende Ding tragen zu müssen.

Ein letztes Jahr lang.

Und wenn es nach Jaz ging, konnte es gar nicht schnell genug vorübergehen.

»Oh Mann, ich bin so aufgeregt! Ich kann es immer noch nicht fassen, dass ich es tatsächlich in die Oberstufe geschafft hab!« Hibbelig rutschte Sarah auf ihrem Stuhl hin und her. »Was denkt ihr, warum sie uns hierher bestellt haben? War das im letzten Jahr bei euch genauso? Gab es da auch eine Oberstufenversammlung zu Beginn des neuen Schuljahres?«, fragte sie an Jessica, Jaz und David gewandt, wartete deren Antwort aber gar nicht ab, sondern plapperte sofort weiter. »Ich glaube nicht, oder? Ich kann mich jedenfalls nicht daran erinnern, dass ihr zu so was hinmusstet.«

Wie so oft redete Sarah ohne Punkt und Komma. In Sozialkunde hatten sie irgendwann mal durchgenommen, dass jeder Mensch im Durchschnitt sechzehntausend Wörter am Tag sprach. Sarah schaffte locker doppelt so viele. Jaz dagegen beschränkte sich gerne aufs Nötigste. Statistisch gesehen ergänzten sie sich also perfekt.

Jaz warf ihrer Zimmergenossin einen Seitenblick zu. Sarah hatte ihre zartrosa Haare zu zwei langen Zöpfen geflochten, was sie in Verbindung mit der Schuluniform aussehen ließ wie ein zwölfjähriges Chormädchen, nicht wie eine sechszehnjährige Oberstufenschülerin. Doch Sarah lebte ohnehin oft in ihrer eigenen kleinen Welt und träumte vom berühmten Prinzen auf dem weißen Pferd. Sie war ein Jahr jünger als Jaz und genau wie sie eine Interne, die als Baby in der Akademie abgegeben worden war, weil ihre leiblichen Eltern keine Totenbändigerin in ihrer Familie hatten haben wollten. Solange Jaz denken konnte, teilten sie sich schon ein Zimmer, und obwohl sie so verschieden waren wie Tag und Nacht, hatte das immer erstaunlich gut funktioniert. Sie waren zwar keine besten Freundinnen, sondern eher eine Art gut eingespielte Zweckgemeinschaft, aber sie halfen sich gegenseitig und nahmen einander so, wie sie eben waren. Das war mehr, als die meisten anderen hier taten.

»Nee, letztes Jahr hatten wir keine Versammlung.« Jessica spielte mit einer ihrer schwarzen Korkenzieherlocken. Ihre Haut war so dunkel, dass man die feinen schwarzen Totenbändigerlinien, die sich von ihrer Schläfe hinab zum Ohr schlängelten, kaum erkennen konnte. Jessica war eine der Externen, die jeden Morgen zur Schule herkamen. Ihre Eltern waren beide Totenbändiger und soweit Jaz wusste, lebten sie irgendwo in Putney in der Nähe des Wandsworth Parks. Jessica war zwar deutlich cooler als Sarah, doch auch sie sah in der Uniform aus wie ein Chormädchen.

Jaz schnaubte innerlich. *Himmel, wir sehen alle aus wie verdammte Chorkinder!*

Ihre Schuluniform bestand aus einer weißen Bluse mit immens nervigem, extra steif gebügeltem Stehkragen, einem knielangen schwarzen Faltenrock, grauem Pullunder und einem schwarzen Blazer, auf dessen linker Brustseite in Weiß das Zeichen der Akademie aufgestickt war: eine Triskele, deren drei Schlaufen in keltischen Knoten endeten. Diese Dreieinigkeit stand in ihrer Gemeinschaft für Körper, Seele und Geist, mit denen Totenbändiger ihre Fähigkeiten beherrschten und sich von den unbegabten Menschen unterschieden, die keine Chance gegen Geister und Wiedergänger hatten.

»Ich schätze, diese Versammlung hat etwas mit unseren Besuchern zu tun«, meinte David, ein weiteres internes Chorkind. Die Uniform der Jungen bestand aus weißen Hemden, schwarzen Tuchhosen, grauen Pullundern und schwarzen Sakkos, auf denen ebenfalls das Schulwappen aufgestickt war.

»Welche Besucher?«, fragte Jessica überrascht.

»Die beiden aus Newfield.«

David nahm seine Brille ab und polierte die Gläser mit einem Zipfel seines Pullunders. Wie immer hatte er seinen violett schimmernden Haaren einen perfekten Seitenscheitel verpasst und sie mit jeder Menge Gel fixiert, damit bloß keine Strähne irgendetwas tat, was sie nicht tun sollte.

»Sie sind gestern sehr spät hier angekommen. Master Carlton hat sie in seinen Privaträumen zum Abendessen empfangen und heute Morgen haben sie dort gemeinsam gefrühstückt. Ruben und ich hatten Servierdienst. Die zwei sind sehr nett. Sie heißen Anya und Drew. Anya ist früher hier in der Akademie zur Schule gegangen.«

»Oh wie cool! Besuch aus Newfield!« Wie immer war Sarah total schnell begeistert, egal von was. »Da muss es sooo toll sein. Ich hatte ja echt überlegt, ob ich Master Carltons Angebot annehmen und dorthin wechseln soll, aber Jaz meinte, ich soll erst mal die Oberstufe versuchen. Immerhin hab ich die Qualifikation dafür ja geschafft.«

Mit Ach und Krach. Zig Stunden hatte Jaz mit ihr gebüffelt, damit Sarah es hinbekam. Und als sie die Prüfungen dann tatsächlich bestanden hatte und plötzlich meinte, sie würde vielleicht doch gar nicht in die Oberstufe wollen, hatte Jaz ihr ordentlich ins Gewissen geredet – und sich damit bei Master Carlton nicht sonderlich beliebt gemacht. Aber das war Jaz egal. Auf einmal mehr oder weniger anecken bei ihrem Schulleiter kam es ohnehin nicht mehr an.

»Weißt du schon, dass letzte Woche fünf Kids aus Newfield zu uns in die Akademie gekommen sind?«, fragte Sarah an Jessica gewandt. »Sie sollen hier eine gute Schulbildung bekommen.«

»Macht Sinn. Auf der Farm haben sie dafür nicht die Möglichkeiten. Würdest du da echt hinwollen? Weg aus London in die Pampa von Yorkshire?« Jessica rümpfte die Nase und spielte weiter mit einer ihrer Locken.

Sarah nickte eifrig. »Sicher. Das ist doch total idyllisch! Und Newfield ist ja schon viel mehr als bloß eine Farm. Master Carlton hat uns erzählt, dass sie dort ständig bauen und alles erweitern. Es soll zu einem richtigen kleinen Dorf werden, in dem nur Totenbändiger leben. Stell dir doch mal vor, wie cool das wäre! Keine Unbegabten, die uns blöd angucken. Nicht mehr ständig angefeindet werden, wenn wir einen Fuß vor die Tür setzen. Ein eigenes kleines Dorf, nur für uns alleine. Das ist doch toll!«

»Ich finde die Idee auch sehr reizvoll.« David setzte sich die Brille wieder auf und schob sie seine Nase hoch. »Ich werde auf jeden Fall nach Newfield gehen. Natürlich erst nach dem Abschluss hier auf der Akademie. Ich könnte auf der Farm leben und ein Fernstudium machen. Master Carlton findet das eine gute Idee. Sie haben bisher erst eine Ärztin, und wenn Newfield in den nächsten Jahren weiter wächst, brauchen sie mehr Fachleute, um die medizinische Versorgung zu gewährleisten. Ich würde gerne dabei helfen, dort unsere eigene Gesellschaft aufzubauen.«

»Ich auch!«, strahlte Sarah. »Das klingt sooo cool!«

Die Tür zum Südflügel ging auf und Cornelius Carlton erschien. Der Leiter der Akademie wurde begleitet von einer Frau und einem Mann. Jaz schätzte die beiden auf Mitte bis Ende zwanzig. Er war groß und muskulös, komplett in lässigem Schwarz gekleidet mit Jeans, Hemd und Boots. Sie trug ein schlichtes Sommerkleid, unter dem sich ein kleiner Babybauch wölbte. Hinter den dreien schritt Blaine mit seiner typischen Ich-bin-der-Sohn-des-Akademieleiters-Haltung in den Versammlungssaal. An seiner Seite waren Leroy und Asha, seine beiden nicht minder arroganten Freunde, die sich für etwas Besseres hielten, weil sie aus jahrhundertealten Totenbändigerfamilien stammten. Beim Anblick der drei fragte Jaz sich wie so oft, womit sie es verdient hatte, dass die drei ausgerechnet in ihrem Jahrgang waren.

»Guten Morgen, Oberstufe!« Master Carlton hatte die Stühle des Versammlungssaals zu einem Kreis stellen lassen und lud seine beiden Gäste ein, Platz zu nehmen. Cornelius Carlton war ein hochgewachsener, gutaussehender Mann Mitte vierzig, der die Leitung der Akademie vor zwölf Jahren nach dem Tod seines Vaters übernommen hatte. Er blieb als Einziger im Kreis stehen und bedachte seine Schülerinnen und Schüler mit einem Lächeln.

»Für die einen von euch ist dies das letzte Schuljahr.« Er sah zu seinem Sohn, Leroy, Asha, David, Jaz und Jessica. »Für die anderen startet heute der erste Tag eurer freiwilligen Schulbildung.« Er blickte zu Sarah und den anderen sechs aus der elften Klasse. »Und für euch alle ist es damit Zeit, euch Gedanken um eure Zukunft zu machen.«

Jaz pustete sich eine burgunderfarbene Haarsträhne aus der Stirn, die sich aus ihrem Pferdeschwanz gelöst hatte, und widerstand nur mit Mühe dem Drang, genervt ihre Arme vor der Brust zu verschränken. Sie hatte solche Planungsgespräche über ihre Zukunft mit ihrem Schulleiter in diesem Jahr schon zwei Mal geführt. Mit mäßigem Erfolg. Master Carlton akzeptierte nicht, dass man andere Pläne hatte als die, die er für einen vorsah, deshalb hatte Jaz so ihre Schwierigkeiten mit ihrem Schulleiter. Und die Tatsache, dass zu der heutigen Versammlung nur zwei Leute aus Newfield gekommen waren und keinerlei alternative Berufsberater, ließ sie ahnen, wie einseitig dieses Planungsgespräch laufen würde.

Prinzipiell konnte Jaz verstehen, dass für viele ihrer Leute die Vorstellung eines Ortes, an dem nur Totenbändiger lebten und man nicht schief angeguckt und vorverurteilt wurde, sehr verlockend war. Wenn sie durch London streifte, nervten sie die Anfeindungen und misstrauischen Blicke auch tierisch. Doch ein Rückzug aus der Gesellschaft auf irgendeine abgelegene Farm in Yorkshire änderte daran ja nichts. Im Gegenteil. Wenn Totenbändiger sich rund um diese Farm ein eigenes Dorf aufbauten und sich darin vor dem Rest der Bevölkerung abschotteten, dachten die Menschen doch gleich wer weiß was und das würde Vorurteile und Misstrauen gegenüber Totenbändigern nur verstärken.

Die viel bessere Lösung war doch Sichtbarkeit. Für Jaz mussten Totenbändiger in der Gesellschaft noch viel präsenter werden als bisher.

»Einige von euch wollen hier in London bleiben und sich gemeinsam mit unserer Gilde für die Gleichstellung der Totenbändiger einsetzen«, sprach Carlton weiter und bedachte seinen Sohn und dessen Freunde mit einem wohlwollenden Blick.

Blaine lächelte selbstgefällig in die Runde und Jaz konnte sich ein Augenrollen nicht verkneifen. Klar durfte der Kronprinz an Daddys Seite bleiben. Vermutlich spekulierte er schon darauf, eines Tages die Leitung der Akademie von seinem Vater zu übernehmen, genauso wie Carlton sie von seinem Vater übernommen hatte.

Jaz wollte auch in London bleiben und sich für ein besseres Ansehen der Totenbändiger hier in der Stadt einsetzen. Nach ihrem Anschluss wollte sie auf die Polizeiakademie gehen und sich später für eine der Spuk Squads bewerben. Gemeinsam mit Nicht-Totenbändigern gegen Geister und Wiedergänger kämpfen und so ihren Mitbürgern zeigen, wie gut zusammenarbeiten und zusammenleben funktionierte. Doch Master Carlton war mit ihren Plänen nicht einverstanden.

»Für andere könnte unsere Farm in Newfield eine Alternative sein.« Carlton blickte zu Sarah, Bethany, Sally und Paula, dann auch kurz zu Jessica und Jaz. »Deshalb freue ich mich sehr, dass heute Anya und Drew bei uns sind. Sie leben schon seit einigen Jahren in Newfield und sind maßgeblich mit am Aufbau und der stetigen Erweiterung beteiligt. Bitte begrüßt sie.«

Carlton begann zu klatschen und setzte sich auf den letzten noch freien Platz, während alle gehorsam in seinen Applaus einfielen. Auch Jaz. Sie hatte auf die harte Tour gelernt, dass das Leben in der Akademie einfacher war, wenn man gute Miene zu bösem Spiel und die Faust nur in der Tasche machte.

»Danke, Master Carlton.« Drew nickte ihm zu und wandte sich dann an die Jugendlichen. »Und danke an euch, dass ihr uns so herzlich willkommen heißt. Es tut sehr gut, eine Gruppe so fähiger junger Leute unseres Schlages hier versammelt zu sehen, und ich bin mir sicher, ihr wisst, wie glücklich ihr euch schätzen könnt. Mit der Akademie gibt es hier in London einen Ort, an dem diejenigen, die von ihren leiblichen Eltern verstoßen wurden, geschützt aufwachsen können. Und diejenigen von euch, die aus Totenbändigerfamilien stammen, haben hier die Möglichkeit, gemeinsam zur Schule zu gehen und eine gute Ausbildung zu genießen. Eure Gemeinschaft konnte hier eine Gilde aufbauen und bekommt in einigen Wochen sogar die Chance, für eine offizielle Vertretung im Stadtrat zu kämpfen. Das ist großartig und wir in Newfield danken euch für den Beitrag, den ihr hier leistet.«

Jetzt klatschte er und Anya fiel mit ein. Master Carlton bedachte die beiden mit einem seiner jovialen Lächeln, bei denen Jaz immer unwillkürlich mit den Zähnen knirschen musste.

»Im Rest des Landes sieht es für uns Totenbändiger jedoch leider weiterhin sehr düster aus«, sprach Drew weiter. »In größeren Städten wie Manchester oder Birmingham haben sich zwar kleinere Gemeinden zusammengefunden, doch da die Bereitschaft der Bevölkerung gering ist, uns auf dem Ausbildungs- und Arbeitsmarkt eine Chance zu geben, bleibt vielen nur ein Leben als Selbstversorger auf dem Land. Dort wachsen Kinder und Jugendliche oft isoliert auf, weil sie nicht in öffentliche Schulen gehen dürfen und nur Zuhause unterrichtet werden können. Nicht alle Eltern haben dazu aber die nötige Kompetenz, sodass dort viel Potenzial verloren geht oder unentdeckt bleibt.«

Drew deutete zu Master Carlton und machte dann eine ausladende Handbewegung in den Versammlungssaal. »Natürlich hätten all diese Kinder die Möglichkeit, hier in der Akademie unterrichtet zu werden. Doch nur wenige Eltern bringen es übers Herz, ihre Kinder in ein Internat zu geben. Besonders, wenn die Kleinen noch Grundschüler sind.«

»Newfield soll deshalb zu einer Alternative werden«, übernahm nun Anya. »Alle Familien, die sich im Moment alleine als Selbstversorger durchschlagen, sollen bei uns den Rückhalt einer größeren Gemeinschaft bekommen. Sie bringen ihr Wissen und ihre Fähigkeiten in Newfield ein und dafür erhalten sie Sicherheit und das Gefühl, nicht mehr mit allem alleine zu sein. Newfield ist das Versprechen auf eine Heimat für alle Ausgegrenzten und Verstoßenen, in der wir einander wertschätzen und so sein können, wie wir sind. Ohne dass wir uns erklären oder für Dinge rechtfertigen müssen, die wir oft gar nicht getan haben. Ohne Angst, dass sich jemand von uns bedroht fühlt und uns ohne Bestrafung quälen oder gar töten darf.«

»Oh Mann, das klingt sooo toll«, seufzte Sarah hingerissen.

Anya schenkte ihr ein warmherziges Lächeln. »Es freut mich sehr, dass du unsere Vision einer besseren Zukunft teilst.« Dann blickte sie von einem zum anderen. »Wir sind heute zu euch in die Akademie gekommen, weil ihr hier in den letzten Jahren eine anspruchsvolle Bildung genießen konntet. Und solche Leute brauchen wir in Newfield. Ihr habt sicher mitbekommen, dass einige der älteren Newfieldkinder hierher zu euch in die Akademie geschickt wurden, um ihnen ebenfalls eine erstklassige Schulbildung zu ermöglichen.«

Ein paar der Schüler nickten bestätigend.

»Umgekehrt hat Newfield in den letzten Jahren Babys und Kindergartenkinder aus London aufgenommen, denn unsere Farm bietet die perfekte Möglichkeit, sie in behüteter Umgebung aufwachsen zu lassen. Auch einige eurer jüngeren Grundschulkinder sind zu uns gekommen, wenn sie hier keine eigenen Familien hatten, oder wenn ihre Familien London den Rücken zugekehrt haben, um in Newfield ein neues Leben anzufangen.«

»Momentan leben dreiundzwanzig Kinder im Grundschulalter bei uns«, berichtete Drew. »Deshalb haben wir im Sommer auf der Farm eine kleine Schule mit zwei Klassen eingerichtet. Doch uns fehlen Leute, die diese Kinder unterrichten. Gerade jetzt, zur Erntezeit, werden unsere Erwachsenen und die älteren Jugendlichen auf den Feldern gebraucht. Außerdem bauen wir gerade zusätzlichen Wohnraum für unsere stetig wachsende Gemeinschaft. Der muss bis zum Herbst fertig werden, damit wir allen, die in der dunklen Jahreszeit Zuflucht bei uns suchen, ein sicheres Zuhause bieten können.«

Drew sah zu genau den Mädchen in der Runde, die Carlton bereits zuvor ins Visier genommen hatte. »Master Carlton hat uns erzählt, dass es hier einige Schülerinnen gibt, die sowohl die Bildung, als auch die Geduld und Kompetenz mitbringen, jüngere Kinder unterrichten zu können. Das habt ihr bewiesen, indem ihr den unteren Klassen dieser Akademie bei den Hausaufgaben helft oder Nachhilfeunterricht gebt.«

Ernsthaft?

Jaz zog eine Augenbraue hoch und konnte sich nicht mehr länger zurückhalten. »Okay, das stimmt zwar, aber nur weil ich zwei Jungs geholfen hab, das Bruchrechnen zu verstehen, heißt das ja noch lange nicht, dass ich Mathe unterrichten kann. Ich hab keine Ahnung von Pädagogik und Lehrplänen und was man als Lehrerin sonst noch so draufhaben muss.«

Anya lächelte. »Aber wie du selbst sagst, haben die beiden das Bruchrechnen mit deiner Hilfe verstanden. Das ist es, was zählt. Manche Menschen haben ein natürliches Talent für bestimmte Dinge. Für einige von euch trifft das offensichtlich zu«, sagte sie dann wieder an alle gewandt. »Ihr habt eine natürliche Begabung dafür, Kindern etwas beizubringen. Dieses Talent solltet ihr nutzen. Und über Lehrpläne müsst ihr euch keine Sorgen machen. Das alles würde euch bei eurer Arbeit in Newfield natürlich zur Verfügung stehen. Und unsere Kinder freuen sich schon sehr auf euch.«

»Das heißt, ihr seid hier, um zu fragen, wer von uns Lust hat, mit euch nach Newfield zu gehen, um dort den Unterricht an eurer Grundschule zu übernehmen?«, fragte Bethany, ein pummeliges und ziemlich gemütliches Mädchen aus Sarahs Jahrgang.

»Exakt. Damit würdet ihr einen unglaublich wertvollen Beitrag für unsere Gemeinschaft leisten. Im Gegenzug bieten wir euch dafür ein neues Zuhause ohne Angst oder Sorgen um eure Zukunft.«

»Aber was ist mit unseren Abschlüssen?«, fragte Paula, die Musterschülerin der elften Klasse.

»Die mittlere Reife habt ihr ja bereits«, sagte Anya. »Falls die eine oder andere von euch sich also entschließt, die Oberstufe abzubrechen, wäre das überhaupt kein Problem. Falls du aber trotzdem dein Abitur machen möchtest, würden wir dir nach deinen Pflichten mit den Kindern den Freiraum ermöglichen, deinen Abschluss als Fernstudium im Homeschooling zu machen. Die Aufgaben dazu gibt es im Internet und die Lehrer der Akademie würden dir bei Fragen per E-Mail oder Videokonferenz zur Verfügung stehen. Wie gesagt«, sie schenkte Paula und dann auch Jaz ein versicherndes Lächeln, »wir brauchen gut ausgebildete Leute und unterstützen euch voll und ganz.«

Dann blickte sie zu den anderen Mädchen und streichelte über ihren Babybauch. »Wir schätzen allerdings auch anderen Einsatz, denn natürlich soll unsere kleine Gemeinschaft weiter wachsen. Ich bin bereits zum dritten Mal schwanger und beide Kinder, die ich zur Welt gebracht habe, sind starke Totenbändiger.« Sie strahlte stolz vor Glück. »Auf der Farm ist es einfach, einen Partner zu finden. Und falls ihr keinen wollt oder lieber eine Partnerin mögt, ist das auch kein Problem. Unsere Männer spenden auch gerne Leben und unsere Ärztin ist bei der Empfängnis behilflich.«

Jaz konnte sie nur ungläubig anstarren und wusste nicht, ob sie ihren Ohren gerade wirklich trauen wollte.

»Wichtig ist, dass unsere Gemeinschaft wächst«, übernahm nun wieder Drew. »Ich denke, wir sind uns alle einig, dass wir mehr Totenbändiger in diesem Land brauchen, um besser gegen unsere Unterdrückung durch die unbegabte Mehrheit vorgehen zu können.« Er sah erneut zu Sarah, Paula, Sally, Bethany, Jessica und Jaz. »Ihr sechs seid junge, gesunde Frauen. Wie Anya und einige andere Frauen in Newfield könnt ihr entscheidend dazu beitragen, dass die Zahl der Totenbändiger in diesem Land wächst.«

Jetzt hatte Jaz endgültig das Gefühl, in einem völlig falschen Film gelandet zu sein. Einem, bei dem sich ihre Fußnägel aufrollten und die Nackenhaare sträubten.

»Als was denn bitte? Gebärmaschinen?! Mann, einige hier sind gerade erst sechzehn!« Ihr war klar, dass sie besser den Mund gehalten hätte, aber das hier war mal wieder einer dieser Fälle, in denen das einfach nicht ging.

Anya lächelte nachsichtig. »Das Alter sagt nichts über die Reife einer Person aus. Die eine oder andere von euch hegt vielleicht schon jetzt den Wunsch nach einer eigenen Familie.« Sie blickte zu Sarah, Bethany und Sally, die alle Gesichter machten, als wären sie nicht abgeneigt. »Und wie gesagt, ihr müsst euch nicht mit einem Mann einlassen, wenn ihr euch dazu noch nicht bereit fühlt. Obwohl es auf der Farm einige wirklich nette junge Männer gibt.«

Anya zwinkerte den dreien vielsagend zu und Jaz konnte nur den Kopf schütteln, als sie das Funkeln in Sarahs Augen sah. Vermutlich wartete in ihrer Vorstellung schon der Prinz mit dem weißen Pferd voll inbrünstiger Sehnsucht vor den Toren der Farm auf sie, um sie leidenschaftlich in Empfang zu nehmen.

Wieder streichelte Anya ihren Bauch. »Leben zu schenken, ist das absolut Großartigste, was ich bisher erleben durfte. Das sollte sich keine von euch entgehen lassen. Und solltet ihr euch entscheiden, nach Newfield zu kommen, habt ihr keinerlei Existenzsorgen mehr. Die Gemeinschaft sorgt für Unterkunft und Verpflegung, ihr bekommt jegliche Unterstützung, die junge Mütter brauchen, und ihr müsstet euch keine Gedanken mehr darüber machen, wie ihr euch nach eurem Abschluss hier in London durchschlagen wollt. Auch wenn sich hier in der Stadt im Moment einiges wandelt, wird es trotzdem in den nächsten Jahren auf dem Arbeits- und Wohnungsmarkt für uns Totenbändiger weiter schwierig bleiben. In Newfield gibt es keine Sorgen um ein sicheres Zuhause. Es gibt auch keine finanzielle Ängste. Wir kümmern uns umeinander. Und jeder, der einen Beitrag zu unserer Gemeinschaft leistet, bekommt dafür unglaublich viel zurück.«

Jaz wollte schon wieder den Mund aufmachen, doch der Blick ihres Schulleiters verriet ihr, dass es besser war, zu schweigen.

Carlton bohrte seinen Blick noch einen Moment länger warnend in Jaz, als wollte er sicherstellen, dass sie auch wirklich den Mund hielt, dann wandelte sich seine Miene wie auf

Knopfdruck und er wandte sich mit einem weltmännischen Lächeln an seine beiden Besucher.

»Vielen Dank, Anya und Drew, für euren Bericht. Ich bin mir sicher, einige hier brauchen jetzt etwas Zeit, um über euer großzügiges Angebot nachzudenken. Außerdem möchte die eine oder andere vielleicht auch lieber in einem etwas privateren Rahmen noch einmal alleine mit euch sprechen.«

Jaz sah, wie Sarah, Bethany und Sally nickten.

»Deshalb hebe ich diese Versammlung nun auf, würde es aber begrüßen, wenn ihr denjenigen, die noch Fragen haben, weiter zur Verfügung steht.«

»Natürlich«, versicherte Anya sofort. Sie bedachte Sally, Sarah und Bethany mit einem Lächeln. »Wir können uns gerne zusammensetzen und ihr fragt alles, was ihr wissen wollt.«

Eifrig nickten die drei.

»Sehr schön.« Carlton erhob sich. »Geht zum Unterricht in eure Klassen oder bleibt hier, wenn ihr noch Redebedarf mit Anya und Drew habt«, sagte er dann an seine Schüler gewandt. »Auch ich werde mit einigen von euch noch ein persönliches Gespräch führen.«

Er nahm Jaz ins Visier und sein Blick wurde deutlich härter, während seine Stimme pure Freundlichkeit blieb.

»Jazlin, du kommst bitte als Erste mit in mein Büro.«

Jaz presste die Kiefer aufeinander. »Natürlich, Master Carlton.«

Allgemeine Aufbruchsstimmung setzte ein und Jessica warf Jaz einen mitleidigen Blick zu, als sie sich mit David hinter Blaine, Asha und Leroy Richtung Klassenzimmertrakt aufmachte. Sarah, Bethany und Sally rückten dagegen in kleiner vertrauter Runde mit Anya und Drew zusammen.

Jaz seufzte und hatte ein ganz mieses Bauchgefühl, als sie ihrem Schulleiter folgte und den Versammlungssaal verließ.

Kapitel 2

Eine halbe Stunde später schloss Jaz die Tür zu ihrem Zimmer, lehnte sich dagegen und schloss die Augen. Ihr Kopf pochte und sie fühlte sich, als hätte ihr jemand einen Schlag in den Magen verpasst.

Was irgendwie sogar stimmte, wenn auch nicht mit Fäusten. Körperliche Gewalt gab es in der Akademie nicht. Nicht mehr. Zumindest nicht von Lehrerseite. Psychischer Zwang und Erwartungsdruck waren allerdings eine ganz andere Geschichte.

Jaz atmete tief durch und öffnete die Augen wieder.

Das Zimmer vor ihr war zweigeteilt. Sowohl auf der rechten als auch auf der linken Seite gab es ein Bett, einen schmalen Kleiderschrank, eine Kommode, einen Schreibtisch und an jeder Wand zwei Regalbretter. Trotz der gleichen Möbel sahen beide Zimmerhälften allerdings grundverschieden aus. Die rechte Seite wartete mit so ziemlich jeder Schattierung auf, die Pastellfarben hergaben, und es gab kaum ein Fleckchen Wand, an dem nicht Poster von Fantasylandschaften und entsprechenden Fantasykerlen oder Bilder von Pferden und Einhörnern hingen. Die Bettwäsche mit rosa Herzchen war selbstgekauft und auf den Regalen standen Liebesromane neben kleinen Vasen mit getrockneten Rosen und Figuren aus Glas und Porzellan, die verliebte Pärchen darstellten. An der Wand am Schreibtisch hingen ein Stundenplan sowie die Pläne der Trainingseinheiten und der zugeteilten Akademiepflichten. Außerdem gab es eine Pinnwand, die zugeheftet war mit selbstgeschossenen Fotos, alten Kinotickets und Theaterkarten, Modeschmuck, Coupons für Make-up-Proben, ein paar *Nicht-vergessen!*-Zetteln und anderem Schnickschnack.

Die linke Zimmerseite wirkte dagegen ziemlich clean. Die Wand war einfach nur weiß, es gab keine Poster und die Bettwäsche war in schlichtem Grau und aus dem Bestand der Akademie. An der Pinnwand hing nichts außer den Plänen von Schulstunden, Training und Pflichten und auf dem Schreibtisch lagen nur ein Laptop und ein paar Schulsachen. Die einzige persönliche Note fand sich auf den Regalen. Dort stapelten sich Bücher und Comichefte.

Jaz ging zu ihrem Bett, warf sich auf die Matratze und starrte an die Decke.

Eigentlich hätte sie in den Matheunterricht gehen sollen, aber sie brauchte jetzt einfach noch einen Moment für sich.

Das Vier-Augen-Gespräch mit Master Carlton war noch ätzender gewesen, als sie befürchtet hatte. Zuerst hatte er ihr bloß den gleichen Sermon gepredigt, den auch Anya und Drew von sich gegeben hatten, und wenn sie die Worte *Gemeinschaft* und *wertvoller Beitrag* noch einmal mehr hätte hören müssen, hätte sie vermutlich geschrien. Doch im Vergleich zu dem Tiefschlag, den ihr Schulleiter ihr danach verpasst hatte, war das Gemeinschaftsgelaber absolut harmlos gewesen.

Master Carlton hatte angeordnet, dass sie heute Abend ihre Sachen packen sollte, weil sie morgen mit den anderen nach Newfield gehen würde.

Jaz hing nicht sonderlich an der Akademie. Sie hatte hier keine besonders engen Freunde.

Aber sie wollte nicht weg aus London.

Und sie kochte vor Wut, weil all ihre eigenen Wünsche und Pläne einfach abgetan und mit Füßen getreten wurden.

Weil sie Dankbarkeit gegenüber der *Gemeinschaft* zeigen sollte, die sie siebzehn Jahre lang beschützt, versorgt, gefördert und ausgebildet hatte.

Weil es jetzt an der Zeit war, dafür etwas zurückzugeben und einen *wertvollen Beitrag* zu leisten.

Jaz war kotzübel.

Wegen der Worte.

Wegen Hass und Wut, die in ihrem Inneren brodelten.

Wegen der Machtlosigkeit, weil man ihr, seit sie denken konnte, immer wieder Dinge aufzwang, die nicht ihrem eigenen Denken entsprachen, gegen die sie aber nichts machen konnte.

Weil sie keine Familie hatte.

Weil sie abhängig von der verdammten Akademie war.

Weil sie nirgendwo anders hinkonnte.

Ihre Hände ballten sich zu Fäusten.

Aber das musste sie. Sie musste irgendwo anders hin, weil sie auf keinen Fall nach Newfield gehen würde. Bei der Vorstellung auf dieser Farm leben zu müssen, schnürte sich ihr die Kehle zu.

Sie wollte nicht weg aus London. Die Stadt war ihr Zuhause. Sie wollte hierbleiben, ihren Abschluss machen, zur Polizeischule gehen und eine Spuk werden.

War das echt zu viel verlangt?

War sie wirklich undankbar, wenn sie eigene Wünsche hatte und sich nicht in den Dienst der Akademie oder Newfield stellen wollte?

Ihre Fingernägel gruben sich in die Haut ihrer Handflächen, so fest ballte sie ihre Fäuste.

Vielleicht war sie egoistisch, aber sie konnte das einfach nicht. Sie würde sich ihr Leben und ihre Träume nicht wegnehmen lassen. Sie wollte selbst bestimmen, wer sie war und was sie machte.

Deswegen blieb ihr keine andere Wahl.

Ruckartig setzte sie sich auf und zog ihren Rucksack unter dem Bett hervor.

Mehr als ein paar Klamotten würde sie nicht mitnehmen können. Aber das war okay. Kramsammeln war noch nie ihr Ding gewesen.

Sie öffnete den Kleiderschrank und packte zwei Jeanshosen, ein paar Shirts, ihre beiden Lieblingshoodies, ein bisschen Unterwäsche und ihre Jeansjacke ein. Mit etwas Mühe schaffte sie es auch noch, ihre Regenjacke in den Rucksack zu stopfen.

Das war es.

Jaz zog den Rucksack zu. Sie hatte zwar noch keine Ahnung, wohin sie gehen wollte, aber die paar Sachen mussten reichen.

In der oberen Schreibtischschublade lagen ihre Geldbörse und ein Umschlag, in dem sie das Geld aus ihren Verdiensten aufhob. Fünfundzwanzig Pfund und ein paar Pennys. Lange konnte sie sich damit nicht über Wasser halten, aber darüber würde sie sich später Gedanken machen.

Erst mal musste sie von hier verschwinden.

Sie trat ans Fenster. Ihr Zimmer lag im zweiten Stock und auch wenn die Außenwände aus rauen Steinblöcken bestanden und etliche Unebenheiten aufwiesen, war es unmöglich, hier herunterzuklettern. Und zum Springen war es zu hoch. Beides war allerdings auch nicht ihr Plan.

Sie öffnete das Fenster und ließ den Rucksack vorsichtig in die Holunderbüsche hinunterfallen, die unten neben der Hauswand wucherten. Dann zog sie ihre Boots unter dem Bett hervor und warf sie hinterher. Zum Glück waren in den Stockwerken unter ihr bloß weitere Zimmer der internen Akademieschüler und die saßen gerade in den Klassenzimmern in einem anderen

Gebäudetrakt, sonst hätten ein vorbeifliegender Rucksack und ebensolche Schuhe womöglich zu unangenehmen Fragen geführt. Und falls jemand in der Pause in sein Zimmer zurückkehrte und zufällig aus dem Fenster sah, war das Gestrüpp so dicht, dass es Rucksack und Boots völlig verschluckte.

Die Schulglocke klingelte zum Ende der ersten Doppelstunde. Zur zweiten würde man sie erwarten. Englische Literatur bei Ms Green.

Jaz atmete tief durch.

Sie musste so tun, als wäre alles in Ordnung. Nicht *zu* in Ordnung, das würde man ihr nicht glauben. Aber auch nicht so sehr in Unordnung, dass man sie wegen Aufmüpfigkeit und Ungehorsam in den Arrest steckte.

Das wäre fatal.

Sie warf sich die Tasche mit ihren Schulsachen über die Schulter und stopfte noch schnell eine Wasserflasche, ihre letzten Schokoriegel und eine Packung Kekse hinein.

Dann blickte sie sich ein letztes Mal im Zimmer um.

Solange sie denken konnte, hatte sie hier gewohnt, doch zu Hause hatte sie sich hier nie gefühlt. Trotzdem war es das Einzige, was sie kannte, und es fühlte sich seltsam an, es nie wiederzusehen.

Sie atmete noch einmal tief durch, dann wandte sie sich entschlossen um und öffnete die Tür.

Zeit, zu gehen.

Kapitel 3

Jaz lief durch die Gänge hinüber zum Schultrakt und betrat ihr Klassenzimmer, in dem sich bisher nur David und Jessica eingefunden hatten. Beide sahen auf, als sie hereinkam.

»Hey, da bist du ja.« Jessica musterte sie. »Wie war es bei Master Carlton? Schickt er dich wirklich nach Newfield?«

Jaz nickte knapp und ließ sich neben sie auf einen Stuhl fallen. »Yep. Heute ist hier mein letzter Tag.«

»Shit.«

»Exakt.« Jaz stützte den Kopf in die Hände und rieb sich die Augen.

»Und was willst du dagegen machen?«

Missmutig hob Jaz die Schultern. »Ich kann nichts machen. Als Interne sagen sie dir ›Spring!‹ und du darfst bestenfalls noch fragen: ›Wie hoch?‹. Das war hier doch schon immer so.«

»Das klingt jetzt aber ziemlich undankbar, Jaz«, rügte David sie. Er war kein schlechter Kerl, aber für seinen Oberlehrertonfall hätte Jaz ihm des Öfteren gerne den Hals umgedreht. »Die Akademie hat sehr viel für uns getan und sich all die Jahre gut um uns gekümmert. Wenn sie uns dann jetzt bitten –«

»Wenn du mir jetzt auch noch was davon erzählst, dass ich einen *wertvollen Beitrag* leisten soll, raub ich dir so viel Lebensenergie, dass du erst am Wochenende wieder aufwachst«, knurrte Jaz. »Klar?«

David strafte sie mit einem ungnädigen Blick. »Das würdest du nicht tun, weil es dir die doppelte Zeit, die ich flachliege, in der Arrestzelle einbringen würde.«

Jaz lachte böse auf. »Na, wenn sie mich morgen nach Newfield schicken wollen, können sie das schlecht machen. Hey, vielleicht hat die ganze Sache also doch was Gutes! Ich muss nie wieder in diese blöde Zelle und kann heute tun und lassen, was ich will.«

»Darauf würde ich nicht wetten. Und du hättest nur halb so oft in den Arrest gemusst, wenn du dich nicht ständig mit allen und jedem anlegen würdest«, gab David spitz zurück.

Jaz schnaubte.

Sicher wäre es oft besser, die Klappe zu halten. Ging aber nicht immer, weil die Alternative keine Lösung war.

»Das heißt, du fährst morgen mit nach Newfield und übernimmst dort den Unterricht an der Grundschule?«, fragte Jessica stirnrunzelnd. »Und nebenher machst du dein Abi?«

Jaz nickte seufzend. »Carlton registriert mich fürs Homeschooling, dann bekomme ich Leistungspläne und Unterrichtsmaterialien, die ich abends nach meinem Job und an den Wochenenden in vorgegebenen Zeitabschnitten durcharbeiten muss.«

»Wow.« Jessica verzog das Gesicht. »Klingt nicht so, als hättest du dann noch viel Freizeit.«

»Nein. Aber ich muss den Mist ja nur ein Jahr lang durchhalten. Im März werde ich achtzehn und wenn ich nächsten Sommer das Abi in der Tasche hab, kann ich machen, was ich will. Was glaubst du, wie schnell ich dann aus Newfield wieder weg bin?«

Jaz hoffte, das klang als Plan rebellisch genug nach ihr, sodass niemand Verdacht hegte, was sie wirklich vorhatte.

»Tz, tz, tz.« Hämisch grinsend schlenderte Blaine in den Raum. »Ich glaube nicht, dass Master Ambrose dein Plan gefallen wird, seine Farm nach nur einem Jahr schon wieder zu verlassen.«

Auch wenn Jaz noch keine Ahnung hatte, was ab heute Mittag aus ihr werden würde, die Aussicht, sich nie wieder mit Blaine abgeben zu müssen, machte einiges an Ängsten und Sorgen wett.

»*Seine* Farm?«, hakte sie sarkastisch nach. »Ich dachte, Newfield ist eine ach so tolle *Gemeinschaft*?«

»Trotzdem muss ja einer das Sagen haben. Genau wie hier in der Akademie.«

»Natürlich. Demokratie und Meinungsfreiheit haben sich schließlich in zig Gesellschaften als totaler Reinfall erwiesen.«

Blaine musterte sie scharf. »Mir gefällt dein Tonfall nicht.«

»Mir gefällt deine ganze Art nicht«, schoss Jaz zurück. »Aber, hey! Sieht ja so aus, als müssten wir beide schon sehr bald nicht mehr miteinander leben.«

Blaines Augen blitzten gefährlich. »Ich denke, dich sollte ganz schnell jemand schwängern. Ein Baby würde dich länger als nur ein Jahr in Newfield halten.«

Mit einem schmierigen Lächeln fasste er sich in den Schritt und Leroy und Asha, die wie zwei Schatten an Blaines Seite klebten, grinsten niederträchtig.

»Kann ich gerne für sorgen. Es wäre schließlich eine Ehre, den Sohn des zukünftigen Akademieleiters gebären zu dürfen. Ich hoffe, du weißt das Angebot wertzuschätzen.« Wieder funkelte es gefährlich in Blaines Augen.

Jaz wurde übel. »Danke, aber ich passe.«

»Ach ja? Wer sagt denn, dass ich dir eine Wahl lasse?« Feiner Silbernebel schoss aus Blaines Fingern und er schleuderte ihn ohne Vorwarnung in Jaz' Richtung.

Die riss ihre Hände hoch und ließ ihren eigenen Silbernebel wie eine Peitschensehne Blaines zur Seite fegen.

»Rühr mich an und ich schwöre dir –«

»Guten Morgen, alle miteinander«, fiel Ms Green ihr ins Wort, als sie mit dem Läuten der Schulglocke das Klassenzimmer betrat. »Was ist hier los?«, verlangte sie sofort zu wissen, als sie die angespannte Haltung bemerkte, mit der Jaz und Blaine sich gegenüberstanden. Ein Rest von Silberdunst hing noch zwischen ihnen. »Klärt eure Meinungsverschiedenheiten während der Pausen und nicht in meinem Klassenzimmer. Jazlin, ich weiß, heute ist dein letzter Tag bei uns, und wir sind sehr stolz auf dich, dass du unsere Brüder und Schwestern in Newfield unterstützen wirst. Ich möchte dich daher nur ungern für deine letzten Stunden hier in der Akademie in die Arrestzelle sperren.«

Jaz presste so fest ihre Zähne aufeinander, dass ihre Kiefer schmerzten.

Klar, dass nur ihr Arrest angedroht wurde. Der Kronprinz war wie immer unantastbar. Voller Hass bohrte sie ihren Blick in Blaine, der jedoch nur süffisant lächelte.

Sie spürte ihre Energie in ihren Händen kribbeln.

Am liebsten hätte sie …

Doch sie musste sich zusammenreißen.

Durfte jetzt nicht die Kontrolle verlieren.

»Das möchte ich auch nicht, Ms Green«, quetschte sie deshalb mit so viel Demut wie sie zustande brachte hervor.

»Gut, dann setzt euch. Ich will mit dem Unterricht beginnen.«

»Eigentlich hatten Jaz und ich etwas ganz anderes vor«, unterbrach Blaine das Vorhaben seiner Lehrerin. »Ich habe ihr angeboten, meinen Nachwuchs zu gebären.«

Stirnrunzelnd wandte Ms Green sich um. »Ausgerechnet ihr zwei? Es gibt doch kaum einen Tag, an dem ihr nicht aneinandergeratet.«

Blaine hob die Schultern. »Das stimmt. Aber für das gesunde Wachstum unserer Gemeinschaft muss man eben Opfer bringen«, seufzte er schicksalsergeben. »Jaz und ich, wir können einander zwar nicht besonders gut leiden, aber ich erkenne die Macht ihrer Kräfte und Fähigkeiten an. Die gepaart mit meinen eigenen – das Potenzial, das unser Nachwuchs mit sich bringen würde, wäre unschätzbar wertvoll.«

Ein unschuldiges Lächeln umspielte seine Lippen, als er wieder zu Jaz blickte.

Sie hätte ihm am liebsten vor die Füße gekotzt.

»Das ist in der Tat eine gute Überlegung. Und ein sehr großzügiges Angebot.« Ms Green blickte von ihm zu Jaz. »Wenn du es annehmen möchtest, stelle ich euch beide bis zum Mittagessen frei.«

Schon zum zweiten Mal an diesem Vormittag musste Jaz ihre Fingernägel fest in ihre Handflächen bohren, um nicht vor Wut zu schreien.

Verdammt, sie musste ruhig bleiben und einen kühlen Kopf bewahren. Wenn sie jetzt die Beherrschung verlor, war es vorbei und sie konnte ihren Fluchtplan vergessen. Also zwang sie sich zu einem kühlen Lächeln, anstatt Blaine mit ihren Kräften zu durchbohren und ihm seine komplette Lebensenergie zu rauben.

»Danke für das Angebot. Ich möchte mich zunächst allerdings erst mal ganz auf meine neuen Aufgaben in Newfield konzentrieren. Aber vielleicht komme ich in ein paar Jahren darauf zurück.«

Ms Green nickte knapp. »Das ist natürlich nachvollziehbar.« Sie schritt zu ihrem Pult. »Dann setzt euch jetzt.«

Jaz tat, wie ihr geheißen, und ignorierte Blaine. Um sich nicht von ihm provozieren zu lassen, kramte sie zur Ablenkung ihr Buch aus der Schultasche und tröstete sich mit dem

Gedanken, dass sie den Mistkerl nur noch bis zum Mittagessen ertragen musste – und danach nie wieder.

»Schlagt eure Bücher auf Seite 53 auf. Wir beginnen heute mit einem Sonett. Wer kann mir die typischen Merkmale dieser Gedichtform nennen?«

Kapitel 4

Jaz dankte allen guten Sternen, als die Glocke zur Mittagspause läutete. Ms Green entließ die anderen in den Speisesaal, Jaz dagegen hielt sie zurück, um ihr einen Schnellhefter mit ihren Leistungsplänen sowie eine Lektüreliste für die nächsten Wochen zu geben und beides kurz mit ihr durchzusprechen.

»Bis gleich! Wir warten im Speisesaal auf dich.« Jessica verzog mitleidig das Gesicht, als sie zusammen mit David das Klassenzimmer verließ.

Doch Jaz kam es eigentlich ganz gelegen, dass Ms Green sie aufhielt. So würden die anderen vielleicht erst in einer Stunde misstrauisch werden, wenn Jaz nicht zum Nachmittagsunterricht erschien. Sie hoffte nur, dass Ms Green sie nicht wirklich so lange zutextete.

Tatsächlich dauerte das gesamte Gespräch dann nicht länger als fünf Minuten, da Ms Green wegen einer Besprechung ins Lehrerzimmer musste. Erleichtert darüber, endlich wegzukönnen, wandte Jaz sich Richtung Speisesaal.

Die Gänge waren leer. Alle Schüler befanden sich mittlerweile beim Essen und der Duft von Sheppard's Pie hing in der Luft. Jaz fand vieles in der Akademie ziemlich übel – das Essen zählte allerdings nicht dazu. Glenda und Rosie waren tolle Köchinnen und liebe Menschen. Nur wer in der Akademie

Dienste leistete, bekam Taschengeld, und Jaz hatte sich ihres bei den beiden in der Küche immer gerne verdient.

Sie ließ den Gang zum Speisesaal links liegen und bog in den Korridor ab, der zur Bibliothek führte. Die alte Eichentür knarzte, als sie sie aufzog. Ähnlich wie der Versammlungssaal war auch die Bibliothek mit dunklem Holz vertäfelt. Mannshohe Regale standen an den Wänden und in Reihen in den Raum hinein und es roch nach Büchern und Papier. Vor den großen Fenstern reihten sich Lesetische nebeneinander und direkt am Eingang befand sich ein kleiner abgetrennter Bereich, der als Ausleihe diente.

Der Raum war leer. Es gab keine Angestellten, die sich um die Organisation kümmerten. Die oblag den Schülerinnen und Schülern der zehnten Klasse der Akademie. Jaz hatte diese Arbeit vor zwei Jahren sehr gemocht, auch wenn sie komplett an ihr, Jessica und David hängen geblieben war. Kronprinz Blaine und seine Lakaien sahen es grundsätzlich unter ihrer Würde, Pflichten in der Akademie zu übernehmen. Das schien auch für alle okay zu sein – außer für Jaz. Sie hasste dieses Standesdenken.

Am äußersten Ende der Bibliothek lag halb verborgen hinter einem Regal mit längst überholten Naturwissenschaftsbüchern eine Tür, die in ein kleines separates Studierzimmer führte. Jaz hatte keine Ahnung, ob außer ihr jemals irgendjemand dieses Zimmer genutzt hatte. Die meisten setzten sich an die Fenster im Lesesaal, nahmen die Bücher mit in die Klassenräume oder auf ihre Zimmer. Jaz hatte das kleine Studierzimmer daher oft als eine Art Geheimversteck benutzt, wenn sie allein sein wollte, aber nicht aus der Akademie herauskam, weil es zu dunkel oder neblig war oder es wie aus Eimern geschüttet hatte.

Sie zwängte sich an einem Regal mit Geschichtsbüchern vorbei, als ihr Blick auf den kleinen silbernen Briefbeschwerer fiel, der auf einem der Tische in der Ausleihe lag. Er war geformt wie eine Walnusshälfte und ein Stapel Zettel lag darunter. Ausleihnotizen, die von der neuen zehnten Klasse noch in den Computer eingearbeitet werden mussten.

Während ihrer Bibliotheksdienste hatte Jaz den Briefbeschwerer etliche Male in der Hand gehabt. Für seine recht überschaubare Größe war er ziemlich schwer, und er war auf der Unterseite gestempelt, also musste das Silber echt sein. Da man als Totenbändiger nicht auf Silber zum Schutz vor Geistern und Wiedergängern angewiesen war, spielte das Material für sie keine besonders große Rolle.

Für unbegabte Menschen aber schon.

Bei einem Pfandleiher ließ sich für die kleine Walnusshälfte daher bestimmt ein bisschen was bekommen.

Jaz steckte den Briefbeschwerer ein.

Stehlen war nicht okay. Aber sie gegen ihren Willen nach Newfield zu verfrachten auch nicht, daher entschied sie, dass das hier eine dieser berühmten Grauzonen war, mit denen man eben leben musste.

Sie eilte weiter. Das Studierzimmer war nicht abgeschlossen. Rasch schlüpfte sie in den kleinen Raum und zog die Tür hinter sich zu. In alten Regalen stapelten sich aussortierte Bücher, in einer der Ecken standen zwei Lesesessel mit verschlissenen Polstern, in einer anderen lagen eingerollte Landkarten, die selbst vor dem letzten Jahrtausendwechsel schon lange nicht mehr aktuell gewesen waren. Vor dem Fenster stand ein altes Schreibtischungetüm und an der Wand daneben stapelten sich ungenutzte Stühle. Das Studierzimmer war eher eine Rumpelkammer, was wohl erklärte, warum niemand es benutzte.

Jaz hatte es hier trotzdem immer gemocht. Und die Lesesessel waren echt bequem. Doch in denen würde sie nie wieder sitzen.

Sie kletterte auf den Schreibtisch und öffnete das Fenster. Wildes Buschwerk, das bis an die Fensterbank heran wucherte, empfing sie. Die Nordseite der Akademie grenzte direkt an den Wald des Richmond Parks und bis zur Grundstücksmauer waren es keine zehn Meter. Da lohnte sich Gartenpflege nicht und alles durfte so wachsen, wie es wollte. Jaz sprang aus dem Fenster und zog es so gut sie konnte hinter sich zu. Dann zwängte sie sich durch die Sträucher an der Hauswand entlang. Ihr Zimmer lag gute zwanzig Meter entfernt.

Es dauerte nicht lange, bis sie Boots und Rucksack gefunden und in Windeseile die Schuluniform gegen ihre eigenen Klamotten getauscht hatte. Wenn sie sich quer durch den Wald zur Hauptstraße durchschlagen wollte, ging das nicht in Rock und Ballerinas. Außerdem war die Uniform viel zu auffällig.

Sie versteckte Rock, Blazer und Bluse unter den Sträuchern, packte einen Collegeblock, ihr Federmäppchen und das bisschen, was sie an Proviant in ihrem Zimmer gehabt hatte, von ihrer Schultasche in ihren Rucksack und legte die Tasche mit zur Uniform.

Bloß keinen unnützen Kram mitschleppen.

Vorsichtig blickte sie zu den Fenstern.

Niemand war zu sehen.

Das Mittagessen dauerte noch an und die meisten hielten sich mit Sicherheit gerade im Speisesaal auf.

Jaz wandte sich um.

Jenseits der Sträucher ragte die Grundstücksmauer in die Höhe. Gute drei Meter hoch. Plus Eisenstreben auf ihrer Spitze.

Zu hoch zum Drüberklettern.

Aber es gab ein altes Eisentor, das in den Wald führte. Vor Ewigkeiten hatte es dazu gedient, Feuerholz und erlegtes Wild aufs Grundstück zu bringen, ohne dass man sich erst mühsam und zeitaufwendig um das halbe Anwesen herum zum

Haupttor begeben musste. Mittlerweile wurde das Tor nicht mehr genutzt und der Weg, der einmal hingeführt hatte, existierte schon lange nicht mehr.

Bemüht, keine zu offensichtlichen Spuren zu hinterlassen, schob Jaz sich durchs Gestrüpp hin zur Mauer und folgte ihr, bis sie das Tor erreichte. Es bot erfreulich viele Schnörkel, die das Drüberklettern leicht machten. Leider war es aber auch ziemlich rostig. Zwei der Verzierungen brachen unter ihren Füßen ab. Doch Jaz war sportlich und schaffte es trotzdem auf die andere Seite. Sie sprang auf den Waldboden und schaute zurück zum Haus.

Nichts regte sich.

Ihr Herz klopfte freudig gegen ihre Rippen.

Geschafft!

Zumindest die erste, enorm wichtige Etappe.

Als Nächstes musste sie so viel Abstand wie nur irgendwie möglich zwischen sich und die Akademie bringen – und dabei überlegen, wie zum Teufel es jetzt weitergehen sollte.

Sie warf einen letzten Blick auf das Anwesen, dann wandte sie sich um und schlug sich in den Wald, fest entschlossen, niemals wieder hierher zurückzukommen.

Kapitel 5

Das Glück blieb auf ihrer Seite. Als sie die Roehampton Lane erreichte, erwischte sie knapp noch einen der Busse, die zur Putney High Street fuhren. Dort stieg sie am Bahnhof aus und musste nur ein paar Minuten auf eine Bahn der South Western Railway Line warten, die sie zur Clapham Junction brachte. Hier gab es rund um den Bahnhof eine bunte Mischung aus Geschäften, Restaurants, Bars – und ein Internetcafé.

Jaz bezahlte für eine Stunde und nahm dankbar den Becher Kaffee an, den es gratis dazu gab. Sie verkrümelte sich in eine ruhige Ecke vor einen der Monitore und suchte nach Pfandleihern und Juwelieren, die Silber ankauften. Mit einem Smartphone wäre die Sache einfacher gewesen, doch von solchen Luxusgütern konnten die Internen der Akademie nur träumen. Sie bekamen von der Schule Laptops für den Unterricht, die sie auch privat nutzen durften, das war alles. Wer ein Handy haben wollte, musste es sich mit seinen Verdiensten zusammensparen. Sarah hatte Jessica letztes Jahr ihr altes Smartphone zu einem äußerst fairen Preis abgekauft.

Jaz dagegen hatte nur selten den Wunsch nach einem Handy verspürt. Den Großteil des Tages verbrachte sie in der Akademie bei Unterricht, Training oder Pflichten, und außerhalb der Akademie kannte sie niemandem, deshalb interessierten sie soziale Netzwerke nicht. Und wenn sie an den Wochenenden durch

London streifte, war sie froh, dass niemand aus der Akademie sie erreichen konnte. Diese Zeit gehörte ihr ganz alleine.

Natürlich wäre es da manchmal praktisch gewesen, sich Adressen oder Wege auf einem Smartphone anzeigen zu lassen. Aber sie besaß ein *London A – Z*, das funktionierte auch prima.

Ihre Internetsuche zeigte ihr etliche Pfandleiher in den sozial schwächeren Stadtteilen und zig Juweliere in den Nobelvierteln. Jaz nippte an ihrem Kaffee und überlegte, welche Strategie die bessere war.

Laut Internet verlangten Pfandleiher einen Besitzernachweis und man musste sich ausweisen, wenn man einen Gegenstand beleihen oder verkaufen wollte. Damit sollte vermieden werden, dass Diebesgut zu Geld gemacht werden konnte. Die Frage war allerdings, wie sehr Pfandleiher auf diese Regel achteten. Jaz konnte sich gut vorstellen, dass man in dem ein oder anderen Viertel drüber hinwegsah. Solange ein Kauf nicht zu offensichtlich Ärger bedeuten würde, war den meisten Händlern dort sicher egal, woher die angebotene Ware stammte. Allerdings würden sie sicher versuchen, den Preis entsprechend zu drücken.

Juweliere zahlten vermutlich mehr. Die Reichen und Schönen ließen sich Schutzamulette und Silberschmuck einiges kosten. Doch ob angesehene Juweliere ein Geschäft mit einer Totenbändigerin machen würden, die einen Gegenstand ohne Nachweispapiere anbot, war mehr als fraglich. Um keine ungewollte Aufmerksamkeit zu erregen, waren die Pfandleiher daher wahrscheinlich die bessere Wahl.

Jaz trank noch einen Schluck Kaffee, dann holte sie Block und Stift aus ihrem Rucksack und schrieb sich einige Adressen auf. Sie hätte sich auch eine Liste erstellen und ausdrucken lassen können, doch das hätte extra gekostet und sie musste ihr Geld zusammenhalten.

Kurz vor Ablauf ihrer bezahlten Stunde hatte sie dreiundzwanzig Adressen zusammen, verteilt über halb London. Zum Glück hatte sie ein Monatsticket, das würde das Abklappern leichter machen.

Sie checkte noch schnell den aktuellen Silberpreis, um sich nicht übers Ohr hauen zu lassen, dann löschte sie ihren Browserverlauf und verließ das Café. Schräg gegenüber auf der anderen Straßenseite lag der Clapham Junction Superstore, ein mehrgeschossiges Kaufhaus. Jaz folgte den Hinweisschildern in die Küchenwarenabteilung und tat so, als würde sie sich für die Waagen interessieren. Zum Glück war hier wenig los und die einzige Verkäuferin beriet eine ältere Kundin bei den Mixern.

Unauffällig zog Jaz den kleinen Briefbeschwerer aus ihrer Jackentasche und legte ihn auf eine Digitalwaage.

122,7g.

Rasch ließ Jaz die Walnusshälfte wieder verschwinden und überschlug im Kopf, was der Briefbeschwerer laut Silberpreis wert war, während sie zurück zum Ausgang schlenderte.

Ungefähr fünfhundert Pfund.

Nicht schlecht.

Auch wenn sie die mit Sicherheit niemals bekommen würde.

Nicht ohne Nachweispapiere.

Und nicht als jugendliche Totenbändigerin, bei der jeder sofort davon ausgehen würde, dass der Briefbeschwerer gestohlen war. Was ja nun mal leider auch stimmte.

Jaz verließ den Superstore und wandte sich nach rechts. Drei Querstraßen weiter sollte sich laut Internet ein Pfandleiher befinden. Sie lief an einem Postamt, einem Restaurant und einer Fastfoodbude vorbei und merkte, wie ihr Magen knurrte, weil das Mittagessen für sie ausgefallen war. Doch sie widerstand den verführerischen Düften.

Jetzt gab es erst mal Wichtigeres.

Clapham Pawn Shop stand in roten Buchstaben über den Schaufenstern eines Eckladens, in denen Computer- und Videospiele, ein paar Bücher, verschiedene Elektrogeräte und ein Kinderfahrrad ausgestellt waren. Eine Glocke ertönte, als Jaz die Tür aufschob und eintrat.

Im Inneren des Ladens herrschte ein ähnliches Sammelsurium wie in seinen Schaufenstern. In Regalen reihten sich Computer, Fernseher und andere elektronische Geräte aneinander, in anderen fanden sich Musikinstrumente, Hanteln und Inlineskates. Außerdem gab es jede Menge Schaukästen mit Armbanduhren, Schmuck, Kameras, Handys und tragbaren Spielekonsolen.

Ein Mann um die fünfzig mit dickem Bauch und wenig Haaren erschien in einem Durchgang, der vermutlich zum Lager der Pfandleihe führte. Er lächelte Jaz entgegen, doch die Freundlichkeit gefror recht schnell auf seinem Gesicht, als sein Blick auf die schwarzen Linien an ihrer Schläfe fiel.

Einen Moment lang musterte er sie abschätzend, dann fragte er knapp: »Kann ich dir helfen?«

Es war offensichtlich, dass er ihr schon jetzt misstraute und das war kein guter Einstieg. Trotzdem versuchte Jaz ihr Glück und setzte ihr freundlichstes Lächeln auf, in der Hoffnung, damit völlig harmlos rüberzukommen.

»Kaufen Sie Silber an? Meine Granny hat einen alten Briefbeschwerer, den sie gerne verkaufen würde.«

Argwöhnisch runzelte der Mann die Stirn. »Und warum kommt deine Großmutter dann nicht selbst her?«

»Sie ist nicht mehr so gut zu Fuß und hat mich gebeten, mich ein bisschen für sie umzuhören und ein paar Angebote einzuholen.«

Überzeugend lügen zu können und sich in Windeseile Ausreden einfallen zu lassen, hatte die Akademie ihr beigebracht.

Zwar unbeabsichtigt und außerhalb des Lehrplans, aber dafür ziemlich effektiv.

»Dann lass mal sehen.«

Jaz zog die Walnusshälfte aus ihrer Jackentasche und legte sie vor ihn auf den Tresen.

Der Händler nahm sie an sich, wog sie kurz in der Hand und holte dann eine Lupe unter der Theke hervor, um Feingehaltzahl und Stempel besser lesen zu können. Laut der Angaben handelte es sich um 925 Sterlingsilber und der Stempel zeigte das Siegel von Santeglow, einer der drei großen Silbermanufakturen Englands. An der Art und Weise wie der Händler das Stück betrachtete, merkte Jaz, dass er wusste, wie wertvoll es war.

»Hast du einen Besitzernachweis?«

Klar, dass das hatte kommen müssen.

Bedauernd schüttelte Jaz den Kopf. »Leider nicht. Granny hat das Ding vor ein paar Jahren geerbt, als ihre Schwester gestorben ist, und die hatte es wohl schon ewig. Einen Besitzernachweis hat Granny nie bekommen. Was denken Sie denn, was es wert sein könnte?«, schob sie als Frage unschuldig hinterher, um glaubhaft bei ihrer Geschichte zu bleiben, dass sie Angebote einholen wollte.

»Ohne Besitzernachweis ist es für mich leider gar nichts wert.« Der Mann legte den Briefbeschwerer auf den Tresen und zog seine Hand schnell zurück.

Bloß keine Berührung mit einer Totenbändigerin riskieren.

Jaz seufzte innerlich und steckte den Briefbeschwerer wieder ein. »Und mit Besitzernachweis? Was würden Sie da zahlen?«

Er hob die Schultern. »Dreihundertfünfzig? Vielleicht auch vierhundert? Ich müsste ihn wiegen und den aktuellen Silberpreis nachsehen. Aber ich kaufe nichts ohne Belege, tut mir leid. Vielleicht hast du woanders Glück.«

Er sah zur Tür und es war offensichtlich, dass er Jaz loswerden wollte. Die tat ihm den Gefallen und trat den Rückzug an. Auch wenn er unübersehbar Vorbehalte gegen Totenbändiger hatte, schien er zumindest ehrlich zu sein und führte ein seriöses Geschäft.

»Danke für die Auskunft. Einen schönen Tag noch.«

Sie verließ den Laden und wandte sich nach Osten. Auf der Clapham High Street sollte es laut Internet einen weiteren Pfandleiher geben. Und von dort war es nicht weit bis Stockwell und Brixton, zwei der sozial schwächeren Viertel, in denen sich ebenfalls Läden befanden, die sie abklappern konnte.

Wieder stiegen ihr verführerische Düfte in die Nase, als sie an Cafés und Schnellrestaurants vorbeiging. Mittlerweile war es kurz nach drei und ihr Magen protestierte wegen des ausgefallenen Mittagessens. Jaz gönnte ihm einen Schokoriegel, auch wenn ihr eine Pizza von dem Italiener, an dem sie gerade vorbeiging, jetzt deutlich lieber gewesen wäre. Aber die war nicht drin. Erst, wenn sie die Nuss verkauft hatte.

Sie lief weiter und versuchte sich vorzustellen, dass der Schokoriegel nach Schinken, Salami und Käse schmeckte, doch das war irgendwie eklig, deswegen ließ sie es schnell wieder sein.

Ob man schon nach ihr suchte?

Der Nachmittagsunterricht, zu dem sie hätte auftauchen müssen, hatte längst begonnen. Ihr Verschwinden war also mit Sicherheit inzwischen aufgefallen.

Doch wie intensiv würde man nach ihr suchen?

Auf dem Gelände der Akademie sicherlich, aber auch darüber hinaus? War sie die Mühe wirklich wert? Oder würde man sie einfach abschreiben?

Jaz konnte sich nur an ein einziges Mal erinnern, dass jemand aus der Akademie weggelaufen war. Ein Pärchen aus der Oberstufe als Jaz ungefähr zehn gewesen war.

Hatte man die beiden damals lange gesucht?

Sie konnte sich nicht erinnern. Sie wusste nur noch, dass sie traurig gewesen war, als Stella und Leslie plötzlich weg gewesen waren. Die beiden hatten sich oft um die jüngeren Kinder in der Akademie gekümmert. Zurückgekommen waren sie nie.

Weil sie clever entkommen waren oder weil man sie nicht wirklich intensiv gesucht hatte?

Die Vorstellung, dass man sie einfach in Ruhe ließ, war traumhaft. Auch ohne dass Master Carlton ihr ein Suchkommando hinterherschickte, um sie nach Newfield bringen zu lassen, gab es schon mehr als genug Dinge, um die sie sich Sorgen machen musste.

Zum Beispiel, wo sie heute die Nacht verbringen wollte, ohne von Geistern getötet zu werden.

Noch blieben ihr bis dahin aber ein paar Stunden Zeit.

Und vielleicht hatte sie ja bei einem der Pfandleiher, die noch auf ihrer Liste standen, mehr Glück.

Kapitel 6

Hatte sie nicht.

»Ich geb dir fünfzig.« Der Typ war um die dreißig mit Ziegenbart und zurückgegelten Haaren und legte seit Jaz den Laden betreten hatte die Art von Ich-sitze-hier-am-längeren-Hebel-Haltung an den Tag, bei der Jaz am liebsten gekotzt hätte. Im Strahl. Sie hasste Menschen, die sich für was Besseres hielten oder ihre Position ausnutzten.

Gleich danach folgten Menschen, die glaubten, man könnte sie verarschen.

Daher hob sie bei dem unverschämten Angebot nur eine Augenbraue und streckte ihre Hand nach dem Briefbeschwerer aus. »Scheint so, als wäre ich hier an der falschen Adresse, denn du hast offensichtlich keinen blassen Schimmer davon, was Silber wert ist.«

Sein Gesicht verzog sich abfällig, während er die kleine Walnusshälfte in seiner Hand wog. »Du aber schon, ja? Na, dann mach mir mal ein Gegenangebot.«

»Häng an deins noch eine Null dran.«

Er lachte auf. »Mag sein, dass das Ding hier wirklich so viel wert ist. Aber ohne Nachweispapiere und angeboten von einer Totenbändigerin, bei der ich nicht davon ausgehen, dass sie schon volljährig und damit mündig für ein Geschäft in dieser Höhe ist – träum weiter. Ich geb dir hundert.«

»Netter Versuch. Vierhundert.«

Er schüttelte den Kopf. »Hundertfünfzig. Letztes Angebot.«

Jaz schüttelte ebenfalls den Kopf. »Dann kommen wir leider nicht ins Geschäft.«

Wieder streckte sie ihre Hand nach dem Briefbeschwerer aus, doch der Typ ließ ihn in seiner Hosentasche verschwinden.

»Schade. Dann noch einen schönen Abend.« Er nickte Richtung Ladentür. »Du solltest dich beeilen, es dämmert bald.«

»Ernsthaft? Du machst jetzt einen auf Arschloch?« Jaz spürte, wie die Wut in ihr hochstieg.

Er grinste schmierig. »Aber so was von.« Seine Hand glitt unter den Tresen und als sie wieder auftauchte, hielt sie eine Pistole. »Und jetzt raus, sonst erschieße ich dich. Wenn ich behaupte, du wolltest mich ausrauben und hättest mich mit deinem Totenbändigervoodoo bedroht, glaubt das jeder sofort. Also verschwinde.«

Jaz presste die Kiefer aufeinander und deutet auf die Überwachungskamera, die den Thekenbereich filmte. »Die Aufnahmen von der da werden was anderes beweisen.«

Der Typ zuckte nur unbeeindruckt mit den Schultern. »Die funktioniert nicht. Das hier ist Brixton, Süße. Hier ist fast alles im Arsch. Also mach jetzt keinen Stress und verschwinde, wenn dir dein Leben lieb ist.«

Jaz ballte die Fäuste, doch bevor sie irgendetwas antworten konnte, flog die Ladentür auf und eine ziemlich genervt wirkende Frau Ende zwanzig zerrte einen Kinderwagen samt plärrendem Baby sowie zwei Kleinkinder mit ähnlich sonniger Stimmung über die Schwelle.

»Ken, ich brauche den Ring zurück, den ich dir Samstag gebracht hab. Stan ist ausgerastet, weil der seiner Mutter gehörte. Also hab ich ihm gesagt, er soll weniger saufen und Knete für Windeln und Essen besorgen, dann bekommt er ihn wieder. Und ob du's glaubst oder nicht – er hat tatsächlich Knete besorgt.« Sie wandte sich um und bemerkte erst jetzt, dass Ken nicht alleine im Laden war. »Oh, sorry. Störe ich?«

Jaz musste Ken zugestehen, dass er genug Anstand besaß, die Pistole verschwinden zu lassen, sobald die Kinder den Laden betreten hatten. Er würde also vermutlich keine Szene machen, solange die Familie hier war.

Das war ihre Chance.

»Kein Problem«, sagte Jaz schnell, bevor Ken ihr dazwischenfunken konnte, und schenkte der Frau ein Lächeln. »Ich sehe mich noch um. Sie können die Sache mit Ihrem Ring gerne zuerst regeln. Scheint ja dringend zu sein.«

Die Frau erwiderte das Lächeln dankbar – bis sie plötzlich die schwarzen Linien an Jaz' Schläfe bemerkte, die wegen ihrem Hoodie und den offenen Haaren nicht sofort ins Auge fielen.

»Oh. Du bist eine Totenbändigerin.«

»Yep.«

Die Mutter wandte sich zu ihren zwei quengelnden Kleinkindern um. »Ruhe jetzt! Das Mädchen da ist eine Hexe, die euch krank machen kann. Und wenn ihr zwei jetzt nicht endlich brav seid, sag ich ihr, dass sie genau das mit euch anstellen soll. Verstanden?«

Augenblicklich herrschte Ruhe. Selbst das Baby hatte aufgehört zu schreien. Die beiden Kleinen starrten Jaz mit großen Augen an und wichen ängstlich hinter den Kinderwagen zurück.

»Wow«, meinte Jaz. »Als Kinderschreck bin ich noch nie missbraucht worden.«

Die Mutter strich sich stöhnend die Haare aus dem Gesicht und bedachte Jaz mit einem entschuldigenden Blick. »Tut mir leid. Aber die drei rauben mir heute den letzten Nerv.« Sie nickte Richtung Ken. »Ist es wirklich okay, wenn ich rasch meinen Ring auslöse?« Sie zog ein Bündel Geldscheine aus der Hosentasche ihrer Jeans. »Geht auch ganz schnell.«

»Sicher.«

Alles, was Ken ablenkte, kam Jaz sehr gelegen, und sie trat an den Rand des Tresens, um der Mutter Platz zu machen.

Ken warf Jaz einen warnenden Blick zu, sagte aber nichts. Dann verschwand er kurz in ein Hinterzimmer, um den Ring zu holen, während die Mutter das Geld und den Pfandschein auf die Theke legte und mit Ken darüber verhandelte, ob er ihr beim Pfandkredit nicht ein bisschen entgegenkommen könnte, schließlich war der Ring ja nur zwei Tage bei ihm.

Prima. Lenk ihn ab und diskutiere gerne noch ein bisschen länger mit ihm.

Kaum dass Ken wieder hinter dem Verkaufstresen stand und mit nur mäßig verhohlener Genervtheit die Rückgabepapiere ausfüllte, ließ Jaz ihre Silberenergie in einem hauchfeinen Faden dicht über dem Boden zu ihm wandern. Das dreckige Grau des alten Linoleum bot dabei brauchbar gute Tarnung.

Ken trug alte Sneakers und Jeans. Jaz ließ ihren Silberfaden über seinen Schuh unter sein Hosenbein gleiten und stellte Hautkontakt her.

Dann begann sie, ihm seine Energie zu rauben.

Langsam.

Vorsichtig.

Nichts riskieren.

Ken durfte nichts merken, bis es zu spät war. Es waren schließlich Kinder im Laden.

Aber Jaz war gut im Energierauben. Verdammt gut. Wenn man mit einem Mistkerl wie Blaine hatte trainieren müssen, wurde man unweigerlich zum Ass.

Sie spürte ein warmes Prickeln in ihren Fingerspitzen, als sie Kens Lebensenergie durch ihren Silberfaden in sich sog.

Der Tag war anstrengend gewesen und der Boost, den sie durch die zusätzliche Energie bekam, gab ihr neue Kräfte. Machte sie wieder munterer, aufmerksamer, schneller. Wie ein extra starker Kaffee kombiniert mit einem Energiedrink, der instantan wirkte.

Behutsam leitete sie noch mehr von Kens Energie in sich.

Der schob der Mutter die Papiere zum Unterschreiben hin und ließ sich von ihr auf einen niedrigeren Pfandkredit runterhandeln. Vermutlich, um sie schneller wieder loszuwerden. Er nahm ihr Geld, zählte es kurz durch und drückte ihr dann ein kleines Plastiktütchen mit ihrem Ring in die Hand.

»Nächstes Mal gibt's keinen Nachlass, klar? Und diesmal gab's ihn nur, weil Stan und ich alte Kumpel sind. Auch klar?«

»Ja sicher«, war die genervte Antwort. »Nächstes Mal soll Stan den Scheiß hier sowieso selbst machen. Los, Kinder. Macht die Tür auf und dann raus hier. Und kein Quengeln oder Plärren! Sonst bleibt ihr heute Nacht draußen bei den Geistern. Kapiert?« Sie manövrierte den Kinderwagen zur Tür und wuchtete ihn über die Schwelle.

Kaum hatten Mutter und Kinder ihnen den Rücken zugekehrt, wollte Ken wieder nach seiner Pistole greifen, doch es war zu spät.

Jaz beschränkte sich nicht mehr auf sanftes Rauben, sondern riss mit aller Kraft an seiner Lebensenergie. Entsetzen trat in sein Gesicht, als er plötzlich zu schwach war, um sich auf den Beinen zu halten, und keuchend zu Boden ging. Jaz entzog ihm noch mehr Energie, bis er sich nicht mehr rühren konnte, dann trat sie um den Tresen herum und kniete sich neben ihn.

Panik lag in seinem Blick. Seine Augen waren das Einzige, das er noch bewegen konnte. Selbst Sprechen ging nicht mehr.

»Keine Sorge. Ich töte dich nicht.« Jaz trennte die Verbindung zu ihm. »Ich nehme mir nur das zurück, was mir gehört.«

Sie fasste in seine Hosentasche und zog den Briefbeschwerer heraus. »Und eine kleine Entschädigung dafür, dass du mich bestehlen wolltest und mich mit einer Pistole bedroht hast.«

Sie richtete sich wieder auf und nahm das Pfandgeld vom Tresen. Siebenunddreißig Pfund. Mehr war der Ring von Stans Mutter anscheinend nicht wert. Oder Ken hatte die Mutter und seinen Kumpel übers Ohr gehauen.

Jaz steckte das Geld ein und blickte hinunter zu ihm. Ken starrte hasserfüllt zurück, war sonst aber zu geschwächt, um irgendeinen Muskel zu rühren.

»War nett, mit dir Geschäfte zu machen«, meinte sie ironisch. »Ich glaube allerdings, wir sehen uns trotzdem nie wieder. Schlaf am besten. So regenerierst du dich am schnellsten. Und wenn du nach dem Aufwachen die übelsten Kopf- und Gliederschmerzen deines Lebens hast, denk daran, zu Totenbändigern in Zukunft netter zu sein. Wir stehen nämlich nicht so darauf, wenn man uns verarschen will oder Waffen auf uns richtet. Schönes Leben noch, Ken!«

Sie schenkte ihm ein letztes, zuckersüßes Grinsen, dann lief sie zur Ladentür. Dort drehte sie das Öffnungsschild auf *Closed*, schlüpfte ins Freie und verschwand zügig zwischen den Leuten, die auf dem Brixton Market noch schnell ein paar letzte Einkäufe erledigen wollten, bevor die Dämmerung anbrach. Adrenalin und gestohlene Energie pulsierten durch ihren Körper und sie fühlte sich, als könnte sie Bäume ausreißen. Oder einen Marathon quer durch sie Stadt laufen. In Rekordzeit.

Doch Jaz wusste, dass sie diesem Hochgefühl nicht trauen durfte. Gestohlene Energie war wie ein Rausch, doch wenn man sich mit ihr verausgabte, musste man dafür teuer bezahlen. Wäre sie wirklich quer durch die Stadt gerannt, weil sie sich gerade vorkam wie Supergirl, würde sie sich morgen wie durchgekaut und ausgespuckt fühlen. Und das konnte sie sich nicht leisten.

Deshalb lief sie bloß bis zur Bahnstation, flitzte drei Stufen auf einmal nehmend die Treppe zu den Bahnsteigen hinauf und erwischte mit einem Sprint noch einen Zug, der sie Richtung Norden über die Themse bringen würde. Dort wollte sie sich ein Versteck für die Nacht suchen und überlegen, wie es ab morgen mit ihr weitergehen sollte.

Kapitel 7

Charing Cross Station war laut und bunt und eins der Tore zum Vergnügungsviertel des West Ends. Plakate machten Werbung für Theaterstücke, Clubs, Discos und Bars, Leute in Kostümen verteilten Werbeflyer und Gutscheine, Musik plärrte, auf zwei großen Leinwänden liefen Kinotrailer und blinkende Neonpfeile mit *Adults only* wiesen den Weg zur Rotlichtmeile.

Doch man wurde nicht nur mit akustischen und visuellen Eindrücken erschlagen, sobald man in Charing Cross aus dem Zug stieg. Der Bahnhof war auch voller Essensgerüche in allen Variationen von herzhaft bis süß. Nicht alles war ihr Fall, dennoch lief Jaz das Wasser im Mund zusammen und ihr Magen knurrte so heftig, dass es schon fast wehtat. Trotzdem war sie nicht bereit, die überteuerten Preise der Imbissbuden in der Bahnhofshalle zu zahlen.

Sie verließ das Gebäude und ignorierte die Hinweisschilder, die zu den typischen Touristenzielen wie Trafalgar Square, Covent Garden, den Museen und Galerien, Theatern oder Multiplexkinos führten. Stattdessen nahm sie die kleineren Seitengassen Richtung Themse und fand einen Sandwichladen, der in einem Kühlregal reduzierte Waren anbot, die kurz vor dem Verfallsdatum standen. Jaz kaufte zwei Sandwiches und zwei Wasserflaschen und lief damit hinunter zum Victoria Embankment. Dort gab es einen kleinen Park am Fluss, in dem es ruhiger war.

Sie wollte jetzt keinen Trubel, keine Musik oder blinkendes Neonlicht. Auch keine anderen Menschen, die sie entweder schräg anguckten, weil sie eine Totenbändigerin war, oder weil es zu dämmern begann und Jugendliche dann gefälligst zu Hause zu sein hatten. Die Sperrstunde für alle unter achtzehn begann um zweiundzwanzig Uhr. In der dunklen Jahreszeit sogar noch früher. Nach der Sperrstunde durften Minderjährige sich nur noch in Begleitung von Erwachsenen in öffentlichen Bereichen aufhalten.

Jaz hatte keine Ahnung, ob diese Regel auch für jugendliche Totenbändiger galt, denn immerhin konnte sie sich gegen Geister deutlich besser zur Wehr setzen als irgendein Erwachsener ohne Totenbändigerkräfte. In der Akademie galten aber dieselben Sperrzeiten und auch wenn Jaz keinem Streit, der nötig war, aus dem Weg ging, vermied sie Ärger, der sich nicht lohnte. Gegen Sperrzeiten zu rebellieren, war ihr nie sonderlich lohnenswert erschienen.

Wie erhofft war im Park nichts los. An einem Montagabend trieben sich vermutlich nur Touristen im West End herum und die zog es in die Restaurants, Bars, Kinos oder Theater. Vielleicht lag es aber auch daran, dass die Menschen verinnerlicht hatten, Parks zu Dämmerzeiten zu meiden, weil sie in der Stadt oft die einzigen Orte waren, an denen Geister sich tagsüber verstecken konnten.

Allerdings nicht hier im West End. Hier gab es so viele Magnesiumlaternen, eiserne Zäune und ebensolche Skulpturen und Verzierungen, dass sich kein einziger Geist auch nur in die Nähe wagte. Für den Schutz der Touristen, der Stars und der Schönen und Reichen scheute der Stadtrat keine Kosten und Mühen, damit Theater- und Filmpremieren oder Besuche in Edelrestaurants nicht in einem Fiasko endeten.

Jaz suchte sich eine Bank und verschlang das erste Sandwich

so hastig, dass sie kaum schmeckte, was darauf war. Beim zweiten ließ sie sich mehr Zeit und sah hinaus auf den Fluss.

Was zum Teufel sollte sie jetzt machen?

Den ganzen Tag über hatte sie die Frage verdrängt. Zuerst war die Flucht aus der Akademie wichtiger gewesen, dann hatte sie die ersten Pfandleiher abgeklappert, um den Briefbeschwerer zu Geld zu machen. Ohne Erfolg.

Erst jetzt wurde ihr so richtig klar, dass all ihre tollen Zukunftspläne nicht mehr funktionierten. Jedenfalls nicht so, wie geplant. Sie musste zwar nicht nach Newfield, aber die Polizeiakademie und ein Leben als Spuk waren dafür genauso in weite Ferne gerückt.

Der Sandwichbissen klebte ihr plötzlich ziemlich pappig im Mund und der blöde Kloß in ihrem Hals machte es schwer, ihn herunterzuwürgen. Rasch kippte sie ein paar Schlucke Wasser hinterher und schob dann den Gedanken an das mögliche Platzen ihrer Zukunftspläne entschieden von sich.

Erst mal gab es eine viel dringendere Frage zu klären.

Wo verdammt sollte sie jetzt hin?

Heute die Nacht hier im West End zu verbringen, war kein Problem. Auch die nächsten paar Nächte würde es sicher gehen. Aber auf Dauer war das keine Lösung. Im Moment war das Wetter noch gut und die Nächte nicht zu kalt. Allerdings war London nicht gerade als warmes Sonnenparadies bekannt. Im Gegenteil. Herbst und Winter waren feucht und kalt und kosteten jedes Jahr etliche Obdachlose das Leben.

Sie brauchte eine Unterkunft. Nichts Besonderes. Bloß irgendein kleines Zimmer, das sie sich auch mit anderen teilen konnte. Das wäre vollkommen okay. In der Akademie hatte sie schließlich auch kein eigenes Zimmer gehabt.

Doch Jaz wusste, dass London ein teures Pflaster war. Und als Totenbändigerin in einer Wohngemeinschaft aufgenommen zu werden, war mit Sicherheit noch schwieriger. Mal ganz abgesehen davon, dass sie noch minderjährig war.

Aber bevor sie sich darüber Gedanken machen konnte, musste sie erst mal für Geld sorgen. Ihre mageren Ersparnisse und das bisschen, was sie Ken abgenommen hatte, würden niemals reichen, um sich irgendwo einmieten zu können.

Sie brauchte einen Job. Doch auch das war leichter gesagt als getan, denn wer würde eine minderjährige Totenbändigerin einstellen?

Ächzend wischte Jaz sich über die Augen.

Sie hatte sich Freiheit und Selbstbestimmung gewünscht, aber wenn diese so schwierig und kaum zu bewältigen waren, trat ihr das berühmte *Sei vorsichtig, mit dem, was du dir wünschst* gerade mächtig in den Hintern.

Sie stützte den Kopf in die Hände und presste die Finger auf die Augen.

Gestern um diese Zeit hatte sie in ihrem Bett gelegen, sich darüber gefreut, dass endlich ihr letztes Schuljahr anbrach, und gleichzeitig darüber gestöhnt, dass sie sich jetzt wieder mit Blaine, Asha und Leroy abgeben musste, denen sie während der Ferien größtenteils aus dem Weg hatte gehen können.

Heute besaß sie nicht mal mehr ein Dach über dem Kopf.

War Weglaufen wirklich so eine gute Idee gewesen?

Vielleicht hätte sie besser genau das machen sollen, was sie Jessica erzählt hatte: Zähneknirschend nach Newfield gehen, dort die Kids unterrichten, parallel ihren Abschluss machen und sobald sie ihn in der Tasche hatte und volljährig war, von der Farm verschwinden.

Klang irgendwie nach einem clevereren Plan als die Ungewissheit, die jetzt vor ihr lag.

Aber alleine beim Gedanken an diese Farm schnürte sich ihr die Kehle zu. Sie konnte nicht mal genau sagen, warum, aber bei der Vorstellung, dort leben zu müssen, schrillte ihr inneres Alarmsystem und dieses Bauchgefühl war das Einzige, worauf sie sich bisher in ihrem Leben wirklich verlassen konnte.

Also egal, wie ätzend die nächsten Tage, Wochen oder gar Monate auch werden mochten, es war richtig gewesen, aus der Akademie abzuhauen.

Punkt.

Und mit den Konsequenzen würde sie schon irgendwie klarkommen.

Selbst den Traum von der Polizeiakademie wollte sie noch nicht ganz aufgeben. Wenn sie Unterkunft und Job hatte, konnte sie sich auch hier in London fürs Homeschooling anmelden. Bibliotheken hatten schließlich jede Menge Schulbücher und öffentliche Computer, die sie zum Lernen benutzen konnte, oder nicht?

Entschieden setzte sie sich wieder auf und strich ihre Haare zurück.

Nicht unterkriegen lassen.

Irgendwie würde sie das alles schon hinbekommen.

Sie spielte am Verschluss ihrer Wasserflasche herum und blickte hinaus auf die Themse. Mittlerweile war es dunkel geworden und vom Wasser zog feuchte Kühle in den kleinen Park. Auch wenn es hier ruhig war und niemand vorbeikam, der ihr unangenehme Fragen stellte, war es vielleicht nicht die beste Idee, die Nacht hier zu verbringen.

Außerdem fühlte sie noch immer einen Teil der Energie in sich, die sie Ken gestohlen hatte. An Schlaf war also ohnehin noch nicht zu denken.

Jaz entsorgte ihren Müll, schwang sich ihren Rucksack über die Schulter und marschierte los.

Bisher kannte sie das West End nur bei Tag.

Zeit herauszufinden, wie es hier in der Nacht aussah.

Kapitel 8

Dienstag, 3. September

Panisches Kreischen riss Jaz aus dem Schlaf. Einen Moment lang wusste sie nicht, wo sie war. Im fahlen ersten Morgenlicht wirkte der kleine Hinterhof ganz anders, als in der Dunkelheit der letzten Nacht.

Bis weit nach Mitternacht war sie durch die Straßen des Vergnügungsviertels geschlendert. Erst im Westen, der an Mayfair, Londons reichsten Stadtteil, grenzte. Hier fand man Edelclubs, sündhaft teure Bars und Restaurants sowie Nobelhotels, in denen die Reichen und Schönen aus aller Welt nächtigen und sich vergnügen konnten.

Totenbändiger waren dort nicht gerne gesehen, weshalb Jaz die Straßen bei Tag bisher meistens gemieden hatte. In vielen der Lokale und Hotels hingen Schilder mit *Totenbändiger unerwünscht* oder *Kein Zutritt für Totenbändiger.* Die feine Gesellschaft gab sich nicht gerne mit Freaks ab. Nicht, dass Totenbändiger sich den Aufenthalt in solchen Clubs oder Restaurants hätten leisten können. Zumindest nicht, dass Jaz es gewusst hätte. Die externen Schülerinnen und Schülern der Akademie gehörten alle bestenfalls zur Mittelschicht. Doch es gab auch etliche Familien, die froh waren, dass die Akademie kostenlos war und ihre Kinder dort eine warme Mahlzeit am Tag bekamen.

Im Zentrum des West Ends befanden sich die Theater, Kinos und Showpaläste sowie Discos, Clubs und Restaurants, die erschwinglichere Preise für Normalbürger anboten. Im Osten dagegen lagen die Bordelle und kleinere Kinos und Theater, die anrüchigere Filme, Stücke oder Shows zeigten. Hier hatte Jaz den kleinen Hinterhof gefunden, den sich ein Tätowierladen und ein Sexshop teilten. Er war ruhig, von der Straße uneinsehbar und im Gegensatz zu den Hinterhöfen und schmalen Gassen in der Nähe der Bars und Restaurants gab es hier keine Mülltonnen mit übelriechenden Essensresten. Nur einen Berg Pappkartons und Säcke mit Verpackungsmaterial, auf denen es sich halbwegs bequem hatte schlafen lassen.

Bis die Schreie sie geweckt hatten.

Zuerst war es nur panisches Gekreische gewesen, jetzt mischten sich jedoch auch Worte darunter.

»Hilfe! Sie ist tot! Oh Himmel! Sie ist tot! Hilfe! Hilfe!«

Die Stimme klang nach einer Frau, nach und nach mischten sich aber auch noch andere hinzu. Leiser, sodass Jaz nicht mehr alles verstehen konnte, doch das »Sie ist tot!« hatte gereicht, um ihr einen kalten Schauer den Rücken hinunterlaufen zu lassen.

Sie raffte ihre Sachen zusammen und lief in Richtung des Tumults.

Es war noch früh, sicher noch keine sechs Uhr und die Läden in den Straßen waren noch alle geschlossen. Jaz zog sich trotzdem die Kapuze ihres Hoodies über.

Bloß nicht auffallen.

Sie lief an einem Bordell vorbei und sah an der nächsten Straßenecke einige Menschen vor der Mündung einer schmalen Gasse stehen. Ihrer Kleidung nach zu urteilen, waren die meisten von ihnen Sexworker. Eine junge Frau in Alltagskleidern hing schluchzend in den Armen einer älteren, die einen seidig schimmernden, ziemlich kurzen Morgenmantel im Kimonostil trug. Zwei weitere Frauen und ein junger Mann in ähnlicher

Aufmachung standen daneben und starrten betroffen und verstört in die Seitengasse.

Um sich im Hintergrund halten zu können, wechselte Jaz die Straßenseite und lief unauffällig näher heran. Eine Straßenlaterne spendete Licht, das jedoch nicht bis in die Seitengasse fiel. Trotzdem konnte Jaz im Schatten zwei bullige Männer ausmachen, vermutlich Türsteher oder Security aus den umliegenden Freudenhäusern. Sie hatten die Taschenlampenfunktion ihrer Handys aktiviert und knieten neben dem leblosen Körper einer jungen Frau.

Jemand hatte ihr die Kehle durchgeschnitten.

Jaz spürte, wie ihr flau im Magen wurde.

Die junge Frau lag in einer Pfütze aus Blut. Ihr Gesicht war kreidebleich und wirkte wie aus Porzellan. Das Schrecklichste aber waren ihre Augen. Milchig trüb stierten sie ins Leere und schienen Jaz trotzdem genau anzusehen.

Sie schauderte und spürte, wie ihr Herz plötzlich deutlich heftiger als zuvor gegen ihre Rippen pochte.

»Wir müssen die Polizei rufen.« Einer der Securitymänner erhob sich und schaltete die Taschenlampe seines Handys aus, um zu telefonieren.

Das war das Stichwort für Jaz.

Mit der Polizei wollte sie nichts zu tun haben, sonst landete sie wieder in der Akademie. Oder man hängte womöglich ihr den Mord an, weil Totenbändiger ja ständig als Sündenböcke für alles Mögliche herhalten mussten.

Bloß das nicht.

Leise, damit niemand sie bemerkte, wandte sie sich um, hielt sich dicht an der Hauswand und huschte um die nächstbeste Straßenecke. Dann rannte sie so schnell sie konnte, um so viel Abstand wie möglich zwischen sich und den Tatort zu bringen.

Rechts. Links. Gerade aus. Noch mal links.

Rennen machte ihr nichts aus. Sie liebte es, joggen zu gehen. Laufen half, den Kopf freizubekommen.

Jetzt gerade half es allerdings kein bisschen.

In der vergangenen Nacht war eine junge Frau ermordet worden. Keine zwei Blocks von dem Hinterhof entfernt, in dem Jaz geschlafen hatte.

Bei der Vorstellung schnürte sich ihre Brust zu und sie musste aufhören zu rennen, weil sie kaum noch Luft bekam.

Himmel, reiß dich zusammen!

Einatmen. Ausatmen.

Einatmen. Ausatmen.

Das Engegefühl ließ wieder nach und sie lief langsamer weiter.

Hatte sie irgendjemanden gesehen, bevor sie sich in dem Hinterhof versteckt hatte?

Nein.

Sie war vorsichtig gewesen.

Hatte nicht gewollt, dass jemand mitbekam, wo sie die Nacht verbrachte.

Und vorher? Als sie durch die Gassen des West Ends geschlendert war? War ihr da jemand aufgefallen?

Nicht wirklich.

Aber was hätte ihr auch auffallen sollen?

Wer immer der Frau die Kehle durchgeschnitten hatte, war sicher nicht mit einem Messer in der Hand durchs halbe West End spaziert.

Vielleicht war es ein unzufriedener Freier gewesen? Jemand, der irgendwas Perverses von ihr verlangt hatte, das sie aber nicht hatte tun wollen? Und aus Rache, Wut oder gekränktem Stolz hatte er sie dann umgebracht?

Oder lief hier irgendein gestörter Moralapostel herum, für den Sexworker das Übel schlechthin waren und ausgerottet werden mussten?

Oder ein Psychopath, der einfach Spaß am Töten hatte, und die arme Frau war bloß zur falschen Zeit am falschen Ort gewesen?

Jaz schluckte hart und kaute nervös auf ihrer Unterlippe herum.

Wenn dieser Mistkerl irgendwo in der Dunkelheit auf ein x-beliebiges Opfer gelauert hatte, hätte es genauso gut auch sie erwischen können.

Shit.

Sie war davon überzeugt gewesen, dass das West End nachts ein sicherer Ort war. Zwar keine Dauerlösung, aber zumindest ein paar Nächte lang, bis sie Geld organisiert und vielleicht einen Job hatte, um irgendwo unterzukommen.

Jetzt sah es so aus, als müsste sie sich schnell etwas anderes einfallen lassen.

Sie rannte weiter durch die Gassen.

Etwas ließ ihren Nacken ungut kribbeln und sie fühlte sich beobachtet, als sie eine weitere leere Gasse entlanglief. Alarmiert fuhr sie herum. Doch es war niemand zu sehen.

Nicht durchdrehen …

Hastig lief sie weiter.

Wenn hier nachts ein verdammter Killer herumschlich, konnte sie nicht im West End schlafen.

Sie bog nach links in eine breitere Straße und sah in der Ferne das Dach der Charing Cross Station.

Perfekt.

Dort waren selbst zu dieser frühen Morgenstunde sicher schon genug Menschen unterwegs.

Jaz griff in ihre Hosentasche und schloss ihre Hand um die kleine Wallnusshälfte. Heute musste sie mit dem Verkauf des Briefbeschwerers definitiv mehr Glück haben als gestern.

Kapitel 9

Freitag, 6. September

Deep into that darkness peering,
long I stood there wondering, fearing,
doubting, dreaming dreams
no mortal ever dared to dream before …

Vielleicht ging er die Sache mit den verdammten Albträumen völlig falsch an.

Gedankenverloren strich Cam sich über den Arm.

Vielleicht sollte er sich nicht jeden Abend wünschen, dass sie wegblieben, sondern dass sie kamen. Wenn er sie einlud und sich ihnen ganz bewusst stellte, würde er sich dann vielleicht an sie erinnern können?

»Hey.« Evan stupste ihn mit seinem Bleistift. »Nimmst du an dieser Gruppenarbeit noch teil oder hast du dich gedanklich schon ins Wochenende verabschiedet?«

Es war Freitagnachmittag und neunzig Prozent ihrer Mitschüler waren nach Schulschluss schneller verschwunden als man gucken konnte. Der Rest hatte sich nach und nach getrollt. Cam dagegen saß noch immer mit Evan und Ella im Medienraum und erledigte die kreative Schreibaufgabe, die Mr Morris, ihr Literaturlehrer, ihnen gestellt hatte: Sie sollten sich ohne Vorgaben ein Gedicht aussuchen und um die Geschichte, die das Gedicht erzählte, eine eigene Rahmengeschichte herumschreiben. Dabei war es egal, ob das Gedicht am Anfang, in der Mitte oder am Ende ihrer Geschichte stand, es musste nur mit der Bedeutung jeder Zeile und mit seiner Gesamtaussage in ihre eigene Geschichte hineinpassen. Cam fand das eine ziemlich coole Aufgabe und noch cooler war das Gedicht, das Evan vorgeschlagen hatte: *The Raven* von Edgar Allan Poe, in dem ein Mann nach dem Verlust seiner Geliebten mit Trauer, dunklen Gedanken und überreizten Nerven kämpft und eines Nachts von einem unheimlichen Raben in den Wahnsinn getrieben wird.

Einige der Textzeilen sprachen Cam auf eine Weise an, wie es Gedichte nur äußerst selten schafften.

Weniger cool war, dass sie nur diesen Freitag als gemeinsamen Nachmittag gefunden hatten, um ihre Rahmengeschichte zu schreiben.

Cam verzog das Gesicht. »Sorry, nein, ich bin noch da. War nur eine verdammt lange Woche.« Er reckte sich auf seinem Stuhl und kratzte sich wieder den Arm.

Die Schnitte heilten, juckten aber wie blöde.

Evan musterte ihn. »Das glaub ich dir sofort.« Die dunklen Schatten unter Cams Augen waren nicht zu übersehen. »Und es tut mir leid, dass wir das alles nur meinetwegen heute noch machen mussten.«

»Schon okay.« Ella tippte den letzten Absatz ihrer Geschichte, den sie und Evan gerade formuliert hatten, in den Laptop. »Ist doch schön, dass deine Cousine am Wochenende heiratet.«

Evan schnaubte. »Das sagst du nur, weil du meine Familie nicht kennst. Seit Monaten gibt es kein anderes Thema mehr als diese blöde Hochzeit. Und du glaubst gar nicht, wie oft und wie lange man in unterschiedlichen Kombinationen miteinander telefonieren kann, um gemeinsam darüber zu jammern, dass es seit zwei Tagen dauerregnet.« Er verdrehte die Augen. »Als ob schönes Wetter am Hochzeitstag eine Garantie dafür ist, dass die Ehe halten wird.«

Cam grinste. »Wenn deine Familie um die Hochzeit so einen Aufstand macht, ging Petrus das ganze Tamtam vermutlich irgendwann auch auf den Keks und er lässt es deshalb jetzt schütten ohne Ende.«

»Toll«, meinte Evan ironisch. »Und warum bestraft er damit auch mich? Ich bin derjenige, der sich das ganze Gejammer nachher beim Abendessen wieder anhören muss.«

Übertrieben leidend stützte er die Ellbogen auf die Tischplatte und vergrub sein Gesicht in den Händen.

»Sieh es positiv«, versuchte Cam ihn aufzumuntern. »Es gibt bestimmt leckeres Essen, wenn sie die Feier so gut durchgeplant haben. Und Hochzeitstorte.«

»Ein schwacher Trost.« Mit einem abgrundtiefen Seufzen tauchte Evan wieder aus seinen Händen auf. »Ich würde am Wochenende jedenfalls bedeutend lieber in London bleiben. Die Gesellschaft hier ist viel reizvoller.« Er warf einen spitzbübischen Blick zu Cam. »Und leckeres Essen gibt es hier auch. Ich kann dir gerne mal ein paar meiner Favoriten zeigen, wenn du willst. Auf was stehst du denn so? Gibt es Sachen, die du besonders gerne magst? Oder müssen wir auf irgendwelche Allergien oder Unverträglichkeiten aufpassen?«

Hinter dem Laptopbildschirm biss Ella sich auf die Lippen, um nicht zu offensichtlich zu grinsen, als sie den Blick sah, mit dem Evan Cam anschaute. Still vergnügt tippte sie die Schlusssätze.

»Ehm, nein – ich –«

Ein Klopfen an der Tür des Medienraums rettete Cam davor, weiterreden zu müssen.

Mr Fisher, der Hausmeister der Ravencourt Comprehensive School, kam zu ihnen herein. »Tut mir leid ihr drei, aber es ist gleich sechs und ich muss euch so langsam hier rausschmeißen.«

»Kein Problem«, sagte Ella sofort. »Wir sind fertig. In fünf Minuten sind wir hier weg.«

»Gut. Dann schließe ich schon mal die Seitentüren ab und wir treffen uns vorne am Haupteingang.«

»Okay. Danke, dass wir hier arbeiten durften.« Evan begann seine Sachen in seinen Rucksack zu stopfen.

»Kein Problem.« Der Hausmeister zog einen dicken Schlüsselbund aus seiner Hosentasche und verschwand damit klimpernd auf dem Gang.

»Wie weit bist du?«, fragte Evan an Ella gewandt. »Ich kann die Geschichte heute Abend zu Ende schreiben, wenn noch was fehlt. Gibt mir eine hervorragende Entschuldigung, um die gemeinsame Abendessenszeit knapp zu halten, wenn mir das Hochzeitsgelaber zu viel wird.«

»Sorry, aber die Ausrede wird nicht funktionieren. Ich hab den Text fertig. Lenore hat ihren Tod nur vorgetäuscht und den Raben zum Ich-Erzähler geschickt, um ihn in den Wahnsinn zu treiben.« Ella fuhr den Laptop herunter. »Ich hab euch den Text zugeschickt, dann kann ihn jeder von uns noch mal gegenlesen und Änderungen vorschlagen.«

»Perfekt. Dann hab ich ja doch eine Ausrede.« Evan griff nach seiner Tasche und stutzte, als sein Blick zufällig auf Cams Ärmel fiel. Am linken Unterarm war das Hemd voller kleiner Blutflecken. »Hey, was ist mit deinem Arm? Hast du dich verletzt?«

Shit.

Verärgert über sich selbst wischte Cam über den Ärmel, änderte damit an den Flecken aber natürlich gar nichts.

Warum mussten die blöden Hemden der Schuluniform auch weiß sein? Zuhause trug er nur schwarz, da fiel es nicht weiter auf, wenn er an den Schnitten kratzte. Aber in der Schule musste er echt besser aufpassen.

»Das sind bloß Kratzer vom Spielen mit unserem Kater«, tat er es ab und nahm seinen Rucksack. »Er ist noch ein Kitten und ziemlich ungestüm. Deshalb fließt manchmal ein bisschen Blut, weil er seine Kräfte noch nicht einschätzen kann. Aber er meint es nicht böse.«

Gedanklich entschuldigte er sich bei Holmes, fand die Ausrede mit den Katzenkratzern aber eigentlich ziemlich genial.

»Klingt nach einem kleinen Tiger«, meinte Evan, als die drei den Medienraum verließen.

»Eigentlich ist er eher ein Panther.«

Evan deutete zur Klotür. »Willst du dich waschen?«

»Quatsch. Es sind nur Kratzer und das Hemd geht sowieso in die Wäsche. Und Mr Fisher sollte nicht noch länger auf seinen Feierabend warten.«

Sie holten ihre Jacken aus den Spinden und verabschiedeten sich vom Hausmeister, der am Haupteingang auf sie wartete und die Schule abschloss, nachdem alle das Gebäude verlassen hatten.

Kalter Wind blies ihnen entgegen und Regen fiel in dichten Schleiern auf London herab. Es war erst sechs Uhr und trotzdem schon recht dunkel. Die Magnesiumlaternen auf dem Schulhof brannten bereits, genauso wie die Straßenlampen.

»Na toll.« Grummelnd zog Evan sich die Kapuze seiner Regenjacke über.

Die drei rannten über den Schulhof zur Straße und suchten Schutz unter dem Häuschen der Bushaltestelle.

»Kommst du sicher nach Hause?«, fragte Cam. »Gibt es überall Straßenlaternen auf deinem Weg?«

Evan nickte. »Sind allerdings nicht die Zuverlässigsten. Sobald es Stromschwankungen im Netz oder Probleme mit der Versorgung gibt, fällt die Beleuchtung bei uns gerne mal aus.«

»Und dagegen macht keiner was?« Ella runzelte die Stirn. »Das kann doch echt gefährlich sein.«

Evan hob die Schultern und verfiel in einen sarkastischen Zitierton. »Die Stadtwerke bitten um Verständnis, dass es in einer so großen Stadt wie London manchmal zu Engpässen kommen kann, und sie an erster Stelle sicherstellen müssen, dass öffentliche Gebäude wie Krankenhäuser, Pflegeheime, Schulen und Kindergärten sowie wichtige Straßenzüge und andere Orte des öffentlichen Interesses einwandfrei versorgt werden. Ach ja, und selbstverständlich die Viertel der Schönen und Reichen«, fügte er spöttisch hinzu. »Aber das steht natürlich nicht in den tollen Mitteilungen, die man uns Durchschnittsbürgern in den ganz normalen Wohnvierteln jedes Jahr vor der dunklen Jahreszeit zuschickt. Bekommt ihr die nicht?«

»Nope«, antwortete Ella. »Jedenfalls nicht, dass ich wüsste. Aber in unserer Straße gibt es auch keine Laternen. Vielleicht liegt es daran.«

»Jetzt echt? Wo wohnt ihr denn?«

»In einer kleinen Sackgasse direkt am Wald vom Hampstead Heath. Die ist zu unbedeutend, als dass die Stadt dort Geld in eine Straßenbeleuchtung investieren würde.«

»Aber wenn eure Straße direkt am Wald liegt, ist das doch echt gefährlich, oder nicht?« Verwundert schüttelte Evan den Kopf. »Habt ihr dann nicht ständig zur Dämmerzeit Geister bei euch?«

Ella wischte sich einen Regentropfen von der Nase. »Manchmal. Aber unsere Häuser sind alle mit Eisenzäunen geschützt, deshalb machen Geister meistens einen Bogen um uns und verlassen den Wald an anderen Stellen.«

»Meistens?« Evan hob eine Augenbraue. »Meistens heißt nicht immer.«

»Von den stärkeren Geistern traut sich schon hin und wieder einer in unsere Straße.« Doch Cam zuckte bloß mit den Schultern. »Aber dadurch ist der Wald ein cooles Trainingsgelände.«

Jetzt wanderte auch Evans zweite Augenbraue in die Höhe und er sah zwischen Ella und Cam hin und her.

»Trainingsgelände? Das heißt, ihr geht da raus und übt das Geistervernichten?«

»Ja klar«, antwortete Cam, als wäre das selbstverständlich. »Bloß, weil wir unsere Fähigkeiten haben, heißt das ja nicht, dass wir auch automatisch damit umgehen können. Das ist wie beim Sport. Man muss trainieren. Und je öfter man es macht, desto besser wird man.«

»Wow«, meinte Evan sichtlich beeindruckt. »Darüber hab ich mir ehrlich gesagt noch nie Gedanken gemacht. Kann ich da mal mitkommen? Ich würde wahnsinnig gerne sehen, wie du ein paar Geister plattmachst.«

Cam schüttelte den Kopf. »Nein. Das ist zu gefährlich.«

Ella verdrehte innerlich die Augen.

Himmel, manchmal schnallte Cam echt gar nichts.

»Nicht unbedingt.« Sie spießte einen bedeutungsschweren Blick in ihren Bruder, den dieser allerdings nur mit einem verständnislosen Stirnrunzeln quittierte.

Jungs, echt ey.

Diesmal beschränkte Ella sich nicht bloß auf ein innerliches Augenrollen. »Wir könnten Connor fragen, ob er Evan seine Silberweste leiht. Damit wäre er gut genug geschützt. Connor ist ein Normalo wie du«, fügte sie erklärend für Evan hinzu. »Er wohnt bei uns und arbeitet zusammen mit unseren älteren Geschwistern in einer Spuk Squad der Metro Police. Für seine Einsätze hat er eine Silberweste, die ihn vor Geisterberührungen schützt. Er leiht sie dir bestimmt, wenn wir sagen, dass du mal zum Training mitkommen willst.«

»Cool!« Evan schien ehrlich begeistert. »Ich bin gespannt. Ich hab noch nie einen Geist aus der Nähe gesehen, geschweige denn, wie einer gebändigt wird. Ich kenne das nur aus den Berichten und Videos, die man immer mal wieder in den Medien sieht.«

»Na ja«, meinte Cam. »Die meisten Menschen wollen ja auch eher nichts mit Geistern zu tun haben und machen eigentlich einen Bogen um sie.«

Evan grinste verschmitzt. »Ich bin aber nicht wie die meisten Menschen. Hast du das noch nicht gemerkt?«

Der Blick, mit dem er Cam dabei ansah, gefiel Ella ziemlich gut. Cam dagegen schien nur verwirrt und planlos, was er darauf erwidern sollte. Zum Glück bogen aber gerade ihre Busse von der Kreuzung ein. Schnell zogen die drei sich wieder ihre Kapuzen über und stellten sich ans Halteschild.

»Hast du eine Taschenlampe dabei?«, fragte Ella. »Wenn bei euch ständig die Straßenbeleuchtung ausfällt, können wir sonst auch mit dir fahren und dich heimbringen.«

»Nee, alles gut. Ich hab immer eine Lampe dabei.« Evan knuffte ihr freundschaftlich gegen die Schulter. »Aber danke, dass du dir Sorgen um mich machst.«

»Hallo? Ist doch wohl klar. Komm gut heim und ich hoffe, du hast am Wochenende zumindest ein bisschen Spaß auf der Hochzeit.«

Evan verzog das Gesicht. »Ich wage es zu bezweifeln.« Er blickte zu Cam. »Aber dafür machen wir nächstes Wochenende irgendwas Cooles, ja? Bis Montag!«

Die Busse hielten und Evan stieg in den ersten, der in eins der umliegenden Wohngebiete fuhr. Ella und Cam nahmen den zweiten Richtung Hampstead.

Im Bus war es voll und stickig und Cam war froh, als sie nach schier endlosen zwanzig Minuten endlich an ihrer Haltestelle ankamen. Es regnete immer noch, deswegen sparten sie sich den Umweg zur Ampel und flitzten waghalsig quer durch den Feierabendverkehr über die Hauptstraße.

»Okay«, begann Ella, als sie in eine der ruhigeren Seitenstraßen einbogen, die zu den Wohnvierteln führten, und sie allein waren. »Da Subtext offensichtlich nicht so deine Stärke ist, spare ich mir die Mühe, dich subtil auf den Weg der Erkenntnis zu führen und rede Klartext, okay?«

»Hä?«

»Du merkst schon, dass Evan versucht, mit dir zu flirten, oder?«

Cam verzog das Gesicht und seufzte. »Ja, ich – weiß nicht, warum er das tut. Er kennt mich doch eigentlich gar nicht.«

Ungläubig schüttelte Ella den Kopf. »Echt jetzt? Mann, aber genau darum geht es doch! Man trifft jemanden, mag ihn, findet ihn süß und will ihn kennenlernen. Deshalb flirtet man. In der Hoffnung dabei herauszufinden, ob man zusammenpasst und ob vielleicht mehr daraus werden könnte.«

Cam schüttelte den Kopf. »Aber ich will nichts von Evan. Ich will –« Er brach ab und kickte im Laufen unwirsch Wasser aus einer Pfütze.

Ein Kombi fuhr an ihnen vorbei, als sie die letzte Straßenlampe passierten, und bog zwanzig Meter vor ihnen in den Crescent Drive ab.

Ella seufzte. »Hey, ich weiß, dass du lieber mit Jules zusammen wärst, und ich sag ja auch nicht, dass das nicht vielleicht auch möglich wäre. Irgendwann, in zehn Jahren oder so. Du bedeutest Jules verdammt viel. Aber im Moment will er einfach andere Sachen als du. Dir ist doch klar, dass er und Stephen heute nicht bloß zusammen an der Gedichtgeschichte für Mr Morris arbeiten. Und du weißt auch, dass Jules in den Sommerferien was mit Alan und Lisa aus seiner Clique im Park hatte. Also warte nicht auf ihn. Und zieh dich nicht so sehr von allen zurück. Du hängst in den letzten Wochen viel zu oft alleine in deinem Zimmer herum oder verschwindest zum Joggen. Ich weiß, du stehst nicht so auf Menschen, aber dieses viele Alleinsein tut dir nicht gut.«

Cam grub seine Hände tief in die Jackentaschen und schwieg.

Sie bogen in den Crescent Drive ein, an dessen Ende ihr Zuhause lag und der Wald des Heath begann. Der Kombi hatte in der Einfahrt ihres Nachbarhauses geparkt und im Licht der Scheinwerfer sahen die beiden, wie Linda Archer aus dem Wagen stieg und durch den Regen zum Garagentor eilte. Die Hintertür des Autos ging auf und ein kleiner Junge kletterte heraus, gefolgt von einem Mädchen.

Sam und Lily.

Ella passte manchmal auf die zwei auf.

Sam sprang vergnügt in eine Pfütze, die sich auf der Einfahrt gebildet hatte, und Lily machte sofort begeistert mit.

»Hör zu«, begann Ella. »Ich weiß, du brauchst immer ein bisschen, bis du anderen Leuten vertraust. Und das ist völlig okay. Aber gibt Evan eine Chance. Du musst ja nicht gleich wild mit ihm rumknutschen oder Sex haben, wenn das nicht dein Ding ist. Aber trefft euch doch einfach mal außerhalb der Schule und verbringt ein bisschen Zeit miteinander.« Sie rempelte ihren Bruder liebevoll an. »Wer weiß, was dann passiert?«

Cam verzog das Gesicht, doch seine Antwort blieb ihm im Hals stecken, als Sam und Lily plötzlich panisch aufschrien. Erschrocken sah er zur Einfahrt.

Ein schwarzer Schatten schoss aus der Dunkelheit und stürzte sich auf die Kinder.

Kapitel 10

Der Schatten hüllte die beiden Kleinen ein und erstickte augenblicklich ihre Schreie. Dafür schrie jetzt Linda auf und stürzte die Einfahrt hinunter.

Ella und Cam rannten los.

»Linda, nein! Bleib zurück!«

»Lily! Sam!« Linda war völlig hysterisch, blieb zum Glück aber auf Abstand zum Geist. »Helft ihnen! Bitte! Holt sie da raus!«

Schon im Rennen bündelte Cam seine Energie.

Der Schattengeist war riesig. Sicher gute zweieinhalb Meter. Grob bildete er menschliche Umrisse, doch er war breiter, seine Konturen waberten und er schien aus nichts als undurchdringlicher Schwärze zu bestehen.

Von Sam und Lily war nichts mehr zu sehen.

Cam warf einen hastigen Blick zu Ella. »Wir reißen ihn auseinander, okay?«

Sie nickte knapp. Silbernebel wirbelte angriffsbereit um ihre Finger.

»Jetzt!« Cam ließ seine Energie auf den Schatten los.

Nebelfäden verästelten sich wie ein vielzackiger Blitz und krallten sich in die Schwärze. Auf der anderen Seite des Geistes tat Ella dasselbe, dann zerrten beide an der Todesenergie des Schattens.

Cam merkte sofort, wie stark ihr Gegner war – und die reine, pure Lebensenergie, die er den beiden Kindern raubte, machte ihn noch stärker.

Unbändige Wut rauschte durch Cams Körper. Er hasste dieses Drecksbiest dafür, dass es sich an unschuldigen Kinder vergriff, die sich kein bisschen wehren konnten.

Cam zerrte mit aller Kraft, die in ihm war. Spürte kaum die eisige Kälte, als die Todesenergie in seinen Körper drang. Hass und Wut brodelten so heiß, dass sie sie niederrangen und neutralisierten.

Voller Genugtuung sah er, wie der Schatten allmählich durchscheinend wurde.

Das Biest wurde schwächer.

Cam konnte Sam und Lily in seinem Inneren sehen. Sie schwebten einen knappen Meter über dem Boden in der Schwärze und schienen bewusstlos zu sein.

Hoffentlich.

Sie durften nicht tot sein.

Sie waren noch so jung. Erst drei und fünf.

Ihre Leben durften einfach noch nicht vorbei sein, bloß weil dieser beschissene Geist sie erwischt hatte!

Wieder zerrte Cam mit aller Macht.

Seine Hände brannten vor Kälte, als er noch mehr Todesenergie in sich hineinzog. Er spürte den Zorn des Schattens, fühlte, wie die Kreatur versuchte, den Spieß umzudrehen und ihm seine Energie zu rauben.

Vergiss es!

Grimmig presste er die Kiefer aufeinander.

Er würde dieses verfluchte Biest garantiert nicht gewinnen lassen!

Ihm gegenüber kämpfte Ella genauso entschlossen.

Gemeinsam mussten sie es einfach schaffen!

Wieder zerrte Cam eine Woge Todesenergie in sich hinein, löschte sie mit seinem silbernen Leben, griff nach noch mehr Tod – und plötzlich riss der Schatten auseinander.

Ella und Cam stolperten zurück, als ihre Silbernebel auf einmal ins Leere griffen, und Sam und Lily fielen reglos auf die regennasse Einfahrt.

Der Geist war zerfetzt.

Sie hatten es geschafft!

Ein paar letzte schwarze Schwaden zerfaserten ins Nichts, doch dafür hatte weder Cam noch Ella einen Blick übrig. Sie stürzten zu den beiden Kinder, legten ihre Hände auf ihre Stirn und suchten nach der Lebensenergie der Kleinen.

»Was ist mit ihnen?« Völlig aufgelöst kauerte Linda sich neben sie.

»Sind sie –« George brach ab, unfähig, den Satz zu Ende zu sprechen.

Cam hatte gar nicht mitbekommen, dass er aufgetaucht war. Er musste im Haus gewesen sein und die Schreie seiner Familie gehört haben.

»Lily lebt.« Ella hatte ihre Hände um die Stirn der Fünfjährigen gelegt.

»Sam auch. Aber nur noch gerade so.«

Die beiden Eltern keuchten erleichtert auf.

»Bitte, könnt ihr ihnen helfen?«, schluchzte Linda.

Cam schickte bereits Lebensenergie in Sam, konnte sich aber nicht gut genug konzentrieren, weil er gleichzeitig die Umgebung absuchte.

Wenn hier ein verdammter Geist gelauert hatte, konnte es auch noch andere geben.

»Klar«, sagte Ella sofort. »Aber wir müssen ins Haus. Geister lieben Kinder und wir sind hier sechs Leute auf einem Haufen. Wenn wir hierbleiben, locken wir noch mehr Biester an.«

»Verdammt, natürlich! Kommt rein!«

Rasch nahm George seine Tochter auf den Arm, Linda ihren Sohn und sie hetzten ins Haus.

Cam wollte hinterhereilen, spürte aber, wie ihm beim Aufstehen schwindelig wurde, sodass er es langsamer angehen lassen musste, als ihm lieb war. Ella half ihm auf und sie stolperten so schnell sie konnten hinter George und Linda her ins Wohnzimmer der Familie.

Sam und Lily brauchten sie.

Wenn der Schatten sie zu sehr geschwächt hatte, bestand auch jetzt noch die Gefahr, dass ihre Herzen aufhörten zu schlagen.

»Was können wir tun?«, fragte George hektisch, als er Lily auf dem Sofa abgelegt hatte.

»Ruft bei uns zu Hause an und sagt Mum und Dad, dass sie herkommen sollen.« Ella hockte sich neben Lily.

Cam tat dasselbe bei Sammy, den Linda ans andere Ende des Sofas gelegt hatte. Der Kleine war kreidebleich. Hastig zog Cam den Reißverschluss von Sams Jacke auf, ließ seine linke Hand unter den Pullover des Kleinen gleiten und legte sie auf sein Herz. Mit der rechten berührte er wieder Sammys Stirn. Dann schloss er die Augen und blendete alles andere um sich herum aus.

Der Körper unter seinen Händen war eiskalt. Aber da war ein Herzschlag. Nur ganz schwach, doch das war alles, was Cam brauchte. Er bündelte seine eigene Lebensenergie und schickte sie zu Sammys Herz. Legte jede Menge Wärme hinein, um die Kälte zu vertreiben, und strich mit den Fingern sanft über Sammys Stirn. Er dachte an Sonnenschein, heißen Kakao mit bunten Marshmallows und warme Kuscheldecken vor einem fröhlich knisternden Kaminfeuer. Die Bilder schickte er Sam, in der Hoffnung, dass der Kleine merkte, dass jetzt etwas Gutes passierte und er keine Angst mehr haben musste. Und plötzlich spürte er, wie Sammys Herz kräftiger zu schlagen begann.

Cam wurde fast schwindelig vor Erleichterung.

Er hatte es geschafft!

Rasch schickte er mehr von sich durch Herz und Stirn des Kleinen.

Komm schon, Sammy! Du musst wieder aufwachen!

Es war ein unglaubliches Gefühl, jemandem Lebensenergie zu schenken. Cam merkte zwar, dass es ihn auslaugte, doch es tat seiner Seele gleichzeitig unfassbar gut und er konnte fühlen, wie es Sam immer besser ging, wie er wieder stärker wurde und –

»Cam, das ist genug.«

Er fuhr heftig zusammen, als Sues Stimme plötzlich direkt neben ihm erklang, und riss die Augen auf.

Böser Fehler.

Heftiger Schwindel hob die Welt um ihn herum aus den Angeln. Alles schien zu schwanken. Grelle Lichtpunkte flackerten vor seinen Augen und mörderische Kopfschmerzen bohrten sich durch seine Schläfen.

Er keuchte auf.

»Schon okay. Du bist nur erschöpft.« Beruhigend strich Sue ihm über die Schulter und legte ihre Hand über Cams, die noch immer auf Sammys Stirn lag. »Trenn die Verbindung zwischen euch.«

»Nein«, murmelte Cam. »Er muss wieder aufwachen.«

»Das wird er«, versprach Sue. »Aber du hast jetzt genug für ihn getan, den Rest übernehme ich.« Liebevoll zauste sie ihrem Sohn durch die regennassen Haare. »Du hast ihm das Leben gerettet, aber jetzt musst du an dein eigenes denken. Also lass ihn los. Ich sorge dafür, dass Sammy aufwacht.«

Cam spürte eine Welle von Übelkeit und merkte, wie er zitterte.

Sue hatte recht.

Sein Körper warnte ihn davor, dass seine Energiereserven zur Neige gingen.

Er schloss die Augen. Sam wollte ihn nicht loslassen, was es nur umso schwerer machte, die Verbindung zu trennen.

Aber es musste sein.

Sanft, aber bestimmt löste Cam sich von dem Kleinen und ließ seinen Silbernebel verebben. Er öffnete seine Augen wieder und wollte seine Hände zurückziehen, um Sue Platz zu machen, damit sie Sammy helfen konnte. Doch seine Arme schienen plötzlich Tonnen zu wiegen.

»Gabriel.« Sue warf einen kurzen Blick zu ihrem Ältesten.

Zwei Hände packten Cam unter den Armen und Gabriel zog ihn von der Couch fort. Cam hätte dagegen protestiert, doch die Bewegung ließ seine Kopfschmerzen explodieren und er brauchte all seine verbliebene Kraft, um die Übelkeit in Schach zu halten. Es wäre megapeinlich gewesen, wenn er George und Linda vor den Kamin gekotzt hätte.

»Atme langsam und gleichmäßig.« Gabriel lehnte Cam gegen einen der Kaminsessel und legte ihm eine Hand auf die Stirn. »Es wird gleich besser.« Er nahm Cams Hand. »Nimm dir alles, was du brauchst.«

Die Berührungen gaben Wärme und Cam merkte plötzlich, wie verflixt kalt ihm war. Er fühlte die Energie, die Gabriel ihm versprach, blockte ihn aber trotzdem ab und ließ die Verbindung nicht zu.

»Musst du heute Nacht noch arbeiten?«, fragte er matt. »Dann darfst du mir keine Energie geben. Das wäre zu gefährlich.«

Gabriel schnaubte. »Kleiner, was glaubst du wohl, was mir wichtiger ist? Du oder mein Job?« Bedeutungsvoll bohrte er seinen Blick in Cams. »Aber keine Sorge. Ich hab frei. Wir haben diese Woche so viele Doppelschichten geschoben, dass der Commander uns erst am Montag wiedersehen will. Also wehr dich nicht und lass mich dir helfen.«

Cam gab nach und ließ die Verbindung zu. Gabriel behielt seine Hand auf Cams Stirn, bis Kopfschmerzen und Schwindel verschwunden waren, dann zog er sie zurück, hielt aber mit der anderen weiter Cams Hand und half ihm, seine Kräfte zu regenerieren.

Müde lehnte Cam den Kopf gegen das Sitzkissen des Sessels und schaute zu Sammy hinüber. Sue kniete neben der Couch und hatte ihre Hände auf Herz und Stirn des Kleinen gelegt, um ihm beim Aufwachen zu helfen. Am anderen Ende der Couch hockte Phil bei Lily und hatte die Kleine gerade untersucht. Die Fünfjährige war bereits wieder wach, schmiegte sich in die Arme ihre Mum und grinste, als Phil ihr erklärte, dass planschen in der Badewanne die beste Medizin gegen Geisterkälte war, außerdem eine große Portion Abendessen, danach kuscheln mit Mum und Dad und eine heiße Milch mit Honig.

»Au ja, Honigmilch will ich nachher auch«, seufzte Ella sehnsüchtig.

Sie saß auf einem flauschigen Teppich neben dem Sofa und lehnte sich an ihre große Schwester. Sky hatte den Arm um sie gelegt und hielt Ellas Hand, doch Cam sah keinen Silbernebel zwischen den Fingern der beiden. Anscheinend brauchte Ella keine fremde Energie, um ihre Kräfte zu regenerieren. Sie sah zwar ein bisschen blass aus und war regendurchnässt, wirkte ansonsten aber völlig munter und kein bisschen so, wie Cam sich gerade fühlte – als hätte er einen stundenlangen Marathon hinter sich, gleichzeitig eine Matheklausur geschrieben und wäre am Ende von einem Boxprofi als Ganzkörper-Punching-Bag missbraucht worden.

Wie machte Ella das?! Das war absolut unfair!

George kniete bei Sue und keuchte erleichtert auf, als Sammy sich zu regen begann und die Augen öffnete.

»Hey, kleiner Mann, da bist du ja wieder.« Lächelnd strich Sue ihm über die strubbeligen Haare und trennte die Verbindung zwischen ihnen.

Sammy blinzelte sie verwirrt an und wirkte noch ziemlich benommen. Eingeschüchtert sah er zu den ganzen Leuten, die um ihn herum im Wohnzimmer versammelt waren und streckte seine Ärmchen zu seinem Daddy aus. Mit Tränen in den Augen zog George seinen Sohn an sich und setzte sich mit ihm zu Linda und Lily auf die Couch.

»Danke«, sagte er tief bewegt zu Sue, blickte dann aber vor allem zu Cam und Ella. »Ihr habt unseren Kindern das Leben gerettet.« Er drückte Sammy fest an sich und strich Lily über den Kopf. »Ich weiß nicht, wie wir das jemals wiedergutmachen können.«

»Das müsst ihr gar nicht«, winkte Ella ab. »Ist doch klar, dass wir geholfen haben.«

Phil begann behutsam, Sammy durchzuchecken, der ihn mit großen Augen musterte und sich an seinen Dad kuschelte.

»Was genau ist denn überhaupt passiert?«, fragte Connor, der am Fenster stand und den Garten im Auge behielt.

»Ich hab Lily vom Turnen abgeholt«, erzählte Linda. »Normalerweise fahre ich mit dem Wagen immer direkt in die Garage, besonders dann, wenn es schon dunkel ist. Wir haben ein elektrisches Tor und Bewegungsmelder, die im Inneren der Garage für Licht sorgen. Und von der Garage aus kann man direkt in den Hauswirtschaftsraum gehen. Es ist eigentlich wirklich alles abgesichert.«

»Seit gestern Abend funktioniert jedoch die Elektrik im Garagentor nicht mehr«, fuhr George fort. »Ich weiß nicht, was kaputtgegangen ist, aber das Tor lässt sich nur noch manuell öffnen. Ich hab heute Morgen bei der Firma angerufen, die können allerdings erst am Montag jemanden schicken.« Er schnaubte. »Und natürlich herrscht ausgerechnet jetzt Weltuntergangswetter da draußen und es ist früher dunkel geworden als sonst.«

»Ich hab den Wagen in der Einfahrt geparkt, um das Tor aufzumachen, und den Kinder gesagt, dass sie im Auto bleiben sollen, bis wir in der Garage sind«, sagte Linda. »Aber Sam kann sich mittlerweile alleine aus seinem Kindersitz befreien und da er Regen und Pfützen liebt, ist er aus dem Wagen geklettert und Lily ist ihm hinterher. Das habe ich aber nicht mitbekommen, weil ich mit dem Schloss am Garagentor zu kämpfen hatte.« Sie schluckte hart und zog ihre Tochter fest an sich. »Ich hab nur gehört, wie die beiden plötzlich geschrien haben. Und dann – dann war da dieses riesige schwarze Ding. Wie aus dem Nichts. Es hat sich auf sie gestürzt und sie umschlungen.« Wieder musste sie schlucken und kämpfte sichtlich mit den Tränen. »Es ging alles so schnell. Ich – ich konnte nichts tun.«

George schlang seinen Arm um sie und Linda atmete tief durch, um ihre Fassung zurückzugewinnen. »Dann waren auf einmal die beiden da.« Sie blickte zu Cam und Ella. »Und – ich weiß nicht, was sie gemacht haben, aber sie haben Lily und Sam aus diesem Ding herausgeholt und es vernichtet.«

Jetzt tropften doch Tränen aus ihren Augen, als sie ihrer Tochter einen Kuss aufs Haar gab und ihrem Sohn über den Kopf strich. »George hat recht. Wir verdanken euch das Leben unserer Kinder.« Sie blickte von Cam zu Ella. »Und nein, das ist nicht selbstverständlich. Das ist etwas, das wir euch niemals vergessen werden.«

Ella und Cam lächelten verlegen.

»Was ich nicht verstehe«, sagte George, »ist, wie dieses Biest auf unser Grundstück kommen konnte. Wir haben Eisenzäune und Schutzpflanzen. Das sollte Geister doch eigentlich fernhalten, oder nicht?«

»Was für ein Geist war es denn?«, fragte Sky. »Wenn er kein Geisterleuchten an sich hatte, sondern schwarz war, klingt es nach einem Schatten oder Hocus. Hat das Biest irgendwelche Laute von sich gegeben?«

»Nein. Es war ein Schatten.« Cam setzte sich auf und zog seine Hand aus Gabriels. »Er war ziemlich stark. Aber Ella und ich haben es geschafft, ihn auseinanderzureißen, bevor er den Kids zu viel Energie rauben konnte.«

Ella betrachtete ihn mit einem Stirnrunzeln, das Cam nicht verstand.

»Na, das erklärt es dann. Starke Geister schaffen es manchmal, Schutzbarrieren zu überwinden«, meinte Connor an George und Linda gewandt. »Besonders in Unheiligen Jahren. Außerdem ist nächste Woche Vollmond und wir nähern uns dem Äquinoktium. Ich fürchte, da werden Geisterübergriffe in geschützte Bereiche noch öfter vorkommen. Vor allem dort, wo Kinder wohnen.«

»Habt ihr Taschenlampen mit Magnesiumlicht?«, fragte Gabriel. »Die sind zwar teuer, bieten allerdings dafür auch einen ganz guten Schutz gegen Geisterangriffe.«

»Wir haben eine«, antwortete George. »Aber ich schätze, für die dunkle Jahreszeit rüsten wir da noch auf.«

»Vielleicht sollten wir auch noch mal durchrechnen, ob wir uns nicht doch eine Beleuchtung im Vorgarten leisten können«, meinte Linda mit Blick zu George. »Ich weiß, es ist teuer, aber wenn wir zusammenlegen …«

Georges Eltern lebten mit im Haus.

Er nickte. »Wir reden mit ihnen.«

»Und wir sollten sie anrufen. Damit sie vorsichtig sind, wenn sie nach Hause kommen. Sie sind mit Freunden bowlen gegangen«, erklärte Linda für die anderen.

Gabriel stand auf. »Ich gehe raus und parke euren Wagen in der Garage. Dann lass ich das Tor auf, damit eure Eltern reinfahren können, ohne aussteigen zu müssen. Der Bewegungsmelder fürs Licht funktioniert doch noch, oder?«

Linda nickte. »Nur das Tor ist kaputt. Und danke, das wäre großartig.«

»Kein Ding, wo ist der Schlüssel?«

Unsicher hob Linda die Schultern. »Ich glaube, den hab ich vor dem Tor fallen gelassen. Aber ich weiß es nicht genau.«

»Ich finde ihn schon.« Gabriel zog eine Taschenlampe aus seiner Jackentasche.

»Ich komme mit dir«, bot Connor sofort an.

»Ich auch.« Sky stand ebenfalls auf. »Dann können wir auch gleich noch nachsehen, ob da draußen noch mehr Geister herumlungern.«

Die drei verschwanden zur Haustür.

Phil beendete seine Untersuchung bei Sammy und strubbelte seinem kleinen Patienten durch die Haare. »Das hast du toll gemacht.«

»Ist er in Ordnung?«, fragte George besorgt.

Phil nickte. »Seine Körpertemperatur ist noch ein bisschen niedrig, aber Herzschlag und Atmung sind völlig normal. Ihr müsst euch also keine Sorgen machen.« Er schaute zu Lily. »Weißt du noch, welche Medizin ich euch verschrieben hab?«

Lily nickte. »In der Badewanne planschen, Abendessen, kuscheln und heiße Milch mit Honig trinken«, zählte sie gewissenhaft auf und hob bei jedem Punkt einen Finger.

»Sehr gut.«

Lily grinste stolz.

»Das ist wirklich alles?«, hakte Linda nach.

»Ja, keine Sorge. Die zwei sind gesunde Kids, sie werden das gut wegstecken. Was ihnen an Energie und Körperwärme noch fehlt, regenerieren sie über Nacht. Aber falls wirklich noch irgendwas sein sollte, ruft an. Egal zu welcher Zeit. Dann komme ich noch mal her und sehe nach ihnen.«

»Danke.«

Phil schüttelte den Kopf. »Keine Ursache. Dafür bin ich ja da.« Dann wandte er sich zu Ella um. »Dir geht es gut?«

Sie nickte und stand vom Boden auf. »Yep. Mir ist nur kalt und ich muss aus den nassen Klamotten raus.«

»Und was ist mit dir?« Phil hockte sich zu Cam und fühlte seine Hände und Stirn.

»Nur noch ein bisschen k. o.« Cam fröstelte. »Und ich muss auch aus den nassen Klamotten raus.«

Phil nahm kurz seinen Puls und nickte dann. »Eine heiße Dusche ist sicher auch eine gute Idee.«

»Und Abendessen!«, rief Lily eifrig. »Und dann kuscheln und eine heiße Milch mit Honig!« Sie hüpfte von der Couch und schlang ihre Arme um Ella. »Danke, dass du mir geholfen hast. Du bist sooo cool!« Sie strich mit ihren Fingern über die Linien an Ellas Stirn. »Wenn ich groß bin, werde ich auch eine Totenbändigerin und dann mach ich auch böse Geister kaputt!«

Alle mussten schmunzeln und Phil half Cam auf die Beine.

Der Schwindel meldete sich zurück, genauso wie das Pochen an den Schläfen.

»Geht es?« Phil musterte seinen Sohn prüfend, als der leicht schwankte und noch eine Spur blasser wurde, als er es ohnehin schon gewesen war.

Cam atmete tief durch und schüttelte ihn ab. »Ja, alles gut.«

Linda und George erhoben sich. »Danke noch mal für eure Hilfe. Ohne euch …«

Sue strich Linda über den Arm. »Sehr gern geschehen. Und jetzt hakt es ab und denkt nicht mehr zu viel darüber nach.«

Gabriel, Connor und Sky erschienen wieder in der Tür.

»Draußen ist alles friedlich.« Gabriel reichte George den Schlüssel. »Das Auto ist geparkt und der Bewegungsmelder funktioniert einwandfrei. Eure Eltern sollten also keine Probleme haben, wenn sie heimkommen. Falls aber doch irgendwas komisch sein sollte, riskiert nichts und ruft an. Wir sehen uns das dann an.«

»Danke.«

»Kein Ding.« Er musterte Ella und Cam. »Jetzt bringen wir aber erst mal euch zwei nach Hause. Ihr seht so aus, als könntet ihr dringend eine Riesenportion großmütterlicher Fürsorge vertragen. Und vor allem eine heiße Dusche und trockene Klamotten. Also Abmarsch.«

Sie verabschiedeten sich von den Archers und eilten durch den Regen hinüber zu ihrem Zuhause. Erschöpft vom kurzen Spurt lehnte Cam sich gegen die Hauswand, während Sue die Tür aufschloss.

»Warum bist du eigentlich nicht genauso kaputt wie ich?«, grummelte er, als Ella unverschämt munter durch die Tür schlüpfte, kaum dass sie offen war, während er nur völlig erledigt hinter ihr her tappen konnte.

Ella wandte sich zu ihm um. »Ist das jetzt ein Scherz?«

Verständnislos schüttelte er den Kopf. »Nein. Warum?«

Sie hob eine Augenbraue. »Du hast echt nicht gemerkt, dass du den Schatten fast im Alleingang plattgemacht hast? Du hast so heftig an dem Biest gezerrt, dass du mich fast von den Füßen gerissen hättest. Alles, was ich machen konnte, war, mich dagegenzustemmen. Ich hab zwar geholfen, ihn auseinanderzureißen, aber ich konnte nichts von seiner Todesenergie zu mir ziehen, weil du alles aus dem Biest zu dir gezerrt hast. Hast du das wirklich nicht gemerkt?«

Verwirrt runzelte Cam die Stirn. »Nein. Ich – ich wollte bloß nicht, dass der Schatten Sam und Lily tötet.«

»Alle Achtung. Scheint so, als hättest du dafür ein paar Superkräfte entwickelt.« Gabriel knuffte ihm gegen die Schulter.

Cam strafte ihn mit einem vernichtenden Blick, doch bevor er irgendwas sagen konnte, zog Connor ihn ebenfalls auf.

»Ist in der Schule vielleicht irgendwas Außergewöhnliches passiert? Wurdest du im Chemieunterricht zufällig von einer radioaktiven Spinne gebissen, oder so?«

Gabriel lachte auf. »Genau! Spider-Cam!«

Cam schnaubte.

Das Letzte, was er haben wollte, waren irgendwelche bescheuerten Superkräfte, die ihn noch freakiger machten, als er es ohnehin schon war.

Er verkniff sich aber eine Antwort und rempelte sich bloß an den beiden vorbei Richtung Treppe.

»Hey, du bist jetzt nicht wirklich angepisst, oder? Was ist los?«

»Nichts!«

Gabriel packte ihn am Arm und hielt ihn zurück. »Das hier ist nicht *nichts*. Was ist los? Connor und ich haben nur einen blöden Witz gemacht.«

»Ja, total lustig«, gab Cam biestig zurück. »Ich hab innerlich ganz laut gelacht.« Er riss seinen Arm aus Gabriels Griff und stieg so schnell es seine müden Knochen erlaubten die Treppe hinauf.

»Was war das denn?« Verwirrt blickte Connor ihm hinterher. »Er ist doch sonst nicht so empfindlich.«

Phil stellte seine Arzttasche einsatzbereit neben die Haustür und seufzte. »Wer weiß, was da gerade mal wieder in ihm vorgeht.« Er blickte zu seinem Ältesten. »Kläre das, okay? Ich will keinen Streit zwischen euch. Cam kämpft gerade schon an genug Fronten. Er braucht nicht auch noch eine zwischen euch.«

Gabriel hob die Hände. »Glaub mir, die brauche ich auch nicht.« Er wandte sich der Treppe zu.

»Soll ich mitkommen?«, fragte Connor. »Was auch immer los ist, ist ja irgendwie auch meine Schuld.«

»Nein, ich mach das schon. Das ist so ein Brüder-Ding.« Gabriel verschwand in die oberen Stockwerke.

Ella blickte ihm nach. Sie hasste es, wenn es in ihrer Familie Streit gab.

»Hey.« Sue zog sie in ihre Arme. »Keine Sorge. Du kennst die zwei doch. Die kriegen das wieder hin.« Sie gab ihrer Tochter einen Kuss auf die Stirn. »Und ich hoffe, du weißt, wie stolz dein Dad und ich auf dich und Cam sind.«

Ella hob bloß die Schultern. »Ich glaube, so richtig hat da keiner von uns drüber nachgedacht. Als Sam und Lily geschrien haben, sind wir einfach losgerannt.«

Phil strich ihr liebevoll über die regennassen Haare. »Genau deshalb sind wir stolz auf euch. Weil es für euch selbstverständlich ist, zu helfen. Und jetzt geh duschen und dann komm essen. Granny will mit Sicherheit alle Einzelheiten über eure Heldentat hören.«

Edna kam aus der Küche und trocknete ihre Hände an einem Geschirrtuch ab. »Das will ich allerdings. Also beeilt euch. Alle. Das Abendessen ist gleich fertig.«

Cam warf die Tür zu seinem Zimmer hinter sich zu, kickte seine Schuhe von den Füßen und verdrehte die Augen, als es klopfte.

»Geh weg!«

Ihm war kalt, er war kaputt und er wollte einfach nur kurz seine Ruhe haben. War das echt zu viel verlangt?

»Tut mir leid, das kann ich nicht.« Gabriel öffnete die Tür und trat ein. »Nicht, bevor du mir nicht gesagt hast, was los ist.

Normalerweise bist du nicht auf den Mund gefallen, wenn dich irgendjemand von uns ärgert. Was war also so schlimm an dem blöden Witz, den Connor und ich gemacht haben, dass du jetzt nicht mehr mit mir reden willst?«

Genervt verpasste Cam einem seiner Schuhe einen Tritt quer durchs Zimmer. »Ich hab keine Ahnung, welche kranken Experimente in den ersten vier Jahren meines Leben mit mir gemacht wurden, also sorry, dass ich es nicht witzig finde, wenn ich plötzlich irgendwelche freakigen Superkräfte an den Tag lege, von denen kein Mensch weiß, wo sie herkommen und was sie bedeuten! Ich dachte, du verstehst das und reitest nicht noch darauf herum.«

Unwirsch strich er sich die nassen Haare aus der Stirn, fühlte sich aber zu k. o., um mit seinem Bruder zu streiten. Er wollte ihn bloß loswerden und allein sein. »Aber egal. Ich muss duschen und mich umziehen, also geh jetzt bitte einfach.« Er streifte seine Jacke ab und warf sie aufs Bett. »Und wenn Phil dich geschickt hat, weil er nicht will, dass wir uns streiten – keine Sorge, gleich beim Abendessen ist alles wieder gut. Aber jetzt brauche ich einen Moment für mich alleine, okay?«

Gabriel musterte ihn einen Moment lang und schüttelte dann den Kopf. »Warum zum Henker denkst du immer so schlecht von dir?«

Cam warf einen beschwörenden Blick an die Zimmerdecke. »Wieso kannst du nicht einfach gehen und mich in Ruhe lassen?«

»Weil du mein Bruder bist und ich gerade nicht weiß, ob ich mir Sorgen um dich machen muss. Also noch mal: Warum zum Henker denkst du so schlecht von dir?«

»Keine Ahnung! Vielleicht, weil ich ätzende Träume habe, bei denen ich starr vor Angst bin, ohne, dass ich überhaupt weiß, was ich geträumt hab?«, gab Cam entnervt und mit einer gehörigen Portion Zynismus zurück. »Oder weil ich ständig unruhig und nervös bin, und es dafür keinen vernünftigen Grund gibt? Oder weil Vollmond und Unheilige Nächte mich halb wahnsinnig machen? Such dir was aus! Es fühlt sich alles beschissen an! Warum sollten also irgendwelche bescheuerten Superkräfte etwas Gutes sein?«

»Cam, du hast keine Superkräfte. Du bist einfach nur ein ziemlich starker Totenbändiger. Das warst du schon immer.«

Aufgebracht kickte Cam auch seinen zweiten Schuh durchs Zimmer. »Ja, aber keiner weiß, warum meine Kräfte so stark sind, weil keiner weiß, was mit mir passiert ist!«

Seufzend trat Gabriel einen Schritt auf seinen Bruder zu. »Aber deswegen sind deine Kräfte doch nichts Schlechtes. Was man dir als Kind angetan hat, war grausam und es ist absolut unentschuldbar. Aber es macht dich nicht zu einem schlechten Menschen oder einer Gefahr für andere. Und falls diese Experimente dazu geführt haben, dass deine Totenbändigerkräfte sich stärker ausgeprägt haben als bei anderen, hat dir das in dieser schrecklichen Nacht, als Thad dich gefunden hat, vermutlich das Leben gerettet. Deine Kräfte sind also etwas verdammt Gutes. Und du hast sie all die Jahre immer weitertrainiert und gefestigt und noch stärker gemacht. So stark, dass du den Schatten vorhin wahrscheinlich auch ohne Ella hättest besiegen können. Das ist überhaupt nichts Schlechtes, sondern etwas, auf das du stolz sein kannst. Ich bin es auf jeden Fall. Und falls du dich entschließen solltest, nach der Schule zu uns in die Spuk Squad zu kommen, würde ich dir jederzeit und ohne zu zögern mein Leben anvertrauen.«

Cam konnte ihn nur stumm anschauen und hatte keine Ahnung, was er dazu sagen sollte.

Doch Gabriel schien auch keine Antwort von ihm zu erwarten. Er zog in bloß kurz in seine Arme und schob ihn dann

Richtung Tür. »Und jetzt solltest du wirklich duschen gehen. Sonst fängst du dir womöglich noch einen Männerschnupfen ein und du weißt ja: Der kann tödlich sein.«

Gemeinsam traten sie auf den Flur hinaus und wären fast mit Jules zusammengeprallt, als der die Treppe hochgestürmt kam.

»Shit, was ist denn mit dir passiert?«, fragte er erschrocken, als er Cam sah.

»Kleine Auseinandersetzung mit einem Schatten«, antwortete Gabriel. »Cam und Ella fanden es nicht okay, dass das Biest Lily und Sam töten wollte.«

Jules' Augen weiteten sich. »Ernsthaft?«

Cam hob die Schultern und nickte.

Gabriel grinste. »Super-Cam hat den Schatten aber gnadenlos plattgemacht und Sammy danach das Leben gerettet.«

Cam verdrehte die Augen. »Echt jetzt?« Er runzelte die Stirn. »Und war ich vorhin nicht noch Spider-Cam?«

Lachend strubbelte Gabriel ihm durch die feuchten Haare. »Wie wäre es mit Super-Spider-Cam?«

Planlos, was zwischen den beiden gerade abging, hob Jules eine Augenbraue.

Cam verdrehte nur erneut die Augen. »Frag nicht.« Dann trollte er sich ins Badezimmer.

Jules sah ihm hinterher und blickte dann zu Gabriel. »Hat er wirklich einen Schatten plattgemacht?«

»Yep.« Gabriel klopfte ihm kurz auf die Schulter und ging dann zur Treppe. »Beeil dich. Ich verspreche dir, die Sache wird das Gesprächsthema Nummer eins beim Abendessen.«

Kapitel 11

Samstag, 7. September

Jaz hockte im Schutz einer Platane auf der Begrenzungsmauer des Sainsbury's Parkplatzes und beobachtete das Treiben vor dem Supermarkt. Es war später Samstagnachmittag und nur noch mäßig voll. Viele hatten die Einkäufe fürs Wochenende bereits erledigt.

Jaz fluchte innerlich. Sie hätte früher herkommen sollen. Aber wie in fast allen Nächten dieser Woche war sie auch in der letzten immer wieder von ihren Schlafplätzen vertrieben worden. Als sie sich dann kurz nach dem Öffnen der Stadtteilbibliothek in die hinterste Leseecke verkrochen hatte, war sie dort in einem der Sessel todmüde eingeschlafen. Das Personal hatte sie kurz vor dem Schließen gefunden und Jaz hatte so getan, als ob sie nur kurz weggenickt wäre, doch die Blicke der beiden Frauen hatten Bände gesprochen. Offensichtlich sah man ihr so langsam an, dass sie kein Zuhause mehr hatte.

Ganz toll.

Sie hatte versucht, unter überdachten Eingängen von Häusern und Shops Schutz vor dem verfluchten Dauerregen zu finden, doch in den besseren Gegenden war sie von Anwohnern und Ladenbesitzern verjagt worden und in den mieseren Stadtteilen waren die trockenen Plätze im Bereich von sicheren Straßenlaternen feste Reviere von anderen Obdachlosen.

Obdachlose …

Jaz sträubte sich noch, sich dazuzuzählen, auch wenn sie eigentlich Realistin war und die Augen vor der Wahrheit nicht verschließen durfte. Und die Realität waren Halsschmerzen und ein Husten, der langsam wehtat. Nach der ersten Regennacht hatte es mit einem leichten Kratzen im Hals angefangen, das zuerst nur beim Schlucken genervt hatte, mittlerweile aber dauerschmerzte. Nach der zweiten nassen Nacht war der Husten dazugekommen, der in der letzten Nacht noch schlimmer geworden war. Den Dauerregen hatte Petrus in den frühen Morgenstunden zwar endlich eingestellt, fiesen Niesel schien er sich aber nicht verkneifen zu können und für Anfang September war es zudem schon ziemlich kalt.

Ein Tropfen fand den Weg durch das dichte Blätterdach der Platane und landete auf Jaz' Knie. Genervt unterdrückte sie ein Husten.

Seit drei Tagen waren all ihre Klamotten mehr oder weniger nonstop feucht. Sie hatte zwar versucht, die Öffnungszeiten von Bibliotheken und Einkaufszentren auszunutzen, um sich dort im Warmen und Trockenen aufzuhalten, doch sie wollte nicht zu lange an einem Ort bleiben.

Bloß nicht auffallen.

Bei einer herumlungernden Totenbändigerin kamen die Leute zu schnell auf den Gedanken, die Polizei zu rufen. Oder sie sorgten gleich selbst für Recht und Ordnung. Deshalb war Jaz jedes Mal nach spätestens einer Stunde weitergezogen – und dabei immer wieder patschnass geworden.

Scheißwetter.

Sie konnte nicht noch eine weitere Nacht in Nässe und Kälte verbringen, sonst war sie morgen richtig krank. Sie spürte es bereits in ihren Knochen. Und richtig krank zu werden, konnte sie sich nicht leisten.

Sie brauchte eine Unterkunft. Irgendein winziges Hotelzimmer. Nur für ein oder zwei Nächte. Eine heiße Dusche. Ein Bett zum Durchschlafen. Nur bis es ihr wieder besser ging und dieser verdammte Regen vorbei war.

Doch sie hatte gerade mal noch vierzig Pfund. Dafür gab es in London nicht mal in der miesesten Absteige ein Zimmer. Nicht, wenn sie keinen Stress mit Zuhältern und Drogendealern haben wollte.

Und das kam nicht infrage. Niemals.

Sie hatte versucht, ihr Geld so gut es irgendwie ging, zusammenzuhalten. Zu essen gab es nur das billigste Toastbrot, das sie im Supermarkt hatte finden können. Aber in den Nächten brauchte sie Kaffee, um die Kälte zu vertreiben und wachsam zu bleiben. Dreimal hatte sie Geister bändigen müssen, weil sie sich nicht hatten abschütteln lassen. Das hatte ihr zusätzliche Kälte eingebracht. Und tierischen Hunger am nächsten Morgen. Nach der Übelkeit beim Geisterbändigen kam der immer, weil ihr Körper seine Energiereserven wieder aufladen musste. Und das ging nicht nur mit pappigem Toastbrot. Dafür hatte sie ein paar ordentliche Sandwiches gebraucht. Einen Apfel. Eine Banane. Denn dass ihr Körper schlappmachte, durfte sie nicht riskieren. Sie wollte schließlich nicht als Geisterfutter enden.

Genau deshalb durfte sie auch nicht noch schlimmer krank werden, also musste für die nächste Nacht genug Geld für ein billiges Zimmer her.

Fröstelnd zog sie die Schultern hoch, ignorierte so gut es ging Magenknurren, Halsschmerzen und dass Hoodie und Jeansjacke mehr als nur feucht waren.

Der Husten kratzte wieder im Hals und Jaz versuchte vergeblich, ihn zu unterdrücken. Ihre Brust schmerzte als der Anfall vorbei war.

Verdammt, sie brauchte nicht nur einen trockenen Schlafplatz und eine warme Dusche. Sie brauchte auch eine ordentliche Mahlzeit, heißen Tee und vielleicht sogar ein paar Medikamente, um schnell wieder fit zu werden.

Ihre Finger spielten mit der silbernen Wallnusshälfte. Bisher hatte der kleine Briefbeschwerer ihr kein bisschen weitergeholfen. Sie hatte alle Adressen abgeklappert, die sie von Pfandleihern und Läden, die Silber ankauften, herausgesucht hatte. Und sogar noch ein paar mehr. Doch es war immer dasselbe gewesen. In den seriösen Geschäften hatte man nichts von einem Deal mit ihr wissen wollen, da sie sich nicht ausweisen konnte und keine Papiere für den Briefbeschwerer hatte. Und in den weniger seriösen Shops wurden ihr nur lachhaft schlechte Angebote gemacht, weil die Händler genau wussten, dass Jaz nichts dagegen tun konnte.

Seufzend steckte sie das kleine Silberding zurück in ihre Hosentasche. Irgendwie schien sich in den letzten Tagen alles gegen sie verschworen zu haben.

Sie ließ ihren Blick wieder über den Parkplatz wandern. Wer noch fehlende Einkäufe fürs Wochenende erledigt hatte, verstaute sie so schnell es ging im Kofferraum und sah dann zu, dass er ins Warme und Trockene nach Hause kam.

Jaz beneidete jeden Einzelnen von ihnen.

Und sie hatte ein schlechtes Gewissen.

Was sie vorhatte war mies, keine Frage.

Aber ätzende Zeiten verlangten ätzende Maßnahmen.

Sie beobachtete eine ältere Frau, die mit einem vollbeladenen Einkaufswagen aus Sainsbury's herauskam und ihn durch die Nieselschleier schnell quer über den Parkplatz hin zu einem Kombi schob.

Nicht schlecht.

Die alte Lady machte zwar einen rüstigen Eindruck, aber Jaz war ziemlich schnell. Selbst angeschlagen würde sie sicher entkommen können und die Linien an ihrer Schläfe würden die Frau vermutlich ohnehin davon abhalten, ihr nachzulaufen. Wenn die Menschen Angst vor Totenbändigern hatten, warum sollte sie das dann nicht ausnutzen?

Jaz sprang von der Mauer und schulterte ihren Rucksack. Ein letzter Blick über den Parkplatz, doch in ihrer unmittelbaren Nähe war gerade niemand.

Gut so.

Zielstrebig, aber nicht zu auffällig lief sie in Richtung Kombi. Die Frau musste Mitte bis Ende sechzig sein. Durchschnittliche Größe, durchschnittliche Figur, braunes Haar, das mit grauen Strähnen durchzogen war. Für ihr Alter schien sie recht fit zu sein und anscheinend hatte sie für eine halbe Kompanie eingekauft. Als sie sich bückte, um von der unteren Ablage des Einkaufswagens einen Karton mit Pastatüten und Reispaketen in den Kofferraum zu hieven, rannte Jaz los.

Die Handtasche der Frau lag im Kofferraum. Blitzschnell packte Jaz zu und wollte genauso schnell verschwinden, wie sie gekommen war. Doch sie hatte die alte Lady unterschätzt. Die ließ sich nämlich kein bisschen überrumpeln. Sie rammte den Einkaufswagen gegen Jaz und presste sie damit an den Kombi.

»Was soll denn das?« Die Frau wirkte eher verärgert als erschrocken oder gar verängstigt. »Leg meine Tasche zurück und zwar sofort.«

Jaz schnaubte nur und drehte den Kopf, für den Fall, dass die Alte wegen des Hoodies das Zeichen an ihrer Schläfe noch nicht bemerkt hatte – oder glaubte, die weinroten Haare wären bloß gefärbt.

Mit provozierendem Blick streckte Jaz ihre Hand nach einer der Hände aus, die den Einkaufswagen gegen sie pressten, und ließ ein bisschen ihres Silbernebels ihre Finger umspielen.

»Lassen Sie mich gehen, sonst töte ich Sie«, zischte sie drohend.

Noch immer trat keine Angst in den Blick der Frau, nur Unmut und – Mitleid?

»Kind, solche Drohungen ziehen bei mir nicht. Ich weiß, wie deine Kräfte funktionieren und auch, wie ich mich dagegen wehren kann. Und du solltest nicht mit solchen Einschüchterungen arbeiten. Damit schürst du nur die Ängste und Vorurteile gegenüber Totenbändigern und damit tust du euch keinen Gefallen.«

Was?!

Wollte die Alte ihr gerade ernsthaft erklären, wie diese beschissene Welt funktionierte und wie sie sich darin zu verhalten hatte? Nicht wirklich, oder?

»Lassen Sie mich gehen!«, zischte sie erneut und musste kurz husten.

»Wenn du meine Tasche zurück in den Kofferraum legst. Ich habe keine Lust, Führerschein und Ausweispapiere neu zu beantragen. Die Bürokratie in dieser Stadt ist zum Haareraufen. Und wenn du auf Geld aus bist, hättest du mich überfallen sollen, bevor ich den Wocheneinkauf für einen neunköpfigen Haushalt samt Dackel und zwei Kater erledigt habe. In meiner Börse sind nur noch zehn Pfund und ein bisschen Kleingeld. Was immer du vorhast, damit kommst du nicht weit.«

»Sie wird überhaupt nicht weit kommen, weil ich ihr gleich den Hals umdrehe«, knurrte eine Stimme von rechts.

Shit.

Ein muskulöser Typ Mitte zwanzig schob einen Einkaufswagen voller Getränkekästen zum Kombi. Neben ihm lief ein Mädchen mit blaugrünen Haaren und einer Beanie mit Regenbogenringeln. Sie musste ungefähr so alt sein wie Jaz, vielleicht ein bisschen jünger, und trug mehrere Pakete Klopapier und

Küchenrollen. Beide waren Totenbändiger und vor allem der Typ musterte Jaz mit finsterem Blick. Er keilte sie mit dem zweiten Einkaufswagen zusätzlich ein, packte sie grob am Arm und riss ihr die Handtasche aus der Hand – alles in einer fließenden Bewegung und so schnell, dass Jaz nichts dagegen tun konnte.

»Hast du gedacht, es wäre easy, mal eben eine wehrlose ältere Frau zu überfallen?«, fragte er angewidert und packte Jaz' Arm noch fester. »Tja, da hast du dir mit Granny wohl die Falsche ausgesucht. Und du hast ein Riesenpech, dass ich heute Einkaufsdienst mit ihr habe.«

Jaz erwiderte seinen Blick, ohne sich von ihm einschüchtern zu lassen, und zerrte an ihrem Arm. »Lass mich los. Du tust mir weh.«

»Gut, dann verleiht das meinen Worten ja den nötigen Nachdruck.«

Sie hatte keine Chance. Sein Griff machte jedem Schraubstock Konkurrenz und sie fürchtete, dass auch ihre Totenbändigerkräfte nicht viel helfen würden. Der Typ sah so aus, als wüsste er seine ziemlich gut einzusetzen. Und das Mädchen würde ihm sicher helfen. Sich auf ein Duell einzulassen, war also keine gute Idee.

»Was willst du denn noch?«, fauchte sie deshalb bloß und musste prompt wieder husten. »Du hast die Tasche doch schon, also lass mich los.«

Wenn er auf den Gedanken kam, die Polizei zu rufen, war sie geliefert.

»Dieser Husten klingt nicht gut, Kind.« Die Großmutter musterte sie eingehend. »Und du siehst blass und übermüdet aus. Wo kommst du her? Oder lebst du auf der Straße? Wolltest du mich deshalb bestehlen?«

Jaz funkelte sie nur an, unterdrückte mit aller Macht den verdammten Hustenreiz und schwieg.

»Echt?« Das süße Mädchen mit der Regenbogenbeanie warf die Klopapierpakete und Küchenrollen in den Kofferraum und musterte Jaz ebenfalls. »Hat Granny recht? Bist du wirklich obdachlos?«

Süß hin oder her, Jaz bedachte sie mit einem vernichtenden Blick.

»Ihr stellt zu viele Fragen«, knurrte sie und musste dabei zum Glück kaum husten.

»Bist du aus der Akademie weggelaufen?«, wollte der Grobian wissen, der ihr noch immer den Arm zerquetschte.

Jaz verfluchte den Mistkerl gedanklich. »Nein.«

»Also ja.« Seltsamerweise lockerte sich sein Griff um ihren Oberarm bei dieser Feststellung. Allerdings nicht genug, dass Jaz sich hätte losreißen können. Hätte aber ohnehin nichts gebracht, weil die drei sie zwischen dem Kombi und den beiden Einkaufswagen komplett einpferchten.

»Das geht euch nichts an. Lasst mich einfach gehen. Es tut mir leid, dass ich versucht habe, euch zu bestehlen, okay?«

Besser, sie lenkte jetzt ein und versuchte, von hier wegzukommen, als dass die drei auf den Gedanken kamen, sie in die Akademie zu bringen. Bevor sie dorthin zurückging, nahm sie es heute Nacht doch lieber wieder mit Regen, Kälte und den Geistern von ganz London auf.

Sie machte ein reumütiges Gesicht, ließ den ätzenden Hustenreiz Mitleid heischend kurz gewinnen und wandte sich der Großmutter zu.

»Ich entschuldige mich dafür, dass ich Sie bedroht habe und Ihnen die Handtasche stehlen wollte. Es tut mir leid und ich verspreche, wenn Sie mich gehen lassen, werde ich einfach verschwinden und Sie nie wieder belästigen.«

Die Frau betrachtete sie einen Moment lang mit einem Blick, den Jaz nicht einschätzen konnte.

»Gabriel wird dich loslassen und ich nehme deine Entschuldigung an. Aber nur unter einer Bedingung.«

»Welche?«

»Du siehst mir in die Augen und beantwortest mir aufrichtig zwei Fragen.«

Jaz schluckte. Dieser durchdringende Blick war nur schwer zu ertragen und sie wusste, dass sie keine Chance hatte. Auch wenn sie eigentlich ziemlich gut im Lügen war, würde diese Frau es sofort merken.

Aber was machte es schon, zwei Fragen zu beantworten?

Hauptsache, sie kam hier schnell weg. Danach würde sie die drei nie wiedersehen.

»Okay. Stellen Sie mir Ihre Fragen.«

»Bist du aus der Akademie weggelaufen?«

»Ja.« Trotzig verschränkte Jaz die Arme vor der Brust und hielt dem prüfenden Blick stand, ohne mit der Wimper zu zucken. »Und die zweite Frage?«

Ungerührt von ihrer Kratzbürstigkeit musterte die Frau sie weiter ruhig. »Wenn wir dich dorthin zurückbrächten, würdest du dann wieder weglaufen?«

Jaz presste die Kiefer aufeinander.

Darauf könnt ihr wetten.

Obwohl sie keine Ahnung hatte, ob ihr eine Flucht noch einmal gelingen würde. Vermutlich würde Master Carlton sie in die Arrestzelle sperren, sobald sie einen Fuß über die Schwelle der Akademie setzte, und dann würde er organisieren, dass man sie aus der Zelle heraus direkt nach Newfield brachte. Das würde sie den Leuten hier aber ganz sicher nicht auf die Nase binden.

»Definitiv«, antwortete sie daher wieder nur knapp, doch der Trotz, den sie eigentlich mit in ihre Stimme hatte legen wollen, ging leider völlig in einem weiteren Hustenanfall unter.

Ihre drei Einpfercher tauschten wieder einen Blick. Dann ließ der Grobian sie plötzlich los und wies mit einem Kopfnicken zu dem Mädchen.

»Unsere Mum ist in der Akademie aufgewachsen und ich schätze, sie hat es dort genauso sehr gehasst wie du. Du solltest mal mit ihr reden. Vielleicht kann sie dir helfen.«

Perplex starrte Jaz ihn an. Sie hatte mit einigem gerechnet, damit allerdings nicht.

»Ich bin Ella«, stellte das Mädchen sich vor. »Das ist mein Bruder Gabriel und das ist unsere Grandma, Edna Hunt. Wir wohnen nicht weit von hier am Hampstead Heath. Wenn du bei diesem Wetter keinen trockenen Schlafplatz hast, kannst du mit zu uns kommen. Wir haben ein Gästezimmer. Und ich wette, Gabe hat recht und Mum kann dir helfen. Sie ist ziemlich gut darin.«

Sie schenkte Jaz ein gewinnendes Lächeln.

Die blickte misstrauisch von einem zum anderen und hatte nicht den blassesten Schimmer, was sie davon halten sollte.

Das konnte nicht ernst gemeint sein, oder?

Das war irgendeine Falle.

»Unser Angebot steht, bis wir die Einkäufe eingepackt haben. Du kannst gehen und versuchen, weiter irgendwie alleine klarzukommen. Wir werden dich nicht aufhalten.«

Gabriel schob einen der Einkaufswagen zur Seite und eröffnete ihr so die Möglichkeit, zu flüchten.

»Oder du kommst mit zu uns, bist zumindest für heute Nacht in Sicherheit und kannst dich mal richtig ausschlafen, denn du siehst so aus, als hättest du das dringend nötig. Du kannst duschen, bekommst ein paar trockene Klamotten und wir waschen deine. Vernünftige Mahlzeiten gibt es auch und Dad kann dir sicher mit deinem Husten helfen. Er ist Arzt. Und wenn du mit Mum geredet hast, finden wir vielleicht sogar eine längerfristige Lösung, damit du vor der dunklen Jahreszeit von der Straße runterkommst. Deine Entscheidung.«

Er hielt ihren Blick noch einen Moment lang fest, dann wandte er sich ab und begann, die Getränkekästen in den Kombi zu hieven.

Jaz stand einfach nur da und hatte noch immer keine Ahnung, was sie von dieser plötzlichen Wendung halten, geschweige denn, was sie machen sollte.

Alles in ihr sträubte sich dagegen, mit irgendwelchen Fremden mitzufahren.

Andererseits packten die gerade Limo, Apfelshampoo, Schokolade, Kekse und eine riesige Tüte mit bunten Marshmallows in den Kofferraum. Das sah nicht gerade nach gefährlichen Psychopathen aus.

Der Duft von frischem Brot aus der Bäckertüte ließ ihren Magen geräuschvoll knurren. Peinlicherweise anscheinend so laut, dass Ella es gehört hatte, denn sie fischte eine Packung Schokokekse aus dem Einkaufschaos, riss sie auf und drückte Jaz drei große Cookies in die Hand.

»Zum Abendessen machen Mum und Dad gerade Pasta mit Gemüse aus unserem Garten. Du wärst schön blöd, wenn du dir die entgehen lässt. Und glaub mir«, sie schielte bedeutungsvoll zu ihrem Bruder hinüber, »auch wenn manch einer hier auf den ersten Blick vielleicht nicht unbedingt den freundlichsten Eindruck macht, verglichen mit Geistern, Wiedergängern und arschkaltem Regenwetter ist meine Familie echt harmlos.«

Gabriel schnaubte empört und zog ihr die Beanie über die Augen. Lachend schob Ella sie zurück und revanchierte sich mit einem Knuff in seinen Magen.

Jaz musste sich ein Schmunzeln verkneifen, als sie die beiden miteinander kabbeln sah – und gab sich alle Mühe, das Kribbeln in ihrem Magen zu ignorieren.

Ella hatte niedliche Sommersprossen und ihre Augen waren einfach nur der Hammer. Sie funkelten frech und strahlten in einem dunklen Türkiston, der perfekt zu ihren blaugrünen Haaren passte. Die fielen ihr in leichten Wellen bis auf die Schultern und wurden halb von der Regenbogenbeanie verdeckt. Zu der auffälligen Mütze trug sie eine schlichte olivgrüne Parkajacke, schwarze Leggins und dunkelgrüne Boots, auf die mit schwarzem Lackstift Tribalmuster gemalt waren, die perfekt zu den Linien ihres Totenbändigermals passten.

Und nicht nur ihre Augen waren der Hammer.

Für ihr spitzbübisches Lächeln galt dasselbe.

Jaz biss sich auf die Unterlippe.

Verdammt, Ella war echt süß.

Auch wenn das nicht wichtig war.

Oder es zumindest nicht sein sollte.

Jaz beobachtete sie dabei, wie sie mehrere Packungen Müsli und Frühstücksflocken in einer Tragekiste verstaute und dann einen riesigen Sack Katzenstreu und einen Karton voller Dosen mit Hunde- und Katzenfutter in den Wagen wuchtete. Als Ella wieder aus dem Kofferraum auftauchte, stemmte sie schnaufend die Hände in die Hüften und nahm Jaz mit schräggestelltem Kopf aufs Korn.

»Immer noch nicht überzeugt, mit zu uns zu kommen? Mit spontanem Vertrauen hast du es nicht so, was?« Sie kratzte sich an der Nase, schien aber keineswegs gewillt, Jaz aufzugeben. »Wie wäre es dann damit: Komm einfach mit zum Essen. Dann kannst du dich aufwärmen, mit Mum reden und Dad kann dir was gegen deinen Husten geben. Und wenn du danach wirklich nicht bei uns bleiben willst, gehst du einfach. Wir sperren dich ja nicht ein oder so. Du hast also echt nichts zu verlieren.«

Sie grinste wieder spitzbübisch und diesmal konnte Jaz nicht anders. Sie musste lächeln.

»Du bist ziemlich hartnäckig, weißt du das?«

Ellas Grinsen wurde noch ein bisschen breiter. »Yep. Und du bist nicht blöd und lässt dir die Chance bei uns entgehen, oder? Also, wie heißt du? Und ist in dem Rucksack da dein ganzer Kram drin oder musst du noch irgendwas von irgendwo holen, bevor wir diesen ätzenden Nieselregen hinter uns lassen und nach Hause fahren können?«

Wieder musste Jaz lächeln und gab sich geschlagen.

Ella hatte schließlich recht: Sie hatte nichts zu verlieren. Schlimmer als auf der Straße oder in der Akademie konnte es in dieser Familie auch nicht sein. Und wenn doch, würde sie eben einfach wieder verschwinden.

»Ich bin Jaz. Und der Rucksack ist alles, was ich hab.«

Kapitel 12

Jaz ließ das Wasser aus der Dusche über ihr Gesicht laufen und genoss das Gefühl, zum ersten Mal seit Tagen nicht mehr zu frieren.

Himmel, manche Dinge wusste man erst so richtig zu schätzen, wenn man eine Weile ohne sie hatte auskommen müssen.

Wie lange konnte sie wohl einfach hier stehen bleiben und sich berieseln lassen, bevor jemand nach ihr sah?

Noch konnte sie sich keinen rechten Reim aus diesen Leuten machen, bei denen sie so völlig unverhofft gelandet war.

Bei ihrer Ankunft hatte sie Sue und Phil kennengelernt, die gemeinsam in der Küche das Abendessen kochten. So wie sie es verstanden hatte, waren die beiden die Eltern von Gabriel, Ella, Sky und Jules. Die letzten beiden waren mit einem Connor im Wohnzimmer gewesen, der auch hier in der alten Villa wohnte. Genauso wie ein Dackel und zwei Kater, über die jeder mindestens einmal gestolpert war, als alle gemeinsam die Einkäufe durch den Nieselregen ins Haus geschleppt hatten. Doch die drei hatten unbedingt jeden Heimkehrer und Neuankömmling begeistert begrüßen müssen, nur um gleich danach neugierig alle Taschen, Kisten, Tüten, Säcke und Kartons zu inspizieren.

Es hatte Jaz überrascht, wie vorbehaltlos man sie willkommen geheißen hatte – trotz ihres Versuchs, Edna zu bestehlen. Doch als Jaz erneut zugegeben hatte, dass sie aus der Akademie weggelaufen war, hatte Sue nur verständnisvoll genickt und gesagt, dass Jaz über Nacht bleiben konnte und erst mal duschen gehen sollte. Sky hatte ihr T-Shirt, Pullover, Jogginghose und ein Paar dicke Socken geliehen und Ella hatte ihr das Gästezimmer und das Bad gezeigt.

Jetzt stand Jaz hier unter der Dusche und versuchte zu begreifen, was genau da eigentlich in der letzten Stunde passiert war.

Sie hatte keine Ahnung, ob sie diesen Leuten hier wirklich trauen konnte. Aber sie war zu hungrig, zu müde und ihr steckte diese verdammte Erkältung in den Knochen. Hierzubleiben, selbst wenn es nur zum Duschen, Aufwärmen und Essen war, klang da einfach zu verlockend. Und wenn sie danach das Gefühl hatte, dass das alles hier doch zu suspekt war, konnte sie ja immer noch gehen.

Dann traf sie jedoch plötzlich ein ganz anderer Gedanke und ihr wurde trotz des warmen Wassers eiskalt.

Was, wenn man sie mit der Freundlichkeit und dem Angebot der heißen Dusche nur in Sicherheit wiegen wollte?

Was, wenn Sue und Phil längst in der Akademie angerufen hatten, um sie abholen zu lassen?

Ihr Herz setzte einen Schlag lang aus und sie drehte abrupt das Wasser ab.

Was, wenn gleich Master Carlton unten auf sie wartete oder irgendwer, der sie direkt nach Newfield bringen sollte?

In Rekordzeit trocknete Jaz sich ab und schlüpfte in die trockenen Klamotten. Sie raffte ihr eigenen Zeug zusammen, eilte aus dem Badezimmer – und wäre auf dem Flur fast mit einem dunkelhaarigen Jungen zusammengeprallt.

Himmel, diese alte Villa war zwar echt groß, aber wie viele Leute lebten denn hier?!

Er war ungefähr so alt wie sie, aber ein Stück kleiner und sehr schmal. Er trug Sportkleidung und war nass vom Regen. War er bei diesem Sauwetter etwa joggen gewesen?

Er musterte sie, schien aber nicht überrascht, eine Fremde in seinem Zuhause vorzufinden, also hatten die anderen ihm wohl schon von ihr erzählt.

»Tut mir leid, ich –«, begann sie und wollte sich an ihm vorbeischlängeln, doch als ihre Blicke sich trafen, lag in seinem etwas, das Jaz tief ins Herz traf.

Er war eine verwandte Seele.

Er wusste, dass man bei Menschen misstrauisch sein musste.

Und er hatte sie mit einem Blick durchschaut.

»Keine Sorge. Niemand hier wird dich verraten«, versicherte er. »Sue, Phil und Granny sind echt okay. Wenn sie sagen, sie helfen dir, dann machen sie das auch. Und da Gabriel dich nicht sofort umgebracht hat, als du versucht hast, Grannys Tasche zu klauen, wird er es jetzt auch nicht mehr tun«, fügte er hinzu und deutete auf die feuchten Klamotten, die sie wie einen Schutzpanzer gegen ihre Brust drückte. »Die Waschmaschine ist im Hauswirtschaftsraum unten neben der Küche. Herzlich willkommen bei uns.«

Er schenkte ihr ein kleines Lächeln, dann lief er weiter zur nächsten Treppe, die zum Dachgeschoss hinaufführte.

»Ehm … danke«, rief Jaz ihm stirnrunzelnd hinterher. »Und wer bist du?«

»Cam.«

Er verschwand im obersten Stockwerk.

Unschlüssig blickte Jaz ihm nach und hörte Schritte auf der unteren Treppe.

»Oh cool, du bist schon fertig.« Ella winkte sie zu sich. »Komm runter und bring dein Zeug mit. Wir stecken es in die Waschmaschine. Und bis Cam geduscht hat, checkt Dad dich schnell durch, damit wir was gegen deinen Husten machen können.«

Jaz zögerte.

Doch diese Familie hatte sie in ihr Haus gelassen und wollte ihr helfen, obwohl sie eine völlig Fremde war. Dafür hatten sie einen Vertrauensvorschuss verdient, oder nicht? Wachsam konnte sie ja trotzdem bleiben.

Sie gab sich einen Ruck und lief die Treppe hinunter.

Eine Viertelstunde später saßen alle in der Küche an einem Tisch aus schwerem Holz, der so aussah, als hätten an ihm schon einige Generationen zusammen gegessen. Doch nicht nur der Tisch war ziemlich vintage, für den Rest der Küche galt dasselbe. Ofen und Landhausschränke knarzten und hatte etliche Jahre auf dem Buckel, auf einem Regal stapelten sich Tassen, von denen kaum mal zwei optisch zusammenpassten, und auf den beiden Fensterbänken standen buntbemalte Blumentöpfe, in denen Kräuter wuchsen. Zwei Türen mit abgegriffenen Messingknäufen führten in eine Vorratskammer und den Hauswirtschaftsraum. Alles wirkte ein bisschen chaotisch und zusammengewürfelt, schien aber trotzdem genau deshalb hierher zu gehören und strahlte Gemütlichkeit aus.

Jaz schob sich eine weitere Gabel Gemüsepasta in den Mund.

Das hier war Lichtjahre entfernt von der sterilen Ordnung, die sie aus der Akademie kannte.

Das hier war ein richtiges Zuhause.

Sie betrachtete die Leute am Tisch.

Die wirkten genauso wild zusammengewürfelt wie ihr Haus. Und sie schienen keinen müden Penny auf Vorurteile oder gesellschaftliche Erwartungen zu setzen.

Phil hatte eine Totenbändigerin geheiratet und seine Mutter hatte damit offensichtlich kein Problem. Und Sky war mit

Connor zusammen, der ebenfalls kein Totenbändiger war und trotzdem hier mit etlichen von ihnen unter einem Dach lebte. Es schien überhaupt keine Rolle zu spielen.

Jaz fand das großartig.

Während die anderen besprachen, was dringend im Garten erledigt werden musste, bevor bei diesem miesen Wetter alles Mögliche vergammelte, ließen sie Jaz ihre Pasta essen. Ella lächelte ihr hin und wieder zu und Edna forderte sie zwischendurch immer wieder auf, sich mehr von Pasta und Salat zu nehmen, doch sonst ließ man sie in Ruhe und das rechnete Jaz ihnen hoch an – auch wenn klar war, dass diese Ruhe nicht ewig währen würde.

Man verschonte sie bis zum Nachtisch. Der bestand aus einem riesigen Marmorkuchen mit dunkler Glasur und bunten Schokolinsen. Nachbarn hatten ihn als Dankeschön vorbeigebracht, weil Ella und Cam deren Kinder gestern Abend vor einem Schatten gerettet hatten.

Jemand *bedankte* sich bei Totenbändigern …

Wenn man Jaz das vor einer Woche in der Akademie erzählt hätte, hätte sie geglaubt, man wollte sie verarschen. Jetzt hier am Tisch dieser Familie, klang es zwar immer noch schräg, aber nicht nach zu lebhafter Fantasie.

Und es machte ihr Ella und Cam noch sympathischer.

Während die beiden den Kuchen schnitten und verteilten, kochte Edna eine Kanne Salbeitee. Der würde gegen Jaz' Halsschmerzen und ihren Husten helfen. Phil hatte sie vor dem Essen untersucht, außer einer Erkältung aber zum Glück nichts Schlimmeres festgestellt. Und laut Edna würden sie Husten und Halsweh mit ihren Hausmitteln ganz schnell wieder in den Griff bekommen – auch wenn der Sirup, den sie Jaz hatte schlucken lassen, geschmacklich optimierungswürdig war.

Dafür mochte sie den bunten Schal, den Ella ihr ausgeliehen hatte. Er roch gut und sah genauso fröhlich aus wie seine Besitzerin.

Als alle mit Kuchen versorgt waren, ergriff Sue das Wort.

»Okay, Jaz. Dann erzähl uns jetzt mal, was los ist.«

Da war er also, der Moment, der unweigerlich hatte kommen müssen.

Jaz blickte in die Runde und hatte keine Ahnung, wo sie anfangen sollte.

Sue schien das zu merken und schenkte ihr ein ermutigendes Lächeln. »Nenn uns erst mal deinen richtigen Namen. Jaz ist doch sicher nur eine Abkürzung, oder?«

Jaz nickte. »Von Jazlin. Offiziell heiße ich Jazlin Two.«

»Two?« Das Lächeln in Sues Gesicht wurde bitter. »Sie haben an ihrem Vorgehen also nichts geändert. Ich war auch eine Two.«

Jaz musterte sie einen Moment. Wenn Sue Bescheid wusste, bedeutete das, dass Gabriel und Ella die Wahrheit gesagt hatten. Sue war wirklich selbst in der Akademie gewesen.

»Was bedeutet das?«, fragte Jules. »Wofür steht Two?«

Sue seufzte. Kurz sah sie zu Jaz, dann zu ihrem Sohn. »Die Babys, die aus Kliniken in die Akademie gebracht oder von Müttern dort abgegeben werden, werden durchnummeriert. So bekommen sie ihren Nachnamen. Jedes Jahr im Januar fangen sie mit der Zählung von vorne an. Ich war in meinem Geburtsjahr das zweite Baby, das in die Akademie kam. Und bei Jaz war es offensichtlich genauso.«

»Wow, wie liebevoll«, meinte Sky ironisch.

Sue verzog das Gesicht. »Und ich fürchte, viel liebevoller wird es auch nicht.« Sie blickte wieder zu Jaz. »Wie alt bist du?«

»Siebzehn.«

»Dann hättest du nur noch dieses Schuljahr dort überstehen müssen, um deinen Abschluss zu bekommen?«

Jaz nickte.

Sue betrachtete sie einen Moment lang und schien mit eigenen Erinnerungen zu kämpfen. Dann schüttelte sie sie jedoch ab und konzentrierte sich auf die Gegenwart. »Okay, sag uns, was passiert ist, dass du es dort nicht mehr länger ausgehalten hast.«

Jaz atmete tief durch, gab sich einen Ruck und erzählte.

»Die bauen in Yorkshire ein Dorf und drängen junge Mädchen dazu, dort hinzuziehen und möglichst schnell Nachwuchs zu produzieren, damit die Rasse der Totenbändiger wächst und gedeiht?« Gabriels Nasenflügel weiteten sich, als er wutschnaubend die Luft einsog. »Ernsthaft?! Daran ist so vieles falsch, ich weiß gar nicht, worüber ich mich zuerst aufregen soll!«

Jaz hob die Schultern. »Laut Anya und Drew sind alle freiwillig und gerne dort. Für viele ist es eine Zuflucht, weil sie in der Gesellschaft Außenseiter sind. Und in der Akademie haben sie uns das Ganze bloß in zuckersüßen Regenbogenfarben schmackhaft gemacht. Es wurde niemand gezwungen, dorthin zu gehen. Außer mir.« Sie presste kurz die Kiefer aufeinander. »Keine Ahnung, warum es Master Carlton so wichtig ist, mich nach Newfield zu schicken. Vermutlich hatte er genug davon, mich ständig in den Arrest zu sperren und findet, jetzt sollte sich mal jemand anderes mit mir herumärgern. Oder er denkt, in Newfield hab ich einfach keine Zeit zum Ärger machen, wenn ich mich tagsüber um die Grundschulkids und ihren Unterricht kümmern und abends für meinen eigenen Abschluss lernen muss.«

»Okay, bei dem Pensum bleibt tatsächlich nicht viel Zeit für Rebellion«, meinte Sky sarkastisch.

»Und wenn sie dann noch dafür sorgen, dass du schwanger wirst …« Connor schüttelte den Kopf.

»Ganz ehrlich, Leute? Aus dem Laden wäre ich auch abgehauen.« Ella hatte die Kuchenteller eingesammelt und in die Spülmaschine geräumt. Jetzt trat sie hinter die Stühle, auf denen ihre Eltern saßen, schlang ihrer Mum und ihrem Dad einen Arm um die Schultern und gab Sue einen Kuss auf die Wange. »Danke, dass du mich mit zu euch genommen hast.« Dann küsste sie die Wange ihres Dads. »Und danke, dass du mich sofort behalten wolltest.«

Liebevoll strich Phil ihr über den Arm. »Wir sind dankbar, dass wir dich vom Schicksal geschenkt bekommen haben. Immerhin wäre es ohne dich nur halb so bunt und fröhlich bei uns.«

Wieder spürte Jaz dieses warme Kribbeln, als sie Ella beobachtete, während sie noch mal Wasser für eine weitere Kanne Tee aufsetzte. Über ihrer schwarzen Leggins trug sie einen hellblauen Pullover in Oversize, dessen Halsausschnitt asymmetrisch geschnitten war und eine ihrer schmalen Schultern herausgucken ließ, und ihre Boots hatte sie gegen dicke Ringelsocken getauscht, die perfekt zu ihrer Regenbogenbeanie passten.

»Wenn du deinen Abschluss schon hättest, was wären dann deine Pläne?«, fragte Sue und riss Jaz damit aus ihren Gedanken heraus.

»Ich wollte hier in London auf die Polizeischule gehen und später in einer Spuk Squad arbeiten.«

»Cool. Gut zu wissen, dass wir Nachwuchs bekommen – in ein paar Jahren.« Da Jaz verständnislos die Stirn runzelte, fügte Gabriel hinzu: »Sky, Connor und ich bilden eine Spuk Squad hier auf dem Revier in Camden.«

»Echt?« Jaz musterte die drei überrascht. »Das ist ja genial! Denkt ihr, die würden mich in der Polizeischule auch nehmen, wenn ich mein Abi parallel zur Ausbildung mache? Ich wollte mir eigentlich einen Job suchen, damit ich mir ein Zimmer leisten kann, und dann den Abschluss im Homeschooling machen. Aber wenn ich schon auf die Polizeischule gehen könnte, könnte ich in deren Wohnheim wohnen und alles wäre viel einfacher.«

»Braucht man denn überhaupt das Abi, um zur Polizei zu gehen?«, fragte Jules. »Reicht nicht auch die mittlere Reife? Die hast du ja schon.«

»Jein.« Gabriel goss sich noch einen Tee ein, als Ella die Kanne auf den Tisch stellte. »Eigentlich reicht die mittlere Reife, Totenbändiger nehmen sie aber nur mit Abi. Ist mal wieder eine der vielen netten Ungleichbehandlungen. Deshalb konnte Matt damals nicht mit Sky und mir die Ausbildung machen.«

»Was für ein Scheiß!«, schimpfte Jules.

»Yep. Ist in Jaz' Fall aber egal, denn sie nehmen Bewerber erst mit achtzehn und das gilt für alle.«

Jaz tat es mit einem Schulterzucken ab. »Schon okay. Was ist denn aus eurem Freund geworden? Was hat er gemacht, als er nicht auf die Polizeischule gehen durfte?«

»Er arbeite als freischaffender Geisterjäger. Er hat sich in den letzten Jahren ein kleines Team zusammengestellt und sie nehmen Aufträge von Privatpersonen oder Firmen an.«

Interessiert setzte Jaz sich auf. »Was für Aufträge?«

Gabriel hob die Schultern. »Bosse engagieren sie als Schutzbegleitung, wenn sie abends Termine haben. Besonders im Winter, wenn es schon früh dunkel wird. Makler oder Firmen buchen sie, um alte Gebäude oder lange ungenutzte Lagerhallen zu inspizieren und von Geistern zu reinigen, wenn sich dort welche eingenistet haben. Außerdem beraten sie Privatpersonen beim Schutz von Häusern und Grundstücken und treiben Geister aus, wenn schon einer Ärger macht. Solche Sachen halt.«

»Cool. Denkst du, er kann in seinem Team noch jemanden gebrauchen?«, fragte Jaz. »Ich bin ziemlich gut im Geisterbändigen. Im Training hab ich sogar schon mal einen Wiedergänger vernichtet. Nicht ganz alleine, aber im Team. Ich bin wirklich gut. Das kann ich ihm gerne beweisen. Und er müsste mir auch nichts zahlen. Wenn er irgendwo einen Schlafplatz und eine warme Mahlzeit am Tag für mich hat und ich neben der Arbeit Zeit bekomme, um mein Abi zu machen, helfe ich ihm und seinen Leuten gerne.«

»Ich glaube, wir hätten da einen besseren Vorschlag«, schaltete Sue sich ein, bevor Gabriel antworten konnte. Sie blickte kurz zu Phil und Edna und beide nickten.

»Welchen?« Eigentlich fand Jaz ihre eigene Idee ziemlich klasse – vorausgesetzt natürlich, dieser Matt spielte mit und gab ihr eine Chance.

»Du bleibst bei uns. Du kannst deinen Abschluss machen und dich im nächsten Jahr bei der Polizeischule bewerben. Wir haben Kontakte, mit denen es sicher kein Problem sein wird, dass du dort aufgenommen wirst.«

Verdattert starrte Jaz erst Sue an, dann Phil und Edna.

Das war … zu schön, um wahr zu sein.

Oder?

Ella lächelte mitfühlend, als sie Jaz' perplexes Gesicht sah. »Komm schon. Sag ja. Dann könntest du mit Jules, Cam und mir zur Schule gehen. Das wäre genial!«

Ungläubig blickte Jaz von einem zum anderen. »Ihr geht auf eine ganz normale Schule?«

»Yep, seit dieser Woche. Ist ziemlich cool«, antwortete Ella. »Und ich wette, unsere Direktorin ist einverstanden, dass du auch an die Ravencourt kommst. Sie ist echt nett.«

Jaz blickte zu Sue und Phil. »Ich – ich würde Ihr Angebot wirklich gerne nehmen, aber was wollen Sie denn an Miete für das Zimmer haben? Ich hab noch keinen Job und ich weiß nicht, wie schnell ich einen finde. Allerdings … « Sie zog den Briefbeschwerer aus der Hosentasche und legte ihn auf den Tisch. » … könnte ich Ihnen den hier solange als Pfand geben.«

Vielleicht war das Ding jetzt ja doch noch zu etwas gut.

»Wow.« Connor nahm die kleine Walnusshälfte und begutachtete sie. »Das ist echtes Silber.«

»Wo hast du das her?«, wollte Phil wissen.

Jaz mied seinen Blick. »Aus der Bibliothek der Akademie.«

»Also ist es gestohlen.«

Noch immer wich Jaz seinem durchdringenden Blick aus und zuckte gespielt unbekümmert die Schultern. »Kein Mensch brauchte das Ding dort. Es lag da bloß so rum.«

Sue atmete tief durch. »Es ist trotzdem Stehlen.«

Jaz verzog das Gesicht, behielt einen weiteren Kommentar aber lieber für sich. Das hier war eine unglaubliche Chance und die wollte sie sich nicht vermasseln.

»Du musst uns für das Zimmer nichts zahlen«, sagte Phil. »Auch nicht fürs Essen oder dafür, dass du die Waschmaschine benutzen darfst. Das Einzige, was wir von dir erwarten, ist, dass du hier im Haushalt und im Garten ein paar Pflichten übernimmst – so wie wir anderen auch.«

»Außerdem gibt es ein paar Regeln.« Sue nahm den Briefbeschwerer an sich. »Es wird nichts mehr gestohlen oder sonst irgendwas angestellt, das dir Ärger mit der Polizei einbringen könnte. Außerdem setzt du deine Kräfte niemals ein, um einem Menschen zu schaden. Du drohst auch niemandem damit. Sollte dich jemand angreifen, darfst du dich natürlich verteidigen, aber niemals so, dass du denjenigen tötest. Wenn diese Regeln für dich in Ordnung sind, würden wir uns freuen, wenn du bei uns bleibst.«

Jaz musste heftig schlucken. »Ich – weiß nicht, was ich sagen soll«, brachte sie schließlich mühsam hervor.

»Vielleicht, dass du dich an die Regeln hältst, hier mit uns Haushalt und Garten rockst und bei uns bleibst?«, schlug Ella grinsend vor.

Unvermittelt musste Jaz ebenfalls grinsen. »Ja, ich würde gerne hierbleiben.« Sie blickte wieder zu Sue und Phil. »Und natürlich halte ich mich an die Regeln und helfe hier mit. Aber warum sind Sie so nett zu mir?«, fragte sie dann. »Sie kennen mich doch gar nicht.«

»Aber ich war in einer ähnlichen Situation wie du, als ich in deinem Alter war«, antwortete Sue. »Ich habe es in der Akademie zwar ausgehalten, bis ich achtzehn war und meinen Abschluss hatte, aber damals waren die Zeiten für Totenbändiger noch viel schwieriger als heute. Niemand hat mir einen Job oder ein Zimmer gegeben. Genau wie du musste ich mich auf der Straße durchschlagen und wurde bei einer ähnlichen Aktion erwischt wie du heute. Zum Glück von Menschen, die mir eine Chance gegeben haben und ohne die ich vermutlich untergegangen wäre.«

Sie streckte ihre Hand über den Tisch und drückte Ednas.

Edna schüttelte bloß den Kopf und erwiderte Sues Händedruck liebevoll.

»Ich hab mir damals geschworen, selbst Chancen zu geben, wenn ich helfen kann.« Sue blickte wieder zu Jaz. »Und ich glaube, du hast eine verdient.«

In Jaz' Hals steckte ein dicker Kloß und ihre Stimme klang ziemlich kratzig, als sie leise »Danke« murmelte.

Sue lächelte. »Okay, ich denke, damit haben wir erst mal alles Wichtige geklärt. Morgen fahren wir zur Akademie und holen deine Papiere und den Rest deiner Sachen. Das bisschen, was du in deinem Rucksack dabeihast, kann ja nicht alles sein, was du besitzt, oder?«

Sofort schüttelte Jaz alarmiert die Kopf. »Nein, ich gehe auf gar keinen Fall in die Akademie zurück! Was, wenn Master Carlton mich dann dort behält? Meine Sachen sind mir egal!«

»Aber wir brauchen deine Papiere, um dich an der Ravencourt anmelden zu können. Und wir sollten den hier zurückbringen, bevor Cornelius dich wegen des Diebstahls anzeigt.« Sue nahm den kleinen Briefbeschwerer an sich, mit dem Connor wieder herumspielte.

Jaz schnaubte und sah alles andere als glücklich aus.

Sue schenkte ihr ein aufmunterndes Lächeln. »Keine Sorge, wir kriegen das schon hin. Wir fahren morgen Nachmittag, dann kannst du dich erst mal ausschlafen, und ich hab Zeit, vorher noch ein paar Dinge zu regeln, damit nichts schiefgehen kann, wenn wir dich offiziell zu uns holen. Vertrau mir, okay?«

Genau das war das Problem. Vertrauen war nicht leicht. Und es ging nicht einfach so.

Jaz sah zu Cam. Der erwiderte ihren Blick und wieder sah sie in seinen Augen, dass er ganz genau wusste, was in ihr vorging. Er sagte nichts, hielt nur still ihren Blick und nickte.

Jaz atmete tief durch. Dann schaute sie zurück zu Sue. »Okay. Und – danke.« Sie sah von Sue zu Phil und Edna. »Für alles.«

Phil schüttelte abwinkend den Kopf. »Dafür nicht. Willkommen in unserem Zuhause.«

Zuhause …

Schon wieder war da dieser blöde Kloß in ihrem Hals und Jaz musste heftig schlucken.

Mann, was war denn los mit ihr? So verdammt rührselig war sie doch sonst nicht.

Sie fuhr zusammen, als Ella plötzlich ihre Hand nahm und sie vom Stuhl zog. »Apropos Zuhause. Komm. Ich zeig dir jetzt erst mal den Rest vom Haus.«

Kapitel 13

»Und hier ist das Reich von Jules, Cam und mir.« Sie waren im Dachgeschoss der alten Villa angekommen und Ella wies auf zwei Türen am Ende des Flurs. »Links ist das Zimmer von Cam, rechts das von Jules. Hinter der Tür hier vorne ist unser Bad und das hier ist meine Bude.«

Ella öffnete eine vierte Tür und knipste das Licht an. Rundum an den Wänden leuchteten Lichterketten aus weißen Sternen, bunten Blumen und kleinen Lampions auf.

Das Zimmer passte zu Ella wie die berühmte Faust aufs Auge. Es sah aus wie eine kunterbunte Mischung aus einer Schneiderei, einer Kunstwerkstatt und einem Jugendzimmer. Neben einem breiten Bett mit schnörkeligem weißen Eisenrahmen, einem Schreibtisch und mehreren Regalen voller Bücher gab es einen Tisch mit Nähmaschine und einen mit jeder Menge Kram zum Basteln sowie ein Sofa mit buntem Flickendeckenüberwurf. In weiteren Regalen, Schränken und einem Sideboard waren Stoffe, Wolle und Nähgarne untergebracht. Dosen mit Stiften, Scheren und Pinseln reihten sich an Vorratsgläser und Boxen mit bunten Perlen und Glassteinen, und es gab Tuben und Töpfchen mit so ziemlich jeder Farbe, die man sich vorstellen konnte. Keins der Möbelstücke passte zusammen, wobei das Glanzstück ein riesiges, uraltes Kleiderschrankungetüm war, das so aussah, als würde es den Übergang nach Narnia beherbergen. Ella hatte es weiß getüncht und Sonnenblumen draufgemalt. Doch obwohl in dem Zimmer so viel los war, herrschte kein Chaos und Jaz fühlte sich zwischen Büchern, alten Möbeln und kreativem Krimskrams sofort wohl.

»Cooles Zimmer. Und echt groß.« Ihr Zimmer in der Akademie hätte hier vermutlich fast zweimal reingepasst.

»Danke. Es ist das größte hier oben.«

»Und es war für Cam und Jules okay, dass du es bekommst?«

Ella zuckte die Schulter. »Ich hab einfach mehr Zeug als die beiden zusammen. Und abends sind sie oft bei mir.« Sie wies auf einen Fernseher, der auf dem Sideboard stand. »Den da haben wir gemeinsam gekauft. Am Laptop zu streamen war auf Dauer blöd und weil wir eh auf dieselben Serien stehen, haben wir unser Taschengeld zusammengeschmissen und der Fernseher steht bei mir. Dafür, dass ich das größte Zimmer bekommen hab, muss ich jetzt also Krümel im Bett ertragen. Was das angeht, sind die beiden nämlich echte Chaoten. Genauso wie er hier.«

Sie bückte sich und nahm Holmes auf den Arm. Der schwarze Familienkater war ihnen bei ihrer Besichtigung neugierig auf Schritt und Tritt durchs ganze Haus gefolgt. »Frag nicht, wie oft ich Katzenspielzeug zwischen meinen Kissen finde.«

Jaz musste schmunzeln und streichelte den kleinen Kater, der sofort mit den Pfoten nach ihren Fingern grabschte, um zu spielen. »Er ist echt niedlich.«

»Yep. Ich fürchte nur, das weiß er auch. Genauso wie Sherlock. Der hatte den unschuldigen Dackelwelpenblick auch verdammt schnell perfektioniert.«

Jaz lachte. »Wo habt ihr die drei her? Aus dem Tierheim?«

Ella nickte. »Erinnerst du dich an das schlimme Themsehochwasser Ende April? Das hat ein Tierheim in Barnes fast komplett überflutet. Damals hat Granny uns noch zu Hause unterrichtet und wir haben jeden Mittag zusammen Nachrichten gesehen. Das war sozusagen unser Politikunterricht. In den Lokalnachrichten haben sie über das Tierheim berichtet und dass dringend Helfer und Spenden gebraucht werden. Wir wollten helfen und Granny war sofort einverstanden. Sie meinte, Schulbücher und Theorie wären zwar wichtig, aber während ein paar Tagen gemeinnütziger Arbeit lernt man auch eine Menge fürs Leben.«

»Deine Grandma ist echt cool.«

»Auf jeden Fall. Und das Tierheim hatte Hilfe wirklich dringend nötig. Es war alles voller Schlamm: Zwinger, Katzenhaus, Lagerschuppen, Büros – alles war verdreckt oder zerstört. Beim Wiederaufbau konnten wir nicht viel helfen. Das mussten Handwerker machen, damit da nicht alles beim ersten Windstoß wieder in sich zusammenfällt. Aber Schlamm und Gerümpel wegräumen kann jeder.«

»Das stimmt.«

Ella kraulte Holmes zwischen den Ohren und der kleine Kater schmiegte sich wohlig an sie. »Es haben nicht alle Tiere überlebt«, sagte sie dann und bei der Erinnerung flog ein trauriger Schatten über ihr sonst so fröhliches Gesicht. »Besonders den ganz jungen ging es schlecht, weil sie noch so klein waren und es schweinekalt und überall nass war. Wir haben Holmes, Sherlock und Watson deshalb während der Aufräumarbeiten mit ein paar Decken in unser Auto gebracht, weil es da trocken und halbwegs warm war. Als wir dann abends zurück nach Hause fahren wollten, haben wir es nicht übers Herz gebracht, die drei in einen der Zwinger zu bringen, die wir saubergemacht hatten.«

Jaz musste lächeln.

Ja, das passte zu Ella.

Sie hielt dem Kitten wieder ihren Finger zum Spielen hin. »Ich wette, das Tierheim war froh um jedes Tier, das ein neues Zuhause gefunden hatte.«

»Definitiv. Es gab zum Glück viele Helfer, die Tiere während des Aufbaus aufgenommen hatten. Und viele haben ihre Pflegetiere danach behalten.«

»Ich glaube, ich hätte es auch nicht übers Herz gebracht, ein Tier wieder zurückzubringen.« Jaz kraulte Holmes unter dem Kinn, was der kleine Kater mit glücklichem Schnurren quittierte, bis ihm das Kuscheln mit den beiden Mädchen plötzlich zu langweilig wurde, als er eine leere Garnrolle auf dem Boden neben dem Papierkorb entdeckte. Mit einem Satz sprang er von Ellas Arm und tobte voller Begeisterung mit dem Spielzeug quer durch den Raum.

»Wie gesagt, nicht nur die zweibeinigen Jungs verbreiten in meinem Zimmer gerne Chaos«, meinte Ella mit einem Seufzen, als Holmes auf ihr Bett sprang und sich mit der Garnrolle einmal quer über ihre Kissen kugelte. »Aber ich liebe sie trotzdem. Egal, ob zweibeinig oder vierbeinig.«

Jaz schmunzelte. Einen Moment lang sah sie Holmes noch beim Spielen zu, dann schaute sie sich weiter in Ellas Zimmer um. Über der Lehne des Schreibtischstuhls hing ein blauer Blazer, auf dessen linker Brustseite in Weiß ein Schulwappen aufgestickt war: zwei Raben, die auf den Türflügeln eines Tores saßen. *Ravencourt Comprehensive School* stand darunter.

»Wie habt ihr es geschafft, dass ihr auf eine öffentliche Schule gehen dürft?«

»Es war ein jahrelanger Kampf, aber Mum und einige andere aus unserer Gilde haben sich im Stadtrat immer wieder dafür eingesetzt. Und Dad und Granny haben sich in den Schulen hier in der Umgebung dafür stark gemacht, dass uns jemand aufnimmt. Ms Carroll, unsere Direktorin, ist echt nett und hätte uns sofort genommen, aber sie musste erst Überzeugungsarbeit bei Eltern, Lehrern und Schülern leisten. Und der Stadtrat hat eine Entscheidung immer wieder hinausgezögert. Aber jetzt hat es geklappt und wir dürfen unseren Abschluss an der Ravencourt machen.«

»Und eure Mitschüler finden das okay?«

»Es gibt ein paar Idioten, aber die meisten sind in Ordnung. Eins der Mädchen aus unserem Jahrgang hat eine Art Blog, auf dem sie Videos aus ihrem Alltag zeigt. Sie hat mich gefragt, ob ich Lust hätte, ein paar Videos zu drehen und davon zu erzählen, wie es ist, eine Totenbändigerin zu sein. Um Vorurteile abzubauen und so. Zwei haben wir schon aufgenommen und die Leute fanden sie echt gut. Es gab fast nur positives Feedback. Montag wollen wir nach der Schule ein neues Video aufnehmen. Die Leute konnten Fragen schicken. Die beantworte ich dann.« Sie hob die Schultern. »Wer weiß? Vielleicht hilft das ja und im nächsten Schuljahr gibt es noch andere Schulen, die Totenbändiger aufnehmen.«

Jaz war ehrlich beeindruckt und sie fragte sich, was sie hinter den Mauern der Akademie sonst noch alles nicht mitbekommen hatte. Obwohl sie sich jedes Wochenende in London herumgetrieben hatte, hatte sie zu den Normalos kaum Kontakt gefunden. Es gab zwar verschiedene Jugendzentren, doch dort war sie bloß geduldet worden, ohne Chance, jemals in eine der Cliquen aufgenommen zu werden. Daher hatte Jaz es irgendwann aufgegeben und war lieber alleine durch London gestreift.

Auch zu anderen Totenbändigern außerhalb der Akademie hatte sie so gut wie keinen Kontakt gehabt. Dass es innerhalb ihrer Gemeinschaft Leute gab, die sich so vehement wie Sue dafür einsetzten, dass Totenbändiger und Normalos ganz selbstverständlich zusammenleben und ihren Alltag miteinander verbringen konnten, war Jaz deshalb bis heute nicht klar gewesen. Sie hatte zwar gewusst, dass nicht alle Familien ihre Kinder in die Akademie schickten, doch in der Akademie galten diese Leute als verschrobene und weltfremde Sonderlinge. Dass sie stattdessen fast so was wie Rebellen waren, die sich gegen Carlton und seine Newfield-Ideologie einsetzten und für ein Miteinander in einer großen gemeinsamen Gesellschaft in London kämpften, war eine ziemlich coole Entdeckung.

Vielleicht hätte sie mehr über all das gewusst, wenn sie bei den Versammlungen der Gilde hätte anwesend sein dürfen. Doch die Teilnahme war erst ab achtzehn erlaubt.

Jaz schlenderte durch Ellas Zimmer, weil es überall irgendwas zu entdecken gab.

Ein Briefumschlag fiel ihr ins Auge. Er steckte halb unter der Schreibtischunterlage und Ella hatte ihn über und über mit Fragezeichen in verschiedenen Schriftarten vollgekritzelt.

»Das sieht ja genial aus. Ist das ein Kunstprojekt für die Schule?«

Ella trat zu ihr und schüttelte den Kopf. »Nein. Ich bin letzten Monat sechzehn geworden und es ist so eine Art Familientradition, dass Mum uns dann die Namen unserer leiblichen Eltern und ihre aktuelle Adresse besorgt.« Sie fuhr mit einem Finger die Kanten des Briefumschlags nach. »Mum ist Wächterin in der Klinik, in der Gabriel und ich geboren wurden, deshalb kommt sie leicht an die Akten heran.«

Jaz musterte Ella von der Seite. »Aber du weißt nicht, ob du wirklich wissen willst, wer deine leiblichen Eltern sind?«

Ella hob die Schultern. »Als Gabriel damals seinen Brief bekommen hat, hat er ihn ungeöffnet zerrissen und in den Kamin geworfen. Er hat gesagt, dass Mum und Dad die einzigen Eltern für ihn sind. Er wollte nicht wissen, wer ihn gezeugt hat, denn die beiden haben ihn verstoßen und dafür verdienen sie nicht eine Sekunde seiner Aufmerksamkeit.«

»Kann ich verstehen.«

»Ja, er hat schon recht.« Gedankenversunken zeichnete Ella eins der Fragezeichen nach. »Aber irgendwie … Keine Ahnung.« Seufzend zuckte sie mit den Schultern. Dann riss sie sich vom Umschlag los und sah zu Jaz. »Was ist mit dir? Weißt du, wer deine leiblichen Eltern sind?«

Jaz schüttelte den Kopf. »Ich weiß nur, dass ich in einer Klinik in Croydon geboren und dort zurückgelassen wurde. Mehr Infos haben wir in der Akademie nicht bekommen. Aber ich glaube, ich bin da wie Gabriel. Meine Eltern wollten mich nicht, mehr muss ich über sie gar nicht wissen.«

Ella nickte.

»Was ist mit Cam?«

Dass Sky und Jules die leiblichen Kinder von Sue und Phil waren, konnte niemand übersehen. Sie hatten Sues schneeweißes Haar und Phils braune Augen geerbt und sahen einander ziemlich ähnlich. Cam dagegen hatte blaue Augen und seine Haare waren pechschwarz mit einem leichten dunkelblauen Schimmer.

»Was soll mit mir sein?«, kam es von der Tür, als Cam in Ellas Zimmer trat.

»Wir reden gerade über leibliche Eltern«, erklärte Ella.

»Kennst du deine?«, fragte Jaz.

Cam lehnte sich an den Türrahmen. »Nicht wirklich. Meine Mutter war eine Totenbändigerin. Sie hat an den Grenzen des West Ends das Vergnügungsviertel bewacht und Geister ferngehalten, bevor dort alles mit Eisenzäunen und Magnesiumlaternen doppelt und dreifach abgesichert wurde. Ich war knapp vier, als sie während einer Schicht starb. Sie war alleinerziehend und ich hab keine Ahnung, wer mein Vater ist. Wahrscheinlich wusste sie es auch nicht. Ich kann mich nicht wirklich an sie erinnern, also war sie vermutlich keine Traummutter. Sie hat mich nachts alleine gelassen, wenn sie arbeiten war. Als sie nicht zurückkam, haben Nachbarn mich gefunden. Wir haben im East End gewohnt und sie haben mich in die Notfallambulanz gebracht, in der Phil ehrenamtlich arbeitet. So bin ich hier gelandet.«

Das war die offizielle Geschichte seiner Herkunft, die alle außerhalb seiner Familie erzählt bekamen, falls jemand ihm Fragen stellte.

Jules schob sich mit einer Schüssel voll bunter Marshmallows an Cam vorbei ins Zimmer und warf sich schwungvoll auf Ellas Bett. »Wollen wir zusammen was streamen?«

»Sicher.« Ella schaltete den Fernseher an. »Bist du schon müde oder hast du Lust, mitzugucken?«, fragte sie an Jaz gewandt. »Auf meinem Bett ist genug Platz für uns alle. Und Marshmallows krümeln nicht.«

Jaz musste lachen.

»Jetzt, wo du es sagst.« Jules schwang sich wieder aus dem Bett. »Ich glaube, ich hab drüben bei mir noch Chips und Kekse.«

Ella warf einen beschwörenden Blick an die Decke. »Mann, du hattest doch gerade erst Abendessen. Plus Kuchen! Wie passt da jetzt überhaupt noch irgendwas in dich rein?«

»Das sind doch bloß Knabbersachen. Die passen immer.« Jules verschwand nach nebenan, um seine Vorräte zu holen.

Cam warf sich auf den Platz, den Jules gerade freigemacht hatte, und stieß dabei prompt gegen die Schüssel mit den Marshmallows. Sofort verteilte sich die Hälfte der kleinen bunten Teile über Ellas Bettdecke.

Ella rollte mit den Augen. »Einsammeln, sofort! Wehe, ich finde davon heute Nacht eins in meinem Bett!«

Holmes sprang zu Cam und beschnüffelte neugierig eins der Marshmallows. Vorsichtig stupste er mit seiner Pfote dagegen, fegte es dann von der Decke und sprang begeistert hinterher.

Wieder verdrehte Ella die Augen und wandte sich zu Jaz um. »Ich hab vollstes Verständnis dafür, wenn du dir die Chaoten hier nicht antun und lieber Ruhe in deinem Zimmer haben willst.«

»Und mir das hier entgehen lassen?« Grinsend schüttelte Jaz den Kopf und warf sich zu Cam aufs Bett, was einige der Marshmallows, die er gerade zurück in die Schüssel getan hatte, wieder herauspurzeln ließ. »Niemals.« Sie steckte sich eins der kleinen Schaumzuckerdinger in den Mund. »Streamen klingt super. Welche Serien suchtet ihr denn so?«

Kapitel 14

Im Erdgeschoss war der Rest der Familie nach dem Abendessen von der Küche ins Wohnzimmer umgezogen.

»Okay, ich will kein Spielverderber sein«, begann Connor, »und ja, Jaz scheint ganz in Ordnung. Aber denkt ihr, wir können ihr wirklich vertrauen?« Er deutete auf den Briefbeschwerer, der vor Sue auf dem Couchtisch lag. »Offensichtlich hat sie den gestohlen, als sie aus der Akademie weggelaufen ist. Woher wollen wir wissen, dass sie hier bei uns heute Nacht nicht dasselbe tut?«

»Das wissen wir nicht.« Edna hatte das Feuer im Kamin in Gang gebracht und setzte sich in ihren Lieblingssessel. »Aber ich habe ein ganz gutes Bauchgefühl bei dem Mädchen und mein Bauchgefühl hat mich schon einmal nicht getäuscht.« Sie lächelte zu Sue. »Außerdem wüsste ich nicht, dass wir hier irgendwo kostbare Briefbeschwerer herumliegen hätten und Familienjuwelen oder teures Silberbesteck gibt es auch nicht. Selbst wenn Jaz heute Nacht also verschwinden und irgendwas mitnehmen sollte, wäre es nichts wirklich Wertvolles. Und größere Dinge wie unseren Fernseher könnte sie nicht wegschaffen.«

»Wenn sie uns die Autoschlüssel klaut, schon«, gab Connor zu bedenken.

»Das halte ich für ziemlich unwahrscheinlich«, sagte Phil. »Ein gestohlenes Auto ist viel zu auffällig und man würde sie damit schnell finden. Jaz ist nicht dumm. Ich glaube nicht, dass sie so was riskieren würde.«

»Außerdem wage ich zu bezweifeln, dass sie überhaupt fahren kann.« Sue nahm einen Schluck aus ihrer Teetasse. »Weltliche Dinge wie der Führerschein stehen bestimmt immer noch nicht auf dem Lehrplan der Akademie.«

»Glaubst du eigentlich, dass Jaz die Wahrheit gesagt hat, als sie meinte, dass sie in ihrem Training schon mal gegen einen Wiedergänger gekämpft hat?«, fragte Sky. »Das wäre immerhin echt gefährlich. Oder war das nur Prahlerei?«

Sue schüttelte den Kopf. »Nein. Ich traue es Cornelius durchaus zu, dass er seine Schüler auch gegen Wiedergänger antreten lässt. Zu meiner Schulzeit war das Training ziemlich hart. Damals war noch Cornelius' Vater der Schulleiter und sein Motto war: Sind die Geister zu stark, bist du zu schwach. Während meiner Zeit dort sind vier Schüler umgekommen und etliche andere waren nach besonders grausamen Trainingseinheiten so traumatisiert, dass sie nicht mehr am Unterricht teilnehmen konnten.«

Schockiert starrten Sky, Connor und Gabriel sie an, doch Sue nickte nur bitter.

»Nur, weil man als Totenbändiger geboren wird, heißt es nicht automatisch, dass man auch die Konstitution besitzt, sich Geistern entgegenzustellen. Viele halten den Druck, ihr Leben dabei riskieren zu müssen, nicht aus. Das wurde aber von Seiten der Schulleitung nicht geduldet. Wer zu schwach oder zu ängstlich war, wurde aus dem Training aussortiert und stattdessen niederen Arbeiten zugeteilt wie Housekeeping, Küche, Hausmeisterei oder den Versorgern, die sich um Obst- und Gemüseanbau, Tiere und Einkäufe kümmerten.«

»Das klingt aber ziemlich stark nach Stigmatisierung«, meinte Connor. »Bekam man wenigstens noch mal eine zweite Chance?«

Sue seufzte. »Nur sehr selten. Es wurde einfach viel zu viel Wert auf das Potenzial des Tötens und Vernichtens gelegt, das unsere Kräfte mit sich bringt. Dass wir zu einem gewissen Grad aber auch heilen können und sich diese Fähigkeit mit Erforschung und Training mit Sicherheit noch verbessern ließe, dem schenkte man in der Akademie so gut wie gar keine Beachtung. Und so wie sich das bei Jaz vorhin angehört hat, hat sich daran bis heute nichts geändert. Das ist eine Schande, denn ich wette, dadurch geht bei den vermeintlich Schwachen unglaublich viel Potenzial verloren.«

»Nach allem, was Jaz erzählt hat, klingt es so, als würden sie die Schwachen jetzt auf diese Newfield-Farm schicken«, sagte Sky. »Besonders die Mädchen. Zum Nachwuchszeugen. Wundert mich nur, dass sie Jaz auch dorthin schicken wollten. Wenn sie gegen Wiedergänger antreten kann, sollte sie doch eigentlich genügend Mut und Stärke mitbringen.«

»Wahrscheinlich war sie zu unbequem«, brummte Gabriel. »Außerdem wissen wir ja nicht, ob in Newfield wirklich nur schwächere Totenbändiger leben. Wenn Carlton und seine Leute mehr Totenbändiger heranzüchten wollen, hoffen sie ja sicher auf starken Nachwuchs. Dann wäre es sinnvoll, wenn es in Newfield auch starke Totenbändiger gäbe. Vielleicht war das auch ein Grund, warum Carlton Jaz dorthin schicken wollte.«

Sue nickte seufzend. »Ich fürchte, das ist ein guter Punkt. Und wenn Jaz ihm immer wieder Ärger gemacht hat, wollte Cornelius sie aus London verbannen, bevor sie ihm womöglich öffentlich Ärger macht, denn den kann er besonders jetzt nicht gebrauchen. Er hat in der Gilde etliche Anhänger um sich geschart, die genau wie er der Meinung sind, dass es an der Zeit ist, sich nicht länger von den Unbegabten unterdrücken zu lassen.«

»Unbegabte?« Fragend runzelte Connor die Stirn.

»Menschen, die keine Totenbändiger sind«, erklärte Sue. »Für Cornelius und seine Anhänger sind Leute wie du, Phil oder Edna unbegabte Schwächlinge, weil ihr keine Kräfte besitzt, mit denen ihr euch gegen Geister schützen oder sie töten könnt. Und dabei beziehen sie das Töten nicht nur auf die Geister. Sie denken, Totenbändiger sind die stärkere Rasse, deshalb sollten wir uns nicht länger vom Rest der Bevölkerung unterdrücken lassen, nur weil die Unbegabten in der Mehrheit sind.«

»Okay.« Connors Stirnrunzeln war noch tiefer geworden. »Auch wenn ich absolut verstehen kann, dass ihr genug von Ausgrenzung und Diskriminierung habt, aber das, was dieser Cornelius da plant, klingt echt übel.«

Wieder nickte Sue. »Es gibt in der Gilde zwar auch viele, die ein friedliches Miteinander aller in unserer Gesellschaft wollen, doch selbst die Gemäßigten rechnen es Cornelius hoch an, dass er erreicht hat, dass der Stadtrat nächsten Monat darüber abstimmt, ob die Gilde der Totenbändiger einen Sitz im Rat bekommt. Sie wollen allerdings nicht, dass Cornelius diesen Sitz an sich reißt. Die nächsten Versammlungen werden daher ziemlich spannend werden.«

Sky blickte zu Gabriel. »Ich denke, wir sollten zusehen, dass wir unsere Schichten so legen, dass wir in Zukunft wieder häufiger an den Versammlungen teilnehmen können. Wenn da über jemand wie Cornelius Carlton abgestimmt wird, will ich mitreden. Und wenn wir Thad und dem Commander sagen, worum es geht, ist das sicher kein Problem.«

Gabriel nickte. »Wenn der Stadtrat dem Sitz für unsere Gilde zustimmt, gibt es dann einen gemäßigten Gegenkandidaten zu Carlton?«

Sue hob die Schultern. »Es gibt ein paar, die es machen würden und sicher auch gut darin wären, doch keiner von ihnen ist so bekannt und hat so viel Einfluss wie Cornelius.« Sie seufzte. »Aber zuerst müssen wir es ja überhaupt schaffen, dass der Stadtrat einen Sitz für uns genehmigt. Auf der Versammlung am nächsten Freitag sollen Repräsentanten gewählt werden, die mit den anderen Gilden sprechen, um sie zu überzeugen, für uns zu stimmen.«

»Na, dann solltest du dich definitiv für einen dieser Posten aufstellen lassen«, sagte Sky. »Du arbeitest im Krankenhaus und deine Klinikleitung steht voll hinter dir. Ich wette, sie unterstützen dich dabei, die Gilde der Mediziner zu überzeugen, für unseren Sitz zu stimmen. Krankenhäuser arbeiten schließlich schon seit ewigen Zeiten mit Totenbändigern zusammen und wissen die Arbeit von euch Wächtern zu schätzen. Die Gilde der Mediziner gewinnst du sicher ganz leicht für uns.«

»Und wir reden mit unserem Commander«, bot Gabriel an. »Der kann dir mit Sicherheit ein Gespräch beim Commissioner besorgen. Die Gilde der Ordnungshüter davon zu überzeugen, dass wir Totenbändiger einen Sitz im Stadtrat verdienen, dürfte auch schaffbar sein. Dafür leisten wir in den Spuk Squads zu wertvolle Arbeit für die Stadt, besonders jetzt im Unheiligen Jahr.«

Sue lächelte gerührt und leerte ihre Teetasse. »Ich fühle mich sehr geehrt, dass ihr in mir solch eine Kämpferin für unsere Rechte seht –«

»Hallo?!«, fiel Gabriel ihr ins Wort, bevor sie weitersprechen konnte. »Das bist du doch auch! Du hast mit Dad und Granny jahrelang dafür gekämpft, dass wir zur Schule gehen dürfen.«

Seine Mutter verzog das Gesicht und fuhr sich müde über die Augen. »Ja, und es hat fast zwanzig Jahre gedauert, bis wir Erfolg hatten.«

»Aber ihr habt es geschafft«, sagte Sky stolz. »Und als Repräsentantin der Gilde hättest du sicher mehr Einfluss und mehr

Leute hinter dir, die dich unterstützen, wenn du jetzt weiterkämpfst. Ich finde wirklich, du solltest dich aufstellen lassen. Und wenn du Erfolg hast und es dir Spaß macht, dann kandidiere auch als Gegenkandidatin zu Carlton. Du wärst im Stadtrat genau die Richtige für uns.«

»Ja, sehe ich auch so«, stimmte Connor zu.

»Definitiv«, nickte Gabriel.

Sue sah zwischen den dreien hin und her und lächelte wieder gerührt. »Also … wie gesagt, ich fühle mich sehr geschmeichelt. Und auch wenn mich die Aufgabe reizen würde – es geht nicht. Die Arbeit als Repräsentantin wird nicht bezahlt und ich wage zu bezweifeln, dass wir für den Sitz im Stadtrat entlohnt werden. Ich wäre zwar bereit, dafür meine Freizeit zu opfern, aber die würde ja nicht reichen. Und in der Klinik Stunden zu kürzen, ist nicht drin. Eher im Gegenteil. Wenn Jaz bei uns bleibt, werden unserer Haushaltskasse ein paar Überstunden guttun. Es geht also nicht, weil ich einfach nicht die nötige Zeit in die Arbeit für die Gilde stecken kann.«

»Also was das Finanzielle angeht, zahle ich ab jetzt mehr in die Haushaltskasse«, verkündete Gabriel.

Sofort schüttelten Sue und Phil die Köpfe, doch Gabriel ließ sie nicht zu Wort kommen.

»Nein. Das, was ihr bisher von mir und Sky annehmt, – selbst das, was ihr von Connor nehmt, – ist ein Witz. Dass wir Jaz hier bei uns aufnehmen, war eine Familienentscheidung und die sollten wir auch als Familie tragen – und nicht nur ihr zwei alleine.«

»Aber –«

»Nein, Mum. Du hast vorhin gesagt, dass du dir geschworen hast, anderen zu helfen, weil Granny und Grandpa dir damals geholfen und eine Chance gegeben haben.« Gabriel hob die Schultern. »Für mich gilt genau das Gleiche. Hättet du und Dad mich nicht aufgenommen, wäre ich in der Akademie gelandet und nach allem, was ich über diesen Laden bisher gehört habe, bin ich mir ziemlich sicher, dass das nicht gut für mich ausgegangen wäre. Also lasst mich was zurückgeben. Da ich allerdings ein ziemlich lausiger Vater wäre, sollte ich wohl besser keine ungewollten Totenbändigerbabys adoptieren. Aber ich kann finanziell helfen. Sicher werden wir auch dann keine riesigen Sprünge machen können, aber es sollte reichen, damit du keine Überstunden machen musst.«

»Gabe hat recht, Mum.« Sky hatte ihre Finger mit Connors verschränkt. »Connor und ich zahlen ab jetzt auch mehr. Du gibst seit Jahren alles für uns, also lass uns jetzt mal etwas zurückgeben. Vielleicht passt es dann ja und du kannst dich doch als Repräsentantin aufstellen lassen. Ich finde, du wärst super dafür und wenn du Lust darauf hast und es versuchen willst, dann solltest du es machen.«

Sue musste sichtlich schlucken.

Liebevoll schlang Phil seinen Arm um sie und zog sie an sich. »Ich bin absolut derselben Meinung.« Er küsste ihre Schläfe. »Wenn du das machen willst, dann mach es. Finanziell schaffen wir das schon irgendwie. Ich kann freitags wieder hier im Health Centre arbeiten –«

»Nein«, sagte Sue sofort. »Dein Ehrenamt im East End ist wichtig und –«

»Es ist nicht wichtiger, als sich für eure Rechte stark zu machen und jemandem wie diesem Cornelius die Stirn zu bieten. Und ich will die Arbeit in der Notfallambulanz ja nicht aufgeben. Ich kann dort Wochenendschichten übernehmen. Das regle ich schon.«

»Und ich werde zusehen, dass ich auch noch irgendwas finde, um etwas zur Haushaltskasse beizusteuern«, erklärte Edna vom Kaminsessel aus.

Phil schüttelte den Kopf. »Nein Mum, das musst du nicht. Du hast dich jahrelang um die Kinder gekümmert und dafür gesorgt, dass sie die bestmögliche Ausbildung bekommen. Du hast jetzt auch mal etwas Zeit für dich verdient.«

Edna schnaubte. »Wehe, du degradierst mich jetzt zu einer tatterigen Rentnerin! Nicht mit mir, mein Sohn, nicht mit mir! Ohne Aufgabe fällt mir hier die Decke auf den Kopf. Sobald der Garten abgeerntet und alles eingekocht und eingelagert ist, bin ich niemand, der den ganzen Herbst und Winter nur strickend vorm Kamin sitzen kann. Und das weißt du auch. Ich brauche etwas zu tun, also kann ich mir auch etwas suchen, bei dem ich was dazuverdienen kann.« Sie sah zu ihrer Schwiegertochter. »Wenn du dich also zur Repräsentantin aufstellen lassen willst, um diesem Cornelius auf die Füße zu treten – nur zu!«

Sue musste lächeln. Sie nahm Phils Hand in ihre, gab ihm einen Kuss und schaute dann in die Runde.

»Danke. Für eure Worte, für eure Unterstützung – für alles. Das bedeutet mir wirklich viel. Ich verspreche, ich überlege mir die Sache mit der Repräsentantin, und frage in der Klinik mal nach, wie flexibel ich Schichten tauschen könnte. Danach sehen wir dann weiter.«

»Klingt gut.« Zufrieden stand Gabriel von der Couch auf. »Der Abend ist noch jung, ich fahre ins Mean & Evil, kommt ihr mit?« Er wandte sich zu Sky und Connor um.

Sky streckte sich und schüttelte gähnend den Kopf. »Die Woche war echt anstrengend und ich freue mich jetzt ehrlich gesagt einfach nur auf eine heiße Dusche, mein Bett und irgendeinen Film, in dem die Welt völlig in Ordnung ist.«

Gabriel verzog das Gesicht, als hätte er in eine extrasaure Zitrone gebissen. »Was ist mit dir?« Er sah zu Connor.

Der grinste. »Ich nehme das, was Sky nimmt. Mit ihr zusammen.«

Gabriel schnaubte, gönnte den beiden aber ihr Glück. »Dann viel Spaß. Wir sehen uns morgen.«

Er ging in den Flur und nahm seine Lederjacke vom Garderobenhaken.

»Ich hoffe, du hast das vorhin nicht ernst gemeint.« Sue war ihm gefolgt.

Gabriel zog sich die Jacke über. »Was meinst du?«

»Dass du ein lausiger Vater wärst.« Sie trat zu ihm, richtete seinen Jackenkragen und sah ihrem Ältesten dabei fest in die Augen. »Das stimmt nämlich kein bisschen. Für deine Geschwister bist du der beste große Bruder, den dein Vater und ich uns für sie wünschen könnten.«

Gabriel lächelte geschmeichelt, schüttelte jedoch gleichzeitig den Kopf. »Ein Bruder ist aber nicht dasselbe wie ein Vater.«

»Aber es zeigt dein Potenzial.« Sue zog ihn zu sich herab und küsste seine Stirn. »Und ich bin mir sicher, du wirst deine Meinung ändern, wenn du deinen Herzensmenschen gefunden hast.«

Wieder schüttelte Gabriel den Kopf und ein trauriger Schatten flog über sein Gesicht. »Mum, ich glaube nicht, dass ich der Typ für Herzensmenschen bin. Nicht mehr.«

Sue schloss ihn in ihre Arme. »Irgendwann wirst du es wieder sein. Da bin ich mir ganz sicher«, sagte sie leise und drückte ihn kurz, aber fest an sich. Dann ließ sie ihn los und schob ihn mit einem ermutigenden Lächeln zur Tür. »Hab einen netten Abend. Und grüße die Reapers.«

Kapitel 15

Sonntag, 8. September

Nette Hütte – wenn man auf diese alten Kästen steht.« Gabriel stoppte den Familienkombi vor einem hohen schwarzen Eisentor, das die Weiterfahrt versperrte. Dahinter lag die Auffahrt, an deren Ende das altehrwürde Haupthaus der Akademie in den grauen Himmel ragte. Der Regen gönnte sich eine Pause, doch die Wolkenberge, die sich von Westen auf die Stadt zuschoben, ließen erahnen, dass diese Pause nicht allzu lange andauern würde.

»Aussehen ist nicht alles, glaub mir«, brummte Jaz vom Rücksitz. Sie verstand die Notwendigkeit, noch einmal hierher zu fahren. Trotzdem fühlte es sich nicht gut an, wieder hier zu sein, und der Anblick des alten Gebäudes erschien ihr wie eine Last, die sich unsichtbar auf ihre Schultern legte und sie niederdrücken wollte. »Im Winter ist es in dem Bau arschkalt.«

»Na, den nächsten musst du ja zum Glück nicht mehr hier verbringen.« Wie Gabriel und Sky war Ella neugierig auf die Akademie gewesen und wollte Jaz dabei helfen, ihr Zeug zusammenzupacken.

Gabriel ließ die Scheibe des Fahrerfensters herunter und drückte den Klingelknopf der Gegensprechanlage, die in die Mauer neben dem Tor eingebaut war. Es dauerte eine kleine Weile, dann knackte es im Lautsprecher.

»*Ja bitte?*«

»Hier ist die Hunt-Familie. Wir würden gerne mit Cornelius Carlton sprechen.«

»Haben Sie einen Termin?«

»Nein. Aber –«

»Master Carlton ist ein vielbeschäftigter Mann. Besuche nur mit Termin, vor allem an einem Sonntag. Tut mir leid.«

Sue beugte sich auf dem Beifahrersitz vor, um sich für die Gegensprechanlage besser hörbar zu machen. »Sagen Sie ihm, Susan Hunt ist hier. Ich möchte mit ihm über Jazlin Two sprechen. Sie ist ebenfalls hier. Ich bin mir sicher, Master Carlton wird uns auch ohne Termin sehen wollen.«

»Ich frage nach. Bitte warten Sie.«

Es knackte erneut im Lautsprecher, dann herrschte Stille.

»Wie gut kennst du diesen Carlton eigentlich?«, fragte Sky. »Du nennst ihn meistens beim Vornamen. Kennt ihr euch von früher? Hier aus der Akademie?«

Sky schaffte es nicht oft zu den Versammlungen der Gilde, doch immer wenn sie dort gewesen war, hatte es keinen Kontakt zwischen ihre Mutter und dem Leiter der Akademie gegeben. Allerdings waren auf diesen Versammlungen auch immer etliche Leute, da bildeten sich unweigerlich verschiedene Interessensgruppen und es war offensichtlich, dass Carlton und ihre Mum sich in sehr unterschiedlichen Kreisen bewegten.

Sue nickte. »Cornelius war in meinem Jahrgang und der Sohn des damaligen Schulleiters. Er war ein selbstgerechter, machtgieriger Mistkerl, der ständig andere drangsaliert hat und nicht ausstehen konnte, wenn man ihm nicht genügend Respekt zollte oder er von seinen Mitschülern nicht das bekam, was er wollte.«

»Klingt ja super sympathisch.«

»Klingt vor allem so, als würde das bei der Familie in den Genen liegen«, knurrte Jaz. »Blaine, Carltons Sohn, ist genauso drauf. Der mobbt ständig andere und spielt sich als King vom

Campus auf. Und als sein Vater mich nach Newfield schicken wollte, hat er großzügig angeboten, mich vorher noch zu schwängern, damit mir die Ehre zuteilwird, meine Totenbändigerfähigkeiten mit seinen zu vereinen und so besonders vielversprechenden Nachwuchs zu gebären.«

Angewidert verzog Ella das Gesicht. »Echt jetzt? Geht's noch?«

Sue hingegen schnaubte wütend. »Wie der Vater, so der Sohn. Unglaublich. Hat dieser Blaine dich angefasst?«

»Nein. Ich schätze, mein Fluchtplan hat seine Pläne durchkreuzt.«

»Gut.« Sue wirkte erleichtert.

Gabriel musterte seine Mutter einen Moment lang aus schmalen Augenschlitzen. »Was meinst du damit: Wie der Vater, so der Sohn? Hat dieser Carlton dich angefasst, als ihr hier zusammen auf der Akademie wart?«

Sue atmete tief durch.

Das reichte Gabriel bereits als Antwort. »Ernsthaft? Dieses Arschloch hat dich vergewaltigt?!«

Sky und Ella starrten entsetzt zu ihrer Mutter.

»Mum?«

Sue schüttelte den Kopf. »Nein. Er hat es versucht, aber bitter bereut. Er hatte vorher widerliche Andeutungen gemacht und ich konnte mir denken, was er vorhat, als ich nein gesagt hab. Als er mich dann packen wollte, war ich vorbereitet und hab ihm auf einen Schlag so viel Lebensenergie genommen, dass er drei Tage lang bewusstlos war, obwohl sein Vater und ein paar andere ihm immer wieder Lebensenergie zurückgegeben haben.«

»Sehr gut.« Tiefste Genugtuung lag in Gabriels Stimme. »Auch wenn ich wette, dass die drei Tage Knock-out seine einzige Bestrafung waren, stimmt's?«

Sue nickte bitter. »Ich bekam dafür für jeden Tag, den er bewusstlos war, eine Woche in der Arrestzelle.«

Gabriels Hände krallten sich um das Lenkrad und seine Gesichtsmuskeln zeigten deutlich, was er davon hielt.

Jaz dagegen war nicht sonderlich überrascht. »Was passierte, als du aus dem Arrest herausgekommen bist?«

»Während meiner Zeit in der Zelle hatten die Sommerferien begonnen«, antwortete Sue. »Damit war meine Schulzeit offiziell beendet. Ich hatte meinen Abschluss, war achtzehn und konnte gehen. Und das hab ich gemacht. Noch am selben Tag.«

»Und sie haben dich einfach gehen lassen?«

»Sie haben mir zur Strafe für meine Tat all meine Ersparnisse abgenommen, aber ja, dann haben sie mich gehen lassen. Ich glaube, sie wollten mich möglichst schnell loswerden, damit ich nicht herumerzählen konnte, was passiert war. Nicht, weil sie Angst hatten, dass bekannt wird, dass Cornelius versucht hatte, mich zu vergewaltigen, sondern weil ich stärker gewesen war als er. Diese Schmach sollte nicht publik werden. Offiziell lag Cornelius damals drei Tage mit einem üblen Magen-Darm-Virus flach. Und da ich sowieso ständig wegen irgendwas im Arrest saß, hat sich keiner groß gewundert, dass ich mal wieder in der Zelle hocken musste.«

Sie verschwieg ihren Kindern Hass und Wut, die Cornelius ihr bei ihrem Abschied entgegengebracht hat – und seine Drohung, dass sie eines Tages bitter bereuen würde, ihn abgewiesen und fast getötet zu haben.

Sue schloss kurz die Augen und verdrängte die Erinnerung daran, wie kurz davor sie damals gestanden hatte, ihm tatsächlich das Leben zu nehmen. Wie verführerisch es gewesen war, Hass, Wut und Angst nachzugeben.

Eine Hand legte sich auf ihre Schulter. »Es tut mir leid, was du hier durchmachen musstet.« Ella sah durch das Eisentor zur

Akademie hinüber. »Und danke, dass ich nicht hier aufwachsen musste.«

»Ja«, murmelte Gabriel ebenfalls. »Danke, Mum.«

Sue lächelte, drückte Ellas Hand und klopfte Gabriel liebevoll auf den Oberschenkel. »Alles andere hätte ich nicht übers Herz gebracht.«

Gabriel nickte knapp.

Sue war gerade zwanzig gewesen, als seine leiblichen Eltern ihn in der Klinik zurückgelassen hatten. Gabriel hatte Sue und Phil immer dafür bewundert, so jung bereits die Verantwortung für ein Kind zu übernehmen. Noch dazu eines, das nicht ihr eigenes war. Auch wenn er gewusst hatte, dass seine Mum ein großes Herz besaß und sie nicht glücklich in der Akademie gewesen war, verstand er jetzt zum ersten Mal wirklich, wie sehr sie diesen Ort hassen musste und warum sie ihre Kinder von hier fernhielt.

Die Vorstellung, dass Ella oder Cam hier hätten aufwachsen müssen, war unerträglich.

Und Gabriel war sich ziemlich sicher, dass es Tote gegeben hätte, hätte er selbst hier leben müssen.

Sue wandte sich zum Rücksitz um und schenkte Jaz ein aufmunterndes Lächeln. »Keine Sorge. Ich verspreche dir, für dich wird sich das Thema Akademie – und Newfield – heute auch erledigen.«

»Ja, allerdings.« Finster blickte Gabriel zum Gebäude hinüber. »Eigentlich sollte man den ganzen Laden dicht machen.«

Sky seufzte. »Aber wo sollen dann die ungewollten Kinder hin? Und wo sollen sie zur Schule gehen, solange Totenbändiger noch nicht überall auf öffentliche Schulen gehen dürfen? Wo sollen die Kids lernen, wie ihre Kräfte funktionieren? Solange die Gesellschaft sich nicht ändert, brauchen wir ein Internat wie die Akademie.«

Sue nickte. »Die Akademie an sich ist auch nicht das Problem. Das Problem sind die Schulleitung und die Einstellungen, die die Lehrkräfte haben.«

»Yep, sehe ich genauso.« Sky warf ihrer Mum über den Rückspiegel einen vielsagenden Blick zu. »Noch ein Grund mehr, dass du um eine Führungsposition in der Gilde und den Sitz im Stadtrat kämpfen solltest. Mit genug Einfluss kannst du sicher dafür sorgen, dass sich auch hier in der Akademie einiges ändert.«

Sue lachte auf, doch bevor sie etwas antworten konnte, knackte es im Lautsprecher der Gegensprechanlage und die Torflügel schwangen auf.

»*Master Carlton empfängt Sie.*«

»Wie überaus großzügig von ihm«, knurrte Gabriel sarkastisch und ließ den Wagen anrollen. »Ich kann es kaum erwarten, diesen großartigen Menschen persönlich kennenzulernen.«

Kapitel 16

Susan. Wie angenehm, dich mal in einem kleineren Rahmen zu treffen.« Cornelius Carlton empfing sie mit weltmännischem Lächeln in seinem Büro. Er trug einen teuren Anzug mit Schuhen, die auf Hochglanz poliert waren, und seine dunklen Haare waren makellos zurückgegelt. »Bei den Versammlungen der Gilde bin ich immer so eingespannt, dass ich bisher leider nie die Zeit für ein paar persönliche Worte mit dir gefunden haben.«

Während er hinter seinem edlen Schreibtisch hervortrat, sah er in die Runde und bedachte alle außer Jaz mit einem ähnlichen Lächeln wie Sue.

»Und wie schön, dass du gleich mit einer ganzen Entourage hier ankommst, um Jazlin zurückzubringen. Einige deiner Kinder, nehme ich an? Ich habe gehört, du hast mittlerweile etliche zusammengesammelt.« Er fixierte sich wieder auf Sue, nachdem er besonders Gabriel und Sky einer eingehenden Musterung unterzogen hatte. »Traust du dich etwa nicht alleine hierher?«

Seine Augen blitzten herausfordernd, doch Sue ließ sich nicht provozieren.

»Sparen wir uns doch den Smalltalk, Cornelius. Wir wissen beide, dass wir keine guten Erinnerungen an unser letztes Zusammentreffen in einem privateren Rahmen haben, nicht wahr?« Sie bedachte ihn mit einem zynischen kleinen Lächeln, wurde dann aber sofort wieder sachlich. »Also kommen wir gleich zum Punkt. Ich bin keinesfalls hier, um Jaz zurückzubringen. Sie will nicht länger hier in der Akademie leben, sondern stattdessen in meiner Familie. Deshalb möchte ich, dass du mir ihre Unterlagen aushändigst: Geburtsurkunde, Übergabepapiere der Klinik, ihre bisherigen Zeugnisse und falls vorhanden ärztliche Untersuchungsbefunde – einfach alles.« Sie deutete kurz zu Jaz und Ella, die Rucksäcke und eine Reisetasche bei sich trugen. »Während du die Unterlagen zusammensuchst und mir die Vormundschaft für Jaz überträgst, holen die zwei Jaz' übrige Sachen aus ihrem Zimmer. Oder hast du die schon einpacken und wegräumen lassen?«

Cornelius' Augenbrauen waren während Sues Ansage nach oben gewandert. »Und du denkst, ich würde deinen Forderungen nachkommen, weil …?« Der spöttische Unterton in seiner Stimme war nicht zu überhören.

Sue blieb trotzdem weiter ruhig. »Weil Jaz alt genug ist, selbst zu entscheiden, wo und wie sie leben möchte. Und dass dieser Ort nicht länger die Akademie ist, hat sie durch ihr Weglaufen sehr anschaulich deutlich gemacht.«

Cornelius blickte kurz zu Jaz, seufzte dann übertrieben und schlenderte zurück hinter seinen Schreibtisch.

»Du magst recht damit haben, dass die Akademie nicht der richtige Ort für Jazlin ist. Sie war schon immer aufmüpfig und unberechenbar. Ihre Kräfte sind im obersten Spektrum, aber sie kontrolliert sich nicht ausreichend und das ist gefährlich. Besonders, weil sie eine Einzelgängerin ist, die es während der gesamten Zeit, die sie hier bei uns lebte, nicht geschafft hat, engere Bindungen zu ihren Mitschülern einzugehen.«

Jaz ballte die Fäuste und musste sich arg zusammenreißen, um das Versprechen zu halten, das Sue ihr abgenommen hatte: sich nicht reizen zu lassen.

Doch das war gerade verdammt schwer.

»Dass Jaz in der Akademie nicht richtig aufgehoben ist, haben wir schon selbst erkannt«, fuhr Carlton fort und sorgte damit nur dafür, dass Jaz sich noch mehr zusammenreißen musste, um nicht vor Wut zu platzen. »Deshalb wollen wir sie nach Newfield schicken. Eine neue Gemeinschaft mit neuen Aufgaben – wir sind bereit, ihr dort eine zweite Chance zu geben.«

»Es ist ja wirklich ganz herzerwärmend, wie rührend Sie um das Wohlergehen Ihrer Schüler besorgt sind.« Gabriel beschränkte seinen Spott nicht nur auf subtilen Unterton, sondern ließ ihn gleich Klartext sprechen. »Aber Jaz will nicht auf diese Farm. Trifft sich also hervorragend, dass wir ihr eine Alternative bieten können, die ihr deutlich besser gefällt. Und keine Sorge: Wenn Jaz bei Ihnen aufmüpfig gewesen ist, wird sie bei uns bestens in die Familie passen. Also händigen Sie meiner Mutter jetzt bitte alle Unterlagen aus, die Sie von Jaz haben.«

»Sonst was?« Cornelius bohrte seinen Blick in Gabriel und in seiner Stimme lag plötzlich schneidende Kälte.

»Sonst werden wir nächste Woche in der Gildenversammlung zur Sprache bringen, dass du Jaz gegen ihren Willen nach Newfield bringen lassen wolltest, und dafür plädieren, dass man auf der Farm vielleicht mal nachsieht, bei wie vielen der Bewohnern dort das auch der Fall gewesen ist«, antwortete Sue genauso eisig. »Besonders, bei jungen Mädchen, denen man erzählt, wie toll Schwangerschaften sind und welch wertvollen Beitrag sie leisten, wenn sie dafür sorgen, dass unser Gemeinschaft wächst. Ich glaube nicht, dass das gut ankäme – weder in unserer Gilde noch in der breiten Öffentlichkeit – jetzt, da du möglichst viele Leute von dir überzeugen willst, um den Sitz im Stadtrat zu bekommen. Willst du das also wirklich riskieren?

Oder gibst du mir einfach die Unterlagen und unterschreibst die Übertragung der Vormundschaft?«

Cornelius lächelte selbstgefällig und schüttelte den Kopf. »Jazlin ist eine respektlose, unkontrollierbare Unruhestifterin. Jedes zweite Wort aus ihrem Mund ist gelogen und sie ist eine Diebin. Ich glaube nicht, dass unsere Gemeinschaft schlecht von mir denken wird, wenn ich bereit bin, einem Mädchen wie ihr in Newfield eine neue Chance zu geben.«

»Die Anschuldigung bezüglich des Diebstals bezieht sich vermutlich hierauf?«

Sue zog den kleinen Briefbeschwerer aus ihrer Jackentasche und legte ihn auf den protzigen Schreibtisch.

»Es war natürlich nicht in Ordnung, dass Jaz ihn mitgenommen hat. Aber solltest du sie vor der Gilde wirklich dafür anklagen wollen, wirken sich die Umstände, dass sie ihn genommen hat, als sie von diesem Ort fliehen wollte, mit Sicherheit mildernd aus. Genauso, dass sie ihn heute freiwillig, ohne dazu aufgefordert werden zu müssen, zurückgegeben hat. Somit ist der Akademie keinerlei Schaden entstanden. Und solltest du auf eine Entschuldigung bestehen, ist Jaz dazu ebenfalls bereit.«

Cornelius warf einen giftigen Blick von ihr zu Jaz.

»Aber da wir gerade dabei sind«, schaltete sich nun auch Sky ins Gespräch ein. »Wenn Jaz eine so schreckliche Person ist, wie Sie es hier gerade darstellen, warum ist es Ihnen dann so wahnsinnig wichtig, sich weiter mit ihr abzugeben? Sollten Sie nicht froh sein, dass Sie sich nicht länger mit ihr herumärgern müssen? Meiner Mutter die Vormundschaft für sie zu geben, ist da doch eigentlich die beste Lösung – für beide Seiten. Es sei denn, Sie können nicht verlieren. Oder können Sie es nicht ertragen, die Macht, die Sie über einen jungen Menschen haben, abzugeben? Dann verlassen Sie sich darauf: Sollten die Leute in der nächsten Gildenversammlung das nicht von alleine sehen, werden Gabriel, ich und ein paar unserer Freunde schon dafür sorgen, dass es alle verstehen.«

Cornelius' Augen blitzten, als er Sky eingehend musterte. Etwas Wölfisches, Hungriges lag in seinem Blick. »Du bist unverkennbar die Tochter deiner Mutter.«

»Und darauf bin ich stolz. Also übergeben Sie ihr Jaz' Unterlagen und übertragen Sie ihr die Vormundschaft.«

»Nein.« Die schneidende Kälte war zurück in seinem Blick.

»Dann werde ich auf der nächsten Gildenversammlung nicht nur öffentlich machen, wie du mit Jaz umgehst, ich werde auch erzählen, auf welche Weise du mich kurz vor unserem Abschluss dazu *überreden* wolltest, einen *wertvollen Beitrag* für unsere Gemeinschaft zu leisten, weil die Vereinigung unserer Fähigkeiten sagenhaften Nachwuchs hervorgebracht hätte.« Sue bohrte ihren Blick in seinen.

Einen Augenblick lang verzerrte Wut sein Gesicht, dann lachte Cornelius jedoch bloß abfällig auf. »So einer Schande würdest du dich wirklich aussetzen, nur um ein Mädchen bei dir aufzunehmen, das du kaum kennst? Ich glaube nicht.«

»Welche Schande?«, fragte Sue völlig ruhig. »Du hast versucht, mich zu vergewaltigen, nachdem ich dich zurückgewiesen hatte. Und als ich mich gegen deinen Angriff verteidigt habe, war ich die deutlich Stärkere von uns beiden, denn es warst du, der für ganze drei Tage im Koma gelandet ist, nicht ich. Ich sehe hier Scham und Schande also nur auf einer Seite und das ist nicht meine. Damals hätten die Leute das vielleicht noch nicht so gesehen. Aber heute? Willst du es wirklich darauf ankommen lassen?«

Cornelius presste seine Lippen zu zwei schmalen Linien zusammen.

»Und wer weiß, wer sich dann womöglich noch meldet?«, fuhr Sue ungerührt fort. »Dass sowohl ich als auch Jaz genötigt werden sollten, wertvollen Nachwuchs zu zeugen – das könnte immerhin auch nur die Spitze des Eisbergs sein.«

In Cornelius' Augen tobte die Wut. »Nichts davon kannst du beweisen. Es steht nur dein Wort gegen meines. Und wer genießt wohl mehr Ansehen und Vertrauen in unserer Gemeinschaft? Du oder ich?«

»Mag sein«, meinte Sue leichthin. »Trotzdem wird es für Unruhe sorgen, selbst wenn viele es vielleicht nur als böses Gerücht abtun. Das kann dich wertvolle Stimmen kosten. Und um dich bei deinen eigenen Worten zu nehmen: Willst du das wirklich riskieren – für ein Mädchen wie Jaz?«

Sie zog einen Umschlag aus ihrer Tasche und legte ihn neben den Briefbeschwerer auf den Schreibtisch.

»Unterschreib die Übertragung der Vormundschaft. Der Brief wurde von meinem Kontakt beim Jugendamt aufgesetzt, der alle Vermittlungen von ungewollten Totenbändigerbabys in den letzten Jahren für mich und ein paar andere Klinikwächter rechtlich hieb und stichfest gemacht hat. Und ja, er ist auch ein Totenbändiger. Es mag dich überraschen, aber es gibt in unserer Gemeinschaft so einige, die daran arbeiten, dass möglichst wenige Kinder unter deinen Fittichen landen. Unterschätze uns also nicht.«

Sie dolchte ihren Blick noch einen Moment länger in seinen, dann wandte sie sich zu Jaz und Ella um. »Geht und holt Jaz' Sachen. Wir sind hier gleich fertig.«

Die beiden nickten knapp und Ella folgte Jaz hinaus auf den Flur.

»Wow.« Jaz blies die Backen auf und stieß die Luft aus. »Deine Mum ist unglaublich.«

»Ja, sie hasste Leute, die ihre Machtposition ausnutzen.« Ella folgte Jaz den Gang entlang. »Und Carlton ist ein widerliches Arschloch. Und gruselig. Ich bin froh, dass Gabriel und Sky mitgekommen sind und Mum nicht mit ihm allein sein muss. Nicht, dass Mum sich nicht wehren könnte, aber mit Gabriel und Sky an ihrer Seite, traut dieser Mistkerl sich hoffentlich erst gar nichts.«

Jaz nickte. »Ich hab Carlton schon oft herablassend und wütend gesehen, aber so wie er deine Mum gerade angesehen hat … Ich glaube, er hasst sie wirklich. Aber deine Mum rockt. Und zwar mächtig.«

Ella lächelte stolz. »Ja, das tut sie. Beeilen wir uns trotzdem, okay? Ich glaube, es ist ganz gut, wenn wir hier so schnell wie möglich verschwinden können.«

Kapitel 17

»Warum ist hier eigentlich kein Mensch?«, wunderte Ella sich, als sie in einen weiteren leeren Flur einbogen. »Für eine Schule ist hier ziemlich wenig los. Sieht eher aus wie ein Museum oder wie diese Schlösser und Herrenhäuser, die man besichtigen kann.«

»Es ist Sonntagnachmittag. Die Hälfte der Schüler hier sind Externe, die bei ihren Eltern oder anderen Verwandten wohnen. Die kommen nur zu den Schulstunden her. Und die Internen sind in der Stadt unterwegs oder sie hängen in ihren Zimmer ab und zocken oder streamen irgendwas. Wir dürfen die Laptops, die wir für den Schulunterricht von der Akademie bekommen, auch privat nutzen. Solange wir keinen Ärger machen, ist den Betreuern egal, was wir treiben. Im Trakt der jüngeren Kids ist vermutlich mehr los. Und im Trainingsraum. Aber ich bin ehrlich gesagt ganz froh, wenn uns keiner über den Weg läuft. Das hält nur auf.«

Sie stoppte vor einer Tür. »Das hier ist mein Zimmer – *war* mein Zimmer.«

Jaz trat ein – und nichts war mehr so, wie sie es verlassen hatte. Sarahs Zimmerseite war leer und auf Jaz' Seite herrschte Chaos. Ihr Schrank stand offen und all ihre Kleider lagen am Boden. Die Schubladen von Kommode und Schreibtisch waren herausgezogen und man hatte ihre Schulsachen und

Unterwäsche durchwühlt. Das Bett war durcheinander und ihre Bücher und Comics waren von den Regalen gefegt worden. Jetzt lagen sie geknickt und zerfleddert zwischen Bettdecke und Kopfkissen.

»Diese verdammten …« Wütend pfefferte Jaz Rucksack und Reisetasche zu Boden.

Ella trat neben sie und strich ihr mitfühlend über den Rücken. »Wahrscheinlich wollten sie nachsehen, ob ihnen irgendwas verrät, wohin du verschwunden bist.«

»Für Carlton mag das stimmen«, fauchte Jaz. »Blaine, Asha und Leroy waren aber mit Sicherheit einfach nur geil darauf, meine Sachen zu durchwühlen und irgendwas mitgehen zu lassen.«

Ella streifte den Rucksack von ihrer Schulter und hockte sich vor das Kleiderchaos. »Wir stecken die Klamotten zu Hause alle in die Waschmaschine. Dann sind sie nicht mehr eklig begrabscht.« Sie begann Shirts, Pullover und Jeans in ihren Rucksack zu stopfen.

»Pass auf, dass du kein Teil der Schuluniform einpackst. Ich will nicht, dass Carlton mir noch mal vorwerfen kann, ich hätte was geklaut.«

»Aye aye.« Ella fischte zwei Schulröcke und ein paar weiße Blusen aus dem Haufen und warf sie zur Seite. »Falls dein Herz aber überraschenderweise an schwarzen Faltenröcken und weißen Stehkragenblusen hängen sollte, nähe ich dir gerne ein paar eigene.«

Grinsend sah sie hoch zu Jaz, die Unterwäsche und Socken aus einer der Kommodenschubladen zusammenraffte. Ein warmes Kribbeln fuhr in Jaz' Bauch und ließ die Wut darüber, dass man ihre Sachen durchwühlt hatte, schlagartig zweitrangig werden.

Himmel, wie machte Ella das?

Die schien zum Glück nichts von Jaz' Gefühlschaos gemerkt zu haben, denn sie stopfte bloß die letzten Shirts in den Rucksack, stand dann auf und warf einen Blick in die andere Zimmerhälfte.

»Scheint so, als wäre deine Mitbewohnerin wirklich mit nach Newfield gegangen, was?«

Schreibtisch und Regale waren leer, das Bett abgezogen. Außer der pastellfarbenen Wand erinnerte nichts mehr daran, dass Sarah noch vor einer Woche hier gelebt hatte.

Jaz nickte knapp. »Yep.«

»Tut mir leid.« Im Vorbeigehen strich Ella ihr kurz über den Arm und begann dann, die Comichefte glattzustreichen, die zerknittert auf dem Bett lagen. »Standet ihr euch nahe?«

Jaz hob die Schultern. »Wir waren zu verschieden, um richtige Freundinnen zu sein. Sarah ist ziemlich verträumt und lebt irgendwie in ihrer eigenen kleinen Welt. Aber ich mochte sie und wir kamen hier gut miteinander klar.« Seufzend stopfte sie die letzten Socken in die Tasche. »Sie fand die Idee von Newfield total klasse und ich hoffe, sie wird dort glücklich.«

Ella nickte still. Dann deutete sie auf die Bücher. »Sind das alles deine oder muss ich bei denen auch aufpassen, dass ich nichts einpacke, was der Akademie gehört?«

»Nein, die gehören mir. Die Comics auch, obwohl die ziemlich hinüber aussehen.« Missmutig nahm Jazz ein völlig zerfleddertes Heft vom Bett auf und warf es dann zurück.

»Die hier sehen noch ganz gut aus.« Ella packte drei Hefte, die nur leicht zerknittert waren, in den Rucksack. »Und die anderen können wir vielleicht kleben.«

Sie wollte die rausgerissene Seiten einsammeln, doch Jaz schüttelte den Kopf.

»Lass es. Ich bin keine Sammlerin. Was kaputt ist, bleibt hier.«

»Okay. Cam liest auch Comics. Und er hat viele alte Hefte von Gabriel bekommen. Er leiht dir bestimmt welche, wenn du magst.«

»Cool.«

Jaz wandte sich ihrem Schreibtisch zu. Das meiste darauf war Schulkram: ihr Laptop, Bücher, selbst Blöcke, Hefter und Stifte bekamen die Internen von der Akademie gestellt. Nichts davon wollte sie mitnehmen. In ihrer neuen Schule würde sie neue Bücher bekommen und sie hatte noch genügend Geld übrig, um sich neue Hefte und Schreibkram zu kaufen. Bis sie einen Nebenjob fand, würde das reichen.

Ihr Blick fiel auf einen schwarzen Kugelschreiber mit aufgedruckten Totenköpfen. Der gehörte ihr. Sarah hatte ihn ihr zum Geburtstag geschenkt. Jaz fischte ihn aus dem Chaos, ignorierte den Rest und half Ella mit den Büchern.

»Na sieh mal an, wer zurück ist.«

Sie waren fast mit Packen fertig, als die Stimme an der Tür die beiden herumfahren ließ.

Sofort kochte die Wut wieder hoch, doch Jaz zwang sich, ruhig zu bleiben. Sie wollte einfach nur von hier verschwinden. Sich vorher noch mal mit Blaine anzulegen, weil er ihre Sachen durchwühlt hatte, schien da keine besonders gute Idee zu sein.

»Nicht für lange.« Sie stopfte die letzten Bücher in die Reisetasche und zog den Reisverschluss mit mehr Wucht als nötig zu. »Eigentlich sind wir schon so gut wie wieder weg.« Jaz schwang sich ihren Rucksack über die Schulter und nahm die Tasche. »Also tu einfach so, als hättest du uns gar nicht gesehen.«

Blaine hob eine Augenbraue. »Das glaubst du nicht wirklich, oder?« Dann nahm er Ella ins Visier und betrachtete sie von oben bis unten. »Und wen haben wir hier? Wer ist dieses kleine Ding?«

»*Ding?*« Ella musterte ihn ebenfalls von oben bis unten. »Lass mich raten, du bist Carltons Sohn. Du hast recht, Jaz. Das Arschlochgen ist in der Familie wirklich nicht zu übersehen.«

In Blaines Augen blitzte es gefährlich auf und er trat einen drohenden Schritt auf Ella zu. Sofort ließ Jaz ihren Silbernebel wie eine Peitschensehne aus ihrer Hand auf ihn zu schnellen und stoppte nur wenige Zentimeter von seinem Herz entfernt.

»Du bleibst, wo du bist, und rührst sie nicht an.«

Blaine hatte seine Energie im selben Moment wie Jaz gerufen und sein Silbernebel wirbelte um seine Hände.

»Willst du dich wirklich mit mir duellieren?«, fragte er hämisch. »Wegen dieses kleinen Miststücks? Stellst du etwa Besitzansprüche an die Kleine?«

Jaz schickte ihren Nebel noch ein Stück weiter, bis er den Stoff von Blaines Pullover berührte. »Nein. Ich bin ja nicht wie du. Oder wie dein Vater. Über den hab ich heute übrigens ein paar sehr interessante Dinge erfahren. Zum Beispiel, dass Ellas Mum ihn bei ihrem Abgang aus diesem Laden hier für drei Tage ins Koma befördert hat. Und glaub mir, ich finde dich so scheiße, ich schaff bei dir locker auch vier. Und solltest du Ella und mich nicht sofort gehen lassen, mach ich sogar fünf daraus.«

Sie stellte sich das Ende ihres Nebels wie die Spitze einer messerscharfen Klinge vor und ließ sie durch den Stoff seines Pullovers dringen, bis sie seine Haut berührte.

»Ella, geh auf den Flur.« Jaz ließ Blaine nicht aus den Augen.

Ella schulterte ihren Rucksack, nahm Jaz die Reisetasche ab und zwängte sich an Blaine vorbei.

Der bedachte sie mit einem heimtückischen Lächeln und ließ seinen Silbernebel verschwinden. »Okay, ich lass euch gehen.« Dann wandte er sich wieder Jaz zu. »Für heute.« Kalter Hass stand in seinen Augen, als er seinen Blick in ihren bohrte. »Aber wir sehen uns wieder. Versprochen.«

Kapitel 18

Wer ist sie?« Blaine stand im Büro seines Vaters und schaute aus dem Fenster hinunter auf den Parkplatz, wo eine Frau mit schneeweißen Haaren zusammen mit Jaz und dieser Ella in einen alten blauen Kombi stieg. Eine junge Frau mit genauso weißen Haaren und ein junger Mann mit Lederjacke waren bei ihnen. »Und wer sind die anderen?«

»Susan Hunt. Und ihre Kinder.« Kälte lag in Cornelius' Stimme, als er zusah, wie der Kombi wendete und dann durch den Regen Richtung Tor fuhr. »Susan war in meinen Jahrgang das, was Jazlin in deinem ist: diejenige, die sich uns nicht beugen wollte.«

Blaine hob eine Augenbraue. »Du wolltest, dass sie ihre Kräfte mit deinen vereint? So stark ist sie?«

»Ja«, antwortete sein Vater knapp. »So stark ist sie.« Reglos blickte er dem Wagen hinterher, nur seine Augen glänzten vor Zorn. »Aber sie verschwand und paarte sich stattdessen mit irgendeinem dahergelaufenen Unbegabten. Eine absolut unverzeihliche Verschwendung von Kräften, Talent und Möglichkeiten.«

»Warum hast du ihr das denn dann durchgehen lassen? Hast du nicht nach ihr gesucht?«

»Natürlich. Aber Susan schaffte es, unterzutauchen. Ich stellte einige Nachforschungen an und steckte einige Zeit in die Suche nach ihr, doch dann machte mein Vater mir bewusst, dass ich meine Energien auf wichtigere Dinge konzentrieren sollte. Wir hatten schließlich größere Pläne.«

Blaine nickte. »Und eine Schlacht zu verlieren, ist keine Schande, solange es keine entscheidende Schlacht ist und man daraus seine Lehren zieht«, zitierte er seinen Großvater.

»Exakt.«

»Dann war das heute keine entscheidende Schlacht? Hast du Jaz deshalb mit ihr gehen lassen?«

Cornelius schwieg und starrte eine Weile hinaus in den Regen. »Ich denke, es ist an der Zeit, mich wieder mehr mit Susan zu befassen«, sagte er schließlich. »Das Risiko, dass sie unsere Plänen durchkreuzt, gehe ich nicht ein.«

Kapitel 19

Das Mean & Evil lag in einer Seitengasse in Camden Town etwas abseits des Camden Markets und galt im Nordwesten Londons als *der* Treffpunkt für Totenbändiger. Der Laden hatte den Charme eines etwas düsteren, ansonsten aber ziemlich typischen englischen Pubs: ein bisschen zusammengewürfelt, ein bisschen in die Jahre gekommen und der Umgangston war rau, aber herzlich. Seit Generationen gehörte der Laden Eddies Familie und mittlerweile führte er ihn seit über dreißig Jahren zusammen mit Hank und Lorna, mit denen er nicht nur das Geschäft, sondern auch sein Leben teilte. Alle drei waren um die fünfzig, hatten gemeinsam zwei Kinder in die Welt gesetzt und im Laufe der Jahre acht Pflegekinder durchgebracht, die sie Klinikwächtern abgenommen hatten oder Müttern, die ihre Babys nicht behalten konnten oder wollten. Auch das ein oder andere Straßenkind war bei ihnen untergekommen. Doch Lorna, Hank und Eddie kümmerten sich nicht nur um das Mean & Evil und verstoßene Kinder. Sie hatten auch überall in London Augen, Ohren und nützliche Verbindungen, und wer Informationen, Rat oder Hilfe brauchte, wandte sich an sie.

Stimmengewirr, rockige Beats und warme Luft schlugen Gabriel entgegen, als er die Kneipentür aufzog und mit Sky und Connor eintrat. Wie jeden Abend war das Mean & Evil gut besucht. Im vorderen Bereich gab es neben der Bar mehrere freistehende Tische und an zwei der Wände Tischnischen, wenn man es privater mochte. Im hinteren Bereich lag die *Spielhölle*, wie ein Neonschild wissen ließ. Dort sorgten zwei Billardtische, Dartscheibe, Kicker und ein Flipperautomat sowohl für Vergnügen als auch für die ein oder andere Streitigkeit. In der gesamten Kneipe herrschte eine schummrige Beleuchtung und die Musik war exakt auf die richtige Lautstärke eingestellt. Leise genug, dass man sich unterhalten konnte, ohne sich anschreien zu müssen, und gleichzeitig laut genug, dass die Leute am Nachbartisch nichts belauschen konnten, was sie nichts anging.

Gabriel, Sky und Connor grüßten Eddie und Lorna, die hinter der Theke standen, und steuerten ihre übliche Nische an, in der bereits Leslie, Nell und Jamal saßen – drei der Mitglieder von Ghost Reapers, Inc. Matt, der Gründer der Agentur, die versprach, Bürgern mit Geisterproblemen zu helfen, war eins der Straßenkinder, denen Lorna, Hank und Eddie in ihrer Wohnung über dem Mean & Evil ein Zuhause gegeben hatten.

»Hi, da seid ihr ja«, grüßte Leslie erfreut, als Sky, Connor und Gabriel sich zu ihnen durchgeschlängelt hatten. Sie war gemischter Herkunft mit hellbrauner Haut, wilden braunen Afrolocken und dunklen Augen. »Wie war eure Woche?«

»Schön, dass du fragst.« Sky ließ sich auf die lederüberzogene Sitzbank fallen. »Wir haben jede Menge zu erzählen.«

»Uuuh, klingt spannend«, meinte Nell sofort begeistert. Alles an ihr war schneeweiß, außer ihre Augen, die waren rosagrau – bis Licht hineinfiel, dann erschienen sie rot. Das machte Nell für die meisten ihrer Mitmenschen gleich doppelt unheimlich: Totenbändigerin plus Albinismus, das war eindeutig too much – und vermutlich auch der Grund, warum man sie als Neugeborene auf den Stufen des Mean & Evil abgelegt hatte.

»Aber warte lieber noch, bis Matt und Jack hier sind«, riet Leslie. »Sonst musst du alles zweimal erzählen.«

»Wo sind die beiden denn?« Gabriel rutschte neben Sky auf die Bank.

»In der Küche. Essen holen«, antwortete Jamal. Er war arabischer Abstammung. Sein Vater war ein Totenbändiger, seine Mutter nicht. Die beiden betrieben einen kleinen Elektronikladen samt Werkstatt, was Jamal zum Techniknerd der Ghost Reapers machte. Trotz der astronomischen Kosten hatte Matt seiner Truppe eine Silberbox und drei Auraglues gekauft, um sich beim Jagen und Vernichten von Geistern und Wiedergängern nicht nur auf ihre Totenbändigerkräfte verlassen zu müssen. Jamal hatte erst mal alles auseinandergenommen, um es genau zu untersuchen, und tüftelte seitdem an Alternativen zu den offiziellen Geisterwaffen herum, um ihren Vorrat günstig aufzustocken.

»Okay, bis die zwei kommen, hole ich uns Getränke«, bot Connor an. »Bier für alle?«

»Wenn du fährst?« Sky warf ihm den Autoschlüssel zu. »Ich glaube, du bist sowieso dran.«

»Ich komme mit und helf dir tragen.« Leslie schwang sich von der Bank und wäre fast mit Jack zusammengeprallt, der drei große Teller mit Burgern und Pommes zum Tisch balancierte.

»Hey, Vorsicht!« Hastig stellte er seine kostbare Fracht ab und schob zwei der Teller zu Jamal und Nell. Mit gerade mal neunzehn war Jack der Jüngste der Reapers, doch was das Geisterbändigen anging, machte ihm so schnell niemand etwas vor. Er war der leibliche Sohn von Lorna und da er Eddie wie aus dem Gesicht geschnitten war, war auch klar, wer sein Vater war. Wie Eddie hatte Jack welliges blondes Haar und ein Lächeln, mit dem er halb London um den Finger wickeln konnte.

»Achtung, heiß und fettig!« Seine Schwester Willa schob ihn gekonnt mit ihrer Hüfte zur Seite und stellte einen Teller mit Pommes vor Gabriel und Sky. In der anderen Hand hielt sie einen Korb mit Majo, Ketchup, Essig, Servietten und Besteck. »Ihr habt zwar sicher schon daheim gegessen, aber ein paar Pommes gehen doch immer.« Sie zwinkerte den beiden zu und stellte den Korb in die Tischmitte.

»Du bist die Beste.« Sofort schob Gabriel sich zwei Fritten in den Mund.

Willa lachte. »Ich weiß. Habt einen netten Abend und lasst ordentlich Trinkgeld da. Ich brauche eine neue Winterjacke und die, die ich bei Barney's gesehen hab, kostet ein Vermögen. Also spendet großzügig, klar?«

Sie zwinkerte ihnen erneut zu, dann machte sie eine Runde durch den Gastraum und plauderte mit den Leuten. Willa war fast zehn Jahre älter als Jack und da sie genauso dunkelhäutig war wie Hank, war auch bei ihr klar, wer ihr Vater war. Genauso klar war, wer einmal die Familientradition im Mean & Evil weiterführen würde, denn Willa schmiss den Laden schon jetzt gemeinsam mit ihren Eltern.

»Mann, wenn ich jetzt nicht endlich was zwischen die Zähne bekomme, werd ich zum Tier.« Schnaufend ließ Matt sich mit zwei weiteren, großzügig beladenen Tellern auf die Bank fallen.

»Klar, weil du ja auch garantiert die Küche zum Mittagessen nicht genauso geplündert hast wie jetzt«, grinste Gabriel anzüglich und schob sich zwei weitere Pommes in den Mund.

»Na, wie ich sehe, gönnst du dir ja gerade auch ein zweites Abendessen«, schoss Matt zurück.

»Pommes sind warmes Knabberzeug. Die gehen immer.«

Matt lachte und schob sich selbst eine halbe Handvoll in den Mund. Wie Jack besaß er ein Lächeln, dem kaum jemand widerstehen konnte. Doch im Gegensatz zu seinem Bruder war Matt groß und muskulös mit breiten Schultern und einem Fausthieb, dem man lieber nicht in die Quere kam. Gleiches galt für sein Temperament. Das Einzige, was seine eindrucksvolle Erscheinung ein wenig schmälerte, waren seine Haare. Viele Totenbändiger hatten ungewöhnliche Haarfarben. Lornas waren sonnenblumengelb, Willas hatten einen dunklen Auberginetton. Doch was sich Mutter Natur bei Matts Haarfarbe gedacht hatte, wusste keiner. Sein Schopf war ein wilder Mix aus zartrosa und hellblauen Strähnchen.

Matt fand sie cool.

Er trug sie als wilden Strubbelschnitt und hatte sich seit Neustem noch dunkelgrüne und pechschwarze Strähnen darunter mischen lassen.

»Okay, dann schieß mal los«, forderte Nell Sky auf als Connor und Leslie mit den Getränken an den Tisch zurückkehrten.

»Womit? Gibt's spannende Neuigkeiten?«, fragte Matt.

»Yep.« Gabriel nahm einen Schluck aus seiner Bierflasche. »Wollte ich euch eigentlich gestern Abend schon erzählen, aber da wart ihr nicht hier.«

Matt nickte. »Les, Nell, Jack und ich waren bei den Schönen und Reichen. Als Bodyguards für ein Ehepaar und seine beiden Töchter. Es gab eine Familienfeier auf einem Landsitz außerhalb von London und weil die bis spät in die Nacht ging, wollten sie Geleitschutz auf dem Weg zurück nach Hause.«

»Nicht megaspannend«, sagte Les zwischen zwei Burgerbissen. »Aber leicht verdientes Geld. Und sie haben uns schon für ein weiteres Familientreffen gebucht. Passt also.« Sie sah zu Sky, Gabriel und Connor. »Aber jetzt erzählt mal, was bei euch los war.«

»Was willst du zuerst hören?« Sky wischte ihre Finger an einer Serviette ab und schob den Pommesteller zu Gabriel und Connor. »Dass wir ein geheimes Massengrab mit verstümmelten

Leichen unter Golders Hill gefunden haben, oder dass es seit gestern Familienzuwachs bei uns gibt und wir uns deshalb heute mit dem Leiter der Akademie anlegen mussten.«

»Wow«, mampfte Jamal beeindruckt mit vollem Mund. »Klingt beides vielversprechend.«

»Erst Massengrab, dann Familienzuwachs«, entschied Nell. »Ich steh drauf, wenn ein Abend blutig anfängt und dann herzerwärmend ausklingt. Also, schießt los.«

»Mann, das klingt echt übel«, befand Jack, als Connor, Gabriel und Sky mit ihrem Bericht über den Leichenfund im Park geendet hatten. »Glaubt ihr, es war derselbe Mistkerl wie damals?«

Connor hob die Schultern. »Schwer zu sagen. Die Anzahl der Opfer und die durchgeschnittenen Kehlen sprechen dafür. Anders als vor dreizehn Jahren wurden die Leichen jedoch nicht aufgeschlitzt. Und unter dem Golders Hill gab es keine toten Totenbändigerkinder. Zum Glück.«

»Das muss aber nicht unbedingt was heißen«, gab Nell zu bedenken. »Wenn der Forensikbericht dieser Doktor Monroe besagt, dass der Fundort nicht der Tatort ist, hat der Mistkerl unter Golders Hill vielleicht nur einen Teil der Leichen entsorgt. Keiner sagt, dass die toten Kinder nicht irgendwo anders versteckt sein könnten.«

Leslie nickte zustimmend und fuchtelte dabei mit ihrer Gabel durch die Luft. »Und dass die Leichen diesmal verstümmelt sind, bedeutet entweder, dass der Mistkerl die Verbindung zu damals verschleiern wollte, oder er hat sich in den letzten dreizehn Jahren weiterentwickelt und ist noch perverser geworden. Menschen zu töten und irgendwelche kranken Experimente mit deren Geistern an Totenbändigerkids durchzuführen, reicht ihm vielleicht nicht mehr. Für den Extrakick muss er die Leichen jetzt auch noch aufschlitzen und in ihren

Eingeweiden herumwühlen.« Sie steckte sich ihren letzten Burgerbissen in den Mund. »Wäre doch nicht so abwegig, oder? Mich zumindest überrascht bei unseren Mitmenschen so ziemlich gar nichts mehr.«

»Dass der Mistkerl sich weiterentwickelt hat, mag vielleicht hinkommen«, räumte Connor ein. »Aber wenn es wirklich derselbe Täter ist, warum sollte er sich zwei verschiedene Ablageorte für seine Leichen suchen und die Kinder von den anderen trennen? Das wäre doch unnötig kompliziert und der Tunnel unter Golders Hill war ein ziemlich gutes Versteck.«

»Stimmt auch wieder«, gab Leslie zu.

»Das Problem ist, dass wir nicht weiterkommen, solange wir keine neuen Informationen oder einen Verdächtigen finden«, seufzte Sky. »Das Einzige, was wir dank Doktor Monroe sicher wissen, ist, dass der Fundort nicht der Tatort ist und dass die Leute durch den Kehlenschnitt gestorben sind. Vermutlich schon vor einigen Monaten. Da unten im Tunnel ist es trocken und kühl, das hat die Verwesung aufgehalten. Und das macht es schwierig, den genauen Todeszeitpunkt festzustellen. Alles andere sind Vermutungen.«

»Die Fingerabdrücke, die wir von den Leichen genommen haben, waren auch nicht sehr ergiebig«, übernahm Connor. »Die meisten waren nicht im System. Es gab nur zwölf, denen wir einen Namen zuordnen konnten. Das waren jeweils Kleinkriminelle, die irgendwann mal wegen kleinerer Diebstähle, Hehlerei, Ruhestörung im alkoholisierten Zustand oder illegaler Prostitution geschnappt worden sind. Die meisten von ihnen kamen aus dem East End, ob das aber auch für die restlichen Toten gilt, wissen wir nicht.«

»Und wir können nicht mit Leichenfotos durch die Problemviertel ziehen und fragen, ob jemand die Toten kennt und eventuell weiß, wo sie vor ihrem Verschwinden waren, oder ob irgendjemand etwas Ungewöhnliches mit ihnen in Verbindung bringt.« Gabriel knibbelte am Etikett seiner Bierflasche herum. »Unser Commander will nicht, dass die Leute misstrauisch werden und publik wird, dass in London ein irrer Serienkiller herumlaufen könnte.«

»Kann ich verstehen«, meinte Jamal. »So kurz vor der dunklen Jahreszeit in einem Unheiligen Jahr sind die Leute schon nervös genug. Meine Magnesiumblinker verkaufen sich wie wahnsinnig. Mum und Dad kommen mit dem Installieren kaum hinterher. Sollte bekannt werden, dass außer Geistern und Wiedergängern auch noch ein Serienkiller London unsicher macht, drehen die Leute völlig durch. Und dank der tollen neuen Waffengesetzgebung schießt hier dann womöglich jeder auf jeden – und alle auf uns Totenbändiger, denn wir sind schließlich ohnehin ständig schuld an allem.«

Nell runzelte die Stirn. »Die Leute stehen echt auf diese Magnesiumblinker?« Sie warf einen entschuldigenden Blick zu Jamal. »Sorry, ich will deine Erfindung nicht miesmachen oder so, aber mich würde so ein Blinklicht wahnsinnig machen.«

Jamal hatte ein Lichtsystem entwickelt, das man mit einer oder mehreren Magnesiumlampen an Haus, Garage oder im Garten installieren konnte. Da ein Dauerbetrieb von Magnesiumlicht immense Stromkosten verursachte, hatte er ein System zusammengebaut, das mit Intervallen arbeitete. Es brannte für eine Minute, dann schaltete es sich für eine weitere aus. Je nach Gefahrenlage des Hauses konnte man individuelle Intervalle einstellen und da man in eins der Systeme bis zu vier Lampen aufschalten konnte, konnte man sich den Schutz auch mit seinen Nachbarn teilen.

Jamal hob die Schultern. »Ich glaube, das an- und ausgehende Licht vor ihren Fenstern beruhigt die Leute eher, als dass es sie nervt. Und kaum ein Nachbar wird so blöd sein, sich darüber zu beschweren, wenn jemand so einen Blinker an seinem Haus installiert. Schließlich sorgt das Magnesiumlicht ja auch im Umkreis für Sicherheit.«

»Gibt es Prozente für Freunde?«, fragte Connor. »Unsere Nachbarn wollen sich was zum Schutz installieren. Ihre beiden Kids sind vorgestern in ihrer Einfahrt von einem Schatten angegriffen worden.«

Nell riss die Augen auf. »Shit! Sind sie …«

Sky schüttelte den Kopf. »Nein, zum Glück nicht. Es geht ihnen gut. Ella und Cam haben sie gerettet und den Schatten vernichtet.«

»Wow, sehr cool«, meinte Jack anerkennend.

Jamal hatte eine Visitenkarte aus seiner Geldbörse gezogen und schob sie Sky hin. »Wenn die Eltern Interesse haben, sollen sie sich melden und sagen, dass sie eure Nachbarn sind. Wenn ich Mum und Dad erzähle, was mit ihren Kindern passiert ist, dann machen sie ihnen sicher ein faires Angebot.«

»Das ist echt nett.« Sky drückte ihm den Arm. »Danke.«

Jamal schüttelte den Kopf. »Kein Ding. Danke, dass ihr uns von diesem Serienkiller erzählt habt, obwohl euer Boss Stillschweigen darüber angeordnet hat.«

»Wozu hat man Freunde?«, sagte Gabriel. »Ihr seid da draußen genauso oft nachts unterwegs wie wir. Also solltet ihr Bescheid wissen, dass euch außer den Seelenlosen noch jemand anderes gefährlich werden könnte.« Wieder knibbelte er am Etikett seiner Bierflasche herum.

Matt bohrte seinen Blick in Gabriels. »Das ist aber nicht der einzige Grund, warum ihr uns davon erzählt habt.«

Gabriel musste schmunzeln. Sein Ex kannte ihn einfach zu gut.

»Nein. Wir hoffen, dass ihr Augen und Ohren für uns offen haltet. Und vielleicht habt ihr Kontakte, bei denen ihr unauffällig nachfragen könnt, ob ihnen irgendwas Ungewöhnliches aufgefallen ist.«

Matt nickte, ohne ihn aus den Augen zu lassen. »Sicher. Wird allerdings schwierig, wenn wir nicht ins Detail gehen können.«

»Ja, ich weiß«, seufzte Gabriel. »Tut einfach, was ihr könnt, ohne London in eine Serienkillerpanik zu stürzen. Wir sind dankbar für jeden neuen Anhaltspunkt.«

Wieder nickte Matt. »Wir hören uns um. Versprochen.«

Leslie schmiegte sich an ihn und zog sich seinen Arm um die Schultern. »Definitiv. Wir helfen euch, diesen Dreckskerl zu schnappen.«

Auch Jack, Nell und Jamal nickten.

»Danke, Leute.«

»Okay.« Nell zauberte eine Tafel Schokolade aus ihrer Umhängetasche und legte sie für alle auf den Tisch. »Nach Massengrab mit verstümmelten Leichen und Serienkillernews hätte ich jetzt dann gerne was Herzerwärmendes. Ihr habt Familienzuwachs? Aus der Akademie?«

»Yep.« Gabriel erzählte kurz, wie Jaz versucht hatte Granny zu überfallen, was seitdem passiert war und dass sie am Nachmittag in der Akademie gewesen waren und Bekanntschaft mit Cornelius Carlton gemacht hatten.

»Dieser Carlton ist ein arroganter, selbstgefälliger Arsch.« Jack leerte sein Bier, als Gabriel geendet hatte.

Nell nickte. »Das stimmt. Aber vielen imponieren seine jüngsten politischen Erfolge. Und die Idee von Newfield spricht auch etliche an.«

»Also mich nicht«, erklärte Leslie kategorisch. »Für mich klingt das nach einer zweiten Akademie, nur anders verpackt, und aus dem Laden bin ich nicht ohne Grund abgehauen.« Sie schüttelte sich. »Ich finde jedenfalls, ihr habt recht«, sagte sie dann an Sky und Gabriel gerichtet. »Wir sollten ab jetzt zu allen

Versammlungen der Gilde gehen und zusehen, dass wir einen Gegenkandidaten zu Carlton pushen. Sollte das mit dem Sitz im Stadtrat klappen, will ich nicht, dass der Typ uns in ganz London vertritt. Der ist schon als Schulleiter schrecklich, wie er als Stadtrat wäre, will ich mir gar nicht vorstellen. Vielleicht können wir ja tatsächlich eure Mum überreden, sich als Gegenkandidatin aufstellen zu lassen. Sie fänd ich klasse.«

Sky hob die Schultern. »Ich auch, aber ich glaube, sie will erst mal abwarten, ob die Leute sie als Repräsentantin wählen, bevor sie weiterdenkt.« Sie schaute hinüber zur Theke. »Lorna wäre als Gegenkandidatin aber auch nicht schlecht. Oder Eddie. Ihn mag jeder. Und durch das Mean & Evil hätten sicher beide gute Chancen, weil jeder sie kennt und sie sicher viele Stimmen für sich gewinnen könnten.«

»Das stimmt. Und sie hassen Carlton.« Jack sah von seinen Eltern zu seinen Geschwistern. »Wir sollten mal mit den beiden reden.«

»Yep. Gleich morgen«, entschied Matt und Nell nickte.

»Außerdem sollten wir uns mal umhören, was die Leute so über Newfield zu erzählen haben.« Leslie strich sich ihre widerspenstigen Locken aus dem Gesicht. »Mir ist das Ganze nämlich ziemlich suspekt.«

»Ja, mir auch.« Gabriel trank sein Bier aus.

Matt grinste hinterlistig. »Vielleicht sollten wir dem Laden mal einen Besuch abstatten.« Sein Arm lag noch immer um Leslies Schulter und er spielte mit einer ihrer Locken. »So ein kleiner Wochenendtrip aufs Land soll ja echt schön sein. Und vielleicht sind die Leute auf der Farm ja schwer begeistert, wenn sie uns dort ein bisschen herumführen dürfen.«

»Ich bin dabei«, sagte Sky. »Allerdings ist nächstes Wochenende Vollmond, da geht es nicht. Und dann ist Äquinoktium, da wird bei uns im Job auch die Hölle los sein.«

»Wir planen das einfach spontan und warten erst mal die Unheilige Nacht ab«, schlug Leslie vor. »Im Frühling waren die Seelenlosen ja auch danach noch eine ganze Weile ziemlich aktiv.«

»Klingt nach einem guten Plan.«

»Was habt ihr heute noch vor?«

»Nicht mehr viel«, seufzte Sky müde. »Heim und früh ins Bett.«

»Yep.« Connor verzog das Gesicht. »Wir haben morgen Frühschicht und sollen in der Dämmerzeit möglichst viele Geister vernichten, damit unser Stadtteil nach dem verdammten Mauerbau in Westminster wieder sicherer wird.«

»Hör mir auf mit dem Scheißding, sonst krieg ich Blutdruck«, brummte Jamal und raffte seine Sachen zusammen. »Ich muss jetzt auch langsam los. So nett wie es wiedermal mit euch war, Leute, ich will zu Hause noch ein paar Sachen zusammenschrauben.«

Matt suchte Gabriels Blick. »Wie sieht's aus? Mal wieder Lust auf eine Nacht mit Les und mir? Nach dem Stress in dieser Woche tut dir ein bisschen Spaß sicher ganz gut.«

»Genau, komm mit uns«, meinte Leslie sofort.

Gabriel hob eine Augenbraue. »Habt ihr gehört, was Connor gerade gesagt hat? Ich muss im Morgengrauen raus.«

Matt zuckte leichthin mit den Schultern. »Wenn du aufstehst, ohne mich zu wecken, ist mir das völlig egal.«

Connor stand vom Tisch auf und klopfte Gabriel vielsagend auf die Schulter. »Viel Spaß. Aber stell dir den Handywecker.« Er grinste fies. »Sky und ich holen dich um fünf Uhr ab.«

Kapitel 20

Cam stand an seinem Fenster und blickte hinüber zum Wald des Hampstead Heaths. Es war erst kurz vor acht und trotzdem schon stockdunkel. Aber wenigstens hatte der Regen aufgehört.

Gedankenverloren rieb er sich über den Arm.

Die kleinen Schnitte brannten.

Das Ritzen half ihm, wenn Wut, Frust und Machtlosigkeit ihn zu übermannen drohten. Oder wenn die Unruhe ihn so rastlos machte, dass er nicht wusste, wohin mit sich. Der Schmerz lenkte ab und betäubte für eine Weile alle anderen Gedanken und Gefühle. Er half, aus diesem ganzen verdammten Chaos herauszufinden. Vielleicht nicht die eleganteste Lösung, aber es war etwas, das er kontrollieren konnte. Etwas, das in seiner Hand lag und ihm das Gefühl gab, nicht allem hilflos ausgeliefert zu sein.

Leider half das Ritzen aber nicht gegen die beschissenen Albträume, die ihn Nacht für Nacht starr vor Todesangst ans Bett fesselten. Und die hatte er so verdammt satt.

Doch vielleicht hatte er auch dafür jetzt eine Lösung gefunden.

Er wandte sich vom Fenster ab und ging zu seiner Kommode. In der untersten Schublade lag seine Ausrüstung bereit: eine Magnesiumlampe, die er als Kind von Sue für sein Geistertraining bekommen hatte, Apfelsaft, ein paar Energieriegel und ein schwarzer Rucksackbeutel. Ella hatte ihm den zum Geburtstag genäht und mit weißer Stoffmalfarbe »Schwarz ist bunt genug!« draufgeschrieben. Daneben prangte ein frecher Zwinkeremoji.

Cam packte Lampe, eine Flasche Saft und zwei der Riegel hinein. Das sollte reichen. Er zog die Kordeln zu und schwang sich den Beutel auf den Rücken.

Das Abendessen war vorbei. Sue, Phil und Granny saßen zusammen im Wohnzimmer und schauten irgendeinen Krimi, Gabriel, Sky und Connor waren im Mean & Evil, Ella und Jaz hingen zusammen in Ellas Zimmer herum und Jules hatte das Familienauto nehmen dürfen, um zu Stephen zu fahren.

Cam ging jede Wette ein, dass die beiden heute Abend nicht an ihrem Gedichtprojekt für den Literaturkurs arbeiteten. Doch er ignorierte tapfer das schmerzliche Ziehen in seinem Inneren und verbannte den Gedanken daran, was die beiden stattdessen wohl gerade machten.

Sieh die Lage positiv. Alle sind beschäftigt.

Keiner würde ihn vermissen.

Er hatte nach dem Abendessen klargemacht, dass er seine Ruhe haben wollte. Das war nichts Ungewöhnliches und zum Glück respektierte man es in seiner Familie, wenn jemand allein sein wollte.

Cam zog sich die Kapuze seines Hoodies über den Kopf, dann trat er zurück ans Fenster und öffnete es. Ohne lange zu zögern, kletterte er hinaus und zog das Fenster hinter sich zu.

Die Dachziegel waren rutschig vom Regen, aber Cam bewegte sich nicht zum ersten Mal hier oben. Er liebte es, auf der Gaube seines Fensters zu liegen und in die Sterne zu schauen, wenn sich sein Zimmer nach einer Albtraumattacke zu eng anfühlte. Im Sommer hatte er etliche Nächte hier oben verbracht, manchmal sogar, wenn es geregnet hatte.

Bis zum Dachfirst waren es keine fünf Meter. An der schmalen Westseite ihres Hauses, die dem Wald am nächsten lag, hatte irgendeine Generation vor ihnen zum Schutz vor den Geistern ein Eisenspalier anbringen lassen, das vom Boden bis zum Dach reichte. Efeu rankte daran in die Höhe.

Vorsichtig hockte Cam sich auf die Dachkante und prüfte die obersten Eisenstreben. Auch sie waren feucht vom Regen, doch das war nicht seine größte Sorge. Schlimmer wäre, wenn Wind und Wetter sie rostig und marode gemacht hätten.

Cam hatte keine Angst vor Höhe. Im Gegenteil. Verglichen mit geschlossenen Räumen war die Weite, die man spürte, wenn man irgendwo hoch oben saß und von nichts eingeengt wurde, ein unglaublich befreiendes Gefühl.

Aber ein Sturz vom dritten Stock war trotzdem etwas, das er gerne vermeiden wollte. Er hatte keine Ahnung, ob es tödlich war, von hier oben herunterzufallen. Vermutlich kam es darauf an, wie man unten aufschlug. Wenn er besser in Physik gewesen wäre, hätte er so was vielleicht ausrechnen können. Doch er hatte ohnehin nicht vor, zu fallen. Er war schließlich nicht lebensmüde. Und die Streben machten zum Glück einen guten Eindruck. Wahrscheinlich hatte man sie damals mit irgendwas imprägniert, das den Rost fernhielt.

Vorsichtig hielt Cam sich mit den Händen fest, rutschte mit den Füßen über die Dachkante und feierte gerade still, dass er Klettern als Wahlpflichtfach gewählt hatte. Schon die erste Stunde zahlte sich jetzt aus.

»Du hast zwei Hände und zwei Füße. Drei davon sollten immer einen festen Halt haben, dann kann dir nichts passieren.«

Das hatte Mr Marlow, der Kursleiter, ihm als eine der wichtigsten Regeln eingebläut.

Gut, er hatte auch gesagt, dass man sich als Anfänger immer mit einem Seil sichern und nicht alleine klettern sollte, aber hey!

Man bekam nun mal nicht immer das, was man brauchte, und dann musste eben das reichen, was da war. Und das Spalier war einfaches Territorium. Fast wie eine Leiter.

Cam schaffte es schnell die ersten Meter hinab. Zwischen dem zweiten und ersten Stock wurde es allerdings kniffliger. Hier wucherte der Efeu so dicht, dass es schwierig wurde, darunter die Streben zu finden.

Doch er schaffte es. Die letzten zwei Meter ließ er sich fallen und landete sicher auf dem schmalen Pflasterweg, der ums Haus herumführte und den hinteren Garten mit dem Vorgarten verband.

Cam zwängte sich an ihren Mülltonnen vorbei zur Straßenseite des Grundstücks. Hier war der Eisenzaun nicht von der Weißdornhecke umgeben. Flink kletterte Cam hinüber und stand auf der kleinen Wildwiese, die sein Zuhause vom Waldrand trennte. Die Bäume ragten düster vor ihm auf und es roch nach feuchtem Gras, Laub und Erde.

Still hielt er inne und lauschte.

Es raschelte im Unterholz und rauschte in den Baumkronen – und aus nicht allzu weiter Ferne erklang ein unheilvolles Heulen.

Die Dämmerzeit war vorbei. Die meisten Geister, die sich vor dem Tageslicht im Wald versteckt hatten, waren längst ausgeflogen und auf der Suche nach Opfern, denen sie Lebensenergie rauben konnten. Doch es gab immer ein paar, die zurückblieben. Alte, mächtige Geister schienen nicht jede Nacht auf neue Energie aus zu sein. Dafür waren ihre Attacken gewalttätiger, grausamer und heimtückischer, wenn sie zuschlugen.

So wie der Schatten, der auf Sam und Lily gelauert hatte.

Wieder drang das unheimliche Heulen aus dem Wald.

Näher diesmal.

Spürte der Geist seine Nähe bereits?

Cam holte die Magnesiumlampe aus seinem Beutel und steckte sie in den Bund seiner Jeans. Dann bündelte er angriffsbereit ein bisschen seiner Lebensenergie in seine Hand. Der matte Schimmer seines Silbernebels spendete nicht mehr Licht als eine Kerze, doch er gab ihm Vertrauen in seine Kräfte.

Und er würde das anlocken, was immer da zwischen den Bäumen heulte.

Entschlossen machte Cam sich auf den Weg.

Sein Experiment konnte beginnen.

Kapitel 21

Es hatte aufgehört zu regnen.

Endlich.

Nicht, dass der Regen ihm persönlich etwas ausgemacht hätte. Regen war ihm egal.

Aber anderen nicht. Sie verkrochen sich vor Nässe und Kälte in ihren Häusern.

Das machte es schwieriger, ein Opfer zu finden, und das nervte. Aber er musste trainieren. Sein Inneres verlangte danach.

Außerdem war in einer Woche Vollmond. Und bis zur Unheiligen Nacht war es auch nicht mehr lange hin.

Er brauchte das Training, um es erneut zu schaffen.

Er würde beweisen, dass er genauso gut war wie die anderen. Wenn nicht sogar noch besser.

Seine Hand ballte sich um den Griff seines Schnappmessers.

Seine erste Chance hatte man ihm genommen. Bei seiner zweiten passierte das nicht noch mal.

Er ließ die Klinge aus dem Messer springen und lächelte kalt.

Alles für den entscheidenden Triumph.

Er drückte die Klinge zurück in den Griff und steckte das Messer in seine Jackentasche.

Dann stieg er aus dem Wagen und machte sich auf die Jagd.

… Fortsetzung folgt …

Wissenswertes ueber Geister

- Seit Menschengedenken entstehen Geister, wenn ein Mensch durch einen gewaltsamen Tod (z. B. durch einen Unfall, ein Gewaltverbrechen, eine Geisterberührung etc.) plötzlich aus dem Leben gerissen wird.
- Der Geist, der dabei entsteht, hat nichts mehr mit dem Menschen gemein, aus dem er entstanden ist.
- Alle Geister gieren nach dem Leben, das ihnen abrupt entrissen wurde, deshalb trachten sie den Menschen nach ihrer Lebensenergie. Sie wollen sich zurückholen, was ihnen genommen wurde.
- Geister fürchten Licht, da es sie schwächer macht. Aus diesem Grund verstecken sie sich bei Tag an dunklen Orten.
- Eisen und Silber halten Geister fern. Außerdem bieten Salz und verschiedene Pflanzen einen gewissen Schutz, allerdings nur gegen schwächere Geister.
- Vollmondlicht macht Geister stärker und aggressiver.
- In Nebelzeiten helfen die Dunstschleier Geistern dabei, Schutzbarrieren zu überwinden.
- Geister können schweben, aber nicht fliegen. Durchschnittlich schwebt ein Geist einen halben bis einen Meter über einem festen Untergrund. Laut Beobachtungen der Spuk Squads sollen besonders starke Geister allerdings für kurze

Zeiträume auch größere Höhen von bis zu vier Metern erreichen können.

- Geister durchlaufen verschiedene Stadien. Stirbt ein Mensch gewaltsam, entsteht mit dem Einsetzen des Todes ein *Geisterhauch.* Dieser Hauch ist unsichtbar und nur durch eisige Kälte in der unmittelbaren Nähe der Leiche zu spüren. Durch die Restwärme der frischen Leiche gewinnt der Geisterhauch an Kraft und wird dadurch zu einem *Schemen.* Dieser Schemen ist als grauer Nebeldunst sichtbar, besitzt im schwachen Stadium allerdings noch keine klar umrissene Kontur. Sobald der Schemen alle Restwärme aus der Leiche in sich aufgenommen hat, ist er stark genug, um sich von seinem Entstehungsort zu entfernen. Sein Ziel ist nun das Anzapfen lebendiger Menschen. Mithilfe ihrer Lebensenergie wird aus dem Schemen ein immer stärkerer *Geist.* Je stärker dieser wird, desto mehr nimmt er an Gestalt an. Welche Gestalt das ist, hängt von den Launen und Vorlieben des jeweiligen Geistes ab. In der Regel bilden sie menschliche Körper nach, doch sie sind wandelbar und können ihre Gestalt beliebig ändern.

- Bis zu einem gewissen Stadium haftet allen Geistern ein gräulich weißer Geisterschimmer an, der die Menschen vor der Nähe des Geistes warnt. Starke und mächtige Geister können diesen Schimmer jedoch unterdrücken und stattdessen in Schwärze verwandeln, durch die sie sich tarnen und ihren Opfern heimtückisch auflauern können. Diese Geister nennt man *Schatten.* Besonders clevere Schatten entwickeln die Fähigkeit, Menschen in die Irre zu führen, um sie z. B. mit vorgetäuschtem Weinen, Hilferufen, o. ä. in eine Falle zu locken. Diese Schatten nennt man *Hocus* (vom englischen *to hocus* ‚täuschen', ‚betrügen').

- Ziel aller Geister ist es, den Menschen so viel Lebensenergie zu rauben, dass sie zu einem *Wiedergänger* werden. Wiedergänger haben einen festen, menschenähnlichen Körper. Ihre Haut ist allerdings gräulich wie die eines Elefanten, ihre Arme sind länger als bei Menschen und ihre Hände sind Klauen mit messerscharfen Krallen. Das Gesicht ist eine Fratze mit schwarzen Augen, einem ausgefransten Mund und Schlitzen, an der Stelle, wo die Nase sein sollte. Außerdem besitzen Wiedergänger zwei Reihen mit spitzen Zähnen.

- Genau wie Geister rauben Wiedergänger Menschen ihre Lebensenergie, weil diese sie stärker und schneller macht. Um ihren festen Körper zu behalten, müssen Wiedergänger allerdings zusätzlich noch die inneren Organe der Menschen fressen. Um an diese heranzukommen, schlitzen sie ihre Opfer mit ihren Krallenhänden auf und zerschmettern ihnen die Schädel. Je gefestigter der Körper eines Wiedergängers ist, desto stärker, schneller, intelligenter und gefährlicher wird er. Außerdem schränkt ihn dann Licht in jeglicher Form (Tageslicht, künstliches Licht, Magnesiumlicht)deutlich weniger ein.
- Die normale Bevölkerung schützt sich gegen Übergriffe von Geistern und Wiedergängern, indem sie bei Einbruch der Dämmerung abgesicherte Häuser aufsucht. Nachts wagt sich niemand, der nicht unbedingt muss, vor die Tür.
- Bekämpft werden Geister und Wiedergänger durch Spezialeinheiten der Polizei, den sogenannten Spuk Squads. Ihnen stehen Auraglue-Waffen und Silberboxen zur Verfügung, um Geister einzufangen und zu vernichten. Gefangene Geister werden in den Tower gebracht, wo sie entweder samt der Silberboxen in den Schmelzöfen eingeschmolzen oder zu Forschungszwecken in die Hochsicherheitsverliese gebracht werden.

Nadine Erdmann

Nadine Erdmann studierte Germanistik und Anglistik, verbrachte einen Teil ihres Studiums in London und arbeitete als German Language Teacher in einer kleinen Privatschule in Dublin. In Deutschland unterrichtete sie Deutsch und Englisch an einem Gymnasium und einer Gesamtschule in NRW.

Webseite: http://nadineerdmann.de

Facebook: https://www.facebook.com/Nadine.Erdmann.Autorin

Weitere Titel im Lindwurm Verlag

Nadine Erdmann

Die Lichtstein-Saga 1:

Aquilas

ISBN: 978-3-95834-296-5

368 Seiten

Harddcover

Die Welt der Menschen ist nicht die einzige. Verborgen hinter mächtigen Grenzen existiert die Schattenwelt, das Reich der Dämonen.

Ahnungslos wächst die junge Liv in der Menschenwelt auf. Doch sie ist weit mehr, als sie ahnt. Als sie eines Tages die

Barriere zwischen den Welten durchschreitet, wird sie mit der Kraft des Engelslichts konfrontiert – und ihrer Bestimmung.

Die Zeit drängt, denn die Grenze zum Reich der Finsternis droht zu fallen.

Kim Leopold

Black Heart.

Sammelband 1 (Folgen 1-4)

ISBN: 978-3-948695-04-0

416 Seiten

Paperback

„Es war einmal ein blindes Mädchen, welches in einem kleinen Dorf in Norwegen wohnte. Der Verlust der Mutter, die zu Unrecht als Hexe auf dem Scheiterhaufen verbrannt wurde, weckte in ihr alte, magische Fähigkeiten. Nur ein Wächter konnte sie aus dieser lebensbedrohlichen Situation befreien. Sein Name war Mikael …"

Lass dich verzaubern und und folge Louisa, Azalea und Hayet in eine Welt, in der niemand ist, wer er vorgibt zu sein ...

Der erste Sammelband zur neuen Serie von Kim Leopold!

Enthalten sind:

* Ein Märchen von Gut und Böse
* Das Lachen der Toten
* Ein Traum aus Sternenstaub
* Der Palast der Träume

Tatjana Weichel

Black Heart.

Der Sturz ins Ungewisse

Spin-Off

ISBN: 978-3-948695-03-3

168 Seiten

Paperback

Der magische Auftakt zu einer Reihe von Spin-Offs aus dem Black Heart Universum!

Yanis Martel kann sich nicht entscheiden. Steht er auf Frauen oder auf Männer? Liebt er seine beste Freundin Julie oder doch eher den Cafébesitzer Gabriel, der ihm im Nu den Kopf verdreht hat?

Aber das Schicksal nimmt ihm die Entscheidung ab. Yanis rettet Julie vor dem sicheren Tod und wird damit zu ihrem Wächter. Denn Julie ist eine Hexe, und sie zieht ihn in eine Welt der Magie, die sein Leben komplett auf den Kopf stellt …

Das Prequel ist unabhängig von der Black Heart Reihe lesbar.